U0130965

陣痛

張翎

目錄

（耶和華）又對女人說：
「我必多多加增你懷胎的苦楚，
你生產兒女必多受苦楚。」

舊約《創世紀》3：16

逃產篇

上官吟春（一九四二～一九四三）

上官吟春挎著沉甸甸的洗衣籃走到河邊時，不禁吃了一驚。昨天的雨雖然下了大半宿，卻是窸窸窣窣的那種細雨，聽不出有多少勁道。早晨出門，院門外那棵桑樹上的葉子雖然肥大了許多，卻找不見幾滴水跡，街邊的積水也剛夠淺淺地舔濕她的鞋底。沒想到那雨輕言細語的竟把一條小河給灌得如此飽脹，三級下水的石階，現在只隱隱約約地剩了半級。連那半級，也還得看風的臉色。若風是從西南來的，又略帶幾分氣力，那石階就完完全全淹在水裡了。

命該今日，命該如此啊。她喃喃地自語道。

河叫藻溪。鄉跟了水的名字，也叫藻溪。藻溪的水不長，流不了多遠就叫另外一條河給吞食了。藻溪的水也不寬，即便在最開闊之處，這岸的攏住嘴扯著嗓子吼一聲，那岸的也就聽見口信了。在最窄之處，這岸的把竹筐放到水面，拿扁擔輕輕一送，那岸的再拿扁擔輕輕一鉤，便取到貨了。輪到風和日麗的好天氣，河水清朗如明鏡，水底鵝卵石上的青苔，游魚身上的斑紋，都歷歷可數。可是一到下雨天，藻溪立時就像個悍婦，說翻臉就翻臉，翻成渾綠的一片，人就是把面孔貼到水面上，半天也找不見口鼻眉眼。別看這河不長也不寬，方圓幾十里人的生計，卻都拴在它身上。澆田喝水淘米洗菜洗衣涮馬桶，用的都是這片水。從礬山挑明礬石進城的後生，免不得在水邊洗洗腳，歇一陣蔭涼。米販布販茶葉販也都得借這一片水，把小舢板划到四里八鄉的大埠頭。

吟春挽起褲腿，脫下鞋襪，把襪子塞進鞋窩裡，擺放到水邊一棵槐樹下。想了想，又拎起鞋子走了幾步，放到了高處一塊岩石上，方安了心——誰也說不準一會兒的風會朝哪邊颳，她捨不得水把鞋子捲走。這雙鞋子是舊年年底做的，才穿了幾個月，鞋底鞋面都是上好的布料和手工。婆婆呂氏是天足，腳只比她略小一兩分。只要在腳趾頭前面塞一塊布，這雙鞋婆婆也能穿。雖說大先生是吃官餉的，陶家在藻溪鄉裡也有幾畝田，雇人耕種著，家道算得上殷實，可是婆婆生性節儉，這樣一雙八成新的鞋子，落到婆婆腳上，還能穿上好幾年。

吟春把籃子裡的衣裳，一件一件地掏出來放到石階上。衣裳都是大先生的。這個時節大先生本來早該在杭州城裡了，卻因為城裡在鬧日本人，大先生的學堂延誤了開學的時間，大先生就在藻溪待下來了。吟春拿起一件布衫，埋下臉去聞了聞，有淡淡的一絲油垢味，還有不那麼淡的一絲菸草味——這就是大先生身上的味道。大先生的味道，和鄉裡那些種田殺豬的漢子，委實不太一樣。她能在千個百個男人堆裡，狗似的一下子把大先生聞出來。她把衣裳攤在石階上，在袖口和領邊處輕輕抹了一層洋皂。鄉裡人使的都是皂角，洋皂是大先生從省城捎回來的稀罕貨。大先生是讀書人，喜歡勤換衣裳。其實大先生換下來的衣裳，除了領邊袖口有微微一絲汗垢，實在還乾淨得緊，她想省著點使洋皂。

一陣風吹過來，跟水打了個照面，水哆嗦了一下，漾出大大一圈的波紋。吟春只覺得天地翻了個個，早晨出門前喝的那半碗菜泡飯，毫無防備地湧了上來。她知道，此時她什麼也不用做，只要聽從了水的勾引，身子略微一斜，就可以一了百了地跟著水走了。

可是時辰未到啊，時辰未到，她還沒有洗完大先生的衣裳。她就是走了，也得給大先生留幾件乾淨衣裳。

大先生的名字叫陶之性，可是大先生的名字不過是一個擺設，只在跟她換龍鳳帖的時候使過一回。整個藻溪鄉裡，無論男女老幼，一律叫他「大先生」，因為他是方圓幾十里唯一的一個大學生。大先生念過大學，又在大學堂裡教書，還懂好幾國的洋文。可是大先生就是把學問做到了天上去，他依舊還是一個小小的藻溪鄉裡的孝子。大先生的母親呂氏，二十一歲就守了寡，硬是靠家裡的幾畝薄田，把膝下唯一的一個兒子拉扯長大。大先生在省城裡謀了教職之後，第一件事就是要把寡母帶到杭州去住，無奈呂氏死活不肯離開藻溪。大先生是呂氏手裡的一只風箏，呂氏讓他飛多遠就是多遠，一寸不多，一寸不少。呂氏的手有時候很鬆，所以大先生一路飛過上海、蘇州，最遠的還去過天津，最後停在了杭州城。可是呂氏的手該緊的時候也很緊，所以大先生再開化，也得回來娶一個家鄉女子，把心實實地拴在藻溪。一年裡無論是逢年過節，寒假暑假，大先生都會老老實實地趕回家來陪老母親。

吟春十八歲，大先生四十一歲，大先生比吟春的爹還大兩歲。大先生先前娶過兩個妻子，第一個妻子是從小買在家裡的童養媳，比大先生大四歲，圓房之後的第二年，還來不及給大先生留個子嗣，就得寒熱症死了。妻子死後，大先生就離開藻溪出門讀書去了，這一走就是十餘年。雖然年假節日依舊都回藻溪看母親，卻推三作四的總也不肯再娶。一鄉的人都在瘋傳，說大先生在外頭自由戀愛上了，是個摩登的女同學。呂氏回回問兒子，兒子總不啃聲。呂氏急了，便自作主張給大先生定了一門親事，是臨近馬站鄉裡的女子。那年大先生回家過年，呂氏強按著大先生的頭，讓他和那個女子拜了天地。大先生雖有百般不情願，卻拗不過母親，只好認了，和那個女子不鹹不淡地生活了七八年，可那女人肚腹裡竟然沒有一星半點響動。呂氏拜遍了菩薩，訪遍了名醫，依舊無用。眼看著鄉裡自己這個歲數的女人，個個都做了娘娘（溫州方言：奶奶）和太婆，呂氏心裡慌慌的沒個著落，便張羅著要給兒子娶個偏房。大先生正了臉，對母親說：「如今民國都三十多年了，早就提倡一夫一妻制了，哪有讀書人還娶個二房三房的，給人做封建落後的榜樣？倒不如正式離了婚，也好叫人家將來再嫁。」呂氏依了大先生，果真包了一包銀子，將那個女人厚厚地打發了，便又著急託媒婆物色新人。

這回大先生有了自己的主張，誰也勸不動。大先生說再娶可以，但這次一定要是個識字的女人，哪怕僅僅是粗通文墨。這下呂氏犯了難：待字閨中的讀書女子本來就少，讀過書還待在鄉裡的未婚女子，那更是少而又少。呂氏一輩子省吃儉用，打點媒婆的禮物上她卻絲毫不吝嗇。可是呂氏就是把禮物堆到了媒婆家的天花板，媒婆還是找不著大先生要的女人。

就在那個節骨眼上，吟春把自己送到了陶家門前。

舊年呂氏五十九歲。鄉下人做壽，做九不做十，大先生趁寒假回家之際，張羅著給母親暖壽，要宴請族裡的各門親戚和左鄰右舍的鄉親。呂氏覺得十分有顏面，便罕見地大方了一回，要給自己和兒子各做幾身衣裳，到喝壽酒時穿。藻溪鄉裡也有裁縫，可是呂氏瞧不上眼。呂氏聽說二十里地之外的靈溪，有一位裁縫是專門從大上海拜師學藝回來的，就特意派人上門去請——那人便是吟春的表嫂。表嫂到陶家裁衣裳，順道帶了吟春過來幫著做鎖扣眼縫褲邊的下手活。

那日是大先生給她們開的門。大先生一見吟春，便愣了一愣。後來吟春才聽說，大先生第一眼瞧見的，恍然間竟是省城裡那位他戀了多年卻不得娶回家來，後來終嫁為人妻的女同學——兩人眉眼之間的神情，卻怎是一個像字了得。這第一眼就像是一枝尖尖的竹籤子，在大先生的心頭輕輕捅了一捅。大先生的心這些年裡已經長了繭子生了痂，皮糙肉實，這一捅，自然是捅不出血來的，但卻也刮了道痕，滲出一絲細細的憐惜來。大先生便隨意問了聲你叫什麼名字？吟春說了，大先生又問是哪個字？吟春說是吟詩作對的那個吟。大先生哦了一聲，說鄉間難得有這樣的名字。表嫂就笑，說她家幸虧只有四個女兒，她爸把春夏秋冬的名字全用完了，再多一個就麻煩大了。大先生又問吟春你識不識字？吟春低頭不語，還是表嫂替她答的話。表嫂說這個丫頭跟她爸上過四年學，是個小秀才。鄉裡人寫信寫春聯什麼的，她爸忙不過來的時候，就喊她幫忙。大先生這才知道，吟春的爸是個教書先生，在鄉裡的公學教國文。

呂氏的眼睛像剛揩拭過的鏡子，兒子的心思哪怕輕得像一粒灰塵，落在鏡面上也是一清二楚。呂氏找了個機會悄悄問表嫂要了吟春的生辰八字，送到算命先生那裡一合，竟是絕配。當下大喜，就遣了媒婆去吟春家裡提親。吟春的父親早就聽說過大先生的名聲，雖比自家女兒年長了許多，卻是明媒正娶的妻室，便爽快地答應了這門親事。從吟春見大先生第一面，到她正式被迎娶進陶家的門，前後統共不過半個月的時間，呂氏的壽酒和大先生的喜酒，幾乎是背貼背地操辦的。

鄉間女子婚嫁前的感情經歷，簡單得就像是一尺白布，即使上面有一兩個斑紋，也只能是媒婆留下的。媒婆的嘴，逗引得少女的心如春天的柳絮，明知靠不住，也忍不住要漫天飛一飛，直到落下地來，才知道原是一潭泥。而吟春不一樣。吟春的感情經歷雖然也是一尺白布，可上面最早的一塊斑紋卻不是媒婆的嘴唇沾染的——那是大先生親自畫上去的。吟春在陶家住了三天，吟春用軟尺給大先生丈量過身材，吟春也用眼睛丈量過大先生的性情。吟春的指尖記的是大先生的肩寬腰圍，而吟春的眼睛，記的卻是大先生的仁厚宅心。三天裡大先生沒跟她說過幾句話，她更不敢主動挑大先生的話頭。可是她用不著開口，她早就把話藏在眸子裡，一把一把地甩給大先生了。她知道大先生接住她的話了——也是用他的眼睛。後來當她看見媒婆顛著小腳在藻溪靈溪兩頭煞有介事地奔跑時，就忍不住暗暗地笑：這一切原來都是做給人看的，其實在她心裡，她早就跟她的大先生自由戀愛過了。她雖然生在鄉下，卻和城裡的女學生一樣，在婚嫁的事情上時髦過一回了。

在陶家縫衣的日子裡，吟春腦袋瓜子上生出了兩副眼睛來：一副安在明裡，一副藏在暗處；一副站在前頭，一副躲在後邊。走在前頭的那一副，始終老老實實地落在衣料上，而藏在後邊的那一副，就沒那麼老實了。它一直如向日葵似地轉，只不過它的日頭是大先生。它跟著大先生進進出出，它發現大先生的肩背有些佝僂了。大先生吃過午飯靠在躺椅上閉目養神的時候，顴骨之下的臉頰塌陷進去，像挨了人一拳頭。大先生的鬢髮有些灰白了，但梳得絲絲縷縷地齊整。大先生雖然有些老，卻老得乾乾淨淨，有模有型。大先生這個年紀，早該做阿爺了，可是大先生連阿爹也沒做上。

吟春看大先生的時候，大先生也在看吟春。當然，盯著吟春看的不只是大先生一個人，還有呂氏。吟春伏在案子上，把臉近近地貼在衣裳面上鎖著扣眼，只覺得呂氏的目光像狗尾巴草上的毛鬚，一下一下地掃過她的腰臀，掃得她渾身酥癢。她知道她在想什麼。她十三歲的時候，就已經長成現在這個樣子了。阿媽笑過她，說這麼寬的腰胯，將來一定是個肥雞婆，能生一窩的小雞仔。那天她本不想跟表嫂走這二十里地的，可是冥冥之中彷彿有一雙手在推搡著她，叫她轉不得身。她現在明白了，這雙手就是命運——命裡注定她要走這二十里的石子路，賤賤地走到陶家來，給大先生做雞婆的。

過門那一天，婆婆呂氏親自端了一碗紅棗蓮子湯，餵給吟春喝——她知道那是「早生貴子」的意思。她喝完了，呂氏卻沒有走，依舊站在床前，定定地望著她，目光在她的臉頰上鑿出一個個洞眼。她感到了熱，也感到了疼。她躲開她的眼睛，垂下了頭。呂氏歎了一口氣，走到門口，又轉回來，嘴唇抖了抖，說你，你多留他，住幾天。

那天呂氏的眼神是急切的，像刀也像火；但是呂氏的語氣卻是懦弱卑微的，像剔去了筋骨的肉。鄉裡哪家的婆婆在迎娶兒媳婦的時候，都多多少少要擺出一個下馬威的架勢，然而呂氏沒有。呂氏非但沒有，呂氏還親自餵兒媳婦喝了進門湯。不是呂氏不想擺那個架勢——陶家原是一鄉聞名的人家，只是呂氏擺不起。一個六十歲還沒做成娘娘的女人，無論做過了多少個女人的婆婆，也是沒有底氣的。而且每多做過一回婆婆，底氣就更洩了一分。洩到吟春這一回，便到了不絕如縷的地步了。如今呂氏在馬下，吟春在馬上，呂氏上不了吟春的馬，吟春也不會自己下馬。吟春的馬就是吟春梔子花一樣的青春年華，還有她身上那副磨盤般肥碩結實的臀胯。陶家長長遠遠的後來，還是要牢牢地繫在她的臀胯上的。呂氏不糊塗，呂氏知道什麼時候擺什麼樣的譜。倒是吟春不覺地對呂氏起了一絲憐憫之心，她抬起頭來，對呂氏微微一笑，說媽你放心。當然，剛剛揭開了新娘蓋頭的吟春做夢也沒有想到：這一聲放心竟然如此沉重，它不僅要壓彎她的腰脊，還會險些壓碎她的小性命。

日頭在樹梢上顫了幾顫，終於甩脫了枝葉的纏繞，一躍躍到了半空。四下突然光亮起來，日光把水、樹和岸邊的蘆葦洗成了一片花白。天像是一匹剛從機子上卸下來的新布，瓦藍瓦藍的，找不著一絲褶皺和瑕疵。雖是秋了，日頭無遮無攔地照下來的時候，天依舊還和暖，安靜了好久的知了又扯著嗓子狠命地嘶喊了起來。知了一出聲，萬樣的蟲子都壯了膽，也跟著吱吱呀呀地聒噪，水邊立時就熱鬧開了。

真是個好天啊。這是一年裡正正中中的那一天。從這天往前數，天還太熱；從這天往後數，天就嫌涼了。這樣妥妥貼貼的天，一年裡遇不上幾回，今天叫她撞上了，卻偏偏是最後一回了。

水上出現了一個黑點，漸漸地，就變成了一隻小舢板。艄公脫在船頭的蓑衣上，閃閃爍爍的全是水珠子——前頭大概還在落雨。艄公見到吟春，用竹竿乓地敲了一下船幫，遠遠地吆喝了一聲：「吃飽沒？」艄公運送的是百家的貨，吃的是水上百家的飯，艄公見了水邊的人，不管認不認得，都會熱情地招呼一聲。吟春本想答一聲「吃飽了」，可是她的嘴唇翕動了一下，那句話卻生了刺似地哽在了喉嚨口，因為她突然想起來，早上出門前喝的那半碗菜泡飯，竟是她的最後一頓飯了。船走出去很遠了，她才感到臉頰上隱隱的刺癢。拿手去抹，方知道是眼淚。

她終於把衣裳都洗完了，一件一件擰乾了，放進籃子裡。又把用剩的洋皂上的水甩乾了，放回到皂盒裡去。她站起來走了幾步，把竹籃掛到了高處一條樹枝上去。她不用擔心丟失——鄉間民風淳樸，無論是誰，只要看到那個皂盒子，就會知道那是大先生的物件，自然會送回到陶家來的。

她慢慢地走回到溪邊，低頭照了照水。夜雨攪起來的泥沙已經沉澱下去了，水面又清明如鏡。風靜了些，漣漪卻不肯靜，將她的臉一會兒扯成長的，一會兒扯成圓的。她咧了咧嘴，想咧出一個笑，可是看來看去，竟都不像是笑，便一蹬腳把水踢亂了。她的臉立時化成了無數個小碎片，被水一塊一塊地吞吃了。

這時她的肚腹突然抽了一抽，又一股酸水泛了上來，她忍不住趴在地上哇哇地嘔了起來。她知道這是她肚子裡的那團肉在攔著她，不叫她去死。其實她也不想死，她還想長長遠遠地活下去，替大先生生一地的娃娃，再給他養老送終的。她其實只是想叫肚子裡的那團肉去死的，可是它不肯。它賴在她身上，就是不肯離開她。唯一讓它死的法子就是她也去死。她死了，它就不得不死。

大先生。她喃喃地叫了一聲。她捨不得啊，她真捨不得。她豈止是捨不得，她也是不甘啊。

可是她鬥不過命。人鬥不過命的時候，就只能認命。

她咬了咬牙，雙眼一閉，腳一鬆，就栽入了一片無邊無沿的黑暗之中。

嗡……嗡……嗡……

那是蜜蜂飛過的聲響。

哦，不，不會是蜜蜂。這時節田裡的油菜花，路邊的桃花，坡上的紫雲英早都開過了。這時節蜜蜂已經歇下翅翼，預備過冬了。吟春迷迷糊糊地想。

她想睜開眼睛，可是眼皮像抹了一層蜂蜜，黏厚得緊。

「醒了，總算醒了！」

她聽見了一個欣喜的聲音。

她的眼角上飄過來一朵灰色的雲。她想用眼神抓住它，可是她抓不住——她連動一動眼珠子的力氣也沒有。

再後來，她看見了一團發糕。發糕好像在水裡浸泡過多時，鬆鬆脬脬的，上面嵌了兩粒走了型的棗子。

過了一會兒，那發糕漸漸地清晰起來，變成了一張臉——是呂氏浮腫的臉。那兩粒棗子，原來是呂氏的眼睛。呂氏的眼睛布滿了細蚯蚓似的血絲，眼角有一汪亮橙橙的眵目糊。

「你都睡了兩天了，是師父把你喊回來的。」呂氏說。

吟春這才明白過來，那朵灰色的雲原來是道姑的袍子。那嚶嚶嗡嗡的聲響，是道姑在床前替她念經。

大，大先生呢？

吟春想問，可是她的嘴唇像壓了兩爿大石磨，她挪不動——她的腦子差不動她的嘴。

她的腦子今天一點兒而也派不上用場。平常的時候，她的腦子像一根指頭，上頭鉤著無數根線，有管舌頭的，有管眼睛的，有管耳朵身體的……那指頭如同長在木偶戲師傅手上，靈巧得緊，想提哪根線就提哪根，想叫它向左它絕不能往右。可是今天突然就不行了，指頭還在，線也在，只是指頭支使不了線了。

她知道大先生就在屋裡，因為她聞見了大先生的菸斗。大先生是個節儉的人，可是有兩樣事大先生一點兒也不吝嗇花錢：一樣是買書，一樣是買菸絲。大先生的菸絲，是從上海捎來的甲等特級菸絲。大先生一點起菸斗，便滿屋生香。有一回見眼前沒人，大先生躥弄著她也來抽一口。她拗不過，就真的抽了，結果滿嘴苦澀辛辣，嗆得直流眼淚水。自那日起她才明白，原來菸斗是抽著給別人聞的。

「之性，你再去叫鎮裡的孫郎中過來，把一把脈。」呂氏衝著屋角說。

吟春的耳朵噌的一聲睜開了，睜得比眼睛還大——它在等大先生回話。可是它睜了半天，也沒聽見任何響動，大先生沒動身也沒說話。

「胎，郎中來瞧瞧胎兒。」呂氏的聲音大了起來。呂氏的嗓門本來就不寬，呂氏一發狠，嗓門就撕裂了，絲絲縷縷的，漏出來的都是驚恐不安。

哧嚓。哧嚓。大先生終於站起來，走出了門。大先生的鞋底擦著青磚路的聲響很低很沉——大先生好像乏得很，乏得抬不動腿。

接著又響起了一陣窸窸窣窣的腳步聲，是呂氏進了她自己的屋。叮啷。叮啷。呂氏在數銅板。過了一小會兒呂氏走出來，千恩萬謝地打發走了那個念經的道姑。屋裡突然就靜了下來，靜得能聽見一粒灰塵落地的聲響。呂氏殷切的目光在吟春臉上掃過來掃過去，吟春起了一身的雞皮疙瘩。

「你怎麼能，這樣不當心？」呂氏說。

這本該是一句責備的話，上面本該布滿了針尖或者麥芒。可是呂氏小心翼翼地把針尖和麥芒吞進了自己的肚子。呂氏吞嚥得很痛苦，滿嘴滿喉都是腥鹹的血糊。呂氏知道這會兒的吟春，弱得像一張被水打濕的棉紙，吹一口氣都能破。她只能自己忍。

「下過雨……路滑……沒站穩……」吟春囁嚅地說。

「要不是撐船的看見了，哪還有你的命？」呂氏說。

這不是吟春第一回出事。半個月前她出門砍柴，爬到半山腰，眼睛一閉就往坡下跳。那天她其實還不想死——想死的心是後來才有的。那天她僅僅是想甩掉肚裡的那塊肉。可是她被一棵樹鉤住了，那塊肉並沒有甩掉，她卻把自己摔得鼻青臉腫。她一瘸一瘸地爬回家來，也是對呂氏說路滑沒站穩。

「你給我，在祖宗神靈前發個誓，你不會再出，這樣的事了。」

呂氏抓住了吟春的胳膊，指甲如釘子扎進她的肉裡。一陣濃烈的口臭從呂氏的嘴裡噴出，差一點叫吟春別過氣去。呂氏這回的眼光很直很狠，鉗子似的夾住了吟春的眼珠子，叫吟春再無可躲藏之處。

吟春的嘴唇顫了幾顫，卻沒有顫出一句話來。話很多，可是哪句她也說不得。這個誓她不能起，起了就是死。可是不起也是死。起了她得罪的是祖宗神靈，不起得罪的是呂氏。祖宗神靈是看不見的，呂氏近近的就杵在眼前。反正一樣都是死，不如就得罪那個看不見的吧。

吟春勉強撐起身子，點了點頭。

「那好，我一會兒就去喊下街的月桂嬸來幫忙。從今天起，你一步也別出門，就在家裡好生養胎。」呂氏說。

呂氏說這話的時候，臉緊得像一塊上過釉的木板，沒有一絲裂縫可以插得進商量的餘地。

「我給你燉了老母雞湯，加了薑糖。」呂氏走進了廚房。

白浪費了，一隻生蛋的好雞。吟春暗想。她一吸氣就覺出肚腹癟了，是餓，又不全是餓，倒像是腹中的那團肉。但願那團肉已經離開了她，化作了魚肚裡的一塊食。可是她不能說，一個字也不能說。她只能等著郎中來了，讓郎中把這話告訴呂氏吧。

她猜想呂氏大概會哭，也會罵。自從她嫁到陶家之後，她也做過幾樁錯事。呂氏偶爾也給過她一張黑臉看，卻真沒怎麼罵過她。她不知道呂氏真狠起來是什麼樣子。她明白呂氏的隱忍和呂氏的爆發，都緣自同一個理由。她想好了，呂氏就是哭出一江一海的眼淚，罵遍了她十八代的祖宗，她也絕不回一句嘴。呂氏的眼淚總有乾的時候，呂氏的咒罵也總有完的時候，日子如溪水總還得往前流。只要過了這個坎，她就再也沒有什麼可怕的了。

吟春只覺得這幾個月裡壓在她心頭的那座山，突然塌了，化成粉化成塵，身子雖然還重，卻已經不是山那樣的重了。

我終於可以，安安生生地，睡一覺了。

吟春兩眼一閉，又昏昏沉沉地跌進了夢鄉。

吟春後來是被月桂嬸推醒的。月桂嬸是下街的一個寡婦，丈夫兒子都病死了，剩了她孤孤單單一個人，吃著街上百家的飯。上街下街誰家有事，都喊她過來幫忙——也算是接濟的意思。

月桂嬸扶著吟春坐起來，又在她腰上塞了一個枕頭。

「不過年不過節的也有雞吃，你算是嫁到好人家了。」月桂嬸舀了一勺雞湯，呼呼地吹著涼，羨慕明明白白地寫在了眼睛裡。

呂氏站在床尾看著吟春喝湯。日頭落了，屋裡很暗，吟春看不見，吟春是覺出來的。呂氏臉上有一樣東西，像新添了油剛剪過蕊的燈盞似的，照得半個屋都亮。

那樣東西是喜氣。

「胎兒保住了。孫郎中說了，胎音很強。」呂氏說。

轟的一聲，天塌下來，砸在了房梁上。房梁斷了，砸在地上，把地砸出一個天大的坑。天沒了，四處一片昏暗，吟春卻看見金星在滿屋子飛轉。

「真能睡啊，你。孫郎中給你把脈開方，你一眼都沒睜。」呂氏的聲音還在耳邊嚶嚶嗡嗡地響。

吟春伸出手，在黑暗中四下摸索著。地裂了，生出一條淵一樣深的縫。她覺得她的身子掉在了那條縫裡，正一下一下越來越沉地往下墜。她知道只有一個人能救她。那個人只要伸出手來，輕輕一拉，她就站住了。

可是那人沒有啃聲。

那人就是大先生。

吟春是在正月裡過的門，正是大先生放寒假的時節。不僅是呂氏，其實吟春自己也想多留大先生住幾日。可是大先生的學堂裡有百十號學生在等著他開課，大先生吃著人家的餉，就得聽人家的管，所以他還是一天不誤地返回了省城。

那回大先生連頭帶尾統共才和她過了五天，可是這五天裡大先生一晚沒落地耕著她的田，有時候一夜能耕好幾回。大先生不是青壯小夥子了，大先生只是想趕緊做爹。大先生耕起田來有些力不從心，氣喘吁吁，汗流浹背。她心疼大先生，就想盡了各樣法子把自己變得鬆泛些，再鬆泛些，好讓大先生省一點氣力。她很是驚訝：這樣一樁她從沒幹過的生分事，她如何就能幹得如此純熟靈巧，彷彿她已經幹過了一輩子。在耕田的事上，大先生只領了她一回，帶著她上了路，接下來便是她引著大先生了。

大先生犁完田，身子雖是疲乏，卻不著急睡下，總是點上一斗菸，一邊抽，一邊看著吟春，有時說幾句話，有時一言不發。

「好啊，真好。」有一回大先生對她說。

大先生的話說得沒頭沒腦，不過她用不著問，也知道大先生說的是她的身子。

大先生過完冬假，就回了省城。吟春一人躺在大先生睡過的床上，聞著枕巾上大先生留下的油垢味，一閉上眼睛，竟然想不起大先生的模樣了。大先生像一陣風，說來就來，說走就走。她彷彿只是做了一場夢，夢一醒，她就已經睡到了別家的床上，從閨女變成了婦人。她的腦子雖然留不住大先生的模樣，可她的身子卻會留住大先生的身子的——大先生在她的田裡撒了這麼多的種子，總有一顆，會抽成穗結成實的。她堅信不疑。

從大先生走後的那天起，她就天天細細地查看著自己的肚腹，任何一個小小的不起眼的跡象，比如一聲鼓譟，一個蠕動，一絲未曾見過的紋路，都能叫她沉浸在無端的揣摩裡，她認定了那就是第一片芽葉第一條根鬚的動靜。

她著急，呂氏也著急，可是剛開始的時候，她們都把各自的著急藏掖得很好，並不說破。

直到有一天。

那天呂氏吩咐她去橋下的南貨鋪買一斤北棗，回來的時候，她發現呂氏癱坐在家裡的磚地上，兩個眼睛枯井似的望著她，身子癟成了一張紙。再走近些，她才看見呂氏手裡捏著她剛換下還來不及洗的內褲，上面有斑斑血跡——她來了月信。

她愣了半晌，才有氣無力地扶起呂氏，坐到了凳子上。她想說一句寬慰的話，可是搜腸刮肚竟無所得。希望像皮囊，得一口一口地攢著氣，才能把它吹得鼓亮。這一個月，日裡夜裡她都沒敢懈怠。她花了一個月的時光終於把皮囊吹鼓了，可是，洩氣只需要一秒鐘。一件染了汙血的內褲，如針尖頃刻之間就把皮囊扎漏了，一口氣也不剩地漏到了底。她不知道，這一輩子她還會有多少口氣可以這樣地積攢，又有多少個皮囊可以這樣鼓起來再癟下去？陶家把將來放到了她的肩上，她原先覺得自己年輕力壯，掂一掂，熬一熬，就能扛起來了，沒想到這世上也有光憑年輕還是扛不動的擔子。她安慰不了呂氏，呂氏也安慰不了她，她倆只能踩著一地破碎的希望默默相看。

「你去，拿張紙，給之性寫封信。」呂氏突然站起來，眼裡又有了光亮。「你告訴他，你要去看他。」

「去省城？」吟春愣了一愣。吟春娘家在靈溪，如今嫁在藻溪，這兩處就是她從小到大唯一去過的地方。她連縣城都沒有去過，杭州對她來說，那是跟天一樣遠的地方。

「你不去，還坐等著他回來？那又是好幾個月的事了。我叫榮表舅陪你去杭州，你去守著他。你年輕，這回沒成，下回就成了。」

呂氏眼裡的這把火，不知燒過了多少回，又滅過了多少回。這一回又一回的，就把一個女人的青春燒成了灰。可是就是成了灰也得接著燒，要是沒了那把火，日子就沒法往前過了。

正當吟春收拾行囊準備去杭州探望大先生的時候，大先生突然來了信，說城裡不太平，日本人正在那一帶投毒氣彈。大先生還說，這幾天學校裡都不上課，大家都在挖防空洞，今年可能會提前放假，好把學生安全疏散回家。

大先生果真沒等到暑假就回了家。

幾個月沒見，吟春覺得大先生又成了陌生人。飯桌上她給他盛飯，他隨意看了她一眼，就把她看成了一張大紅臉。大先生端著一碗米飯，扒了幾筷子，就放下了。呂氏夾了一塊油汪汪的筍尖放到大先生碗裡——那是他最愛吃的東西，大先生咬了一口，仍是無滋無味的樣子。呂氏只道是舟車勞頓，便吩咐吟春去預備熱水叫大先生洗臉燙腳，早點歇下。誰知大先生突然抬起頭來，說了一句「洗個卵」。呂氏和吟春都愣了一愣：大先生是個斯文人，從來沒說過粗話。這話從大先生的嘴裡說出來，如同是細布包袱裡抖出一顆糙糞蛋，怎麼看都不像。

大先生放在桌子上的那隻手，慢慢地捏了一個拳頭，手背上的青筋，爬成粗粗的一條蚯蚓。這蚯蚓待在大先生的手上，遲遲不肯離去。過了一會兒，大先生的額上招魂似的，也生出了一條蚯蚓。那條蚯蚓比手上的那條更粗更猙獰，從太陽穴一路蠕爬到眉眼之間，在那裡蜷成一團青紫。吟春半個身子站著，半個身子依舊還癱坐在椅子上，一時竟不知如何行事。

半晌，大先生終於長長地歎了一口氣。

「蕭安泰，沒了。」他說。

呂氏嘴裡的一口飯，突然梗住了，在喉嚨口鼓出硬硬的一個包。

「一個年輕後生，怎麼說沒就沒了？」呂氏驚問。

「事先有人報信說日本人要來，他跟村裡八個年輕漢子，都躲在廟中的柴火厝裡。還是給搜出來了，挖了眼睛剜了心，一個也沒活下來。」

「畜，畜牲。」呂氏撩起衣襟，擦起了眼睛。

蕭安泰是大先生最得意的學生，富陽人。家裡窮，成績卻是年年榜首。每一個學期，都是大先生在學校裡替他交涉減免學雜費的事。去年暑假，大先生還帶他回藻溪住了一陣子——也算是替他家裡省些柴米的意思。他在陶家住著，包攬了陶家裡裡外外一應的瑣事。都過去一年了，呂氏還記得他那雙裡頭鋪了一層油紙，前後都有破洞的老布鞋，還有他進門就給她磕頭，喊她師奶奶的情景。

「他媽，就他一個指望啊……」呂氏說。

飯桌上的人都靜默了，米飯突然就變成了沙子，生生硬硬的硌著舌頭和喉嚨，吐不出來，也嚥不下去。

「這陣子睡覺，要警覺點。」大先生瞟了吟春一眼。

「橫街陳家的姨娘說，日本人去了宜山，躲不及，她三姊的婆婆，六十多歲的人，也……要不，讓吟春回娘家避一避？那邊走水路，比這裡要多搖幾櫓船。」呂氏說。

「不用了，日本人的行蹤，誰也計算不了。蕭安泰要是留在杭州，倒反沒事。誰想到疏散去鄉下，反而丟了性命？那天他不肯走，是我硬勸的。是我，害了他……」

大先生的眼窩很深。大先生的眼淚從心裡流到眼角，要走很長的路。大先生的眼淚走到半途的時候，就走乾了，大先生的眼淚最終也沒有走出他的眼窩。

「我哪兒也不去。」吟春輕輕地說。

吟春站起來，撩起布衫的斜襟，露出褲腰上別著的一把剪刀。剪刀是新磨的，還沾著磨刀石的粉塵。

「要是碰見日本人，逃得走算我撿條命，逃不走也沒事，要麼是他死，要麼是我死。」

吟春說這話的時候，平靜得像是說要去集市買一包針、一捲線，或是一尺頭繩。

大先生和呂氏同時吃了一驚：他們看見了吟春身上有一樣東西，藏在棉花一樣厚實的溫軟裡，隱隱閃現。

那樣東西叫剛烈。

那天夜裡大先生和吟春很早就睡下了。燈滅了，大先生一動不動地躺在床上，直直地瞪著天花板，兩個眼睛像兩顆磨舊了的玻璃珠子在黑暗中閃著鈍光。吟春有點害怕，怯怯的，也不敢動，身子僵得如同正在蛻皮的蠶。後來大先生歎了一口氣，側過身來攬吟春。大先生的指尖一碰到吟春，吟春便活了。她伸出手來，捏了捏大先生的右耳墜，那塊綠豆大小的肉還在——這是大先生家裡祖傳的記號，從大先生的爺爺開始，傳到大先生的爹，再傳到大先生這一輩，所有的血親右耳墜上都有這麼一小塊肉。大先生曾經說過，要是哪天世界上沒了光亮，兩人黑燈瞎火地走散了，彼此瞧不見，憑著這塊肉，她就能在人堆裡找見他。

肉還在，他還是他。吟春突然就放了心。兩人便又熟稔了起來，熟得彷彿一刻也不曾分開過。大先生的手輕輕地探進吟春的貼身小褂，一路爬過去，停在了那兩團軟綿上。吟春的身子潮潤了，忍不住低低地呻吟了起來。

「重一點，再重一點啊。」她很想這樣告訴大先生，可是她不敢。

男女的事，她原先是不懂的。不懂的時候，她什麼都不想。可是現在她懂了，她就不能不想。她的身子原本是上著鎖的，是大先生給她開了鎖。鎖一開，裡頭就冒出了一個精怪。那精怪在她身子裡圈了十八年，她不認得它，它也不認得她，他們各自為政，兩下相安。可是大先生鬆了它的綁，它開始在她的身子裡橫衝直撞，攪得她的血沸水似的翻騰，從此不得安生。大先生不在家的時候，她日日夜夜都想他，一個人躺在床上，只覺得衣裳裁得太緊，箍得她的身子喘不過氣來；被褥絮得太厚，捂得人起一身的燥汗。現在終於把大先生盼回來了。大先生是斯文人，大先生耕起她的身子來，也是斯斯文文的。她喜歡大先生的斯文樣子，可是在床上，她卻情願大先生有幾分粗人的蠻勁。吟春被自己的想法嚇了一跳，她覺出了自己的賤。

那天夜裡吟春做了個怪夢，夢見黃鼠狼爬進了家裡的雞窩，叼了隻蘆花母雞就走，一地雞毛一路血。她跟著血跡跑啊跑啊，跑了好遠也沒追上黃鼠狼，卻把自己追醒了。一身是汗地坐起來，摸了摸身旁，床是空的。心裡咯噔了一聲，就慌手慌腳地摸著火柴點亮了油燈，才發現大先生蹲在地上，頭埋在兩隻膝蓋中間，高高地拱著一個脊背。大先生的衣裳很單薄，兩爿肩胛骨嶙嶙峋峋地從衣裳裡頂出來，刀似地割著吟春的眼睛。吟春猜想大先生還在傷心蕭安泰的事。吟春的腦子揉麵似地揉來揉去，想擀出一句妥貼的話來安慰大先生，卻終無所得。這才明白勸慰人的本事，跟繡花裁衣裳捏糖人的手藝一樣，原本是天生的。她只好點了一斗新菸，送到大先生手裡。大先生抽了一口，眼裡才泛上一絲活意，卻只看著吟春不吱聲。那天大先生看吟春的眼神遠遠的，空空落落的，看得吟春豎起了一身的汗毛。

大先生從省城回來之後，還像從前那樣，吃完早飯就散步到藻溪邊上的那棵大樹下，坐在樹蔭裡讀些閒書，午覺起來在堂屋裡鋪開紙墨練練字，得閒了去鎮裡幾個舊同學家串串門。可是吟春卻覺出了大先生的不同。大先生像是一塊發了霉的箬糕，一條剔了骨的河魚，在外人眼裡，糕還是糕，魚也還是魚，只有吟春知道，那糕少了一層釉亮，那魚缺了一點精神氣。

大先生在家裡住了半個月，吟春的媽託人捎信來，說吟春的爸得了重病，想讓女兒回娘家一趟探病。呂氏備下了幾樣盤手（溫州方言：糕點禮品），讓大先生陪吟春回娘家一趟。可是那天早上大先生吃壞了肚子，上吐下瀉，行不得路，呂氏只好臨時喊了榮表舅陪吟春上路。呂氏讓吟春換上了一件自己穿過的舊布衫，又抓了一把灶灰抹在她臉上，一遍又一遍地吩咐她要挑大路走，跟緊了榮表舅一步也不可落下，尤其是人多的地方。

兩人原本說好在靈溪過一夜再回來，誰知還沒到天黑，榮表舅就回來了——是一個人。榮表舅一頭是血，進了門就拿拳頭砸腦殼，說吟，吟春沒了。原來他們走出十幾里地的時辰，突然撞上了日本人的飛機投炸彈。炸彈正正地投在了集市裡，人多，亂哄哄的一跑，兩下就跑散了。榮表舅頭上的血，是一頭豬給炸飛了濺上來的。呂氏一聽，兩眼一翻，就癱坐在了地上。倒是大先生鎮靜些，問炸死了幾個人？榮表舅說看見有人抬了兩具屍首出來。大先生又問傷著了幾個？榮表舅說傷了有十來個，只有兩個傷得重些，丟了一隻胳膊一條腿，其餘的，只是叫磚頭瓦礫擦破了皮。大先生又問這死的傷的裡頭，有吟春這個歲數模樣的嗎？榮表舅說他看過了，沒有吟春。大先生鬆了一口氣，說只要那裡頭沒有吟春，吟春多半還活著。吟春是個機靈人，說不定找不著你，就自己回了娘家，等天亮再動身去她娘家找人吧。

那夜大先生一眼未闔，巴巴地坐在床沿上等著曙色把窗櫺紙舔白了好上路。好不容易聽得第一聲雞叫了，便夾了一把桐油傘要出門。開了門，卻發現門口的石階上坐著一個滿身灰土的人——是吟春。

大先生見了吟春，連忙伸手去拉，吟春害怕似的往後閃了一閃，大先生的膝蓋一軟，身子一個踉蹌，幾乎跪倒在地上。吟春也不去扶，兩眼直直地看著大先生，彷彿在看著一個旁不相干的人。大先生的嘴唇顫顫地抖著，抖了半天，才抖出一個「你」字來。這個「你」字如同一把錐子，把吟春的癡愣鑿出了一個小口子，眼淚這才流了出來。

吟春那天哭得很怪，兩眼大大地睜著，如同兩個黑咕隆咚的岩洞，不見悲也不見喜。嘴角緊抿，像是兩扇上了重鎖的門，沒有一絲聲響。只有眼淚，源源不斷地從那岩洞裡流出來，先是一顆一顆，再是一條一條，再後來，就成了一片一片。大先生從沒見人這麼哭過，一下子慌了，就抱住了吟春上上下下地看。只見吟春的髻子散了一肩，頭髮上沾了幾片草杆和鳥屎；臉上的灶灰隔了天，已經淡了，上頭卻蓋了一層新土，眼淚在那層厚厚的灰土上鑽出歪歪扭扭的路。鞋子跑丟了一隻，沒鞋的那隻腳上，布襪早磨爛了，露出一塊血乎乎的腳掌。

大先生就坐在門前的日頭底下，給吟春挑腳上的刺。挑壞了好幾根針，挑出來的草刺和細石子染得青磚地一片紅。大先生挑一下，嗞一聲，彷彿那刺不是扎在她的腳板上，倒是扎在他的心尖子上。大先生越嗞，吟春越哭得咬牙切齒，淚珠子在大先生的手背上砸出一個一個的坑。大先生終於忍不下那個疼了，扔了針，在屋裡大步走來走去，嘴裡不停地念叨著：「這個榮表舅，這個榮表舅！」

「這事怨不得阿榮，要怨也只能怨日本人。」呂氏斜了大先生一眼。「行啦，行啦，活著回來就是菩薩保佑，叫你媳婦把眼淚收了吧，再哭就要把天哭塌了。」

「我以為，再，再也見不著你，你們了。」吟春已經哭過半晌了，把一張臉都哭得抽巴了，聽了這話才終於收了淚，抽抽噎噎地說。

原來日本人的炸彈一落到地上，一個集市的人就炸了窩，誰也不看路，只是犯了失心瘋似地狂跑。跑出好遠，吟春才發現榮表舅沒跟上來。等到人群終於鬆動了些，她死命地擠出來找榮表舅，往前走了大半個時辰也沒找著，便又折回來，想走到原地等他。走著走著，天就漸漸黑了，不知不覺之間，她已經迷了路。本想隨意找戶人家借個宿，等天亮了再趕路，誰知一村的人被日本人的飛機嚇著了，都出門逃難去了，竟沒有一戶開著門。她摸黑找到了村尾的一個小廟，躺在一個稻草堆上就睡著了。睡到半夜，被一陣窸窸窣窣的聲音驚醒，借著月色，才發覺自己竟躺在一口棺材邊上。那聲響原來是從棺材裡發出來的——棺材的蓋板動了，有東西正在往外鑽。她嚇得魂飛魄散，拔腿就跑，跑出了半里地，才發現自己把鞋子跑丟了。

呂氏聽了，呸的吐了一口唾沫，叫吟春趕緊燒盆水洗洗晦氣。

「洗過的髒水要倒在沒人處，倒完水到街上轉一圈再回來，千萬別叫那不乾淨的東西跟進家門來。」呂氏吩咐道。

儘管呂氏千叮嚀萬囑咐，那「不乾淨」的東西，還是跟著吟春進了陶家的門。

吟春受了驚嚇，回家就生起病來。起先是寒熱症。請鎮上的孫郎中開了無數帖方子，竟全然無用。那寒熱晚上走，早上回來，日日掐著指頭般地精準，一下子就把人燒得脫了型。原先鼓鼓的腮幫子，彷彿叫人剜走了兩刀肉，忽地塌陷了進去。一張臉遠遠瞧過去，只剩下兩個黑窟窿似的大眼睛。平日除了昏睡，就是呆呆地躺在床上，默不出聲地盯著天花板看，那眼神如同兩根綳得緊緊的線，直直硬硬的找不見一道彎。

呂氏看那樣子便說是失了魂，就找鎮上的道姑去喊魂。道姑拉了一位六七歲的童子，一起去了那日吟春和榮表舅走散了的地方，一前一後，一呼一應，喊了約有一兩個時辰，回到家來，卻也不見吟春的病情有絲毫起色。道姑就搖頭，說這走散了的魂魄，若在五日之內，尚還可能有救。若過了五日，怕是走得太遠，找不見了。大先生聽了連連歎氣，只說愚昧啊愚昧。

吟春的寒熱症還沒好，卻又添了一樣新病：無論吃什麼，飯食還沒進肚腹，便先嘔出來。到後來只剩了一口黃水，依舊還嘔，人嘔成了一根篾絲。大先生實在無法，只好親自坐船去了縣府敖江鎮，專程請一位據說在英國留過洋的歐陽大夫，來藻溪給吟春瞧病。

歐陽大夫帶了一個沉甸甸的藥箱子，進了陶家的門，仔仔細細地查過了吟春的病，出屋來便給呂氏道喜，說你家兒媳是懷孕了。有孕在身的人，這退燒的事還得十二分當心。西藥見效是快，卻怕藥性太狠，傷著胎兒，還得採用物理降溫，再輔以中藥，慢慢將息。

呂氏和大先生聽了這個消息，一時愣住。

前腳送走了歐陽醫生，後腳呂氏就顛著小腳，去鎮上的香火鋪買了香燭，給祖宗牌位上香祭拜。拜完祖宗，便進了吟春的屋，跪在地上咚咚地給吟春磕頭。

「人說生病七分靠郎中，三分靠自身。郎中的七分，該做的都做了，剩下的三分，就在你了。你若想好，這病就能好。我先替陶家的列祖列宗拜你了。」

呂氏這一拜，一下子把吟春給拜醒了。吟春光腳下了床，顫顫地就來扶婆婆。剛出了一身虛汗，身子軟得像一團和得太稀的麵，卻終於站穩了。

從那刻起，吟春的病才一日一日地好了起來。

呂氏搬了一張凳子，坐到窗前的一塊太陽光斑裡縫帽子。呂氏手裡的帽子像是瓜皮帽，又不全是，瓜皮的外沿厚厚地翻捲過來，中間釘了一個生楞的虎頭——這是呂氏的創新。呂氏年輕時，針線女紅的本事是遠近聞名的。後來上了年紀，眼力不如從前，手就懶了。自從知道吟春有了身孕，她的手就癢了，擱置了多年的針線笸，又被重新翻了出來。

這是呂氏縫的第二頂帽子。第一頂也是虎頭。

「媽，你得信科學。生男生女，各有一半的運氣。」大先生曾經這樣說過她。

「胡說！生男生女的事，是菩薩說了算。菩薩愛待見誰家就待見誰家。」

「憑什麼，菩薩就待見你家了？」這樣的話，大先生平日裡是能忍得住的，可是那天不知為什麼，大先生沒忍住，大先生脫口而出。

呂氏那天被兒子說得愣住了——她從來沒想到過別的可能性。她的想法是一條多叉的路，可是等在每個叉路口上的，都是虎頭。她心裡從來沒有給牡丹芍藥留過一釐一毫的餘地。

吟春從屋裡慢吞吞地走了出來，走到院子裡，舀了一大勺泔水，拌在糠裡餵雞。雞是不認時辰的，雞只認天光。日頭已經升到樹枝分叉的地方了，雞餓瘋了，唧唧喔喔蜂擁而上，踩了吟春一鞋面的雞屎灰土。看見鞋面上那團還帶著隔夜潮氣的綠屎，吟春肚腹裡彷彿有根繩子抽了一抽，沒忍住，哇的一聲就吐了，嘔在地上的幾粒飯糊被雞一搶而光。吟春想抬腳轟雞，可是腦瓜子卻差不動腿——病雖然好了，身子還依舊倦怠，只是懶得動彈。

吟春餵完雞，手搭了一個涼棚往院門外眺望。陶宅的地勢高，一眼望出去就可以望見藻溪。日頭不那麼生猛的時候，溪是清綠的，近得彷彿就在腳下。日頭把水推遠了，遠成一條和灰土路模模糊糊地交織在一處的白線。此刻在白線某處的某一片樹蔭之下，坐著她的大先生。

大先生今天很早就出了門。其實這只是吟春的猜測：吟春是從飯桌上那碗只挑了一筷子就放下了的泡飯上猜出來的。

不知大先生今天在樹蔭下看的是什麼書？也許他壓根沒有在看書，他只是在想心事。大先生近來的心事很多——這也是吟春的猜測。吟春是從大先生的神情裡猜出來的。大先生的話越來越少了。大先生雖然不說話，可是大先生的心事會自作主張地替大先生說話。大先生的心事磨盤似地墜在大先生的眉眼上，大先生的眉眼吃不了那樣的重，便拉著大先生的臉，低低的幾乎要垂掛到地上。吟春隱隱覺得，大先生這麼多的心事裡，有一樁是和她肚腹裡的這團肉相關的。大先生盼這團肉，盼了一生一世。可是這團肉真的來了，大先生似乎又不那麼盼了。不僅不那麼盼，反而還有那麼一兩分的生分，猶豫，冷淡。吟春搜腸刮肚，想找一個合適的詞來形容大先生的心情，似乎哪個都有那麼一點模模糊糊的相近，卻哪個也不是嚴絲合縫的貼切。

她大概永遠也不能真正摸透大先生的心事。大先生心裡的那個世界很大，大到鄉裡人就是一刻不停地走一輩子的路，怕也擦不到大先生眼界的一個邊。大先生是鄉裡人貧瘠的語言系統裡一個信手拈來無所不在的代名詞。鄉裡人顯擺自家孩子聰明，會說那是「大先生的腦袋瓜子」；誇某人的見識高，會說那是「大先生的世面」；甚至連損某人愚笨，也會說那人沒讀過「大先生的書」。大先生是藻溪人視野的極限，藻溪人眼睛再明再亮，也翻不過大先生這堵高牆。對藻溪人來說，大先生之外再別無天地。吟春是一鄉裡識字最多的女子，可是即便是她，也只是近近地站在了大先生的門外，從微啟的門縫裡看到了大先生世界裡的一線天。

「怎起得這麼晚？雞都叫炸了。」呂氏停下手裡的活，問吟春。

吟春回過頭來，目光盯在呂氏的手指上，突然吃了一大驚。

「媽，您能，自己紉針了？」

「我孫子，成了我的眼了。」呂氏指了指吟春的肚子說。吟春覺得那一指頭很尖利，隔著一個院子，她的肚皮緊了一緊。

「昨晚沒睡安生啊？」呂氏問。

吟春遲疑地點了點頭。

「不能，由著他，胡來。」呂氏說這話的時候，低頭看著手裡的帽子，口氣彷彿是在數落帽沿上的虎頭。只是那一句話掰成了三塊，每一塊中間，都連著一根蛛絲一樣看不見卻覺得著的細線。

吟春是從那根曖昧的細線裡悟出了呂氏的意思的。轟的一聲，一股熱氣湧了上來，兩頰燙得如同灶灰裡扒出來的番薯（溫州方言：紅薯）。

「沒，沒有。」吟春低了頭說。

吟春的話回得沒頭沒腦的，不知是說她沒由著他呢，還是說他沒胡來。

其實，自從知道她懷孕之後，大先生就沒有再碰過她。不僅沒碰過她，而且和她分了床。每天夜裡，大先生都會拖出一床篾席，鋪在地上單睡。她原先以為他是怕自己熬不住念想，傷了她肚子裡的孩子，後來她看見他到早上雞叫頭遍的時候，就匆匆起身，把篾席捲成一個筒子，塞在床底下——為不叫呂氏看見，這才覺出了事情的蹊蹺。

夜裡她睡床上，他睡地下，她聽得見他清瘦的身子翻碾過篾席時發出的嘎啦聲響，也覺得出他幾近無聲的歎息將長夜戳出一個一個的洞眼。有他在她身邊的時候，黑暗是一床絲綿被，把她和他連頭到腳地裹住，柔軟得找不見一根毛刺一條稜。他不在她身邊的時候，黑暗突然就長出了角，她略一翻身，它便如岩石一樣粗糲地磨著她的身子。等到她終於和岩石磨合出一個彼此勉強相容的姿勢時，天就濛濛亮了。

有一天她醒了大半夜，實在煎熬得難受，就起身，光腳跳下地來，躺到了他身邊。她知道他也是醒著的，因為他的脊背顫了一顫，毛孔刺蝟似地開放，每一根毛尖都塗滿了戒備，她被扎得措手不及地呻吟了一聲。

是什麼東西突然就把他們分開了——分得那樣得近在咫尺卻遙不可及？

她絕望地坐起來，把臉埋在手掌上哭了。長夜裡每一處都是冰冷尖硬的，容得下她的臉的，只有她的手。她的手捧著她的臉，焦急地呼喚著眼淚，眼淚卻在從心腑朝眼睛奔湧的過程中，迷失乾涸在某一處荒漠裡。她驚恐地發現，她再也沒有眼淚了——她的眼淚在那個和大先生劫後重逢的一天裡都流乾了。

她想問他：「你到底怎麼了？」可是她覺得喉嚨就像是溪灘一樣，堆滿了大大小小的鵝卵石。她在黑暗中坐了很久，想把那些卵石一塊一塊地挪走。石頭太多太沉，話埋得太深太久，等到話終於千難萬險地爬到舌尖的時候，已經氣若游絲。

她剛剛吐出一個「你」字，院子裡的雞公就喔地喊出了第一聲。一隻領了頭，便有一群跟班的，咿咿喔喔的合著夥，把夜給攪散了。雞公攪散的，還有她的心思。灰白的曙色裡，她看見大先生翻了一個身坐起來，甕聲甕氣地說：「我起了。」他說這話的時候，依舊背對著她，但她知道他是要她回到床上去，他好把篾席捲起來，省得呂氏看見。平日精明得眼裡容不得半粒沙子的呂氏，這一回被吟春肚子裡的這團喜給攪渾了腦殼，竟然沒有覺察兒子在自己眼皮底下的反常。

「憑什麼？」吟春說。

吟春被自己的語氣嚇了一跳。這句話像是收剩在田頭被風吹過了一個冬季的芋頭，經過她的牙縫時硌得她牙床一抽一抽地生疼。她從來沒有這樣硬地和大先生說過話。這話原本不是用來抽打大先生的——她不敢，也不捨得。她只是想用這樣硬的一句話，來激大先生的一句話，哪怕是呵斥和咒罵。她和大先生的心裡，各有一扇門。她的門很寬敞，她的身子處處都是鑰匙。大先生無論挨著哪一處，就走進了她的門。而大先生的門很高很窄，大先生的門只有一把鑰匙，那就是大先生的嘴。大先生一沉默，吟春就被關在了大先生的心思之外。大先生不說話的時候，吟春便丟了東西南北，心慌慌的就像溺水的人找不著一樣可以攀援的物什。

這些日子裡，大先生豈止是不說話，大先生甚至連看都很少看她一眼。其實這話並不確切。大先生並不是不看她，大先生只是挑她不留神的時候看她。其實這話也不確切。大先生只是挑他以為她沒留神的時候偷偷地看她，比方說當她在院子裡晾衣裳的時候，或是她在鍋台上洗碗的時候。她背著他，卻感覺得到他的目光如一片一片的葉子貼在她的脊背上，有的涼，有的不涼也不熱，有的毛烘烘地刺癢。她知道大先生的目光裡多少還剩著點愛，只是那愛已經不是她剛進他家門時那種清清朗朗的愛了。如今的愛像是被大雨攪渾了的藻溪水，夾雜著許許多多的泥沙，那泥沙或叫怨，或叫恨，或叫悔，或叫吟春一時還說不明白的別的名字。

可是沒用。這個凌晨吟春把那句話鐵杵一樣地甩給大先生，咣噹一聲，她聽見這話把苟延的夜色瓷碗似地砸得粉碎，可是她還是沒有砸碎大先生的沉默。大先生躲過鐵杵，緩緩地穿上布衫，佝著腰，頭也不回地走出了房門。

今天，就是今天了。今晚無論如何得拉住他，問一個清白。吟春暗暗地想。

可是這天晚上吟春依舊沒有逮著機會問大先生。

這天大先生午覺起來就出去找上街的一位兒時朋友喝酒去了，直到二更的梆子都敲過了，大先生也沒回家。吟春吹了燈躺在床上，耳朵豎得野兔似的，聽著院子裡的各樣聲響。窸窸窣窣，那是夜風齧咬樹梢的動靜。唧唧咕咕，那是熟睡的雞鴨發出的夢囈。枝頭的蟬正縮蜷在殼裡沉沉地睡著，養著嗓子好等著天明醒來大嘶大吼。有一片細碎的唦啦聲，輕得幾乎像是耳膜上的一絲震顫，倒叫吟春愣了一愣，半天才想明白：那是月兒拽著星星在慢慢地往下墜。百樣的聲響裡，就是沒有一樣是門聲。吟春等了又等，眼皮漸漸沉澀起來，終於昏昏沉沉地睡了過去。

吟春是被光亮驚醒的。驚醒吟春的不僅是光亮，還有熱氣。吟春只覺得臉上辣辣的，像灑了一層胡椒粉。睜開眼睛，只見眼前晃動著兩盞燈。那燈有些怪，生著綠瑩瑩的鈍光，有些像夜裡行路時看見的鬼火。唰的一聲，吟春身上的汗毛針似地豎了起來。過了一會兒，她才醒悟過來那是大先生的眼睛——大先生正站在床前，弓著身子看她。大先生的臉湊得很近，近得她都能聽得清他毛孔裡嘶嘶地冒出來的酒氣。大先生的目光裡有一種她從未見過的神情，像是老鼠終於被貓逼到了死角時的那種決絕，又像是屠夫經過一番繁瑣的挑挑揀揀之後終於找到了一把好刀時的快意。吟春被大先生的神情嚇了一跳，一下子就醒利索了，坐起來，摸摸索索地想穿衣裳，卻被大先生按住了。

「還想，騙我，到什麼時候？」大先生問。

大先生的話是一個字一個字從牙縫裡擠出來的，擠得太辛苦，話肉都擠掉了，剩下的全是光禿禿的骨頭，一根一根的很是生硬。吟春被硌疼了，哆嗦了一下。

「騙，騙了你，什麼？」

大先生哼的冷笑了一聲：「別裝了，我就等著看你什麼時候有句真話。說吧，是誰的，孩子？」

終於，來了。吟春閉上眼睛，暗想。

自從她知道自己有了身孕起，她就在等待著這句話。這句話像一把刀懸在她的頭頂，似乎分分秒秒都有可能落下。刀雖然是懸在半空的，可是刀上的那根繩子，卻是拴在大先生的指頭上的。他的每一聲歎息，每一個眼神，似乎都在告訴她：他在鬆動著手裡的繩子。刀一寸一寸地近了，她甚至已經覺出了頭皮上的颼涼。她每天都把心揪在喉嚨口，等待著刀落下來的那股巨疼。直到這一刻她才明白過來，懸而未決的恐慌，那才是疼中的最疼。刀真正落下來時，雖然也是疼，卻是一種踏實的疼了。

她突然就定了心。她在和大先生掰腕子，她不能鬆懈，一絲一毫也不能。她若洩了她的氣，她就會被大先生壓在手下，永世不得翻身。而她的氣，就是她的眼神。

「你喝多了。除了你，還能是誰的？」她睜大眼睛，定定地看著她的男人說。

「胡說！」他突然揪住了她的衣領。他揪得很緊，她覺得她的心被擠出喉嚨，掉在了舌頭上。氣越喘越窄，天漸漸地變了顏色，先是灰的，後來就變成了淡紅，再後來就成了赤紅的一坨。房頂倒扣過來成了地，而原先是地的地方，卻升騰到了半空，上邊胡亂飛著些星星。

其實，死了也好。至少現在死在他手裡，在外人眼裡她還是個乾淨的女人。吟春突然就放棄了掙扎。可是他卻鬆開了她。他手裡雖然提著刀繩，可是他歸根結柢不是個屠夫，他下不了狠心。他咚的一聲木樁似的頹坐到床上，震得床板顫顫地抖。他喘著氣，她也喘著氣，可是他倆喘的，卻不是一樣的氣：她是逃生的僥倖，而他，卻是對自己懦弱的頹恨。

「回來前我在省城看過醫生。」他把頭埋進手掌裡，她聽見他的聲音泥漿似的從指縫裡艱難地擠出來，滿是皺褶和裂紋。

「醫生說了，我沒，沒有，生育能力。」他低聲說。

嘩的一聲，塌過的天又塌了一回，滿地都是瓦礫灰塵。她心存的最後一絲僥倖，也被壓成了齏粉。

這孩子，果真不是他的。

她這才明白，為什麼這次回家，他看上去這樣頹蔫。原先她以為是為蕭安泰之故。蕭安泰的死固然傷著了他的心，那卻是一時一刻的傷。真正壓癟了他的，是因為他丟失了指望——一個男人徹根徹底的指望。

「醫生不是菩薩，醫生也有錯的時候。」

她坐起來，伸手把他攬在懷裡。她肚腹裡雖然孕育著一個孩子，可是她壓根沒有把它當作孩子。而她懷裡的這個男人，才叫她覺得真是她的孩子。她沒當過娘，她不知道怎麼來安慰一個受了傷的孩子。這傷不是尋常的傷，這傷是傷到了五臟六腑的傷。她只懂得一個法子來舔這樣的傷，那就是用她的身體。

她摸索著解開了他的衣裳，又摸索著解開了自己的衣裳。她用她赤裸的胸乳和剛剛開始有些鼓脹起來的肚腹，輕輕揉搓著他的脊背。他已經有一陣子沒碰過她了，他沒說話，可是他的身體忍不住在替他說著話——他的身子漸漸地有了些動靜。她不知道這是他的哭——那種無聲也無淚的哭，她只一味地想叫他快活起來，叫他忘掉那個咧著天一樣大口子的傷處。

他倏地站起來，一把把她推倒在床上。

「賤人！」他咬牙切齒地說。

他的這句話像刀。其實先前的幾句話句句都像刀，只是這句話的刀刃更薄更利，一下子割透了她鐵甲鋼盔的防備，她的氣力突然就洩了。她癱軟在床上，再也直不起身。

後來她徐徐地除下了髻子上的玉簪，朝著手背扎了下去。有一顆黑珠子從皮底下冒出來，漸漸地爬成了一條黑蟲。黑蟲越爬越粗，最後跌落在床上，摔成一團黑漿。

「菩薩在上，我心裡，只有你一個人。」她說。

那日榮表舅陪吟春回娘家，半路上遇到了日本人的飛機投炸彈，兩人慌亂之中跑散了。吟春走了很遠的路，天漸漸黑了，她不敢再走，只好摸進一個廟裡胡亂睡下。半夜醒來，才知道是睡在一具棺材邊上，她嚇出一身冷汗，起身便跑。

這事吟春跟大先生說過。可是當時吟春只挑了開頭和結尾來說，吟春跳過了中間的一些事。而中間發生的事，才是整個故事的瓤。其他的，跟瓤相比，不過是可以忽略不計的皮殼。

那夜吟春從廟裡跑出來，身後跟了一串嚓嚓嚓嚓的腳步聲。她一下子聽出來不止一個人。怕歸怕，卻不是先前的那種怕法了，因為她知道追她的是人而不是鬼——鬼是孤鬼，人才成群。

沒跑多遠她就明白了她跑不過那些人。她雖也是貧寒出身，卻沒真正下田勞作過，身上的幾斤蠻力足夠她走幾十里遠道，卻不夠她跑幾步快路。她索性停下來，轉過身來看追她的人。那些人沒料到她會猛然停住，一下子傻了，便也停下，愣愣地打量著她，彼此都有些不知所措。

那是個大月亮的夜，月光照得滿地白花花的，不用燈籠火把，她就把他們看得清清楚楚了：一共是五個，都是男的，很年輕，十幾二十幾的樣子。都穿著軍裝，是一種帶著隱隱一點青色的白布軍裝。她知道那是月光做了手腳——她見過當兵的，沒人會穿那種顏色的軍裝。

其實，月光掩蓋了的，不僅是他們軍裝的顏色，還有許多其他的東西，比如他們綁腿上斑斑駁駁的泥漿，他們頭髮裡一坨一坨的灰塵，還有他們臉上被太多的鮮血和死亡浸染得麻木了神情。那夜在白花花的月影裡，他們看上去就是一群乾乾淨淨單單純純的年輕後生。要是脫了軍裝，他們或許就是在鄉間的泥地裡駕牛犁田的鄰家男人。

在吟春打量著他們的同時，他們也在打量著吟春。吟春的髮髻早就跑散了，頭髮耷拉下來，遮住了半拉臉，襯著那露出來的部分越發顯得尖細了。早晨出門時呂氏給她面頰上塗的那層灶灰，早被這一路的汗水洗去了七八分，剩下的，又被月影舔沒了，那一刻她只是一味的白皙細嫩。身上的那件灰布衫，一看就不是她自己的，不僅樣式古舊，而且很是寬大，衣領胳膊腰身沒有一處合體。風把那件布衫朝後吹去，她丟失在布衫裡的身子突然就露出了藏掖不住的凹凸。這群男人交換了一下眼神，立刻都讀懂了彼此眼中的話——這個女人，是這群疲憊骯髒的男人這一路上見過的最好景致。

一個男人說了一句很長的話。另一個男人回了一句很短的話。無論是那句長的還是那句短的，吟春都沒有聽懂一個字。吟春的血剎那間凝固住了，變成了一坨冰，身子沉沉地墜到了泥裡。她突然明白了：她碰上了日本人。

那一刻她沒想到逃——她知道她逃不過那群人，她只是想到了死。她想到了腰裡揣的那把新磨的剪刀。她揣了這把剪刀，僅僅只是把它作為一樣壯膽的擺設而已，她並沒真想把它派上多少用場。沒想到用場這麼快就來了，還沒容她把那兩片烏鐵揣暖。她伸手撩起了衣襟。她完全疏於操練，根本沒想好到底該把它扎進哪裡才能死得穩妥：是喉嚨？還是心尖？還是太陽穴？後來她曾無數次回想過當時的情景，她猜想她當時其實並不真的想死，所以才會有那片刻的猶豫。她若真想死，她就一定死得成。誰見過一個鐵了心要死的人還活在世上的？當然，那是後話了。

就在那片刻的猶豫裡，她丟失了最好的時機。一個男人衝上來，輕而易舉地卸下了她的剪刀，隨手一扔。剪刀在空中畫了一條利索的弧線，無聲無息地扎進了剛剛收割過還帶著農人汗水潮氣的泥土裡，輕盈得彷彿不是一件鐵器，而是一頭紙疊的鳥兒，或是一朵布裁的花兒。

五個男人齊地擁了上來，把她圍在中間。其中的一個對她嚷了一聲，她立刻就明白了，他是要她跟他們回到廟裡。其實她並沒有聽懂他的話——她用不著，因為她已經看見了他亮出來的那把刺刀。刀看上去一點兒也不鋒利，甚至有些愚鈍，刀尖上帶著一些形跡可疑的鏽跡。可是跟她丟失的剪刀相比，這才是真正的鐵器。

撲上去啊，撲上去。她只要身子朝前一傾，往那件看上去笨重而愚鈍的鐵傢伙上一撲，她所有的恐懼就能徹底了結了。

可是，她自己也沒想到，還有一樣怕，像山一樣，壓住了所有其他的怕。跟這樣怕相比，所有其他的怕，只是小卵石而已。這樣怕就是死。也許，這撥人只是想問她幾句話而已——她家裡曾經住過兵，對她爹媽也是彬彬有禮的，得了閒還掃過她家的院子。假若他們真要輕薄她，她總是可以在那個時候死的。她雖然沒了剪子，她總是可以撞牆的。廟雖然破，牆卻還是結實的。她的腦殼撞上這樣的牆，還不是雞蛋碰上石頭嗎？不到那一步，她總還是可以等一等的。她不想死，她真的不想死啊。

於是，她被他們押著，走回了廟裡。

從大月亮地裡走進來，廟裡黑洞洞的，她一下子覺得丟了眼睛，什麼也看不見了。可是眼睛雖然沒用了，眼睛卻把攢下來的力氣遞給了耳朵，耳朵裡就忽閃地生出了另一雙眼睛——一雙替耳朵把門的眼睛。她聽見一陣咔嚓咔嚓的聲響，她知道是有人在擦洋火。洋火大概受了潮，擦來擦去擦不著。那人伊裡嗚嚕地罵了一句，便有幾個聲音夾雜了進來，有的在說話，有的在笑。話吟春聽不懂，笑她卻是聽得懂的，低低的，渾渾的，像含了一口痰在喉嚨口。她聽過這種笑——那是坐在田頭歇息的男人看見過路的女人時發出的笑。那笑聲在空中相互擠碰著，越擠越扁，也越擠越髒。

牆。牆在哪裡？吟春的耳朵開始飛快地四下搜尋著。可是來不及了，她被人粗蠻地推倒在地上——不是那團鋪著散發出梅雨腐爛氣味的舊稻草，而是一塊全裸的地，因為她的脊背隔著薄薄的灰布衫覺出了地面上石籽和瓦礫的尖利。她想掙扎著站起來，可是她的腿被人鉗子似地按住了，動彈不得。一雙手伸過來，焦急地解著她的褲腰帶。失去了剪刀把守，褲腰帶很鬆很垮，三下兩下就散了開來。原來有些事根本用不著光亮，在明裡暗裡都一樣順暢。

嘶啦一聲，有人撕開了她的內褲。

一陣尖銳的懊悔如吃壞了的食，從她的胃裡湧了上來，她的喉嚨緊緊地抽了一抽，似乎要嘔。後悔啊，她真後悔，在她還有眼睛還有腿的時候，她沒有撞上那把刺刀。那時死離她真近啊，近得可以看得見它身上的汗毛。她只要稍一邁腿，就能把它拽在手心了。可是她還是讓它溜走了。她錯過了那個痛快的死。現在她既沒有眼睛也沒有腿，她找不到也追不上死，只能由著死或緊或慢，貓戲老鼠似地來找她了。

啊的一聲，她扯著嗓子喊出了她的懊喪。她被自己的聲音嚇了一跳——她沒想到她的嗓子裡竟然也帶著一把刀。那把刀爬過她的喉嚨舌頭牙床，帶著一路血糊糊的肉末，飛到了房頂上。房頂顫了一顫，唰唰地抖落了一地的塵土。

這時角落裡有人說了一句話。那句話很短，三五個音節，吟春聽不懂，但是她一下子聽出了這是一個陌生的，她先前未曾聽過的聲音。那些人的聲音都像鐵，乾乾澀澀，生著重重的鏽斑，鑽過人的耳朵會劃出一道道的疤痕。這個聲音也像鐵，不過是一塊平滑乾淨些的鐵，外頭似乎包了一層薄薄的新棉。那一絲的柔軟反而叫芯子裡的硬越發有了重量。屋裡的人突然都靜了下來。

這靜默也許只有幾秒鐘，也許只有幾分鐘，但在吟春聽來，彷彿長得像過了幾個時辰。

嘩啦一聲，終於有人劃亮了一根洋火。洋火很小，小得像豆粒，卻把黑暗和靜默都撕開了一個邊角模糊的口子。那人拿著洋火，在神龕跟前找到了一盞燈。燈其實也不是燈，不過是個破碟子而已，碟底淺淺地剩了幾滴從老鼠嘴裡剩下來的油，油裡拖著一根燒了多半的燈蕊。燈蕊在洋火裡嗞滋啦啦地抽了幾抽，終於點著了，搖曳的火光裡，吟春看見了點火的那張臉。她記得他，因為他是這幾個人裡面唯一一個留著鬍子的人。鬍子是落腮鬍子，很密，卻不怎麼濃，微微的有些發黃，像是旱天裡的禾。那人的嘴邊長了一顆痣，圓圓鼓鼓的，猶如一粒被秋意催熟了的綠豆。這是一顆在鄉人眼裡意味著走遍四方永遠有得吃的福痣，但長在這個男人臉上，似乎跟吃食福氣之類的聯想毫無干係，倒是把那些繃得很緊的五官，扯出微微一絲的鬆泛。

長痣的男人朝那幾個男人看了一眼，那幾個人就跟風中的苗似地矮了下去。男人朝他們說了一句話。那句話是從鼻孔裡出來的，輕得幾乎像是一聲哼哼，但是那幾個人頃刻間就站了起來，齊刷刷地朝門外走去。他們路過他跟前的時候，誰也沒敢抬頭看他。他的目光是天，他們被他的目光壓得低若蚍蜉。吟春一下子覺出了他是他們的頭。

一切的嘈雜瞬間靜了下去，屋裡只剩了她和他。她知道她逃過了一劫——被亂刀凌遲至死的劫；可是她卻逃不過另外一劫——被單刀慢慢剮死的劫。她的身子一動不動地躺著，她的腦子卻在飛快地轉動著，找尋著任何一個可以逃脫的計謀。在她眼角的餘光裡，她看見那個男人開始脫衣服。先是皮帶，然後是外套，再後是靴子。男人的軍裝跟著男人走過了很多的路，男人抖落衣裳的時候空氣裡瀰漫起一陣濃郁的塵土味，吟春忍不住打了一個噴嚏。

機會，來了。吟春暗暗地對自己說。現在她已經有了眼睛有了腿，她不僅已經找到了牆，也已經算出了離牆最近最直的距離。現在她只需要悄悄地憋上一口氣，把全身的氣力都送到兩條腿上，然後站起來，閃電一樣地朝那堵牆撲過去，一切的一切就都可以結束了，她就會永遠地逃離那些劫難——無論是亂刀還是單刀。

可是男人畢竟是帶過兵打過仗的，男人即使在背對她的時候，腦勺和脊背上都長著眼睛。男人轉過身來，看了她一眼，說：「想都別想，沒用。」

吟春愣了一愣，才醒悟過來男人說的是中國話。吟春一下子洩了氣，吊著她精神氣血的那一根筋斷了，她如一灘水似地軟在了地上。她的腿顫得厲害，哆嗦了很久才終於扶著牆站了起來。失去了腰帶的褲子早已脫落在地上，在她的腳踝上開出一朵灰褐色的花。她的腿很瘦，但也不全是骨頭，該長肉的地方也長著肉，肉把骨頭裹得很嚴很平滑。這樣的兩條腿，在幾十年之後，將會是所有攝影機的特寫鏡頭，只是在那個夜晚，她並不知曉。不僅她不知曉，那個嘴邊長著一顆痣的日本男人也不知曉。可是，他的眼睛卻突然跳了一跳。那個一路上經歷了無數絲毫不需要眼睛參與的肉體掠奪的男人，在那一刻裡突然感覺到了眼睛的存在。眼睛輕輕地撓了撓他的心，心裡就生出了一絲連他自己都沒有知覺的悸動。

他光著腳走過來，彎腰替她提起了褲子。她的手也顫得厲害，褲腰帶在她指間抖得如同一條草間穿行的蛇。終於繫上了，她膝蓋一軟，噗通一聲跪了下去，對他磕了一個頭。這個頭磕得很響，她的額頭撞出了一個粉紅色的包。

「殺了我，求求你。」她說。

他沒說話，但她知道他還在那兒，因為她看見了他的影子，依舊黑黑地壓在她的眼簾上。過了一會兒，他伸出手來，把她扶了起來。

「我有，那麼可怕嗎？」他說。

他的中國話很糟糕，磕磕巴巴的，像是一條顛簸不平的羊腸小徑。可是她聽懂了。她只是低著頭，沒回他的話，因為她不知道怎麼回——怎麼回都是錯。

他用一根指頭抬起她的下頷，逼著她看他。她沒想到脫去了外套的他，身子竟是如此的碩健，白布襯衣的每一個角落都有著飽實的內容。他抓住她的手，探進了他的襯衣。她的手縮了一縮——她被燙著了。

他胸脯上的肉很硬很高，像一壟一壟新翻過的地。隔著那骯髒的粗布，她也猜得出那肉是什麼顏色：那是日頭曬過了一整個季節的黧黑。和這樣硬如鐵褐如銅的身子相比，大先生的身子，她唯一熟悉的那個身子，突然變得單薄如紙，白軟如棉。她被自己的這個比法嚇了一跳：她沒想到她竟會在這麼個時刻想起了大先生，而且是這樣的一種想法。

「你，也是種田人麼？」

有個聲音顫顫地響了起來，卻不是他的。半晌吟春才發現那是她自己的聲音——她在問那個男人話。這句話沒經過她的腦子，也沒經過她的心，甚至沒經過她的喉嚨。這句話是在她舌尖上自己生成，又自己落地的，連她也不認得。她說話的口氣彷彿他只是一個路過她門前敲她的門討水喝的人，她忘了他是割人腦袋脫人褲子的畜牲。一股羞辱凶猛地湧了上來，把她的雙頰燒得通紅。

男人不說話，男人只是彎下腰來，倏地把她抱了起來。她不備，雙腳突然離了地，可是她卻沒有覺得身子不著地的虛惶，因為男人的手很有力氣，男人抱著她就像是漁網兜著魚一樣地踏實沉穩。男人從屋這頭走到那頭，然後把她輕輕地放了下來——她被放進了那口棺材裡。

借著碟子裡的那點剩燈油，她終於看清了這是一口新壽材，三四指寬的杉木，剛剛油過了一兩水，木頭的紋理還沒被蓋住，在淺淺的桐油底下水波一樣地蕩漾。棺材裡鋪了厚厚一層的稻草，不是地上那些發霉長了蟲子的舊草，而是剛從田裡收下來的新草，草杆裡還殘留著穀子被鐮刀猝然斬斷時流下的汁液。不過那香也不是純粹的穀香了，那香裡已經混雜著一股和田地莊稼無關的味道——一個青壯男人身上的油垢味。吟春突然明白過來，這是村裡某個大戶人家新置的壽材，存在廟裡，原本是等桐油徹底風乾的。結果那個嘴邊長了一顆痣的日本男人，夜裡鑽進這口壽材睡了一覺。他起身小解的時候，嚇住了她。她一跑，又驚動了他們，才有了後來的這些事。

屋裡很是安靜，男人沒吱聲也沒動彈，他只是站在棺材邊上默默地看著躺在棺材裡的吟春。他的目光如蛾子的羽翼在她臉上掃過來掃過去，留下一路的刺癢。她閉上了眼睛。她逃不過他，但是她至少可以把他關在門外——她的眼睛就是她的門，她閉上了眼睛，他就進不了她的門。她不知道這個男人到底要怎麼樣她。即使閉著眼睛，她也知道，在她腳下，也就是壽材的尾巴上，擱著一塊厚實的板。那個男人只要挪過那塊板，往下一合，她就會在這個木頭匣子裡慢慢地憋死。從那幾個男人押著她走進廟裡的那刻起，她就想過了很多種死法，可是偏偏就沒有想到這種死法。假如她死在這裡，沒有人會知道。一直要等到這口壽材的真正主人想起再油一層新漆的時候，他們才會發現她，而那時她興許已經化成了蟲化成了蟻。

大先生，大先生永遠也不會知道，她到底去了哪裡。

想到這裡，吟春忍不住打了一個寒噤。

這時她聽見了一陣窸窸窣窣的聲響，睜開眼睛，她發現他正在往棺材裡攀。棺材是架在兩張高凳上的，可是男人到底是打過仗的，男人輕輕一躍，就跳進了棺材裡。男人進了棺材，卻躊躇了起來：這口壽材是鄉裡能找得見的最寬的壽材了，可是再寬也容不下兩個身子。男人對她輕輕地揚了揚下頷，她明白是叫她給他騰一塊地。她雖然還怕，卻不是剛才的那種怕了，因為她知道她一時半刻死不了了——至少不是那種慢慢憋死的死法。

賤啊，真賤，到什麼時候，還是想活。吟春暗暗地罵著自己，卻順從地側過身子，把脊背後面的那塊空地讓給了那個男人。男人在她身後躺下了，也是側著身子。兩人都不動，身子繃得像兩塊木頭，吟春只覺得男人的鼻息在她的頸脖裡燙出一個一個的燎泡。

終於，男人的手從她身後摸摸索索地伸過來，捏住了她胸前的那兩團肉。

「枝子……」

男人叫了一聲。

吟春不知道，枝子是那個男人的妻子的名字。吟春也不知道，這一輩子，她的長相帶著她走過了怎麼樣的禍和怎麼樣的福。那個冬天就是因為她長得像大先生迷戀了多年的女同學，她才突然成了陶家的兒媳婦。這一刻又因為她長得像一個千里萬里之外的日本女人，她才逃過了一死。

她是不會知道的，她永遠也不會知道。

男人的手越箍越緊，緊得幾乎要把她擠出水來。她覺出了劇烈的顫抖——這一回，不是她，而是她身後的這個人。男人的下頷抵著她的頭，有一股溫熱的東西，從她的頭髮上滾下來，滾落到她的臉頰上。她用舌頭一舔，舔出了鹹味。那是眼淚——這個殺人如宰雞的男人，竟然哭了。

男人的眼淚突然給了吟春膽氣。吟春猛然一掙，掙脫了男人的手。吟春坐起來，轉過身，直直地看著男人。從進廟到現在，她從來沒有那麼直那麼正地看過這個男人。他是屠夫，她是他手裡的羊。屠夫想怎麼看羊就怎麼看，屠夫用不著管羊怎麼想，可是羊卻不敢看屠夫。即使知道了橫豎是一個死，羊也不敢抬頭。可是這一刻，羊敢了，那是因為羊看見了屠夫身上的一個死穴。

「你為什麼，不回家，種你的田？」她問他。

男人愣住了。男人覺得被人當胸捅了一棍子。男人一時想不好到底該把棍子拔出來還是把棍子捅得更深——兩個都是同樣的疼。吟春的目光讓男人意識到：他已經叫這個支那女人窺見了心。戰場，這是在戰場。他突然醒悟：在戰場上誰讓人先瞅見了心，誰就得先倒下先死。

他像一頭野豬似地嗥叫了一聲，猛然撲過去，把吟春壓在了身下。他和剛才那群男人一樣，粗野地扯著她的褲腰帶。他見過她怎麼繫褲腰帶，所以他扯起來毫不費勁。夏天的衣裳沒有多少內容，他很快就找見了她的身體。他掰開她的雙腿，提起自己，就要朝她的身子捅過去。這幾年這樣的動作他不知做過了多少回，這一回和那一回也沒有多少區別。支那女人，全都一樣。他對自己說。可是他發覺自己突然停住了，因為那個女人伸出手來，撫摩著他的臉。女人的手像蘸了水的棉布，輕輕軟軟地走過他的額他的顴骨他的嘴唇他的下頜，他立時覺出了自己臉上的髒。女人的手心有一層死皮，那是日常的勞作留下的痕跡。女人的手心還有一股味道，一股他非常熟悉的味道，酸酸的，又不全是酸，酸底下微微地藏掖了一絲的甜——那是服侍一家老小的女人特有的汗味。

這是他妻子的味道。

他感到他身上的某些地方依舊硬挺，而另外一些地方卻不由自主地軟了下去。他緊緊地摟住了女人，把臉埋在了女人胸前的那片谷地裡。也許是他的鬍鬚扎疼了女人，女人顫了一顫，卻沒有掙扎。女人知道掙扎也沒用，女人只是順從地打開了自己。他進去了，一路使著力，卻又沒有使蠻力。他驚奇地發現路不僅順暢，而且竟然濕潤。他已經在支那的土地上無數次進入過女人的身體，但沒有哪一個支那女人，給過他這樣的路。他在女人的身體裡逗留了很久，很久。女人低低地呻吟了一聲，像哭，又不像哭。他聽出來那是女人努力壓抑了的羞辱——女人在為自己如此低賤的快活感到羞辱。

吟春離開破廟的時候，守在廟門外的那幾個兵正靠在牆上呼呼地睡。她沒有回頭，也沒有跑——她知道他們即使醒著，也不會追她，因為他不會讓他們。

天還沒有亮，但夜色已經不像先前那麼緊了，天邊隱隱有了第一縷魚肚白。她昏昏沉沉地朝著魚肚白走去——那是她家的方向。可是這一刻她並不想回家，她只想找水洗一洗身子。她不能帶著這樣的身子，回家見大先生和呂氏。她很快就找著了水，是村口一戶人家屋外的缸。缸擺在豬圈邊上，逃難的主人慌慌張張地走了，沒帶走圈裡的豬。豬餓瘋了，聽見她的腳步聲，都搖搖晃地站起來，拿嘴唔嚕唔嚕地拱著豬圈的門。她顧不得豬，她迫不及待地掀開缸蓋聞了聞——水還沒臭。她三下兩下脫去了身上的衣裳，蹲在水缸後頭，舀了一瓢水，便往身上澆。雖是夏了，水淋在身上依舊還有幾分涼，激得她起了一身的雞皮疙瘩。

沒有布，她只能用手指蘸著餘留在身上的水，狠命地搓。一天的汗水和塵土在手指的擠壓下變成了一條一條的泥繩，可是她知道她洗的不是泥。她的身子裡，還殘留著那個男人的溫熱和力氣。他撬開了她的門，強行闖入了她的身子。這一輩子，沒有人這樣闖入過她的身子。可是這一輩子，也沒有人給過她這樣的溫熱這樣的力氣。她一閉眼，還能清晰地想起男人唇邊的鬍鬚和埋在鬍鬚裡的那顆綠豆大小的痣。她一瓢又一瓢地舀著水，一次又一次地搓著身子。可是即使扒了一層皮，她的身子依舊還記得那樣的溫熱那樣的力氣。

天殺啊天殺！她低低地罵道。她在恨自己。她恨自己沒能恨那個畜牲——那種殺了剮了剁了燒了的恨法。

「你不說，就沒人知道。」

這是她跳下棺材的時候，男人丟給她的一句話。

男人說這話的時候，正低頭繫著皮帶。他沒有看她，她也沒有看他。他離開了她的身子之後，他們就再也沒有對視過。可是她卻瞬間明白了，他是怕她尋短見。

哼。她暗暗冷笑了一聲。他怎麼能懂她的心思？她尋思過一千一萬種的死法，那是因為她想逃脫那個比死還可怕的劫難。現在那個劫難終於被她捱過了，她是不會再去死的。

她從水缸後頭站起來，晨風帶著軟軟的舌頭，已經把她身上的水舔得七八成乾了。被水激過的身子響亮地鳴叫了起來，她這才想起她已經餓過兩頓飯了。她記起臨走時那個男人扔給她的一包東西。「路上吃。」男人對她說。她從褲腰裡摸出了那個包——是一個油紙包著的扁長盒子，有些像洋火匣，上面印著些蝌蚪似的字，她一個也認不得。她用牙齒撕咬了半晌，終於把油紙撕開了，裡頭是一片黑黢黢的東西，像是炭末子壓成的餅。還要過很多年，她才會在一本書裡讀到，這玩意叫壓縮餅乾，行軍打仗的人，都是靠這個東西活著的。她有些怕這樣的顏色和形狀——她無論如何不能把這個東西跟入口的飯食聯繫起來。她猶猶豫豫地咬了一小口，那味道很是陌生。過了一會兒，她才覺出有幾分像鋸末——在煤油裡泡浸過的鋸末。她呸地一聲吐了，將剩下的油紙包扔進了豬圈。豬歡天喜地擁上來，搶起了食。

這只是夢，一個做歪了的夢。大先生用不著知道。誰也用不著知道。

除了老天爺。

當然，還有她自己。

吟春穿好衣服，跌跌撞撞地朝家走去。走到大路上的時候，她終於遇到了一個逃難歸家的老人。從那個老人嘴裡，她才知道這個村子叫朱家嶺。

吟春終於把那天在廟裡發生的事從頭到尾講給了大先生聽。當然，吟春的敘述是粗枝大葉的，她略過了一些細節。比如，她完全沒有對那個唇邊長著痣的日本人進行任何描述。這樣的省略是不會引起猜疑的，因為那些見男人就割頭見女人就脫褲子的畜牲，在鄉人眼裡長得原本就是一個模樣。沒有人猜到她是有意略過了那些細節的。她知道她如果一不小心落入描述的圈套，那她的描述就一定會是一條布料不夠剪裁得捉襟見肘的衫子，扯了這頭，不小心露出了那頭。露出來的部分，是連鄉裡操皮肉生意最不知廉恥的女人也不願叫人知道的實情。那實情見了光，就有人要死——是大先生死。

這件事像一塊石頭，已經壓了她兩三個月了——睡著醒著都壓。醒著時墜在她心窩窩裡，行路喘氣都嘶嘶地疼。睡著的時候，又是另外一種折磨法。夢是一隻蠻不講理的手，把回憶撕成沒有規矩的碎片，一會兒長，一會兒扁，塞滿了長夜的每一個時辰。

她從廟裡回來之後，她的腦殼就給劈成了兩半，一半要她趕緊告訴大先生，另一半要她不動聲色地隱瞞下去。這兩半像鄉公學裡的小學生在玩拔河遊戲，繩中間的那條手絹歪歪扭扭的，一會兒倒向東一會兒倒向西，總也沒個定準。兩頭拉著繩子的，都是恐慌，卻是不一樣的恐慌。漸漸地，有一方占了上風，那是因為她實在背不動心裡頭的那塊重石頭了。說出來就好，說出來就好啊，說完了這石頭就卸了，要死要活，聽憑大先生發落。她這樣對自己說。

就在她要對大先生開口的時候，卻發生了一件事。這件事使繩子中間的那條手絹，一下子無可挽回地滑到了另一頭，瞬間終結了拔河的遊戲。

她發現她有了身孕。

突襲而來的身孕，堵住了所有其他的可能性，她只能把廟裡的事情嚴嚴實實地吞進肚子裡，彷彿從來不曾發生過。

大先生坐在床沿上，一路聽，一路臉色越發陰沉起來，像是一爐被雨淋濕生不著火的炭。吟春不怕雨也不怕火——水和火都有對付的法子。吟春怕的是水和火中間那片怎麼也撩撥不去的陰鬱。那陰鬱像黃梅天似的低低地罩在她頭頂，壓得她連氣也得掰成一絲一絲地喘。

「孩子，說不定，是你的。」吟春小心翼翼地說。連她自己都聽出來了，那話裡包著的是一個軟芯子，沒有多少底氣。

大先生不說話，大先生只是用兩隻手牢牢地拄著頭，彷彿那頭太重了，稍不留神就要跌落到地上砸個粉碎。大先生的腮幫子一鼓一癟的，吟春知道那裡頭行走著千句萬句的話，可是哪一句也沒有找到出口。

「大先生，你是怨我，沒有去死嗎？」吟春問。

大先生的身子顫了一顫。大先生抬頭望了一眼吟春，眼裡是一絲茫然的驚訝，彷彿震驚於吟春的無知，又彷彿是突然叫吟春說中了心事。

「我想死，想過了很多回。我只是，捨不下你。」吟春伏在大先生的膝蓋上說。

大先生感到了腿上的濡濕——那是吟春的眼淚。吟春的眼淚很燙，燙得大先生的身子起了焦味。大先生很想一把抱起吟春，對她說：「我怎麼會？」可是這句話長滿了糙刺，怎麼也拱不出他的嗓門。還有一句話，也同樣長滿了糙刺，緊緊地堵在喉嚨口。那句話是：「你若真死過一回，我就信了你。」這句話和那句話如同是兩隻鬥架的蟈蟈兒，緊緊地掐著對方的脖子，誰也不肯給誰讓路，最後卻叫另外一句話占了先。

「誰的，我都認了，偏偏是……」大先生說。

吟春一下子癱坐在了地上。吟春聽明白了，大先生是絕對不肯認下她肚子裡的那塊肉了。

吟春也明白了，她只有把肚子裡的那塊肉除了，她才有可能和大先生過下去——隱忍地，低賤地過下去。

就在那一刻，她心裡有了主張。

她知道怎麼對付肚子裡的那塊肉了。

吟春躺在床上，睡睡醒醒，醒醒睡睡。道姑早已走了，念經的聲音，卻還像春日樹林子裡的飛絲，在她的耳朵裡纏繞不清，纏得她腦殼漿糊一樣的渾。她想伸一根手指把耳朵好好掏一掏，可是胳膊太沉，指頭也太沉，她差不動身上的一根筋一絲肉。

從藻溪裡撈出來的時候，她的肚子脹得猶如一口缸。艄公把她倒扣在船上，騎牛一樣地壓著她，擠出來的水，幾乎淹滿了舢板的地。這一切，她都不記得了。她依稀記得的，倒是在水裡的情景。

藻溪的水流過藻溪鄉，鄉有多大，水就有多長。水被岸上的人分成了幾段，各有各的用場。誰也說不清到底是誰立下的規矩，反正那是祖宗傳下來的習俗，世世代代如此：小石橋下的水，是上游。那裡的水，是鄉裡人挑回家來存在水缸裡，用明礬石沉澱乾淨了，拿來淘米洗菜燒水喝的。從石橋往下走，到了那棵千年古榕底下，就是中游了，那是女人洗衣裳孩子游泳洗澡的地方。再往下走，走到劉家埠頭那兒，踩過一串碇步，就是下游了，那是男人們從田裡歸來洗泥腳，婆姨們洗馬桶涮尿壺的地方。自從嫁入了陶家，吟春每天都要和這條河打幾回照面，漸漸的，她就把水的性情給摸熟了。她知道什麼時辰的日頭照出來的水最清爽，什麼樣的風能攪起什麼樣的水波紋，什麼樣的水波紋能翻上什麼樣的魚，什麼樣的風勢裡洗衣裳最省力。可是，那只是面上的水。底下的水，她卻生疏得很。

直到那天她身子一斜，歪進了水裡，她才知道，原來底下的水和面上的水竟是如此的不同。剛落到水裡時，水還是清的，她甚至看見了日頭在水裡的光影。可是她的身子漸漸地墜下去，水就渾了——她不知道那是她眼花了。她越墜越深，水越來越渾，渾得成了一潭黑厚的泥。一根水草飄過來，纏住了她的臉。她拿手去扯，卻越扯越緊，緊得像捆粽子的細麻繩。魚游過來了，很小的魚，小得猶如水蚯蚓，卻很有勁，直直的箭一樣的朝她衝過來，在她胳膊上啄出一個個口子。她疼得哎呀一聲喊，就把自己喊醒了，才知道是個夢。自從被救上岸之後，她已經在床上昏昏沉沉地躺了好幾天，岸上的事，水裡的事，從前的事，現在的事，全都混成了一團，像桼糕上的灶灰一樣，她再也分不清拍不開了。

屋裡很暗，是日頭落了卻又沒捱到點燈時節的那種暗。來幫忙的月桂嬸大概已經回家，床邊的櫃子上還放著半碗筍湯——那是月桂嬸餵她喝剩下來的。怕她醒過來還想喝，月桂嬸把那個盛湯的碗擱在一個裝了熱水的小鍋子裡保著溫。月桂嬸是呂氏請來幫忙的，吃的是呂氏的餉，理當聽呂氏的差管，可是月桂嬸做的，卻遠不止餉裡的那份事。

自丈夫兒子死後，月桂嬸也曾收過一個養女。那女孩是跟著奶奶從蘇北逃荒到浙南的，遇到月桂嬸的時候，一老一少已經餓得走不動路了。月桂嬸用半籮番薯的價從老人手裡買下了那個女孩，心裡攢了個私念想留她在身邊養老送終。藻溪的日子再窮，也比一路的顛沛流離強。女孩知恩，便像親娘一樣地待月桂嬸。終於把女孩養到了十七歲，月桂嬸正想託媒婆尋訪一個願意入贅的女婿，沒想到女孩卻在上山砍柴的路上失足摔到崖下喪了命。至此月桂嬸才明白自己命該孤寡，不再做有兒女送終的夢。那日吟春被人從水裡救上來，醒來後抓住床邊月桂嬸的手，迷迷糊糊地喊了一聲娘。月桂嬸明知吟春是神志不清認錯了人，心裡卻忍不住生出一份憐惜來。又見吟春娘家總也沒人過來探視——她不知道吟春是有意對娘家瞞下了懷孕之事，便格外地放了些細緻的心思照看起她來。

鍋裡的水涼了，湯也涼了。筍是在肉丁裡煨的，冷油的味道像鼻涕蟲鑽進吟春的鼻子，腥得她嗓子緊了一緊，差點想嘔，卻沒有力氣嘔。呂氏向來手緊，呂氏平常十天半月才去橫街的肉鋪子割一回肉，可是這陣子為了她，家裡的鍋碗幾乎天天都有油腥。

她很快就覺出來屋裡還有一個人——她是聞出來的。這些天她的神智亂得如同一床滿是窟窿眼的棉絮，可是她的鼻子卻警醒得像一隻餓狗。她聞出了一股菸絲和頭髮上的油垢混雜在一起的氣味。是大先生。

她一下全醒了。她突然明白過來，她等這個氣味，已經等了很久了。

她想坐起來，可是黑暗中有一隻手伸過來，壓住了她的身子。她沒多少力氣，那隻手也沒多少力氣，可是她還是聽了他的——她總是聽他的。

他沒說話。沉默如一塊無所不在的邊角凌厲的山岩，她怎麼也繞不過去，她把自己蹭得遍體鱗傷。皇天，你讓他開口說句話啊，就一句。她暗暗地乞求。

他依舊沒說話，可是她聽見了一絲異樣的鼻息聲。她的耳朵也徹底醒了，醒得跟鼻子一樣清明。她伸出手來摸他的臉，她覺出了疼，她的手已經認不得他的臉了。他的顴骨是山峰，峰底下是谷——那是他的頰。無論是峰還是谷，都是一種她所不熟稔的尖刻，她幾乎被割破了手。幾天，就幾天的工夫，他瘦了這麼許多。她的手沿著谷底走下去，突然就碰觸到了一片濡濕，冰涼的，沒有一絲熱氣的濡濕。

那是大先生的眼淚。

她從小跟著阿爸上學堂，她記得阿爸跟她講過男人的兩大忌諱。一是男兒膝下有黃金——男人不能輕易給人下跪；二是男兒有淚不輕彈——男人可以流血捨命，但就是不能輕易流淚。大先生是從不掉眼淚的，即使那天講起蕭安泰的死，他也只是歎氣。她做下了什麼樣深重的罪孽，竟然叫大先生流了眼淚？

她聽見嘩啦一聲巨響，她的心碎了，碎成了粉塵。她的心不過是個糙木匣子，原本只是為了裝大先生這尊菩薩的。大先生在，她就得好好地守護著這個匣子。可是現在大先生碎了，她還守著這匣子做什麼？菩薩，你為什麼，不叫我死？她狠狠地咬著自己的嘴唇，她的牙齒覺出了腥鹹——那是血。

大先生挪了挪身子，躲開了她的手——大先生不願讓她摸到他的眼淚。

一陣窸窸窣窣的聲響，是大先生在掏手帕揩臉。大先生開口的時候，聲音裡還有幾絲破綻。

「你是故意投河的，是不是？」大先生問。

眼淚毫無預兆地湧了上來。這陣子她的眼睛是兩口枯井，從乾涸到氾濫，中間原來只經過了一句溫存的話。

她沒有回答，因為她知道她一開口，她就會嚎啕失聲。

「上一回在崖上，你不是滑下來的。我走過了那條路，一點都不滑。」他說。

此刻她再也管不了眼淚，眼淚也管不了她。她的臉頰是路，而眼淚只是借了她的臉頰自行其是地趕著它自己的路程。她的話還沒出口，就已經被眼淚沖成了絲絲縷縷的爛棉絮。

「我，真的，真的，想……菩薩就是，不讓……」她哽咽著說。

「我捨，捨不下啊……」大先生低低地嗥叫了一聲，撲倒在她身上。

大先生的身上原本背著一座山。大先生開了口，大先生就把山卸下了。沒了山的大先生，突然就渾身散了架。大先生把他的筋他的骨東一條西一根地扔在了吟春身上。

吟春被大先生嚇了一跳。大先生把自己端了這麼久，她沒想到大先生沒端住的時候，竟然是這樣一盤散沙。

「我以為，你，你是想我死的。」她喃喃地說。

「你……走了，我怎麼活？」

吟春知道，大先生話裡那個停頓，原本藏著的是另外一個字——那個字是死。那個字太硬太絕，走到大先生舌尖的時候，大先生受不下了，臨時換了一個字。

「我不死，你怎麼活？」吟春說。說完了，吟春吃了一驚，不是為這話本身，而是為說這話的語氣——話裡包著一個芯子，有些硬，也有些冷。她從沒想過用這樣的語氣跟大先生說話，可是她管不住自己。

大先生彷彿被這句話給砸中了，癱成一團的身子，又漸漸地硬了起來。他把那些散落在吟春身上的筋骨，一根一根地撿了回來。搜腸刮肚的，他想找一句話，一句可以壓住吟春那句話的話，可是他找不著，一個字也找不著。

她死了是一樣疼，她活著又是另一樣疼，這兩樣疼，哪樣也替代不了另一樣。他實在想不出，哪一樣會更絕更疼。

他捏緊了拳頭，咚咚地砸著太陽穴。吟春覺得，大先生已經把他的腦殼子砸成了漿——像茄子泥那樣的漿。她再也忍不下了，她緊緊地閉上了眼睛。

「我認了，我認了那個狗東西。」大先生低沉地咆哮著，把頭埋進了手掌。

「只要你，不告訴任何人。」他說。

吟春蹲在藻溪邊上，拿著一個木勺在水裡撈草蝦。這兩天撈蝦的人很多，都搶在大清早天還沒亮透的時辰。吟春不跟人擠，偏偏挑了黃昏時節。曬過了一整天日頭的草蝦眼睛是瞎的，身子也最懶，在水草叢裡一窩一窩地藏著，一舀就是一勺。吟春把勺裡的水逼出去，再把蝦倒進身邊的木桶裡——已經攢了灰黢黢的小半桶了。

草蝦很小，是那種長不大的小，身子薄得透亮，看得見裡頭細絲線似的黑腸子。咬在嘴裡，還不夠塞牙縫。這種蝦，尋常的日子裡，連街上的貓都不吃。只有釣魚的孩子，偶爾撈來當魚餌用。

可是現在不一樣了，現在家家的碗盞裡都能看見草蝦。河裡的草蝦再多，也禁不起一鄉人的一日三餐。誰知道眼下的情景還得維持多少時日呢？得省著點吃。吟春已經想好了幾種做法：先是水煮，蘸醬油醋下飯。吃剩下的，就拿鹽醃了，攤在米篩裡曬乾，當作蝦皮吃。

今天是個集日，可是橫街直街上沒有一個人影。非但沒有人影，連雞鴨豬狗都縮在自家的屋簷底下，不敢出門——都是叫日本人的飛機給嚇的。

日本人的飛機這幾天裡接連來了兩趟。第一趟是日頭落山的時候來的，只是低低地擦著地巡了幾個圈，捲起漫天的飛塵就走了。大先生已經回杭州教書去了，家裡只剩了一老一小兩個女人。呂氏心慌，便叫月桂嬸在家留宿壯膽。那天夜裡呂氏不敢躺在床上睡，怕睡得太沉飛機回來了也不知曉，就讓月桂嬸搬出那床存在櫃子裡的九斤棉胎，鋪在飯桌上，三個女人坐在桌底下勉勉強強地捱過了一夜。雖然已是深秋了，三個人擠在一個不見天日的黑窩裡，還是捂出了一身的汗。如此平安無事地過了兩天，呂氏緊繃的神經就略微鬆泛了些，見吟春懷著身孕實在睡不安穩，就讓眾人都回到床上睡去。誰知還沒到大天亮，飛機又回來了——這次是動真格的。

第二趟飛機投了一串好幾個炸彈，把進藻溪的那爿石橋炸塌了一個角。橋上有個販魚的男人當場給炸飛了，身子找不見，肉沫子卻紅糊糊地塗滿了橋欄，濃烈的血腥味叫過路的人遠遠就捂了鼻子。

飛機過後，鄉裡兩家米鋪裡的存貨，叫人一搶而光，連鹽和明礬都斷了貨。家家的飯桌上，只有一碗稀得照見人影的米粥，卻沒有下飯的菜，因為魚販肉販菜販子都不敢在橋上賣貨了。吟春便趁著呂氏打盹的空子，溜出門來撈草蝦。

呂氏這幾天裡一下子老了十歲。上了年紀的人，遠遠瞅過去還隱約是個周正的架子，可是近了看才知道，其實連接著架子的榫頭，早就爛透了。一陣風一場雨一個顛簸，就能叫那架子頃刻之間散成一堆朽木。經過了那兩場空襲，呂氏的人就不怎麼清明了，該睡的時候，睜著兩個大眼睛定定地瞅天花板。該醒的時候，卻時時刻刻都能迷瞪過去。不過吟春知道，儘管呂氏的榫頭從裡到外快爛透了，可是還有一根筋，在勉強支撐串聯著呂氏的架子，一時半刻還散不了——那根筋就是她肚子裡的這個孩子。

吟春看了看桶裡的草蝦，大約夠三五天的量了，就歇了，把木勺丟進桶裡，在水面上蓋了一張擋灰的荷葉，拎著桶往家裡走去。日頭幾乎落盡了，身後起了些風。風不大，卻長了嘴，啄在她的脊背上，一下子把她的布衫啄得滿是窟窿眼，就覺出了衣裳的單薄。

大先生走的時候，天還沒有這麼涼。舊年呂氏做壽的時候，叫吟春的表嫂來家裡，給大先生做了一年四季全套的衣裳，有夏天的短衫，春秋時節的長袍夾襖，入冬穿的絲棉襖。再冷的衣裳倒不用做了，因為大先生已經有了一件羊皮襖。大先生的這件皮襖用的不是糙皮，而是從剛生下兩天的羔子身上剝下來的嫩皮，輕軟得像絲葛，摸上去就暖手。大先生是個體面人，體面人就要有體面的衣裝。這是呂氏常年掛在嘴上的話。可是這回大先生出門，卻只帶了一薄一厚兩件夾襖。大先生說路上不太平，行裝越簡單越好。臨走時呂氏把祖傳的兩只金戒指一左一右戴在了大先生的手上。呂氏什麼話也沒說，大先生心裡卻是明白的：兵荒馬亂的年頭，路途上要是遇見什麼事，這戒指說不定就能救人一命。

得尋思著找個人去杭州給大先生送衣服了。吟春想。

手裡的木桶越來越沉，她的步子也漸漸地慢了下來。其實這點重量，在平日實在算不得什麼。她在娘家的時候，雖然沒有下地勞作過，卻也幫家裡挑過水，給阿爸學校的食堂舂過米打過年糕。她明白她走不動路，是因為她的腰身肥了。腰身是一日一日漸漸地飽實起來的，她原也不覺得，可是身上的衣裳忍不住告訴她了。褲腰裹著她的肚腹，開始覺出了緊，尤其是蹲下再起身的時候。她知道現在不是年也不是節，又在亂世裡，呂氏是不會在這個節骨眼上給她添置新衣的。她只能找月桂嬸把褲腰略微鬆開一兩寸，勉強再穿些時日，等空閒了，路上也太平些的時候，再回趟娘家，問表嫂要幾件寬鬆些的衣裳。表嫂生過五個娃娃，家裡有一堆懷孕時穿過的舊衣裳。

吟春走上了橋頭，遠遠的就瞧見一群蠅子，黑雲似的爬在橋欄上，嚶嚶嗡嗡地聒噪著，聲響震得人耳朵發麻。她知道牠們叮的是那團糊在橋上的人肉。吟春憋住氣，正正地看著腳下的路，眼睛不敢往那個方向斜。這團肉兩天之前還是一個活生生的人，那人早上一腳跨出門來，怎麼會想到，肚子裡的那碗粥，竟是他一輩子的最後一餐飯食了？聽說那人的婆娘是個獨眼龍，是下雨天摔在石頭上戳瞎了眼睛的。家裡有五個孩子，還不算肚子裡懷的那一個。

畜牲啊，千刀萬剮的畜牲。吟春暗暗地罵道。

吟春罵的是日本人。

突然，吟春的肚子抽了一抽，有樣東西狠狠地頂了她一下。她愣了一愣，才明白是她肚子裡的那團肉。那團肉長了腳也長了膽了，那團肉在隔著肚子踢她。吟春放下木桶，捂住肚子，當街站住了。

興許，它聽見了我的罵？

吟春猛然想起了那個唇邊長著一顆痣，在她肚腹裡種下了這團肉的男人。這些日子裡，她已經很少去想那夜廟裡發生的事了——她不讓自己想。自從大先生說要認下這團肉起，他們就再也沒有提起過那晚的事，可是她知道他沒忘。大先生雖然回到床上跟她睡在一頭了，但是大先生再也不是從前的那個大先生了——大先生從此和她疏隔了。偶爾和她親熱一回，他總吩咐她撚滅了油燈。他不願意看見她的身子——那個被別人擀肥了的身子。日子久了，長了忘性，興許就好了。她一次又一次地安慰著自己。她把自己的心思念想壓成一塊嚴嚴實實寸草不生的石籽地，她不想讓關於那個男人的任何回憶在她心裡鑽出哪怕尖尖的一個小頭。

可是這一刻，還是有一棵草噌的一聲鑽入了她的心思。她想忘，可是她肚子裡的這塊肉不肯放過她。她覺得她的奶子灼灼地脹了起來，脹得像要當街炸開——是那個男人的指頭在上面留下的印記。沒想到事情過去幾個月了，她竟然還記得那樣清晰。草尖尖冒出了石籽縫，馬上就長成了一片。她一下子想起了和那個男人相關的所有一切：男人身上古銅色的腱子肉，男人嘴邊帶點黃色的髫鬚，男人手上的蠻力，男人把她摟在懷裡時的熱喘。還有，男人的眼淚。她知道男人的眼淚不是流給她看的。男人心裡有扇門，男人輕易不開門。男人把門緊緊地關著，那天一不小心開了條縫，就有光漏了出來——那光就是男人的淚。她只不過是在男人不小心開了門的那一刻，碰巧站在門邊上，所以她看見了男人的軟肋。男人關著門的時候，就是畜牲，和那些坐在飛機裡往下扔炸彈把人炸成一團肉糊的畜牲一樣。男人開著門的時候，就又做回了人，和鄉裡那些種田打魚的人沒什麼兩樣。她想恨他，咬牙切齒的恨出一個洞來的那種恨法，可是她不知怎麼的就是恨不成，因為她瞅見了他做人的樣子。看過了他做人時的樣子，她就想不起他做畜牲時的樣子了。

賤啊，她還是賤。

吟春終於拎著木桶慢慢地走過了石橋。街上依舊很靜，連雞鳴狗吠也聽不見一聲。家家戶戶都緊緊地關著門，她的鞋底在悄無人跡的路面上擦出窸窸窣窣的回音。突然嘎的一聲響，倒把她嚇了一跳，原來是天上的雁。雁排著隊，齊齊整整悠悠然然地飛過長天，漸漸飛遠了，成了天邊的幾粒粉塵。

雁不知亂世，雁只知天涼了是秋。就是地上的世道翻過了幾個來回，雁也只曉得一路南飛。

雁比人強啊，雁不用操心地上諸般的煩惱事，雁只用認得一條回家路就好了。吟春忍不住感歎。

轉眼就到了臘月。這個冬天真是冷得邪門，月桂嬸在河邊洗衣裳，木棒一搥就能搥出一片碎牙似的冰碴子。回到院子裡，濕衣裳還沒來得及鋪上晾衣繩，就已經被風獵獵地吹成了一坨硬木。吟春已經有五六個月的身孕了，臉兒蠟黃蠟黃的，眼窩深得像兩口枯井，一身的氣血精神彷彿單單給了肚子——那肚腹大得似乎隨時要生。雖然從表嫂那裡討了幾身肥大的舊布襖穿著，腰身卻像要在衣裳裡炸出幾塊肉來。吟春早就做不得蹲下身子洗衣淘米擇菜的活了——這些活現在都是月桂嬸在幫忙。

月桂嬸說肚子顯得這麼早，一定是個男種，說不定是兩個。吟春知道月桂嬸這話是說給呂氏聽的，為了給呂氏長點精神。

還沒熬到入冬時節，呂氏的身子骨就嘩啦一下散了，竟行不得路了。天色好的時候，吟春就讓月桂嬸搬張籐椅到門口，讓呂氏坐著曬曬日頭，順便看看街上的景致。遇到陰鬱天，呂氏便只能昏昏地在床上躺著了。呂氏時而糊塗，時而清醒。糊塗的時候，就喊吟春把家裡的被子都拿出來蓋上，她嚴嚴實實地蒙在被子裡頭，身子瑟瑟地打著哆嗦——是被日本人的飛機嚇的。清醒的時候，反倒沒有話了，只是愣愣地望著天花板出神，安靜得讓人心惶。

吟春現在能做的事，就是給肚子裡的娃裁剪衣裳。這樣冷的天真不是捏針動剪的天啊，指頭僵得像是長在別人手上的肉。月桂嬸端了個湯婆子放在吟春腿上，吟春時不時地要捂一捂手才能接著幹活。可是還沒容她鎖完米粒大的一個扣眼，手又僵透了。吟春就後悔沒在天和暖的時候備下幾件衣裳——那時候她的心思全沒在這上頭。

其實，天就是再和暖，她也縫不出什麼新巧的樣式來。雖然從小看過表嫂在家裡擺弄裁縫鋪子，略長大些又跟著表嫂做過些鎖扣眼縫褲邊的下手活，吟春的女紅手藝，實在只能算是平平。可是這會兒除了她，陶家再也沒有別人可以操持縫縫剪剪的事了，便只能將就。

這天晌午，吟春正坐在床沿上給一件開襠褲鎖邊，就聽見月桂嬸慌慌張張地跑進來，說你，你媽不好了。吟春緊跟在月桂嬸身後進了呂氏的屋，只見呂氏兩眼緊閉，兩隻手蜷成拳頭伸在半空，彷彿在緊緊拽著一樣物件，嘴裡喊著「至深」。至深是呂氏男人的名字，至深已經死了三四十年了，橫街直街上的人，有一多半都不知道他。月桂嬸聽得起了一身的寒毛。吟春也怕，卻沒怕成月桂嬸那樣，因為她心裡多少是有底的。呂氏的壽材和全套壽衣，早就已經預備下了，若真有個閃失，只要著人去省城把大先生喊回來就行了。只是年關已近，眼下不是舉喪的時節，怎麼的也得讓呂氏把那一口氣喘到過完了年。

吟春在呂氏床前坐下來，把呂氏的兩隻手團住，塞進被窩裡，貼著呂氏的耳朵根說：「大先生來信了，這幾天就到家。」這當然是一句謊話，可是吟春把它說得神閒氣定。呂氏倏地睜大了眼睛，嘴裡果真就安靜了。吟春猜想她要問大先生到底哪天到，可是她沒有，她只是定定地看著吟春不鬆眼。吟春以為她在看她的肚腹——呂氏沒事就常常這樣盯著吟春的肚腹看，可是過了一會兒，她漸漸感到大腿發燙，才明白原來呂氏的眼神停在了那件擱在她腿上的縫了一半的小褲子上。

這樣的小褲子吟春一口氣做了三件，是從同一塊藍土布上剪下來的，邊邊角角都用上了。一式一樣的顏色質地，一式一樣的裁法縫法，簡單結實耐洗，圖的是將來把屎把尿的便利。唯一的不同是這件褲子的布兜上，縫了一朵用粉紅色的零頭布剪出來的花。

一直到了臘月吟春才開始預備孩子的衣裳。若依她自己的意思，她只想問街坊親友討幾件孩子穿小了的舊衣裳就打發過去了，可是呂氏不讓——呂氏要她的孫子從娘胎裡鑽出來就腳不沾地地落到新衣新鞋裡去。吟春縫的這幾件衣裳，都是平平實實粗針大線的，沒有任何花頭經。呂氏說了幾回讓她繡個虎頭羊頭——孩子會生在羊年。呂氏和她死去的男人都屬羊，再添一個，家裡就有三隻羊了。三陽開泰，大吉大利。

呂氏說呂氏的，吟春只推她不會繡羊頭就給搪塞過去了。其實倒不是真不會，她只是不願，也不敢。她肚腹裡的這塊肉是亂世匆匆塞給她的，亂世沒問過她的意思。她想過了各樣的法子把那塊肉剜出來扔還給亂世，可就是沒剜成。這塊肉明明知道她的心思，卻沒有記恨她的歹毒，依舊忍氣吞聲地在她的肚腹裡賴著。它在她的肚腹待了五六個月，日子久了，漸漸地就把她的身子給煨暖了，不知從哪天起，她就習慣了它的存在。她不再恨它，可是她也沒有忘記它的來路。她不能像橫街直街上的女人一樣，把身孕肆意地舉在眉梢嘴角上，把得意招搖地縫在虎頭羊頭裡。她的孩子還沒出生就注定了要在沒有虎頭沒有羊頭的衣裳裡低眉斂目地活著——活在大先生的眼皮底下。呂氏自然是不知底細的，幸好，她到死也不會知道。

然而不知為什麼，今天吟春心血來潮地在這件褲子上縫了一朵花。這朵花很小，小得就像是一滴偶然落在布上的菜汁。可是呂氏看見了。雖然呂氏已經是一盞油淺得見了底隨時要滅的燈，呂氏依舊是火眼金睛。呂氏的嘴唇顫顫地抖了半晌，卻只扯出了一個字：「狗，狗……」

吟春知道呂氏在想什麼。呂氏老早就請族裡最德高望重的老人，給吟春的孩子起了名字。大先生的輩分是個「之」字，大先生叫陶之性。大先生若生了兒子，該排「運」字，於是孩子的學名就叫「運達」。這個名字裡有一朵大雲兩個走之，取的是飛黃騰達的意思。

學名是族長起的，小名卻是呂氏自己起的，叫「狗尾」。呂氏說孩子在家裡要叫個賤名字，才能躲過閻王小鬼的眼目。狗尾是鄉裡河邊坡上最常見的野草，旱也長澇也長，連石頭縫裡都長——呂氏要的就是這份載得住富貴的粗賤。呂氏可以勉強忍受一個男孫在亂世裡落地的簡陋，呂氏可以沒有虎頭羊頭，但是呂氏絕不能看見花。小布褲上的那朵粉紅色的花，像一粒燭火燒得呂氏兩眼起了焦糊。吟春看著不好，說了句月桂嬸你快給媽端二煎頭（第二煎的中藥），便匆匆逃出了屋。

吟春走到門外，心依舊跳得擂鼓似的，一街都聽得見——她覺得被呂氏看穿了心思。這些日子，她隔兩天就去廟裡燒香，當然挑的是香客最清閒的時候，因為她跟菩薩要的東西，是不能給任何人聽見的。如果她肚腹裡的那團肉非要在亂世裡出生，就讓它變個女身吧。她對菩薩說。它若是個男身，他活著就會永無解脫地煎熬著大先生也被大先生煎熬，死後會把恥辱永久地寫在陶家世世代代的族譜裡。而它若是個女身，她最多低低賤賤地在陶家活個十數年，就可以嫁到別人家裡去——一個不知道她來頭的家裡，永遠不需要在大先生的眼皮底下出現。

吟春所懼怕的事，後來一件也沒有發生——是沒有發生的機會。假如吟春當時就預見到了後來的結果，她倒寧願把求菩薩的話一一討回來——但這都是無可挽回的後話了。

不知不覺的，吟春就走到了藻溪邊上。風本來就狠，過了河的風又比尋常的風凶猛了許多，東一下西一下地剜著她頰上的肉。吟春把頸子縮在衣領裡，看著水面上來來往往的船，又比平日多出了些——大約都是送年貨的。鋪在艙口的棉布簾子上，已經貼出了五穀豐登年年有餘的新畫。明天就是臘八了，家裡已經泡上了香米紅豆花生仁，晚上就要熬臘八粥了。過了臘八就是年，可是大先生還沒有信來。自從大先生開學去了省城，只給家裡來過一封信，一張紙幾行字，只是報個平安而已。可是吟春知道，大先生來不來信，到了年關學堂都是要放寒假的，放了寒假大先生總是要回家過年的——大先生放心不下他的娘。大先生離家前，曾說過寒假要去富陽鄉下，把蕭安泰的老母親接到藻溪來過年。蕭家只有蕭安泰一個兒子，蕭安泰一死，就剩了老太太孤孤單單一個人了。大先生繞道去富陽，路上肯定要耽擱些時日，也不知到底哪一天能回到家？

日頭漸漸地沉了下去，河水一跳一跳地舔著日頭，日頭化了些在水裡，水就變得骯髒渾濁起來。水鳥嘎嘎地飛過河面，找尋著歸家的路，翅膀把天穹撕成一條條的破棉絮。吟春知道，一天又過完了。

她轉身朝家裡走去，迎面就撞上了南貨鋪的章嫂。

「沒等到大先生啊？」章嫂隨口問道。

「誰等他了？我只是出來透透氣。」吟春彷彿冷不防被人揭了個短，臉唰的一下紅到了耳根。

章嫂就笑：「這個天，打狗不出門的，你要透透氣？騙誰也不能騙你老嫂子。我都看見了，你天天來這裡，不等他等誰啊？」

吟春說不得話，調了頭就走，直拐到自家的那個街口了，臉上的臊熱還沒有散盡。便忍不住恨自己：

又不是偷漢子，怎地這般臉皮薄？他是她的男人，她還不能想他嗎？

她突然就很想他了。她想起他看她時的眼神，含蓄，隱忍，什麼都沒說卻又什麼都說了的樣子；她想起他用手背蹭著她頭髮的酥麻感覺；她想起他身上那股菸草和油垢混在一處的氣味……不過那都是從前的事了。自從有了肚腹裡的這團肉，他就變了一個人。這團肉是一道坎，他跨不過去，又不叫她跨過來。她只能站在這頭，眼睜睜地看著他站在那頭，煎熬著自己也煎熬著她。他們隔得那麼近，彷彿伸一伸手就碰到了。卻又那麼遠，望穿了眼也望不著的遠。她和他的好日子，短得就像是雷雨天裡的一道閃，還沒容她回過神來就沒了。可那是什麼樣的亮啊？那是照得她五臟六腑通明的亮；那是叫她暗夜裡爬十里百里的山路也走不丟的亮啊。他叫她知道了原來日子是有這樣一種過法的。若她從沒見過那樣的亮，她大約也是忍得下暗的。只是她見識過了那樣的亮，她怎麼還能回到暗裡頭去，那種永不見天日一生一世的暗？

街尾的車馬店，已經挑出了街上的第一盞燈籠。天黑了，燈籠把夜掏出了一個橙黃色的邊角模糊的窟窿。有人在那窟窿裡進進出出，那是在車馬店裡歇腳的挑礬漢子。

又是一個，長夜。

吟春沉沉地歎了一口氣。

吟春天天到河邊的船埠頭等，直等到祭灶王爺的日子都過了，也沒等來大先生。呂氏起先是天天問，一天問幾遍，而吟春的回話總是「快了快了」。這話說多了，把吟春的舌頭和呂氏的耳朵都磨出了繭。漸漸的，吟春再說這話的時候，就沒有先前那麼順溜硬挺了——那話裡彷彿少了根芯。

呂氏聽出來了。呂氏清醒的時候，比世上所有的人都精明。呂氏糊塗的時候，也比好些糊塗人明白。

呂氏就不問吟春了。其實呂氏還是問，只是換了種方法——用眼神。呂氏的眼神是一根軟刺，扎到人心尖上，不是真疼，只是毛毛糙糙摘不乾淨。吟春忍不下那樣的眼神了，就決定求榮表舅去一趟省城找大先生。

這天早晨，吟春用紅紙包了幾樣桃酥雲片糕芝麻酥之類的應景糕點，就往榮表舅家走去。才走了幾步，便覺得走不動了，身子沉得像個裝滿了米的麻袋，而腿卻是餓著肚子的挑夫，怎麼也挑不起身子的重量。便只好靠在路邊的一棵槐樹身上，想歇一歇再走。剛歇下，眼皮就噗噗地跳了起來，跳得很凶，彷彿那上頭有兩隻螳螂在鬥著法。吟春放下糕點，正想揉一揉眼皮，突然啪的一聲，頭上落了樣東西。心想怎麼這時節還有沒落盡的樹葉，便拿手去抹，誰知一抹就抹出了一掌的濕——原來是一灘鳥屎。一抬頭，只見一隻烏鴉嘎的一聲從她頭頂飛過，翅膀張得像一把烏黑的剪子。

她站在街邊，心咯噔了一下。

皇天，是大先生，一定是大先生出事了。

榮表舅去了一趟省城，沒找著大先生，門房說大先生去了富陽。榮表舅雖然沒有把人帶回來，卻總算帶回消息了，吟春才略略地安了心。又等了一陣子，直等到年都過了，卻還沒有大先生的人影，吟春便知是凶多吉少了。就收拾了幾件衣裳，要動身去富陽找人。月桂嬸攔不住，又實在不放心，就要陪她上路。兩人正要出門的時候，大先生卻意外地回到了家。

正月初十的傍晚，大先生被幾個學生用擔架抬進了藻溪。大先生是去富陽接蕭安泰母親的途中遇上事的。富陽縣城是日本人在把守著，經過城門的時候，行人都得停下來向膏藥旗鞠躬行禮。大先生不肯行禮，便被抓了進去。等到消息傳回省城，大先生學校的校長親自出面保人的時候，已經是兩天之後的事了。這兩天在裡頭遭了什麼樣的罪，大先生怎麼也不肯說。其實不用說，只要看到大先生的樣子就猜個八九成了。

大先生從監獄裡出來，馬上給送進了縣城的醫院。醫院包了包傷口，就讓大先生回家了——醫生說那些傷只能回家慢慢將息。

大先生的右手——那隻捏毛筆寫字的手，已經斷了，現在打著厚厚的夾板。大先生的肋骨也斷了幾根，輕輕咳嗽一聲都疼得冒汗。大先生的兩顆門牙沒了，嘴丟了掌門的，便一下子塌陷了下去。這些傷看著揪心揪肺，卻都是皮毛上的，慢慢的都能將息過來。真正的傷，卻是皮肉上看不出來的——大先生的腰骨殘了，大先生永遠也站不起來了。

呂氏叫月桂孃攙著，掙扎著爬下床來看兒子。兒子離家的時候，是站著的，回來的時候，卻是躺著的。呂氏只看了一眼，就牙關緊閉昏厥了過去，月桂孃慌得只知道拍著腿哭。

吟春看見屋裡人進人出——都是聞訊趕來的街坊，聽見哭聲喊聲歎息聲響成一片，只覺著平日重得像磨盤的身子，這會兒輕軟得彷彿要往天花板上飄。她的腿腳站不到實處，她想找個地方靠一靠。

「吟春，吟春你拿個主意啊！」

月桂孃的喊聲把她的耳膜扎了個大洞，她突然就醒了：她沒得靠了，她再也沒得靠了。陶家的天已經塌了，整個塌在了她上官吟春的身上了。從今往後，她誰也指望不上了，她只能一個人跪著爬著，一毫一寸的，把這塌了的天再慢慢的扛回去。

她突然就鎮定了。

她吩咐月桂孃趕緊去喊郎中，又指揮大先生的學生過來，把呂氏抬回到床上去掐人中澆涼水。終於把呂氏救過來了，郎中也趕到了。吟春把呂氏交到郎中手裡，就派前來幫忙的婦人們生火燒水煮米湯。自己便翻箱倒櫃地找條乾淨的舊衣裳，撕成條，在滾水裡煮過了，再撈出來晾晾地吹涼。

吟春拿過呂氏平素念經拜佛用的蒲團，鋪在地上，跪下來給大先生洗臉揩身。她的肚腹磨盤一樣地壓在她的膝蓋上，她的腿很快就麻木了，像有千千萬萬隻的蟲蟻在蠕爬齧咬，可是她顧不上。大先生閉著眼睛，她擦一下，他蹙一下眉頭。他疼。她也疼。可是這會兒她也顧不上疼。大先生身上的傷口像旱天裡的田地般地咧著嘴，此刻她唯一顧得上的，是把這一路上沾染的泥塵儘快地從那些口子裡清洗出去。

「別怕，有我。」

她趴在大先生的耳邊說。這句話她說得很輕，輕得像一絲從樹葉子裡漏過去的風，可是她知道大先生聽見了。這句話她是講給大先生一個人聽的，因為別人就是聽了也不會信。誰能信一個十九歲的連平陽縣城都沒去過的女子，能扛起一爿碎了的天？可是她不在乎，她只要大先生信就好。

大先生睜開了眼睛，嘴角抽搐了一下，石板一樣嚴實的臉上，漸漸裂開了一條細縫。這條細縫在通往微笑的崎嶇小道上艱難地爬行著，可是就在幾乎成行的那一刻，卻驟然消失了。它消失得那樣迅速，那樣毫無蹤跡，它讓每一個在場的人都開始懷疑它是否真的曾經存在過。

大先生的目光，停在了吟春腫脹的肚腹上。大先生彷彿突然記起了一樣他很想忘卻也幾乎忘卻了的事。大先生掙脫了吟春的熱布，別過了臉。

吟春湊過身子去扳大先生的臉。大先生不讓，吟春不放，兩人僵持了一會兒，大先生突然掙起半個身子，推了吟春一把，用那隻沒上夾板的手。吟春沒想到渾身是傷的大先生竟然還有這樣的力氣，身子一歪，就米袋似地跌落在地上。屋裡的人驚叫了一聲，都愣住了。

吟春在眾人不知所措的目光中緩緩地撿拾起自己的身子，端起那盆半是汙血半是泥塵的髒水，默默地走出了屋子。她知道她不能回去——至少現在不能，因為大先生在推她的時候，說了一句話。這句話從大先生缺失了門牙的嘴裡說出來，聽上去像是一聲含混不清的歎息。唯有吟春聽清楚了——吟春總能聽懂大先生的話。

大先生說的是：「賊種。滾。」

賊種。

吟春躺在床上，眼睛睜得大大的，在想今天大先生說的話。

屋裡響著各式各樣的鼾聲。腳底下那片紡棉紗似的鼾聲是月桂嬸的。月桂嬸今天跑前跑後忙了一整天，月桂嬸撐不住了，還沒挨著枕頭就睡著了。月桂嬸死過了丈夫死過了兒子又死過了養女，月桂嬸的心糙得像沙子，這世上沒有什麼東西能拽得住她的睡眠。

隔壁屋裡的鼾聲，是那班學生娃的。學生娃的鼾聲很心急，不經過喉嚨就直接鑽進了鼻孔，一聽就曉得了他們還年輕。他們在大先生跟前打著地鋪，輪番守候。剛躺下的時候，他們還不想睡，唧唧咕咕地說了許多話，說的是停學去打日本人的事。有人說要去重慶，有人說要去延安。大先生從來不贊成學生從軍從政，可是今天大先生卻沒有吱聲。學生娃吵來吵去吵了多半個時辰，才漸漸靜了下來。今天他們抬著大先生走了幾十里的路，他們的腦殼子不想睡，身子卻睏了。腦殼子沒有幾兩力，腦殼子打不過身子，身子就拽著腦殼子咕咚一聲掉進了睡夢。

連呂氏也睡著了。呂氏的鼾聲像滅了火的茶壺，雖還冒著些熱氣，卻是有氣無力了。呂氏是一屋子人裡最不想睡的那一個，呂氏的心上掛著千樣萬樣的事。呂氏把那些事翻來覆去地想過了幾遍，漸漸地，那些事就在她跟前打起架來，你一拳我一腳的把她打糊塗了，她扛不住，就睡著了。

大先生，大先生呢？

吟春豎起耳朵聽著那屋的聲響。吟春的耳朵是張細網眼的米篩，吟春把滿屋的聲響都濾過了一遍，網眼裡留下的，依舊還是沒有大先生的動靜。

興許，大先生還醒著。

突然，她聽見了一絲聲響，她立刻知道那是大先生的呻吟。大先生真能忍啊。她給他洗傷口，他至多蹙一下眉頭，可是他連噝都不肯噝一聲。她發現他的下唇有一層層的痂，有的長硬了，有的還流著湯——那是他的牙印。他要是醒著，他絕對不能發出那樣的呻吟。

大先生也睡著了。吟春想。這世界，人即便渾身是傷，心就是碎成了千絲萬縷，也還得睡覺啊。誰也抵擋不住睏意啊，就像誰也抵擋不住死。

月亮已經很低了，低得壓到了河邊的葦葉。再過半個時辰，雞就要叫了。車馬店的雞，總是第一個開叫的。那裡的雞多，一醒就是一大窩。那兒的雞一叫，就把別家的雞吵醒了。等到鎮上的雞都叫過了頭遍，天就要亮透了。這些日子吟春時常睡不著，吟春已經把各樣的夜聲都漸漸摸熟了。

賊種。是啊，賊種。

這是大先生親口說的。

大先生沒有說雜種，大先生說的是賊種。

如果大先生說的是雜種，或許事情還有救——大先生至多只是厭惡了她肚腹裡的這團肉。厭惡是山石，很重，卻不是她忍不下的那種重。或許她搭上她的一輩子，還是能從那樣的山石裡鑽出一條縫的——

一條勉強容得下她和孩子棲身的縫，只要她肯像泥像塵那樣低賤地活著。

可是大先生偏偏說了賊種——那是決絕的，一生一世的，眼不見了也還在心裡存著的恨。那樣的恨也是山石，卻是她忍不下的重。世上沒有水能滴穿那樣的石頭，世上也沒有人能捱得下那樣的重。

她肚腹裡的那塊肉又踢了她一腳。自從今天她摔了那一跤之後，它就再也不肯柔順安生地待著了，它開始不停地踢蹬她，一腳比一腳狠。一股尖銳的疼痛從腰腹之間瀰漫開來，她的身子弓成了一隻草蝦。

「挨千刀的，天殺的！」她咬牙切齒地罵道。

突然，一股溫熱順著她的大腿根流了下來。她拿手一抹，是黏的。

她猛然明白了，那團肉聽見了她的詛咒，它再也不肯忍那樣的歹毒了，它要提早出世了。

皇天。我打死也不能，把這個賊種生在大先生眼前。

吟春掙扎著爬下床，穿上棉襖，跌跌撞撞地摸出了家門。

外頭大約是正午了。只有正午的日頭，才有這樣的氣力。

在兩陣巨疼的間隙裡，吟春迷迷糊糊地想。

她是根據落在她腳前的那一線雪白的光亮猜出時間的。

這世上任什麼祕密也是有破綻的，把守不住的。她頭頂上的那條石頭縫比頭髮絲寬不了多少，卻把天機洩漏給了她。她看不見天，卻知道日頭在，天也還在。

現在她已經完全適應了洞裡的幽暗，她的眼睛在洞壁上走過，嶙峋的山岩漸漸有了輪廓和形狀。她吃了一驚：從她躺著的地方到洞口，竟有這麼長的路。早上爬進來的時候，她爬了很久。她以為只是自己沒有力氣，沒想到洞果真有那麼深。

洞不是她發現的，她只是聽說了而已。早在她嫁入藻溪之前，這個洞就已經在鄉人的舌頭上活了千百年了。據說在萬曆皇帝年間，有一對苟合的男女被人抓住，男人給投了河，女人被關進了這個山洞，活活餓死。至今還有行夜路的人，看見那個女人披頭散髮地站在洞口乞食。鄉人害怕，就都避開了這條路。吟春也怕。只是吟春有比這更怕的事，吟春就顧不上這個怕了。

又來了，疼。

這輩子她也不是沒捱過疼。七歲那年，她跟哥哥去砍柴，不小心一刀砍在了手背上，血流如注，至今手上還有一條蚯蚓似的傷疤。還有那回從破廟裡跑出來，光著一隻腳趕了一二十里的路，腳板上扎滿了刺。刺扎進去的時候，她還不怎麼覺得——她一心只想逃命。回到家，大先生給她拔刺的時候，她才覺出了疼。

可是，那些疼又怎麼能和這個疼相比？那些疼是皮肉的疼，這個疼卻是慢刀剜心的疼，這個疼讓那些疼都變成了癢。這個疼把時間扯成一條沒有頭也沒有尾的長繩，她才在這裡待了幾個時辰，卻覺得已經捱過了整整一生。這個疼讓她過去十九年的日子，快得就像是一眨眼的工夫。

還好，洞裡沒有風。她沒穿棉襖——棉襖脫下來鋪在身下了，她卻不覺得冷。疼把所有的感覺都擰了個麻花，她已經不識冷熱了。她只知道身下是黏的，棉襖已經被血汙濕透了。棉襖的袖子破了，掛出片片棉絮——那是被她的牙齒咬的。她實在忍不下疼的時候，就把衣袖塞進嘴裡。她不能喊，怕招來人。

可惜啊，可惜了一件只穿過一季的棉襖。

她忍不住想起了大先生——她就是穿著這件棉襖走進陶家的院門，成為大先生的女人的。大先生的目光在這件棉襖上貼下了多少個印記啊，溫軟的，眷戀的，帶著微微一絲老人家的慈祥。這些目光，棉襖沒忘，她也沒忘，大先生卻忘了。大先生昨天把她推倒在地上的時候，看她的是全然不同的目光，彷彿是在一碗年夜飯裡猛然扒到了一隻綠頭蒼蠅，又彷彿是穿了一雙新鞋剛出門就一腳踩進了一堆狗屎。

她一下子洩了氣。

記得從前阿媽跟她說過：女人生孩子就是過一趟鬼門關，和閻王爺的臉就隔著一層紗。她不知道鬼門是什麼樣子的，可是她不怕。她沒有力氣了，她不想去抗那個疼了。就讓那個疼拽著她，一步一步的把她拖進鬼門去吧。鬼門再作孽，還能作孽得過她現在的日子嗎？

還沒容她把身子鬆懈下來，一陣溫熱突然從她腿間流了出來。這股溫熱很有勁道，像山洪攜裹著石頭般地扯著她的五臟六腑嘩的一聲衝出了她的身子。過了一會兒，她才意識到她的身子空了——是沒著沒落的那種空。

她覺出了一樣東西，正在她的兩腿之間蠕動著。她欠起身，就看見了那團肉。那團肉還在她肚子裡的時候，把她的肚子撐得像座小山，可是它出了她的肚子，卻是這樣的瘦小，小得就像是沒來得及長好就僵在了枝蔓上的一個冬瓜。醜啊，它實在是醜，整個身子裹在一層叫人看了想嘔的黃湯裡，手掌腳掌臉上全是千層餅一樣的皺褶。她只是沒想到，這團才七個月大的肉竟長了一頭的好髮，粗粗硬硬的，密得像一樹林子的松針。

它剛從她的身子裡爬出來，它還爬不遠，因為它和她中間，還連著一根青紫色的麻花繩——吟春猜想那就是臍帶。早上出家門的時候，她怕被人發現，她走得很急，什麼也沒帶。她身邊沒有剪子也沒有刀。她四下看了看，發現腳下有一塊石頭。她拿腳去探，有些鬆動。勾過來，還真有個角。她吐了幾口唾沫在那石頭上，用棉襖的裡子擦過了，便來砍臍帶。石頭太鈍，臍帶太軟，砍了幾下才砍出個爛牙似的缺口。吟春狠命地扯了幾下，才總算扯斷了。那塊肉被翻了個身，嘴裡發出了田鼠一樣吱吱嗚嗚的微弱哭聲。

千萬，千萬不能讓人聽見這聲響啊。

吟春一下子慌了。

賊種，你是賊種。吟春喃喃地說。你本不該生到這個世上來，你沒生的時候，就該死了，可是你一回一回的，總賴在我肚子裡不肯死，你死活要熬到出了娘胎見天光的日子。可是沒用啊，你就是見著了天光，你還得死，誰叫你是個賊種呢？人世裡容不得你啊，你不如這一刻就死，省得過一輩子膩膩歪歪的糟心日子。

吟春狠了狠心，扯出身下墊的那件棉襖。就在她要把棉襖蒙上那張赤紅色的長滿了褶皺的臉時，她一下子愣住了——她看見了它的右耳廓裡，長著一團細米粒大小的肉。她以為自己看花了眼，便拿手去撚。真真切切的，她摸到了一塊肉——一塊和大先生耳朵裡一模一樣的肉。

皇天啊，皇天。吟春捂著心口癱軟了下去。

過了一會兒她才猛然醒悟過來，她忘了做一件事，一件早就該做的事。

她俯下身來，分開了孩子緊緊交纏在一起的兩條腿。

是個女孩。

這是她殷殷切切地跟菩薩討來的。菩薩煩了她一遍又一遍的囉嗦，菩薩果真給了她一個女兒。她得著了才知道原來她求錯了。

她用棉襖把孩子裹起來，抱到了懷裡。孩子餓狗似地咻咻地聞著她的乳頭，有些癢，也有些暖，可是她只是木木地坐著，不知該悲還是該喜。這一天裡發生了太多的事。這一天叫她覺得她已經過了三輩子：一輩子是大悲，一輩子是大喜，還有一輩子是不悲不喜的麻木。前兩輩子像是夢，替後來這輩子做著半虛半實的鋪墊，只有這後邊的一輩子才有點像是腳踩在地上的真日子。

你真是命大啊。吟春看著懷裡的孩子喃喃地說。你總比閻羅王跑快一步，他揪住了你的頭髮，你還能從他的手心裡逃出去。

你的名字該叫小逃。當然是小名，像「狗尾」那樣結實而低賤的小名。你是女兒家，用不著「運達」這樣的大名——這樣闊氣排場的名字該留給你後來的弟弟。大先生一定會給你取一個適合女孩兒家的秀氣名字。大先生識的字多，況且，他是你的親爹。

朱三婆早晨醒來，只覺得天亮得邪乎，便奇怪雞怎麼還沒叫。起身開門，卻嚇了一大跳：門前的這條路，還有對過的林子，統統都沒了。昨晚睡下時，她迷迷糊糊地聽見了房頂上淅淅吵吵炒豆子的聲響，知道那是雪霰子。沒想到這一夜裡霰子就下成了這樣的大雪。

這雪，把雞都嚇懵了。她想。

朱三婆出生的時候，光緒爺還是個年輕後生。她活了六十多歲，見過了幾個朝代，可她就是沒見過這麼大的雪。雪的手掌真是肥大啊，輕輕一抹，就將那長稜長角的東西統統抹圓了，全變成了大大小小的圓包。一眼望去，一天一地裡，除了白，再也沒有第二樣顏色。

天還早，街上沒什麼人，只有一串梅花腳印，從街尾一路通到了山林子裡——大概是個什麼野物。雪停了，風卻沒停。風打著旋把地上的雪舀起來再灑下去，漫天便都是迷眼的粉塵。朱三婆揉了揉眼睛才看清了路，便顛著小腳去開柴倉的門。一屋的人都還在睡覺，她得趁他們還沒起身就把爐子生上。她知道今天省不得柴火，今天屋裡怎麼也得有個暖爐。家裡有娃娃，大人忍得，娃娃忍不得，這個天不生火怕是要凍出人命。

柴倉的門很沉。她以前開過很多回了，卻不記得有這麼沉。她死命地推了幾下，終於推開了，才發現門後蜷著一團黑乎乎的東西。她以為是找窩的野狗，便拿腳去踹。這一腳把那團東西給踹散了，踹出了一聲哼哼——原來是個人。

是個女人。

女人抬起頭來，朱三婆就看見了女人眼角那一堆結成了痂的眵目糊和嘴唇上幾個流著湯的裂口。女人的髻子散了，頭髮髒成了一條條泥繩。女人身上穿著一件已經說不出顏色了的棉襖，袖子破了，掛著絲絲條條的棉絮。

「你，你是誰？」朱三婆捂著心口，顫顫地問。

女人的嘴翕動了幾下，卻說不出話來——女人的舌頭凍僵了。女人的舌頭雖然沒說出話來，女人的嘴唇卻在替她的舌頭說著話。女人唇上的裂口又撕開了，汙血象黑蟲子似的從那口子裡鑽出來，一路爬到了下頷。

皇，皇天。來人啊！

朱三婆朝著屋裡大喊了起來。

屋裡頭出來了幾個人，半攙半抬地把那個女人弄了進去，靠牆放到一疊稻草上——女人身子太虛，自己坐不住。

爐火生起來了，屋裡漸漸有了些暖氣，女人的眼神活了過來，舌頭也鬆泛了些。女人的嘴唇扯了扯，這一回，總算扯出了聲音。「湯，米湯。」女人說。可是女人的身子依舊是僵硬的，女人雙手緊緊地掩著懷，彷彿棉襖丟了扣子。

米湯端上來了，朱三婆舀了一勺餵給女人喝。女人只嘗了一口試了試涼熱，就不喝了，用下頷指了指懷裡，說給她吧。女人鬆開了懷。女人的棉襖果真沒扣嚴，裡頭藏著一個赤身裸體已經凍得有些青紫了的嬰孩。

眾人啊的一聲驚叫了起來。

朱三婆的兒媳婦腦殼子靈光些，馬上去後屋找了件舊衣裳，把孩子裹了，抱到了火爐邊上。孩子咧了咧嘴，想哭，卻哭不動，已經奄奄一息。朱三婆舀了一勺米湯要餵，孩子的嘴太小，小得像一粒豌豆，勺怎麼也伸不進去。朱三婆只好含了一口米湯在嘴裡，再往孩子口裡送。進的少，出的多，湯湯水水流了一頸脖。如此這般折騰了小半個時辰，總算把半碗米湯餵進去了。孩子有了一絲力氣，一扯嗓子哭了起來，聲音卻細得像蚊蠅。

女人聽見了，嘴角一吊，吊出了一個有氣無力的笑。

「你，又逃了一命。」女人自言自語地說。

孩子把自己哭得筋疲力盡，終於哭不動了，沉沉地睡了過去，屋裡很快就響起了紡紗線似的細碎鼻息聲。

女人一口氣喝了兩碗米湯，又吃了一大張鹹菜麥餅。麥餅是昨天剩下的，硬得像鐵。女人等不及熱。女人把麥餅撕碎了，扔在米湯裡泡著，嚼也不嚼連乾帶稀呼嚕呼嚕地吞嚥了下去。女人吃得太急了，喉嚨口鼓出一個包。

女人終於吃飽了，額上冒出一層薄薄的汗，兩頰泛起了一絲潮紅。

女人緩過來了，眼皮就像抹了蜂蜜似的漸漸沉澀起來。可是女人不能睡——女人知道她還有路要趕。女人和自己的睡意狠命地掐著架，太陽穴上爬出了幾根蚯蚓似的青筋。

「這是哪兒？」女人問。

「魚嶺頭。」朱三婆說。

女人吃了一大驚：大雪埋藏了所有的標記，叫路都改了樣子。她知道自己迷路了，卻沒想到迷得那麼遠，竟一路到了魚嶺頭。

「你從哪兒來？」朱三婆問。

這麼一個簡單的問題卻似乎難倒了這個女人。女人的臉一鼓一癟的——女人在躊躇尋思著答案。半晌，女人才嚅嚅地說：「不，不遠。」

朱三婆不再發問，只是上上下下地打量著女人。女人禁不住，在朱三婆的目光裡漸漸地低矮了下去。

「你們都到那屋去，我跟她說幾句話。」朱三婆對她的兒女說。

眾人都散了，屋裡只剩下她和她。女人蜷著身子，低著頭，眼睛一動不動地盯著自己的光腳丫子，彷彿那上頭歇著一隻蟲子——女人的鞋襪早叫雪水濕透了，現在正鋪在爐架上烘烤。

「說吧，你做了什麼下作事，生下了這個野種？」朱三婆在女人跟前坐下，板著臉問道。

女人彷彿被人猛地抽了一鞭子，身子顫了一顫，說話的聲調就走了音。

「她有爹，她爹是個學問人。」

「那你怎麼，會把孩子生在路上？」朱三婆追著問。

「孩子，是在娘家生的。坐完了月子，我想趕回家去，早點叫她爹瞧瞧。天下雪，迷了路。」女人說。

女人的話裡，一半是真，一半是假。只是那假的摻在真的裡頭，像一粒老鼠屎壞了一鍋粥，叫那真的也聽上去像是假的。女人這時還沒學會撒謊，女人的語氣裡全是斑斑駁駁的漏洞。女人終究將漸漸學會臉不變色心不跳地撒謊，她會把假話說得天衣無縫，甚至比真話還真。

當然，那是後來的事。

「別騙我了，那孩子的臍帶，還沒收回去。瞧瞧你那身子。」朱三婆指了指女人身下墊的稻草，那上頭有一灘汙黑的血跡。

「你這個樣子就上路，將來一輩子，還不知要做下什麼樣的病。」朱三婆搖頭歎息著。「你在這兒歇幾天再走吧。等雪化了，我叫我兒子趕驢車送你回去，反正正月裡也是閒著。」

這晚女人就在朱三婆家裡住下了，在稻草堆上搭了個鋪。女人討了一盆熱水，給孩子洗過了，又就著這盆水給自己也洗了把臉。女人問朱三婆的兒媳婦借了把梳子，給自己梳頭。女人梳洗過了，臉兒濕濕的摟著孩子斜靠在牆角上，突然就有了幾分姿色。

「什麼男人啊，能叫你遭這樣的罪。」朱三婆忿忿地說。

女人想找一句話來回，可是找來找去竟無所得，只好把臉埋在孩子身上，歎了一口氣。

「命。」女人說。

第二天早上，朱三婆起床的時候，發現女人已經走了。家裡少了兩樣東西，一樣是兒子墊驢車用的一塊舊布，還有一樣是頭天晚飯吃剩下來的一塊箬糕。

桌子上卻多了一樣東西——是一個翡翠手鐲。

吟春剛踩上進藻溪的那爿石橋，就覺出了不對勁。不是眼睛，而是鼻子——她聞出了空氣中的異常。日頭還在天上，只是斜了。斜了的日頭就像是剔了骨頭又放過了幾日的肉，軟綿無力，顏色和樣子都不對路。風換了個方向，今天北風停了，颳起了南風。南風雖然也帶著嘴，南風的嘴裡卻沒有鉤子。南風舔在身上有微微的一絲濕意，叫人想起清明之後梅雨將臨的那些日子。就是在那陣風裡，吟春聞到了一絲奇怪的，說不出來的味道，似乎有點像被秋雨漚在泥地裡的敗葉，又有點像常年不洗頭的老太太終於鬆開了髮髻。很多年後，當她回想起這一天的情景時，她才會恍然大悟，這個味道有個名字，它就叫死亡。

這天是正月十八，她到底沒趕上元宵，不過她還是給陶家帶來了一份厚實的年禮。她知道呂氏不稀罕女娃子，可是她帶給陶家的不是女娃子，而是盼頭：大先生只要能播得下花種，他就一定也能播得下虎種。大先生要是得了這個盼頭，他的傷就能好上一半。

吟春甚至已經想好了怎麼跟呂氏解釋這次的出走。這幾天她想了幾個版本的說辭，直到今天中午才終於定下了一個。一路上她都在仔細打磨這個故事，把這個故事裡的毛刺都捋過了一遍，它現在已經順溜光滑，毫無瑕疵。

她編的故事是：她那天早上出門，是給大先生拜佛祈福去的。大先生傷得嚴重，她不想去鎮裡的那座小廟，她想多走幾步路去香雲寺燒香——聽說那裡的菩薩最靈。她燒完香回來，沒走多遠陣痛就發作了——是早產。幾個過路的挑轡漢子把她抬去了臨近的接生婆家裡，她就在那裡生下了孩子。

儘管這個絞盡了腦汁編出來的故事最終沒有派上任何用場，她撒謊圓謊的才華卻在這裡開始了第一次的展示。在她後來的歲月裡，這個本事還將守護著她走過無數溝壑坎坷，化險為夷——她當時只是不知道而已。

橋邊的店鋪，都還開著門。橋雖然不寬，卻是南來北往的必經之地。過客中，最多的當屬從礬山挑明礬石到靈溪裝船的漢子們。那幾年正是礬礦的鼎盛時期，挑擔客的光腳板把橋面都磨薄了幾層。這些人路過橋邊總是要喝杯茶歇歇腳，在旁邊的店鋪裡給家裡的女人和娃娃們買幾樣礬山沒有的稀罕貨，所以橋邊是一鄉裡最繁華熱鬧的地方，店鋪一家挨一家，最是密集。一眼看過去，就有糕點鋪、南貨鋪、裁縫鋪、剃頭鋪，甚至還有一家小小的冥紙鋪。這裡無論是不是集日，每天都有來來往往的人。正是煮夜飯的時辰了，家家店鋪裡都在淘米洗菜生火。外邊的世道再亂，也擋不住人過日子的念想。哪怕飛機把城都炸成了瓦礫，災難把人心都撕成了碎片，也總會有小小一塊地方，能容得下一頓簡簡單單的夜飯。

到底過完了年，店鋪的生意比先前略微清淡了些。可是那家冥紙鋪的鋪面上，卻擺滿了嶄新的花圈輓聯——不知是哪家的白喜。吟春忍不住暗歎：這家人真知道挑時辰啊，總算熬過了年關才發喪。

吟春下了橋，遠遠的看見南貨鋪的章嫂在鋪子門口搬貨，便隨意招呼了一聲。章嫂見了她，掩了嘴，下頷就掉在了手上。

「你，你還活著？」章嫂說這話時的神情，彷彿是暗夜裡行路迎頭撞上了鬼。

章嫂的話，犯了這個時節的一個忌諱。可是吟春不在意。吟春的心裡正湧流著一股巨大的歡喜，她承受得起任何失禮。

「你看我像是死了的樣子麼？」吟春說。

吟春說完了，才意識到，她犯了一個比章嫂更大的忌諱。她說出了那個不該說的字。那個字溜出舌尖牙膛的時候，辣了她一下。不要緊，她帶來的吉利比天還大，可以化解得了任何糾結疙瘩。

她對章嫂揚了揚手裡的那個布包：「我生了，孩子。」

布包裡的那張臉，長滿了皺褶——卻不是剛鑽出娘胎時的皺褶了。剛鑽出娘胎的時候，那皺褶還是淺顯柔軟的，用好日子輕輕一抹就能抹平的。可是這一路的風霜已經把那些皺褶吹打得硬實了，硬得像泥塑木雕。僅僅幾天的工夫，這孩子已經老了。

孩子看著章嫂，眉眼額頭上的皺褶遊走了幾個來回，終於固定在一個詫異的表情上。突然，那張臉裂開了一條縫，孩子咯地笑了一聲。

章嫂彷彿被那聲笑割了一刀，把手從嘴上挪下來，捂在了胸口。

「皇天……」章嫂喃喃地說：「你怎麼，才回來？」

章嫂的神情裡有一樣東西，突然在吟春的歡喜裡掏了一個洞，快樂如水一下子漏光了，浮上來的，是斑斑駁駁的惶恐。

「出，出什麼事了？」吟春顫顫地問。

「你，你家……」章嫂避開了她的目光，欲言又止。「你還是，趕緊回家看看吧。」

吟春撇下章嫂，便朝家裡飛奔而去。孩子爬出她身子時撕開來的那個傷口，到現在還沒有收攏，依舊淅淅瀝瀝地流著血水。一路腳上磨出的水泡已經擠破了，血結成了痂，痂黏在襪子上，走一步撕她一塊皮。她渾身沒有一個地方不疼，她實在跑不動了，現在是她的心在拽著她的身子跑。風迎面吹來，像柳條一樣抽著她的臉，舌頭上泛著飛塵的泥腥。她顧不得了，她什麼也顧不得，她得趕快回家。

心一急，路就長，從橋頭到家裡這幾步路，她卻像跑過了萬水千山。

等我，大先生，天大的事也等我回家。我把指望帶回來給你了，我把小逃帶回家了。

吟春終於跑到了家門口。門關著，卻沒上鎖，她輕輕一推就推開了。她在門洞裡站下了，慢慢地喘順了氣，才往裡走去。

正是天有些黑卻又沒黑到要點燈的尷尬時節，屋裡暗朦朦的什麼也看不清。她顫顫地喊了一聲：「媽？」

沒人回應。

「大先生？」

依舊沒人回應。

過了一小會兒，裡頭響起了一陣嚓嚓嚓嚓的腳步聲，是月桂嬸。月桂嬸手裡挽了一個藍布包袱，似乎正要出門。她愣愣地看了一眼吟春，包袱突然抖落到了地上。

「嬸，別怕，我活著。我帶孩子回家了。」

吟春把懷裡的那個布包遞過去，可是月桂嬸沒接。月桂嬸甚至連看都沒看。月桂嬸只是咚的一聲癱坐在了凳子上。

「命啊，你這是什麼命？」月桂嬸沉沉地歎了一口氣。

原來那天吟春不見了，大先生立刻派了人四下尋找，娘家婆家所有的親戚家裡都找遍了，也沒找見人。榮表舅在離家不遠的石子路上，發現了一灘血，眾人便猜想吟春是叫人給劫害了——這些天鄉裡的日子很不太平。大先生急火攻心，到了夜裡就大口大口地吐起血來，怎麼也止不住，沒到天亮就嚥了氣。中醫西醫說的都是一樣的話：是日本人打的內傷犯了，內出血。呂氏眼看著兒子在她跟前走了，不哭也不鬧，只是呆呆的在床上躺著。眾人只當是她傷心得糊塗了，也沒防備，就由著她昏睡。誰知第二天早上卻怎麼也喊不醒，才知道是吞了老鼠藥。現在兩人都停在廟裡，等著吉日下葬。

吟春這才看清了堂屋牆上那兩幅蒙著黑框的放大相片。臉上木木的，竟看不出傷心哀慟。噩耗像山洪裡滾下來的石頭，太急太猛，毫無防備地把她砸懵了。她倒是倒下了，卻還不知道疼——疼是後來的事。

大先生死了。

大先生是叫她害死的。其實害死大先生的，也不全是她。大先生是叫慢刀亂刀凌遲至死的。起先是蕭安泰的事，再後來是省城的那個庸醫，再後來是那個唇邊長著一顆痣的日本人，再後來是她肚腹裡的那塊肉，再後來是富陽城樓裡插的那面膏藥旗……一刀接一刀，一刀又一刀。這刀那刀的都混在了一處，誰也說不清楚到底是哪一刀最後送了他的性命。大先生一刀一刀地挨著剮，到最後大先生就沒了心。大先生對家沒了指望，大先生對國沒了指望，大先生對世道沒了指望。大先生是丟失了所有的指望才死的。

呂氏也是。

大先生的指望很多，可是呂氏的指望卻只有一個——呂氏的指望就是大先生。大先生走了，呂氏自然沒得活了。

「好硬啊，你的命。」吟春喃喃地對懷裡的孩子說。孩子累了，睡得很沉，鼻孔一扇一扇的，扇出兩股細細的暖氣。「你和你爸是前世的冤家，你來了，他就得走，你倆照不得面。」

一聲歎息落在了孩子的臉上。歎息太重，在孩子的頰上砸出了一個坑。孩子給砸疼了，猛地睜圓了雙眼，放聲大哭起來。

危產篇

孫小桃（一九五一～一九六七）

謝池是一條巷的名字。你若拿一把圓規在小小的溫州地圖上畫個圈，謝池巷就正正地落在了那個圓心上。從巷口看到巷尾沒有一座樓，全是矮禿禿的平房。那平房見過了太多的朝代太多的爛事，那磚那瓦那門那窗都是一臉的愁苦相。

站在謝池巷口往前走兩步，再往右一拐，就到了城裡唯一的那家百貨公司。三層樓，層層賣的是不同的貨，有城裡人常用的明星花露水、百雀羚雪花膏、各色繡花絲線，也有城裡人不常見的梅花牌手錶。再往裡就到了金三益老字號，那裡賣的是銅板一樣厚實的洗一百水也不褪色的華達呢料子，還有用指頭輕輕一撫就能鉤出線頭來的細軟蘇杭綢緞。

你若不想朝前走，往後拐也有幾個去處。略退幾步，就到了小學校。學校不大，甚至算得上寒酸。可是從這所學校裡走出去的人，有幾個也成了略有名氣的文官武將。於是每任的校長都把他們的畫像恭恭敬敬地奉在走廊上——也算是學校的另一副門臉。

巷不長，走幾步就到了底。你若走累了，想歇歇腳，從巷尾往右一拐，就到了中山公園，那裡有一座九曲橋，是城裡人穿戴齊整了拍全家福照片的背景。你若有個頭疼腦熱，就往左拐，那裡有城裡最大的一家醫院。那裡的醫生若治不好你的病，你也就真是無藥可救了。

你若不想歇腳也不想看醫生，那你就接著走幾步去爬一爬山。城裡地勢平坦，其實沒有山。那被人叫做華蓋山的玩意兒，其實就是一個土丘。丘上有路，全是大塊石板鋪的，一路到頂，有座涼亭，你可以坐下，買碗茶水乘乘風涼，順便看一看山下的花紅柳綠。

謝池巷就是這麼一條巷子，破爛摳縮，毫不起眼，可是城裡沒有一樣熱鬧能逃得過它的眼睛。

勤奮嫂的老虎灶，就開在謝池巷口上。

老虎灶聽上去有些嚇人，不知情的人，還以為是殺人越貨賣血饅頭的店面，其實那不過是一爿小小的賣熱開水的鋪子。小城的人沒見過什麼大世面，說話難免有些誇張。既然能把小河灣叫成江，矮土丘子叫做山，把開水鋪子稱作老虎灶也實在不是什麼天塌下來的離奇。況且，用老虎二字來形容那灶台和木桶的碩大，還真有那麼一兩分傳神。

勤奮嫂的老虎灶選在這個地方，是因為它的靜，也是因為它的鬧。它的鬧是因為這裡離哪裡都只有幾步路，出行一方便，住家就密集。住家一多，來灌暖瓶的人也就多。靜是因為這條巷子裡沒有工廠機關的宿舍，這裡的人都是住在平房裡的散戶，平日不在一個單位上班。各人捧著各人的飯碗，各人歸各人的領導管，平日在家時眼睛就不帶鉤子，鄰里之間彼此看得就不那麼死緊——勤奮嫂喜歡的就是這份閒散。況且住宿舍樓的人，通常單位裡都有食堂，吃過了食堂順便灌個暖水瓶回家也是常有的事，他們成不了勤奮嫂的常客。

勤奮嫂的老虎灶，最先的時候只賣清一色的開水，一百塊錢（舊人民幣，合新幣一分錢，下同）灌一個熱水瓶，兩百塊錢灌三個。兩眼大灶，兩個風箱，兩個大木桶，就是勤奮嫂的全部家當，至多在熱水桶的龍頭上再蒙一塊紗布，怕開水濺出去燙著人。後來漸漸的，勤奮嫂的鋪子裡就擺出了些其他物件，比如一百塊錢一疊的草紙，兩百塊錢一包的牙粉，一百塊錢兩根的菸——那是勤奮嫂用舊報紙自己捲的。勤奮嫂鋪子裡的東西，沒有一樣超過兩百塊錢。勤奮嫂的利頭，得把毫子剁成幾瓣來計算。可是勤奮嫂靠著這個老虎灶，硬就是養起了一個三口之家。勤奮嫂的女兒，衣裳雖然有補丁，卻總是乾乾淨淨齊齊整整的；而勤奮嫂自己，頭髮上總夾著一枚閃閃發亮的塑膠髮卡。

勤奮嫂今年二十七歲。勤奮嫂臉太扁，眉眼太細，怎麼看也不是個大美人。可是勤奮嫂有兩樣東西，卻是街上的女人比不過的。一樣是白，一白就把千樣的醜給遮蓋過去了。還有一樣是愛笑。勤奮嫂的眼角拐著一個小小的彎，勤奮嫂生氣的時候，也像是在笑。勤奮嫂一笑，天上無雲，地上無塵，一片月朗風清。巷子裡的人暗地裡都說勤奮嫂怎麼看也不是寡婦相，可勤奮嫂偏偏就是一個寡婦。

勤奮嫂搬進這條巷的時候，就已經守了寡。眾人沒見過她的男人，理所當然地以為勤奮就是她死了的男人的名字。勤奮嫂聽了就笑，說哪裡呢，這是我爹給我起的名字。就是這個名字，叫我勞碌一輩子呢。

勤奮嫂果真是個勞碌的命，每天雞還沒叫頭一聲的時候她就起床了。捨不得點燈，摸著黑就開始生火做水。兩口海灶，生火也不是尋常的生法，得先用引火柴點著了碎柴皮，再用碎柴皮點著大塊的木柴。等著木柴燒成了炭，才能往上加煤餅。兩大海桶的水燒滾了，至少也得一個小時——那是火順的時候。若遇著柴濕點不著火，三兩個小時也是有的。還沒等水開，屋外已經響起了敲門聲——那是急等著灌開水洗臉上班的人。一直到把上班的人全打發完了，她才能坐下來歇一口氣，已經累得吃不下早飯了。

晚上的忙又是另一種忙。勤奮嫂剛把晚飯端到桌子上，還沒來得及伸筷子，灌水的客人又來了，這回是下了班急等著做飯洗涮的人。勤奮嫂一年到頭也吃不上一頓安生的晚飯，她一手端著碗，一手數錢找錢，嘴也不閒，一邊吞食，一邊和客人聊天。只要灌過一回水，勤奮嫂就記住了人的名字。若來的是孩子，勤奮嫂還會給人塞一小把爆米花。

午飯前後是老虎灶最清閒的時候，上班的已經走了，下班的還沒回來。老虎灶閒下了，勤奮嫂卻閒不下，那是她做針線活的時候。勤奮嫂手裡忙的是一樣事，眼裡忙的卻是另一樣——勤奮嫂愛在飛針走線的縫隙裡看書。勤奮嫂斷斷續續地讀過幾年書，識字不多，書也不能看得太深。勤奮嫂看的，只能是女兒學剩下來的語文課本。

勤奮嫂家裡除了女兒，還有一個姨娘。姨娘排行第二，勤奮嫂就管她叫二姨娘。二姨娘其實不是親姨娘，她只是勤奮嫂的一個遠房表親。二姨娘沒兒沒女是個孤寡之人，勤奮嫂的親爹娘也都過世了，勤奮嫂就把她帶在身邊過日子，算是個幫手，遇事也好有個人商量。

這一天吃過午飯，二姨娘擦淨了飯桌，站在灶台邊上洗涮鍋碗。勤奮嫂坐下了，開始織前一天剛開了頭的一隻線襪。襪子是女兒的。女兒今年八歲，正在十分淘氣的歲數上，新織的襪子還沒等穿小，襪頭襪底就先磨穿了。勤奮嫂把舊襪子上的好線拆下來，織在新襪子的脖子上，再用新線織襪頭襪底，是為了耐磨。其實，新線也不能算是真正的新線——勤奮嫂從來也捨不得買新線來織襪子，線是從一副勞保手套上拆下來的。勤奮嫂的常客裡有一位叫仇阿寶的人，在機械廠裡做供銷員。他那個廠子，每個月給職工發兩副勞保手套。仇阿寶用不上，一年到頭積攢多了，便時不時地送些給勤奮嫂。那紗線的質地好，拿牙都咬不爛，看著還有隱隱一層的光亮。勤奮嫂就把手套拆了，洗乾淨了再染上各樣的顏色，用來織襪子圍巾。

這時外頭走進來一個提著水瓶的客人，二姨娘把油膩膩的手在圍裙上擦乾淨了，才走過來擰龍頭灌水——怕弄髒了那塊剛換上去的紗布。

「你這裡，賣針嗎？」客人問。

客人說的是普通話，二姨娘沒聽懂。二姨娘跟著勤奮嫂從鄉下到溫州城裡也待了兩三年了，可是二姨娘笨，連溫州話也沒聽懂幾句，更別說普通話了。

「你來你來，這個四隻眼的話，鬼才聽得懂。」二姨娘衝勤奮嫂喊道。

勤奮嫂抬頭看見了來人，就有些吃驚：「谷醫生你怎麼今天不上班啊？」

谷醫生叫谷開煦，是杭州人。省城的醫學院畢業後，分配到溫州最大的那家醫院當了內科醫生。谷醫生的家眷至今還留在杭州，谷醫生一個人過日子懶得開伙，三頓吃食堂，也時時來勤奮嫂的老虎灶灌開水，兩下便都熟了。二姨娘管他叫他四隻眼，只因為他戴了副金絲邊眼鏡。

「明天要下鄉巡迴醫療，單位放我半天假準備行裝。」谷醫生說。

「不是剛回來嗎？怎麼又走？」勤奮嫂問。

「沒辦法，三個醫療隊一起走，醫院的人手不夠。」

「醫生都走了，醫院裡誰看病啊？」

「我提過意見的，沒人聽。」谷醫生摘下眼鏡，擦了擦，又戴回去。「天天下鄉看病，能看幾個人？還是解決不了問題。應該把基層的醫生，輪番送到城裡接受培訓。授人以魚，不如授之以漁。」

勤奮嫂就忍不住笑：「你說的是什麼話啊，難怪二姨娘聽不懂。你這些牢騷，別到處亂發，領導不愛聽的。」

「是領導讓提的……」谷醫生有些不服。

「你還真信？誰樂意聽難聽的話？輪到我也不情願。」勤奮嫂說。

谷醫生從口袋裡掏出一張紙幣，放到灶台上。勤奮嫂一看，是張五百元票（舊人民幣，合新幣五分），也不找，就塞了回去。

「這個時候沒人來灌水，灶都沒添火，水是溫吞的，哪能算你錢？」

一個不肯收，一個不肯往回拿，兩人在老虎灶前推了半天。「這怎麼行？這怎麼行？」谷醫生的手緊緊地護著衣裳口袋，額頭冒出了細細一層汗珠子。

勤奮嫂噗嗤地笑出了聲：「不就一瓶開水嗎？我收了就是了，看把你給急的。你剛才要針做什麼？」

「我的蚊帳破了一個洞，要補一補明天下鄉用。」

「我不賣針，可是我有針。你一會兒拿過來，我幫你縫兩針就是了。」

勤奮嫂便進了屋去找針線笸，出來時發現谷醫生還沒走——谷醫生在翻她放在飯桌上的一張報紙。

「勤奮嫂你識字？」谷醫生問。

勤奮嫂的臉一下子紅到了脖子根，彷彿穿了一件太緊太小的衣裳，不小心露出了身上的肉。

「瞎看的。生字太多，總得跳著看。」

「哪天我教你怎麼查字典。」谷醫生說。

「你覺得寫得怎麼樣，這篇文章？」谷醫生指了指勤奮嫂的報紙問。勤奮嫂看的是〈誰是最可愛的人〉，那是她從捲菸用的舊報裡挑出來的一篇文章。

勤奮嫂愣住了。勤奮嫂在謝池巷開了兩年的老虎灶，這兩年日子不長，她卻也見識了形形色色的人。這些人削尖了她的眼睛耳朵磨滑了她的舌頭，她的眼目耳朵和舌頭就配搭得很是順溜起來。眼睛把看見的耳朵把聽到的唰地扔給舌頭，舌頭就飛快地生出一句對應的話來。不知不覺的，她就變得八面玲瓏伶牙俐齒起來。可是，這一次不行，這一次耳朵扔過來的話舌頭沒能接過去，舌頭意外地卡了殼。腦子本想接過來的，可是腦子也突然卡了殼，因為這是一句陌生的話——一輩子裡沒人問過她對一篇文章的看法。

「蠻，蠻感動……」勤奮嫂的舌頭一下子笨拙了起來，扯來扯去，才扯出了半句話。

「這個字，你不認識？」谷醫生指了指勤奮嫂畫的問號，那是一個「淳」字。

勤奮嫂點了點頭。

「這個字跟單純的純發一樣的音，其實意思也差不多，就是單純。」

「那你，能把這一段，給我念一念？」勤奮嫂的舌頭終於鬆泛了些，勤奮嫂開口的時候，臉上的熱還沒散盡。

谷醫生的近視很嚴重，谷醫生的眼鏡度數淺了，有些不夠用。谷醫生拿起報紙來，近近地貼著鼻子念了起來：

> 他們的品質是那樣的純潔和高尚，他們的意志是那樣的堅韌和剛強，他們的氣質是那樣的淳樸和謙遜，他們的胸懷是那樣的美麗和寬廣！

谷醫生的普通話有點大舌頭。谷醫生說話很慢，念書更慢，彷彿喉嚨裡有一隻手在拽著話尾巴不讓走。

長點，那話尾巴再長點就好了。勤奮嫂暗想。勤奮嫂就是愛聽那樣的柔軟。

「我總覺得，出門打仗的孩子，可憐啊。」勤奮嫂輕輕地歎了一口氣。

谷醫生的眉毛，驚訝地揚了起來：「人家說的是可愛，不是可憐。」

勤奮嫂似乎沒有聽見谷醫生的話，勤奮嫂的目光越過谷醫生，迷迷茫茫地落到了誰也看不見的遠方。

「爹娘老婆不在身邊，這些孩子，在別人的地盤上，出門久了孤單啊。」勤奮嫂喃喃地說。

孫小桃不喜歡她的家。

每天進門出門，她聞到的就是兩樣味道：煤餅在爐膛裡烤出來的硫磺味，還有木桶在開水長久的侵蝕中發出的腐爛味。這兩樣味道日復一日年復一年地浸泡著她的嗅覺，漸漸的，她的鼻子就忘了世上還有其他的味道。

家裡只有一張四尺長三尺寬的桌子，這張桌子的功能向來瓜分得十分明確。靠裡的那一端常年放著一個圓竹罩子，罩子底下擺的是剩飯剩菜。外邊那一端是媽媽和二姨婆捲菸絲的地盤。捲菸用的報紙，是二姨婆從五鄰六舍那裡討來的。紙張的品質差，沒放幾天就開始變色。在二姨婆的剪刀之下，這些顏色形狀各異的報紙就成了一張張尺寸大體相同的方紙片。媽媽拿過紙片，撒上菸絲一撚一捲，再用舌頭輕輕一舔，就做成了一根捲菸。媽媽的捲菸散賣起來比商店裡最便宜的盒菸還要便宜許多，所以媽媽的捲菸賣得飛快，天天得添貨。

竹罩子和捲菸紙中間的那塊狹小空間，才是她每天做作業的地方。她沒有地方攤開課本，她只能把作業本壓在課本上，挪來挪去地看。她一隻肘子頂著竹罩子，另一隻肘子壓在捲菸紙上，小心翼翼的躲著菸絲。一只十五支光的電燈，把課本上的每一幅插圖都薰得跟舊火柴盒上的商標一樣昏黃。每捲幾支菸，媽媽總要停下手，湊過臉來抽她的課本看，問她一些她答不上來也不想答的問題。媽媽白天說了這麼多的話，媽媽晚上依舊還有這麼多的話。也許媽媽覺得只有晚上的話才真算是話，可是媽媽從來沒想過，她的話並不是她的話。媽媽的話和她的話中間，隔著是二十餘年的路途。

小桃也不喜歡學校。

小桃報名上學的時候比別人晚了幾天，她轄區的小學已經超員，她就給稀里糊塗地劃到了離家略有幾步路的另一所學校。那所學校校舍大些，有一個剛剛平過的操場。教室裡的課桌椅都是修繕過的，上了一層油亮的清漆，連黑板也重新塗過了黑。站在玻璃窗外往裡一看，很有幾分氣派。對剛到城裡沒多久，幾乎什麼世面都沒見過的孫小桃來說，這大概就是她連做夢都不會夢到的學校模樣。

可是當她在最後一排靠裡的那個固定位置坐下之後，她才漸漸發現了課桌上那層新漆沒能遮住的蟲眼和裂紋。

她的班級裡有三個群體。第一個群體人數很少，確切地說只有兩個，是一姊一弟。姊姊叫堅持，弟弟叫抗戰，兩人相差一歲。姊姊晚了一年上學，就和弟弟安排在了同一個班級。他們是當時南下幹部為數極少的從老家帶出來的子女。在未來的十幾年裡，他們的群體會像麵團一樣地發酵，因為他們的父親將和在江南再娶的嬌妻，雨後春筍般地生下眾多南北合璧的弟妹。

堅持和抗戰個子不高，甚至有些面黃肌瘦，江南的和風細雨還沒來得及抹平戰亂和飢餓在他們臉上留下的疤痕。城市終將慢慢地抹去這些印記，可是在這一切發生之前，他們卻已經開始在改造著城市，悄悄的，用連他們自己也不知曉的方式。

因為他們的緣故，老師上課開始使用普通話。老師的普通話很蹩腳，舌頭拐不了彎，像根硬木棍子橫衝直撞，在老師的嘴巴和學生的耳朵裡劃下血淋淋的傷。當時無論是老師還是學生都沒有意識到，這所學校普通話授課的歷史，是在堅持和抗戰手裡正式翻開了第一個篇章的。

他們從不穿城市孩子穿的襯衫和裙子，一年四季他們只穿軍綠和灰藍的衣裳，冬棉夏單，都是從他們父親脫下來的舊軍裝改造過來的。在十幾年之後一場轟轟烈烈的大革命中，他們的這身裝束，將成為風靡全國的時尚——那是後話。

他們並不聰明，學習成績也很一般，一直在及格和良好中間的那個灰色地帶徘徊不前，可是他們並不在意，就像他們對許多別的事情一樣。在聽老師講課的時候，他們從不吵鬧，卻也不專注，眼神遠遠地飄在一個誰也不清楚的地方。後來學校裡請了他們的父親來講南下工作團跟隨百萬雄師過大江的壯舉，大家才知道：當這裡的孩子還賴在母親懷裡吃奶的時候，堅持和抗戰卻趴在母親的背上參加了支前擔架隊。當這裡的孩子剛脫下開襠褲的時候，堅持和抗戰已經是兒童團員，在大人忙不過來的縫隙中守護著土改成果。大家突然就明白了他們看人時眼神裡的含意，那是憐憫——是海見到了溪，山面對丘時的憐憫。

他們很少主動和同學搭訕。他們用不著。他們像一座島嶼靜靜地聳立在這個五十六個人的班級中，總有水從四面八方湧來，把自己像浪花般簇擁拍打在他們的礁石上。一年級一開課，班主任就對全班同學說：「堅持和抗戰同學的家長在為全城人民奔忙，沒有時間照看自己的孩子。大家都要多多關心他們。」於是，每隔一兩周，班主任就會把他們帶到自己的宿舍裡，給他們洗頭髮剪指甲。逢年過節，就有人帶來粽子年糕，塞到他們課桌的抽屜裡。新學期發新課本，也會有人替他們代領，拿回家包上結實的封皮第二天再送還給他們——是那種四個角都加固了的包法。他們接受著眾人的好，卻從不感激涕零，他們很小就懂得了有一種力量叫不卑不亢。

小桃班級裡的另一個群體人數更少，只有一個人，但是那個人的周圍，卻也聚集了一群人。這個人的名字叫趙夢痕——光聽名字就知道是來自什麼樣的家境。她家擁有江南最大的綢緞莊，溫州城裡婚喪壽誕四樣大事上，很少有不用她家布料的。她父親把生意一路做到了南洋，而且從不跟政府為難。溫州解放的時候，她父親是最早把五星紅旗插到浙南縱隊進城的路上的。抗美援朝的戰爭剛一打響，她父親就毫不猶豫地把自己的名字簽在了飛機大炮的認購單上。國慶和春節，她父親總是以愛國資本家的身分，戴著紅花坐在市委地委的領導人身旁。她父親揮灑自如健步如飛地行走在新舊兩個時代交替的短暫寧靜裡，可是無論他走得怎麼快，新時代的潮流終究要追上他。當他不無得意地看著自己的名字頻頻出現在各樣報紙上沒。

時，他還不知道，一個叫公私合營的大浪頭，很快會舔上他的腳跟，先是濕了他的衣裳，最終把他徹底吞沒。

他不知道，他的女兒更不知道。趙夢痕活在一個巨大的肥皂泡裡，從那裡看出去天只是變了點小顏色，她依舊還可以夜夜笙歌到黎明。和堅持抗戰一樣，她的功課並不出色，倒不是因為愚笨，她只是不肯上心。對她來說，每天上學的目的不過是顯擺一下身上的新衣。她家雖然是做綢緞生意的，她的衣著行頭，卻都是從上海採購過來的洋貨；腳上皮鞋一天一個樣式，顏色很少雷同。她的可愛，不僅在於小城人罕見的時髦，也在於小城人罕見的大方。若有人稱讚她髮卡的樣式，她會毫不吝嗇地摘下來，塞到別人手裡。夏天天熱，看見家境貧寒的同學盯著沿街叫賣的冰棍販子，她會毫不猶豫地買下一打最貴的奶油紅豆冰棍請客。她甚至記不得請的是誰，因為她壓根沒有想得到感激。

在課間短暫的休息時間裡，總有女生圍著她探討蝴蝶結的不同紮法。每天下課，她身後總跟著一群人，要到她家裡聽她父親從南洋帶來的音樂盒，她母親唱機裡存的梅蘭芳。在那個舊的審美觀還沒被徹底打碎，新的審美觀還沒來得及成型的混亂年代裡，樸素是一種吸引，時新也是一種吸引，兩種吸引拽著一群孩子時而東時而西地遊移著，於是，南下幹部子女和資本家的女兒，都在這個群體裡找到了各自的追隨者。

在這裡我們不得不提這個班級裡的第三個群體——一個幾乎囊括了所有剩下的孩子們的群體。這所學校附近有一大片宿舍區，那裡住的是幾個大工廠的工人和他們的家屬。這些人的孩子，就自然而然地成了這所學校的主要生源。農民的革命已經結束，工人的時代即將來臨，孩子們隱隱約約知道他們將是這個城市的主人。儘管他們這個群體圍繞著堅持抗戰和趙夢痕分分合合，這些分合不過是漂在水面上的浮油。油跡輕一抹就散開了，底下的水才是切不碎的整體。

在這三個群體的邊緣地帶裡，孤單單地坐著孫小桃。小桃剛進這所學校的時候暗自慶幸過，因為它離她的家有幾步路，沒有人會知道她住在哪裡。她從來不去同學家裡串門，怕的是別人也會上她家串門。每天放學，她都要在鼓樓洞裡轉個圈才回家——怕人跟上她。可是她的慶幸沒能維持多久。一年級的第二個學期，班主任按照她入學登記表上的地址找到了她家。那不過是一次例行的家訪，可是那天老師帶來了她所屬的學習小組的組長。第二天，全班都知道了孫小桃有一個開老虎灶賣擦屁股紙的媽。再後來，孫小桃的名字被漸漸淡忘，替代它的是「老虎灶西施」。到現在這個綽號已經跟隨了她整整一年。她並不知道這個綽號像一根斷在她肉裡的刺，還將跟隨她一生一世。很多年後，當她早已離開了這個小城，這根刺還會時不時地把她從噩夢中扎醒。

從那次家訪之後，孫小桃就被這三個群體徹底地摒棄了。

孫小桃在入學登記表上的家庭成分一欄裡填的是「城市貧民」，可是這個城市並不待見它的貧民。這個城市已經旗幟鮮明地劃分出了它的領導階級，而這個領導階級也將很快劃分出即將被它打倒的階級。這兩個勢不兩立的營壘，卻在一樁事情上取得了少有的共識：他們都看不起開老虎灶賣草紙為生的女人以及她的兒女。

孫小桃在三個人的家裡沒有可以說話的人。孫小桃在五十六個人的班級裡也沒有可以說話的人。孫小桃在人山人海的城市裡還是沒有可以說話的人。孫小桃的心上不著天下不著地地浮著，沒有一個依託之處。

八歲的孫小桃感到了空前絕後的寂寞。

在整個溫州城裡，唯一能讓她的心落到實處的只有一個地方，那就是鼓樓洞底下的畫兒書（溫州方言：連環畫）攤。其實，這樣的書攤全城到處都是，在謝池巷口就有一家，可是她不能去——怕被媽媽看見。

每天放學，拐個彎走進鼓樓洞，她就要在書攤前坐下。有錢的時候，她會掏出一百塊錢（舊人民幣，合新幣一分），看兩本書再回家。沒錢的時候，她就看著那些畫兒書的封皮發呆。看書的錢是從家裡偷出來的。她知道媽媽每天的進帳都鎖在樓上的小櫃子裡，鑰匙只有一把，拴在媽媽內褲的褲腰上，睡覺也不摘下，她想都別想能拿到那把鑰匙。可是她也知道媽媽每天都要在身邊留些散錢，那是第二天老虎灶開張的找錢，還有去小菜場買菜的開銷。媽媽把這些零錢隨意放在外套口袋裡，睡覺時把外套脫下來，往牆上的木釘上一掛了事。小桃和二姨婆睡一張床，媽媽睡在另一間屋裡，可是媽媽的外套卻掛在兩間房中間的過道上。每隔幾天，小桃都會強忍著不睡，等媽媽和二姨婆的鼾聲響起，才假裝小解躡手躡腳地起床，從媽媽的衣服口袋裡摸出一百塊錢。她不用點燈，她早已憑著手感知道了紙幣的面值。不多不少，她每回只拿一百塊——多了媽媽可能會發現。她從來不用這個錢買零嘴，她只是用它來借畫兒書看。

書攤不大，書也不多，看來看去就是那麼幾本——畫兒書的輝煌時代還要再等幾年才會來臨。書在很多人手裡走過，舊了，厚厚地捲著毛邊，書頁上沾滿了指痕和鼻涕痂。《水滸》、《三國演義》、《紅樓夢》，還有那本永不過時的《三毛流浪記》。每一本她都來來回回地看過了許多遍，她只是忍不住還想再看一遍。有時她把書攤在膝蓋上，閉了眼睛仰著頭，彷彿在想一件天大的心事。攤主見了忍不住問：「娃，你花了錢又不看，是為啥？」她笑笑，卻不回答。其實她只是想把那些畫刻在腦子裡，深一些，再深一些。別人看畫兒書是看故事，而她不是。故事只消看一遍就夠了，畫兒卻不。畫兒每看一遍，總會有新的發現。比如那頭髮絲的細節，那眼神裡的韻味，那手勢裡的表情，那樹葉尖上風的感覺，那裙子上流水般的皺紋……那些畫面像一條一條的細線，一閉上眼睛就來牽她的心，心給牽得絲絲地癢，心就有了著落。

孫小桃在畫的世界裡找到了讓她神魂顛倒的東西。

小桃拐進巷口，遠遠就看見媽媽站在門口等她。

每天放學回家，都是媽媽和二姨婆準備晚飯的時候。她們家的晚飯，比別人家裡要略早半個小時，為的是避開打水的客人。媽媽從來沒有在這個時候站在門口等過她。

她的有點心慌，步子就亂了。她低著頭，想從媽媽身邊繞過去。

「站，住。」媽媽說。媽媽的話就兩個字。媽媽把這兩個字掰開了，又沒掰斷，中間連著一根細細的鐵絲，聽起來就有一絲隱約的硬實。

她站下了，依舊低著頭。

「我問你，這幾天的作業，都做了嗎？」

她的腦子飛快地轉動起來，開始尋找各樣的答案。很快她就意識到沒有必要，這個問題只能有一種回答。

「做了，你都看見的。」她泰然自若地說。

「算術，也做了嗎？」媽媽問。

「都，做了。」片刻的沉默之後，她說。她的回答裡有一個明顯的疙瘩，像是趕車的人碰到了一道高低不平的坎，吃飯的人咬著了一粒硌牙的沙子。

「我再問你一遍，算術作業，也做了嗎？」媽媽抬起她的下頜，媽媽的目光嚴嚴實實地騎在她的目光上。

「做，做了……」

她的話還沒說完，只覺得眼前颳過一陣風。風太快，她想躲，卻沒來得及，風就搧在了她臉上。風很奇怪，不涼，反而是灼灼的燙，她的臉頰漸漸地麻了，像裹了一層厚厚的鐾刀布。過了一會兒她才醒悟過來，那是巴掌——媽媽搧了她一巴掌。

她一下子愣住了，不是因為疼，而是因為驚訝。從小到大，她不是沒挨過媽媽的打。媽媽用戒尺，用掃帚，用曬被子的藤條，用手裡使用著的各樣東西打過她——當然是氣急了的時候，可是媽媽總是揪著她的胳膊打她的背抽她的屁股。媽媽從來沒有搧過她耳光。臉是人的門面，小桃的門面被人唰的一下撕沒了，沒了門面的小桃突然就有了一種豁出去了的膽量。

小桃哇的喊了一聲，摘下身上的書包狠命一扔，把牆砸出了一個淺坑。她不知道她喊得有多響，她隱隱覺得她的嗓子撕裂了，呼出的氣裡有一絲血腥。她不想哭，可是情緒只要咧開一個小口，便再也關不住，眼淚洶湧地肆無忌憚地流了下來。她原先只想哭那一巴掌的，不知怎麼的，她卻哭起了和那巴掌並不相干的事。她哭起了「老虎灶西施」的綽號，她哭起了她從沒見過的父親，她哭起了那張連課本也翻不開的桌子，她哭起了屋裡那股永遠也不會消散的木頭腐爛味道，她哭起了那膽戰心驚地偷來的一百塊錢，她哭起了她在文具店裡看了無數回卻永遠也買不起的水彩顏料……所有的不如意排山倒海地湧了上來，她沒想到自己八年的日子裡竟然有這麼多可以哭的事，她只覺得眼淚和嗓子都不夠使。

「皇天，我這是，什麼命啊。」

媽媽咚的一聲坐在門檻上，媽媽的身子一起一伏抽動得像拋進滾水的蝦蛄——媽媽也在哭。

「唉，真是的，真是的。」二姨婆一聲一聲地歎著氣，二姨婆想勸，卻不知勸哪一個。二姨婆掏出手絹，想遞給媽媽，也想遞給小桃，最後卻捂到了自己臉上。

「這是誰惹的誰啊？沒看見天下雨啊，怎麼屋裡到處漏水？」一個男人提著兩個空熱水瓶嘻嘻哈哈地走了進來——是供銷員仇阿寶。

媽媽擤了擤鼻子，站起來，接過男人手裡的水瓶。媽媽再生氣，也不會扔下一樁生意一個客人。

「還能有誰？小冤家唄。」

媽媽擰開龍頭灌水，媽媽說話時還帶著濃重的鼻音。

「我看這孩子，兩眼放光，腦袋好使。」

小桃也止了哭，倒不是因為客人，而是因為知道了羞恥。

「就是用歪了地方，用來騙人。」媽媽說。

「來，給叔叔說說，你是怎麼騙你媽的？讓叔叔也學學。你媽什麼腦子啊，你要是能把她騙了，你本事可以啊。」

仇阿寶走過來，拿胳膊撞了撞小桃。仇阿寶是老虎灶的常客，灌完開水很少立刻就走，總愛站著東扯西扯地吹一陣子牛，漸漸的便和全家都廝混熟了。仇阿寶一年到頭在全國各地跑業務，算是個見過世面的人。碼頭跑多了，說話就免不了有那麼一股子油滑，倒也不招人煩。小桃被仇阿寶逗樂了，嘴巴歪了一歪，想笑，又忍住了，扭了頭不說話。

「她能說給你聽嗎？她能先把她自己臊死了。每天看她寫作業，原來都在胡弄我。老師今天來告狀，說是兩個星期沒交算術作業了。」媽媽說。

「作孽啊，小桃。你媽這一輩子，為誰啊？還不就你一個指望？你不學好，她活著還有什麼意思？」二姨婆蹲下身來，收拾著散落在地上的書包。鉛筆盒子開了蓋，米達尺鉛筆和橡皮擦滾了一地。課本倒都還在包裡，只有一個作業本子飛到了桌子底下。二姨婆有些發福了，鑽不進去，就支派仇阿寶爬進去把本子取了出來。

仇阿寶拿著本子，隨手翻了幾翻，突然就愣在了那裡。

「這是，你畫的？」他問。

小桃不說話。

仇阿寶把本子扔給了媽媽。「你看看，你看看，你這個女兒。」

媽媽拿過本子，只見那本子正面反面上上下下密密麻麻地畫滿了畫。有的畫她認得出來，是武松景陽岡打虎，關雲長桃園三結義，劉備三顧隆中請諸葛，也有好些她不認得的，比如有個鬢角簪花的女人躺在一塊石板上睡覺——她不知道那是史湘雲，還有一個頭上長了三根頭髮的孩子，在身上塗了一層炭黑權當衣服穿著——那是流浪兒三毛。那些人物有的簡單有的複雜，各式各樣的姿勢眼神，都極是靈動。

「真是你畫的？」媽媽的眉毛挑到了頭頂上。

小桃點了點頭。

「你照著樣子畫的？」媽媽追著問。

小桃搖了搖頭。「我自己想的。」

「你憑空，就想出這些樣子來了？」媽媽的眼睛睜得如同是兩個鈴鐺——她只是不信。

「也不是，我是看了畫兒，記在腦子裡，再畫出來的。」

小桃說完了，就知道自己又闖了禍：她的話裡有一個大大的漏洞——一個和零錢相關的漏洞。她就是把自己都填進去，也填不滿這個洞。

還好，誰也沒在意。

「你用了這個本子畫畫，就沒本子做算術作業了，是不是？」媽媽問。

小桃沒回答。

她沒法回答。一百塊錢可以走的路程很短，去了畫兒書攤，就去不了文具店。她可以不去文具店，但是她不能不去書攤。

「天才，勤奮嫂你懂什麼叫天才嗎？一家人裡出一個，不叫天才。一條街上出一個，那才叫天才。算術有啥稀罕？是個人叫老師指點一下都能學會。畫畫可不是，畫畫的本事是天生的。你看你這個女兒，誰教過她？人家是生下來就會的，她爹娘血裡就有的。你得好好培養培養，將來就是個藝術家啊。」

仇阿寶扔下這些話，就提著水瓶走了。當時他並不知道，就是他這番信口開河的話，把一個叫孫小桃的女孩子推上了一條她做夢也沒想過的路——一條老虎灶西施們極少走的路。不管他情不情願，在她今後的幸和不幸裡，他都已經無可推諉地擔上了干係。

這天晚上來灌水的客人比平常少，媽媽罕見地吃了一頓安生飯。只是這頓飯吃得太寂靜，筷子敲在碗沿上的聲音響得有些瘆人。

「媽，我爸到底是做什麼的？」小桃突然問。

媽媽像被馬蜂螫了一下，手一顫，筷子咚的一聲掉了下來，桌上丟了幾個飯粒。二姨婆給媽媽換了一副乾淨的筷子，又夾了一塊鹹魚放到小桃碗裡。「你媽不是說過嗎，你爸是農民。」

「我爸要真是種田的，我怎麼生來就會畫畫？」小桃的眼睛睜得大大的，疑惑明明白白地寫在了裡邊。

媽媽看了一眼二姨婆，搖了搖頭，說這仇阿寶的話，她也敢信？還真以為自己能成什麼藝術家。孫小桃你給我聽著，你把算術好好學會了，將來能靠上個男人最好，要是靠不上自己也能有飯吃。

小桃沒吱聲。小桃似乎在找什麼東西，又似乎什麼也沒找，小桃的目光遙遙地落在了窗外的夜空上。媽媽的話，和學校裡聽到的不一樣，和廣播裡說的也不一樣。媽媽的話裡散發著一股和家裡的開水桶一樣的霉味。媽媽和這個時代，中間隔的是萬水千山。媽媽只認得一條老路，那不是她的路。她的路只有她自己找了。

「你明天，去文具店買一個算術本子。多下的錢，買根冰棍吃。」

媽媽從兜裡掏出一疊散錢，放到小桃手裡。

小桃小心翼翼地把錢藏好了，正要起身收拾碗筷，又聽見媽媽說：

「多下的錢，再買一個本子吧，畫畫的。」

孫小桃小學畢業的那一年，學校了設立了中學部。於是小桃和她的同班同學連窩也沒挪一下，就原封不動地升入了本校的初中。

只是班裡少了一個人。那個人是堅持。

堅持的父親和老家的元配離了婚，新娶了師範學校的一位女教師，並很快生下了一對雙胞胎女兒。堅持對這件事的反應程度超出了所有人的想像。堅持在父親的辦公室裡當著祕書的面痛罵父親，還當場砸癟了他掛在牆上的渡江紀念章。堅持倒是從來不罵那個取代了她母親的女人，她壓根不和她說話——她只是不屑。堅持的激烈反抗維持了幾個月，父親忍無可忍，最後只好把她送回了山東老家。有幾個同學去碼頭送行，回來說堅持在甲板上依舊神情激動，罵不絕口。眾人這才明白了先前那些沉著穩重不卑不亢其實只是一層紙，禁不起日子輕輕的一捅。紙破了，底下的肌膚跟旁人沒有兩樣，也流血也疼。

在這場家庭劇變中，抗戰一直保持著沉默。相對於堅持的激烈，父親似乎更害怕抗戰的沉默。世上所有的激烈都有邊界，身經百戰的父親能夠對付任何邊界，哪怕再深再寬。可是沉默沒有邊界。沉默不僅沒有邊界，沉默也沒有方向。沉默像一汪表面平靜如鏡的海洋，底下孕育的卻是深不可測的不知要把人捲向何方的驚濤駭浪。父親不知如何對應這樣的沉默，於是父親看抗戰的眼光裡，就有了一絲如履薄冰的忐忑不安。

就這樣，抗戰在由他父親他繼母和兩個同父異母的妹妹組成的新家裡留了下來。他從來不和別人提他家裡的事，只是每天很早就來上學，很晚才離開學校。早上他會沿著操場長長地跑上幾個大圈才進教室上課，放學了他會練很久的雙槓和啞鈴才汗流浹背地走回家去。他依舊不怎麼主動和同學搭訕，可是小桃覺得他現在的沉默和從前有些不一樣。從前的沉默是兩個人的，堅持扯一個角，他扯一個角，兩人把沉默方方正正地扯成了一面旗子，沉默就成了一種姿勢一個宣言。可是現在堅持走了，沉默塌了一角，沉默就變得單薄起來，沉默就僅僅只是沉默而已了。有幾回小桃悄悄地望著抗戰，覺得這個十三歲的少年人的額角眉梢竟然有了隱隱幾絲紋路，她想這大概就是日子在他臉上磨下的印記。

抗戰的學習成績依舊平平，乏善可陳，可是初一的時候，抗戰卻在另一個領域裡顯示出了超群的才能——那就是他的聲音。發現他聲音的過程其實極為偶然：一次年級裡排練歌唱五年計畫歌詠會的節目，有一個聲音突然從眾多參差不齊的聲音裡鑽了出來。那個聲音還未經過任何打磨，滿是毛刺和瑕疵，卻如此原始渾厚堅實，在老師們的耳膜上留下了劇烈的震顫。於是抗戰就被挑了出來，做了那一次和後來很多次的領唱。事後大家都議論紛紛：這不是第一次集體大合唱，也不是抗戰的第一次參演，為什麼從前誰也沒有發現過抗戰的歌喉？小桃不說話，但小桃卻知道答案：抗戰的嗓子從來就埋在他的血液裡，就像她畫畫的本事一樣，只是從前它還沒找到一個可以鑽出身子的破口。現在它終於找到了——是因為堅持的走。堅持的離開在抗戰的心裡鑿開了一個洞眼，抗戰的聲音就從那個洞眼裡倏地鑽了出來。推著那聲音一路往前走的是一股蠻力，那股蠻力的名字叫孤獨。

小桃暗暗有些歡喜，因為在這個五十幾個人的群體裡，她不再是唯一的孤獨者。儘管她也知道，南下幹部兒子的孤獨，和老虎灶女兒的孤獨，不是同一種孤獨。這兩份孤獨無論走得多遠，也匯不到一條路上。她無法在他的孤獨裡沾邊，他也無法，他們只能遙遙相望，各自守著各自的陣地。

其實也不完全是這樣。

比如有一回，她就非常近距離地撞上過他的孤獨。假如把他的孤獨比作一座房子，那一次她毫不知情地撞了上去，回頭才發現她蹭掉了他的一塊磚。當然，她自己也蹭破了一層皮。

那是好幾年以前的事了，那時他們還在讀二年級。那一天他們在上常識課，剛開課沒多久，就拉起了空襲警報。

那時候南北的領土基本已經全部解放，新時代的風攜帶著新時代的熱情像一層沙子似地覆蓋住了舊時代的一切痕跡——除了天空。那時候的天空還遠遠不是清朗的天空。從海峽那頭來的飛機，隔三岔五還會在沿海的城市上空出現，不是那種低眉斂目躡手躡腳的試探，而是毫不遮掩肆無忌憚的張揚。那時朝鮮在轟轟烈烈地打著戰，蔣介石挑的正是那個誰也顧不上的空檔。有時那些飛機會變換著各樣的隊形，像候鳥一樣緩慢高傲秩序井然地兜著圈子巡視著小城，有時那些飛機的尾巴上會吐出濃密的煙霧，把天空抹成一張花臉，然後揚長而去。次數多了，大家就習慣了，飛機就漸漸成了不痛不癢的一份日常。

可是那次不一樣。那次的飛機飛得很低，低得讓人一眼就看清了機身上那塊青天白日的標記。轟隆的聲音似乎就響在屋頂上，校門口插的那面紅旗，被颶風壓成了一張滿弓。

「要投炸彈了！」有人驚恐地喊了一聲，教室裡一下子就亂了。

老師也慌了，老師當即決定帶著學生疏散。其實老師心裡也不知道怎麼辦，因為學校附近並沒有防空洞。老師跑到教室門口的時候臨時決定把大家都帶到操場上，那裡有一片簡陋的雨棚可以蹲著隱蔽起來，萬一有事，跑動起來也容易些。

小桃剛跑出門就被人踩掉了鞋子，等她終於把鞋子撿拾起來的時候，大隊人馬已經跑遠了。鞋帶斷了，鞋子不跟腳，她光著腳走了幾步就意識到她跟不上了。於是她乾脆不走了，找了一片樹蔭坐下來。炸就炸吧，她想，至少還有棵樹擋在頭頂上。

飛機俯衝了好幾個來回，一回比一回低，巨大的轟鳴聲裡，地上捲起了一片迷眼的黃沙。等她終於能睜開眼睛的時候，它們已經飛遠了，變成了天邊的幾隻蠅子——到底還是沒投炸彈。

「你腳上流血了。」她聽見身後有人說。

回頭一看，是抗戰。原來抗戰和她一樣，也沒跟著老師疏散。抗戰是班裡體育成績最好的學生，如果他想跑，他跑得過所有的人，包括老師。可是他選擇了留下。

那時她已經和抗戰做了兩年的同學，可這還是頭一回他主動和她搭腔。她覺得她的舌頭短了一截，回起話來有些結巴。

「你，你為什麼，不跑？」她問。

抗戰手裡抓著一片樹葉子，他把它揉來揉去地揉碎了，捏成一團，遠遠地扔了，才哼了一聲，說：「炸了才好呢。」

小桃嚇了一跳。抗戰的這句話在這個神經繃得很緊的年代裡，可以有多種解釋。其中有一種，可以導致一個人的名字被畫上一個鮮血淋漓的叉。

抗戰從小桃的眼神裡看出了她的恐慌，便笑了笑，說：「炸了我就省得回家了。」

兩人孩子都沉默了。他不說話是因為他沒話好跟她說，她沒說話卻是因為她不知道跟他說什麼好。她第一次意識到：他其實和她一樣，也沒有父親。不過她的沒有是徹徹底底乾乾淨淨的沒有——她生下來就沒見過父親。而他的沒有卻是黏黏糊糊拖泥帶水的沒有——他有，卻又像沒有。

她突然就有點心疼他了。

小桃升上初中之後，生活中還發生了一些別的事，比如谷醫生的離去。

谷醫生每次來老虎灶打水，勤奮嫂都會拿出幾個不認得的字跟他討教。谷醫生倒有耐心，從發音到意義到用法不厭其煩地給她講解，勤奮嫂感歎說谷醫生你沒當了教書先生真是可惜。谷醫生就笑，說還是當醫生治病救人更緊要。

後來有一陣子谷醫生不來了，勤奮嫂的生字就攢了高高的一摞。勤奮嫂以為他又下鄉巡迴醫療去了，並沒在意，直到有一天仇阿寶來打水，偶然說起醫院裡的情況，她才知道谷醫生犯了事。

谷醫生果真是禍從口出。

谷醫生平素愛給領導提意見，什麼科室的責任分工不明確啊，下鄉巡迴醫療是形式大於內容啊，領導人員對醫療知識太無知啊，等等等等。谷醫生雖然想到了這些話興許不招人待見，但他打死也沒想到會給他招來滅頂之災：醫院的反右運動一開始，他第一個就被定了性。

有一天谷醫生突然來了，勤奮嫂一下子沒認出人來。勤奮嫂只覺得是眼鏡太寬太大的緣故，再仔細一看，眼鏡還是那副眼鏡，臉卻不是那張臉了——臉整整小了一圈，架不住鏡框了。幾個星期不見，谷醫生瘦得脫了型。

谷醫生那天是來辭別的。當然，辭別是勤奮嫂後來悟出來的意思，谷醫生自己並沒有這麼說。谷醫生進了門，站在老虎灶跟前，愣愣地望著大木桶蓋上冒出來的水氣不吱聲。天冷了，谷醫生還沒換上棉衣。谷醫生的眼鏡片上蒙著一層街上帶進來的霧氣，人中上結著一塊乾鼻涕。

勤奮嫂想找一句安慰的話來說，搜腸刮肚，竟沒有找到一個字。這才知道，原來世上所有的話，充其量也只夠用來撫一撫皮上的傷。遇上刮到了筋剜到了心的大傷痛，話語竟然一丁點兒也派不上用場。她平素在人前之所以能那樣伶牙俐齒，只因為那些人都還沒經過事。

「見過孩子了嗎？」勤奮嫂終於找著了一個合宜的話題。孩子是指望，孩子在，人就不至於斷了念想。

谷醫生的嘴角吊了一吊，吊出一朵闊闊的笑。只是那笑有點兒古怪，不像是找著了指望，倒像是放下了千斤的重擔。

「剛簽了字，孩子歸他媽撫養。我總算，這輩子，替他們做了一件好事。」

「定了嗎？下放，在哪兒？」

一陣長長的沉默之後，勤奮嫂小心翼翼地問。勤奮嫂選擇了「下放」這個詞，其實她知道，那不是下放，而是充軍。

谷醫生又笑了一笑，這回，是滿不在乎的笑。

「不重要了，上哪兒都一樣。」

谷醫生遞給勤奮嫂兩支空熱水瓶，又拿出夾在腋下的一個牛皮紙信封，放到桌上。勤奮嫂剛要去擰龍頭灌開水，卻被谷醫生攔住了。

「這水瓶留給你用吧。信封裡有一本新版的新華字典，也留給你。」

谷醫生走出了勤奮嫂的家門。谷醫生走路的樣子搖搖晃晃，彷彿撐不住衣裳的重量。

勤奮嫂打開信封，裡邊果真是一本字典，卻又不只是一本字典。字典的皮套裡，夾著一張十塊錢的紙幣（新人民幣）和兩張湯圓券。

勤奮嫂的心咯噔地跳了一下，走到門口往街上一望，谷醫生早已不見了蹤影。

「二姨娘你看著店，我出去一下。」

勤奮嫂的聲音裂開了幾條縫，慌亂中她一腳絆在了門檻上。揉了揉膝蓋站起來，她咚咚地朝街上跑去。

就是，這兒了。

勤奮嫂在門外站定，暗想。

谷醫生曾告訴過她他住在哪個院子，但卻沒說是哪個門。勤奮嫂是憑門上貼的那張風景圖片認定的。那張圖上的景致是西湖，谷醫生給她看過一張差不多樣子的明信片，說他杭州的家就離西湖不遠。

門關著，是從裡頭上了鎖。她敲了幾聲，沒人回應，就不敢再敲了——怕驚動四鄰。她知道他在裡邊，因為她看見了他脫在門外的那雙布鞋。做學問的人就是愛乾淨啊，這個時候了，居然還記得要換鞋進屋。

他不應門。她明白他不想開門。

興許還有一個原因，是他開不了門。

勤奮嫂的心緊了一緊：天爺，千萬不要，出事。

只剩下窗這一條路了。

窗也關著，但沒上栓，她推了幾下，居然吱扭一聲推開了。窗台很高，可是她攀著窗架一抬腿就爬了上去。她被自己嚇了一跳：人真急了，什麼事都能做得出來，隔了這麼些年她依舊腿腳靈便。

屋裡暗朦朦地點著一盞瓦數很低的燈，那光亮把一屋子的黑鉸出了一個昏昏黃黃的窟窿。她的眼睛在窟窿裡走了一遍，沒人。她摸摸索索地朝著窟窿之外的那團黑暗走去，卻冷不防撞到了一樣東西上。

是人腿。

皇天！勤奮嫂的腦子轟的一聲炸開了無數朵金花，那金花在眼前飄來飄去，漸漸的，就把她的眼睛點著了——她適應了屋裡的昏暗。

她看見了他，凳子，還有繩子。

凳子還在他的腳下，繩子還在他的手中。他還沒來得及，做那件連後悔都沒機會後悔的蠢事。

勤奮嫂膝蓋一軟，還沒來得及哼一聲，便麵團似的癱倒在了地上。

醒來時她坐在他的床上，背上墊著他的被子。他端著一缸茶，正用勺子餵她喝。他從不在家裡開伙，他的煤油爐子已經鏽得擰不動開關，他甚至已經沒有了熱水瓶。這缸茶是他家裡唯一可以入嘴的水——那還是頭天夜裡喝剩的。

屋裡又開了一盞燈，略微敞亮了些，勤奮嫂就看清了這個家。房間不大，鋪了一張床，便只有一張桌子兩張椅子的地盤了。牆上有幾個釘眼，勤奮嫂猜想是原先掛全家福照片的地方。這就是這個男人的所有了，如果不算上那些書的話。書倒是不少，把桌子都攤滿了。實在放不下了，就擱在了地板上。地板上的書是一摞一摞疊著的，高的那摞幾乎貼到了天花板。

「你終於醒了。」谷醫生吁了一口氣。

「也不知怎麼的，眼睛一黑，就過去了。」

「我把你，著急的……」谷醫生一臉愧疚地說。

「我是來救你的，倒反被你救了。」勤奮嫂想笑，卻覺得這不是該笑的事，就咳嗽了一聲，把笑收了。

「這些，你都看過嗎？」勤奮嫂指了指堆在牆邊的書，問谷醫生。

谷醫生搖了搖頭：「哪能呢？讀書是一輩子的事。」

「一輩子，你還有一輩子嗎？我要是晚來一步的話。」勤奮嫂哼了一聲。

谷醫生歎了一口氣，說你要是晚來一步，我就在樂土了。

勤奮嫂抓過谷醫生手裡的茶缸，往地上狠狠一擲。咣啷一聲，缸子癟了一塊，搪瓷豁了，露出底下烏的金屬皮。隔了天的茶葉像鋪開翅膀的灰蛾，順著水緩緩地流進了床鋪底下的那片黑暗。

「樂土？你去過嗎，那個地方？」勤奮嫂惡狠狠地問。

「我只是受不了，這個冤屈。」谷醫生蹲下來撿拾地上的缸子，勤奮嫂發現他頭髮上沾了厚厚一層的灰土。再仔細看了一眼，才知道那是白頭髮。

「這頭的苦再大，也是有邊的苦。那頭的苦沒邊。」

「你怎麼知道？」

谷醫生的話，像一根竹竿猛地插在了勤奮嫂的胸口，把勤奮嫂杵在了牆角。許久許久，她才拔出了那根杆子，臉疼得蹙成一團。

「我去過，那頭。」勤奮嫂有氣無力地說。

谷醫生拿著茶缸的手，驚訝地停在了半空，殘水從傾斜的缸口流下來，滴到已經剝了漆皮的舊地板上，滴答，滴答，響得瘮人。

「不，要，死。」勤奮嫂一字一頓地說。勤奮嫂把一句話掰成了三個字，每個字中間都灌著水泥捂著鐵皮，嚴嚴實實的，沒有一根針的餘地。「沒有什麼委屈，是熬不過去的，只要你想熬。」

谷醫生沒說話。谷醫生只是放下茶缸，把臉埋進了手掌。谷醫生的身子顫顫地抖了起來，肩胛骨尖得幾乎要割透那件單薄的中山裝。

「活著，只要活著，十年河東，十年河西，你什麼都能看見。」勤奮嫂咬牙切齒地說。

有一股冰冷的水，從谷醫生的指縫裡漏了出來。勤奮嫂也不勸，由著他默默地哭過了，在衣袖上擦乾了眼睛。

好了，好了。男人只要流出了眼淚，就再也不會，走那條路了。勤奮嫂鬆了一口氣。

「他們到底要送你去哪裡？」勤奮嫂問。

「朱家嶺。」

「哦？」勤奮嫂的話尾巴往上挑了一挑——她沒藏住驚訝。

「你知道那個地方？」谷醫生問。

勤奮嫂不說話，只是一下一下地揪著手上的死皮。冬天的風長著尖尖的嘴，在她的手掌上啄開了一個又一個的裂口。老裂口結了痂，便是一層老皮。又有新口子生出來，新皮又漸漸成了老皮，一層一層的，手心就厚了許多。勤奮嫂揪得狠了，皮扯開了，血像黑螞蟻似地從破口裡鑽出來，越爬越大，爬成了一顆黑豆。

「我沒去過。」終於，勤奮嫂開了口。「那裡有醫院嗎？」

「醫院？」谷醫生一聲冷笑。「那裡有一間民房，他們管那個叫衛生所。除了紅汞碘酒，你大概找不著第三樣藥品——如果你把紅汞碘酒也叫做藥的話。」

勤奮嫂忍不住噗嗤笑了出聲——有學問的人，發的牢騷都不一樣。「那些地方，一輩子連獸醫也見不著一個，你去了，他們得把你當神供著。寧當雞頭不做鳳尾，你懂這意思吧？」

谷醫生從來沒聽過這樣的勸慰，雖覺得無知，眉頭還是鬆了一鬆。

「還有你那些書，不是沒看完嗎？到了鄉下，沒人開你的會，你就好一本一本的看啦。」

勤奮嫂站起身來，找她的鞋子穿——她想起了家裡那兩個嗷嗷待哺的一老一小。突然一陣頭重腳輕，又有點要倒下的意思。她趕緊撐著牆閉了一會兒眼睛，方漸漸好些。

「你好像有點貧血。明天上醫院掛個號，抽個血查一查。」谷醫生說。

勤奮嫂把頭搖得像個撥浪鼓：「不用不用不用，哪有這麼金貴？這都是剛才著急的。你可別再讓我急。」

谷醫生猜到勤奮嫂是捨不得醫藥費，知道勸也沒用，就說你買菜時可以適當買點豬肝，那東西不貴，是補血的。

勤奮嫂說知道知道了，就走出了谷醫生的家門。

拐到街口，只見二姨娘正在門外探頭探腦地等她。

「怎麼才回來？去哪兒啦？」二姨娘見著她，一臉焦急地迎了上去。

勤奮嫂也不回話，只一個勁地說可憐啊，可憐。二姨娘聽得一頭霧水，追著問到底出了什麼事？三口人在飯桌上坐下了，勤奮嫂才把谷醫生的事前前後後說了一遍，二姨娘聽了也是唏噓，說好人啊，那是個好人。

勤奮嫂瞪了小桃一眼，說谷醫生的事不許往外瞎說，你記得禍從口出。小桃癟了癟嘴，說禍要出也是從你的口出，就你話最多。勤奮嫂說你媽一個家庭婦女，能有什麼禍？你將來讀了書，是知識分子，知識分子才最容易犯錯誤。這世道人聽不得真話。小桃說那你什麼意思？讓我撒謊啊？勤奮嫂說誰讓你撒謊？你能不能不說話啊？知識分子就是忍不住話。小桃哼了一聲，說那我就不做知識分子好了。勤奮嫂把筷子往桌子上一拍，說你要把我活活氣死啊？你媽這一輩子什麼苦都吃得起，只要你給我好好的當個知識分子。小桃見勤奮嫂真急了，才不啃聲了。

吃完了飯，二姨娘拿出捲菸用的報紙，正要開剪，卻被勤奮嫂攔住了：「我累了，今天想歇一歇。」可是勤奮嫂到底也沒歇。勤奮嫂拿出一件織了一半的絨線衣，拔出竹針，唰唰的拆了起來。這件絨衣是用一件舊絨衣拆下來的線，合著仇阿寶拿來的勞保手套的新線一起織的。因是兩樣線，怕染花了，就染了一個深藍顏色——她是給自己織的。二姨娘有些驚訝，說好好的，怎麼又拆了？勤奮嫂說反正我也不喜歡這顏色，給他織件絨衣吧。就要走了，連件像樣的衣服都沒有，鄉下比這裡冷。

二姨娘看著那件深藍色的絨衣在勤奮嫂的手裡漸漸小了下去，最後小成了一個細圈，就對小桃說：「你上樓給姨婆拿牙籤來。」待小桃走了，二姨娘才扯著勤奮嫂的衣袖，輕聲問：「你是不是，喜歡上那個四隻眼了？」

勤奮嫂不吱聲，只是埋頭捲著那拆下來的線，一圈，又一圈。半晌，才輕輕一笑。

「姨娘，其實也不是，我只是喜歡有學問的人。」

二姨娘歎了一口氣：「有學問的男人心思多，你又不是不知道。外頭天天喊打右派，你還是別沾這個邊。」

勤奮嫂對饑荒的最初猜測，是從糧店來的。先是好米越來越難買了，什麼時候去糧店，看到的永遠是早白（一種質地很差的米）。早白硬得像石籽，泡上幾個小時再煮，煮熟了嚼在嘴裡依舊糙如茅草。後來漸漸的，連早白也不能全量供應了，十斤糧票，只能買到八斤早白，另外兩斤是搭配的番薯乾。番薯乾是發了霉洗過了再曬乾的，怎麼也煮不爛。勤奮嫂只好把它剁碎了拌在糠裡餵雞，可是連雞也跳過了薯乾只吃糠。勤奮嫂沒辦法，只好扔掉了那兩斤粗糧的定量。只是這樣一來，家裡一人一個月二十五斤米的定量，一下子只剩了二十斤，十六歲的小桃正在長身子，飯量一天大似一天，勤奮嫂量米做飯的時候，就不得不格外仔細地算計了——一天一人三頓飯的量最多不能超過六兩半。沒有多少油水的腸胃留不住飯，飯落到肚子裡走幾步路說幾句話打個滾就沒了。勤奮嫂的心思，每天都得挪了一大塊在伙食上。肉是有錢也買不著的金貴貨——一個人一個月只有六兩的量，魚倒是到處可見。小城靠海，海鮮不值錢，潮汐一來滿街都是賣鮮貨的人，八分錢可以買一斤小黃花，一毛錢能換到一大串螃蟹鉗。菜蔬也是賤貨，半籃子豌豆才八分錢。勤奮嫂每天換了法子地燒魚蒸蟹——那是下飯的菜。而豌豆卻不是拿來當菜用的，勤奮嫂另有主張。勤奮嫂把豌豆放到鍋裡燉爛了，剝了殼，用鐵勺把豆子碾成泥，再放到飯鍋裡和著米一起煮，煮出來的飯就多了一半。小桃天天吃這樣的米飯，晚上躺進被窩就說臭死了——豌豆吃多了就放屁，勤奮嫂便罵她不知好歹，臭死也總比餓死強。

有一天勤奮嫂正在煮豌豆飯，仇阿寶急慌慌地走進門來。仇阿寶不是來灌開水的，他只是讓她趕緊拿糧票和戶口本，說農墾到了。農墾是好米，煮起來有一股子油香，糧店裡一個月也到不了一批貨，到了眾人就要排長隊打破頭地搶。仇阿寶有個哥兒們的小姨子在糧店裡當出納，所以農墾米一到仇阿寶總能比別人先知道。

勤奮嫂拎了個米袋就要出門，仇阿寶拿過她手裡的糧票看了一眼，說怎麼就十斤？勤奮嫂說不是限量供應，一家只給十斤嗎？仇阿寶從口袋裡抽出一個戶口本在手背上拍了拍，嘿嘿一笑，說我的那份也給你，怎麼樣？反正我這個月的糧票也用完了，都買了早白。勤奮嫂喜出望外，謝了謝正要走，仇阿寶說祖奶奶你背得動嗎？我替你走一趟就是了。勤奮嫂說路不近呢，二十斤的東西。仇阿寶又笑，說二十斤的人我背不動，二十斤的米小意思。也不等回話，就咚咚地出了門。

過了三刻鐘，仇阿寶肩上扛著一袋米，腋下夾著一個油紙包回來了，頸脖子上全是汗，背上的衣裳也濕了兩大片。勤奮嫂趕緊擰了條熱毛巾給他擦過了汗。正好飯菜也都擺上桌了，二姨娘看著不過意，就順口留仇阿寶吃飯。仇阿寶也不推辭，把手在褲腿上擦了擦，果真就坐下了。

「本來不該在你家吃飯，不過我今天帶了定量來了，就敢吃你一頓。」仇阿寶撕開那個油紙口袋放到桌上，眾人才看清是一個蛋糕。全城所有的糧製品都要糧票，只有這樣東西不要，所以它就按天價賣。勤奮嫂在城裡那家高級食品店見過，是十塊錢一個——那是一個人一個月的伙食費。

勤奮嫂吃了一驚，說皇天，這個價的東西，你也敢買來吃？你嚥得下去啊？仇阿寶歪了腦殼看著小桃笑，說給革命接班人我捨得割肉。小桃你嚥得下嗎？

小桃從來沒見過這樣的糕點，蓬蓬鬆鬆的蜜黃色的圓筒，上邊灑了一層雪白的奶油。那奶油也不是隨隨便便灑的，那奶油旋成了厚厚一圈的花，海波浪似的，一朵接著一朵地開。小桃沒說話，可是小桃的話全都寫在小桃的眼神裡了。

仇阿寶抽出一個湯勺，挖了一勺蛋糕遞給小桃。小桃不接，只是扭頭看著她媽的臉色。勤奮嫂歎了一口氣，說買都買了，你就吃吧。

小桃接過勺子吃了起來。小桃吃得很慢，把一口掰開了好幾口。還是不禁吃，一會兒就吃完了。小桃貓似的，把勺子正面背面都舔了個溜光。

「多大的人了，還是貪嘴。」勤奮嫂罵道。

「這倒挺好，省得洗碗了。」仇阿寶又挖了一勺，遞過去給小桃。這回小桃一口就吃完了。看著小桃的饞樣子，二姨娘就搖頭。「這孩子，可憐見的，好些日子沒有放開肚子吃了。」

勤奮嫂就問阿寶你見多識廣，是不是咱們國家有饑荒啊？弄得糧食這麼緊張。

仇阿寶回頭看了看，見屋裡沒別人，才壓低了嗓子說：「你們天天待在家裡，根本不知道外頭的事。災情嚴重著呢。我剛從四川湖北出差回來，一路聽說餓死了不少人呢，又不叫出來逃荒。」

勤奮嫂說難怪啊難怪。咱們這裡還算好，餓死還不至於，最多勒緊褲帶忍一忍，也就熬過去了。

仇阿寶哼了一聲，說你去醫院門口看看，得青紫病的有多少？腿腫得紫茄子似的，都是鄉下來的。鄉下的日子不比城裡，難熬啊。

一朵陰雲飛過勤奮嫂的眼睛，勤奮嫂的臉一下子暗了——她想起了還在朱家嶺的谷醫生。谷醫生走了有兩年了，這兩年裡她給他郵過兩個包裹，一次是織好的絨衣，一次是炒熟的麥粉。她知道他不會做飯，麥粉倒上開水一拌就能吃，放糖放鹽都行。不過那也是半年以前的事了，現在她就是刮牙縫也刮不出多餘的糧食可以寄給他了。

谷醫生給她寫過幾封信，每封信都是寥寥幾行字，說的都是差不多的話：朱家嶺的醫療條件差，不過那邊的人很好，他在勞動人民中間學到了不少東西，正在努力改造。也順便問她那本字典好用不？又學了多少生字？她知道他在那個情況裡不能隨便說話，他能說的，大概也只有這幾句。

吃完飯，送走了仇阿寶，二姨娘避開小桃，拉了勤奮嫂到門口，悄聲問：「這個阿寶，老婆死了這些年了，也不娶，是怎麼回事？」

勤奮嫂咦了一聲，說他娶不娶，你該去問他，問我做什麼？

二姨娘正了臉色，說你要是對他沒意思，就別讓他來了，省得鄰居嚼舌頭。勤奮嫂惱了，說你這個人怎麼啦？是你留他吃飯的，又不是我。他來打水，我還能叫他別來？二姨娘說我就怕是剃頭擔子一頭熱，你對他沒意思，又接受他的好，將來欠人家太多，你拿什麼還？

勤奮嫂站在街頭，看著那些昏黃稀疏的路燈一盞一盞地亮了起來，把一個城市照成了癩痢頭。

「你以為我想白受他的好啊？可是我好歹得熬到小桃上大學。除了他，我還能指望誰？」

二姨娘憂心忡忡地看著勤奮嫂，臉蹙成了一個苦瓜：「你這不是在，耽誤你自己嗎？」

勤奮嫂咧了咧嘴，扯出一個淡淡的笑：「姨娘，我這輩子被耽誤的事情多了，還在乎這一樁？」

二姨娘嘬著牙花，半天沒說話。勤奮嫂以為二姨娘把話都說完了，正要往裡走，只聽得二姨娘吐了一口沾了牙花的唾沫，說可惜啊可惜，你沒看上這個男人。

孫小桃上初中二年級的時候，終於戒掉了看畫兒書的癮念。其實她依舊還是喜歡看，只是因為現在坐在書攤上看書的人，歲數上都比她小了許多。畫兒書終於成了一件她穿得太小了而不得不扔掉的舊衣裳。

現在每天放學，她再也不用在鼓樓洞裡拐了個彎再回家，因為全班，不，全校的人，都知道了她家是開老虎灶的。「老虎灶西施」的綽號已經跟了她六七年了，漸漸的已經把她的耳朵磨出了繭子，她再也沒有理由去死死捂住那塊早已經是公眾祕密的疤。

現在放學她還是不直接回家。不過現在她換了地方——她會去九山湖邊坐一會兒再回家吃飯。湖邊人跡稀少，只有一片草地和一棵遮天蔽日的槐樹，往那樹底下一坐，無論晨昏都是一片幽暗。她坐的次數多了，已經知道朝陽那面的樹身上，有一塊塌陷的疤，她坐下來，正好可以把身子和腦袋擱進去，那樹身就成了她的椅背她的床。靠在那裡，她看得清世界，世界卻看不清她。她喜歡下午的日頭把湖水漸漸變得濃稠起來的感覺，也喜歡風穿過水面和青草地的清涼氣息。

她隨身帶著幾枝粗細不一的鉛筆和一個長方形的白本子。那本子有一個厚實的塑膠套，上面寫著三個燙金字「速寫冊」——那是仇阿寶出差去上海的時候買來送給她的。仇阿寶不懂什麼叫速寫，只知道裡頭的白紙可以畫畫。其實她也不懂，不過沒關係，懂不懂她都是拿它來畫畫的。她不畫她眼睛裡看見的東西，她只畫她腦子裡存的東西。她眼睛看見的東西若不在她腦子裡存過一遍，她的筆就不認。她腦子裡存的東西很多，有花鳥景致山水樓閣。當然，還有各式各樣的人。她很節省地使用著這個本子，把每一頁紙都隔開了上下兩部分，正面反面都用，可是很快，本子已經用了一半。

當然，她也不是回回都畫。有時候她只是在樹底下坐一坐，聽著頭頂上鳥兒唧唧啾啾地叫著，懶懶地看著遠處水變成了天的地方發呆。這種時候她就覺得腦子被水洗過了一遭，十幾年的日子竟然沒有留下一絲痕跡，空得她都想不起來她到底是誰——她就很是快活了起來。

這一天她下了課照常往湖邊走，遠遠的她突然就聞到了一股異味。她和她的母親勤奮嫂一樣，嗅覺極為發達。她的鼻子，總要遙遙領先地走在她的眼睛和耳朵之前，有時甚至回過頭來阻攔了眼睛和耳朵的路。她那天聞到的，是樹林子裡的野物聞到自己的窩巢被別的野物侵占的那種味道。

她警惕地停下了步子。她的鼻子引領著她的眼睛一路走過去，停在了那棵熟悉的槐樹下。她看見了一個穿著海魂衫的身影——是抗戰。抗戰這兩年一下子長高長壯了，衣服的每一處都有了飽實的內容。青春已經把早些年顛沛流離的痕跡從他臉上徹底抹去，他遠遠看上去幾乎已經是一個真正的男子漢。他正靠在樹身——她的樹身上，悠悠地吹著口琴。突然他的身子斜了一斜，彷彿在跟人說話，於是她就看見了另一個身影，一個穿著白襯衫藍花裙子，梳著兩根齊腰長辮子的身影。她的心突然停跳了一拍，因為她醒悟過來，那個人是趙夢痕。

夢痕這兩年也長高了，卻沒長胖，不是因為飢餓，而是因為恰到好處的營養搭配。她父親的綢緞莊已經被公私合營，她父親現在不再到公司上班，只在家裡吃著定息。他的名字，也不再那麼頻繁地出現在報紙的新聞版上。他們家已經不如從前那麼闊了，但遠還沒到潦倒的地步。真正潦倒的日子，還要過幾年才會到來，所以她依舊可以消消停停地享用著她父親和她父親的父親積攢下來的家產。她身上的那件藍花裙子，就不是一般的貨色，那是上海灘最精紡的東方綢，按照最時新的樣子剪裁的。本來她裙子上的藍和他海魂衫上的藍是截然不同勢不兩立的兩種藍，可是那天他們頭頂的那爿天，身前的那汪水，身後的那棵樹，突然就叫那兩樣藍變得相得益彰。

其實，離他們站立的地方略走幾步，就可以看到饑荒的影子。可是饑荒離他們再近，也挨不到他們身上。她有豐裕的過去可以汲取，他有綿長的未來可以預支，在那一刻，他們跟苦難和災荒都還無緣。

夢痕從口袋掏出一支口琴，也跟著他吹了起來。他們吹的是同一首歌，都是〈紅莓花兒開〉。剛開始的時候，他吹他的調，她吹她的，他們的調子中間有一條闊闊的縫，縫裡灌著風。漸漸的，她就試試探探地找著了他的調，他也找著了她的，兩個調便嚴絲合縫了起來。

他們本是一條線上離得最遠的兩個極端，可是離得最遠的兩個點，也可以頃刻之間成為貼得最近的，如果把那條線繞成一個圓。小桃暗想。

這天晚上，小桃躺在床上做了一夜的夢，每一個夢裡，都有那兩種藍。

第二天到了學校，小桃冷眼看著那兩個人，他們坐在各自的座位上，中間隔著好幾排人，他沒看她，她也沒看他。他們臉上浮現的，是一種從未認識過的陌生，和一種絲毫沒想打破這種陌生的漠然。

後來小桃再也沒有在九山湖邊見到過他們的身影。

小桃開始懷疑，那天她在湖邊見到的，是否僅僅只是一個幻象。

內科醫生谷開煦覺得他在醫學院接受的五年正規教育和在醫院裡積攢的數年臨床經驗，到了朱家嶺並非完全學無所用。事實上，在朱家嶺的四年裡，他的醫術在某些方面進步巨大，當然，這些進步是以其他方面的巨大退步為代價的。

衛生所的條件使他已經完全失去了醫治重病大病的機會。可是，正是因為診斷設施的嚴重缺乏，他的眼睛鼻子和手指卻變得格外地敏銳起來——它們是他除了聽診器之外的唯一依靠。人體上任何一絲略微反常的顏色氣味形狀質感，都能飛快地調動他的腦神經，讓他在以分秒計算的時間範圍內做出精準的判斷。他的直覺可以帶他走很遠的路，儘管還走不到頭——他的精準只能停留在診斷階段。除了頭痛腦熱腹瀉之外，幾乎所有其他的病人都得送往縣醫院治療。

除了看頭痛腦熱和腹瀉之外，他常做的另一件事是外傷處理，當然是指簡單的外傷。從前一直在內科工作，離開醫學院後他幾乎完全沒有接觸過外傷。可是在朱家嶺的四年裡，他見過了一輩子加起來也沒見過的五花八門的外傷，有農器的割傷，有火燭的燙傷，有牲口的踩傷，有兩口子打架的劃傷……他現在熟知每一種清理和消毒方法，而且能把傷口縫合得像一塊精美的繡花布。

他甚至學會了給牲口看病。開始時只是一種無奈——人能送往縣醫院，而牲口卻不能。老鄉們是抱著能給人看病就能給牲口看病的盲目信任，把牲口牽進他的衛生所的。他只能一邊翻看他從城裡帶來的一本《獸醫手冊》，一邊尋找對應的症狀和治療方法。幾次見效之後，他的膽子漸漸大了，竟然敢給牲口開刀接生。

這一天早上，他起晚了，是被敲門聲驚醒的。他就住在衛生所裡。所謂的「住」，其實就是一張單人床，鋪在衛生所的牆角，來人了就把布簾子扯上。工作和睡覺都在一個地方，就無所謂上班下班，只要有人來便隨時開門。

頭天夜裡朱家嶺有戶人家娶親，請他過去做證婚人，免不了多喝了幾杯酒，有些上頭，就一覺睡過了。醒來一看，日頭已經升到院子裡的那棵桑樹枝上了。他應了一聲門，就慌慌地披衣找鞋。已是三月了，風吹過來雖然還有幾分寒意，不過那寒意只是一張稀薄的紙，輕輕一捅就破，芯子裡早已是一片軟乎乎的糖稀一樣的春暖了，可是谷醫生卻還沒換下棉襖和那條肥得幾乎沒了襠的棉褲。床前的那雙棉鞋沾滿了昨夜路上的灰土，已經髒得看不出顏色。他懶得撣土，胡亂趿上了就去開門。

今天的病人面生，一問，才知道是從陸家埠頭送過來的。腳還沒進院子，身後已經跟了一大群人。朱家嶺一年到頭也來不了幾個外鄉人，朱家嶺的雞狗都眼淺，見了生人就傾巢出動，更別說是餓著肚子的人。餓著肚子的人格外喜歡熱鬧——熱鬧是氣，雖然管不得餓，卻能暫時填一填肚子裡的空地。

病人是個六十來歲的老太太，一個星期前早上醒來，耳朵突然就聾了，說夜裡有鬼附在她腦袋裡喊了一宿的話。從那天起，那鬼就晝夜不停地跟她說話，攪得她白天黑夜睡不得覺，人就有些瘋癲了。村裡歲數大些的都說她中了邪，撞上了不該見的東西。家裡人也悄悄請巫師神婆趕過鬼，服過符紙仙丹，卻都不管用。後來她兒子聽說朱家嶺有一個溫州城裡來的大醫生，就走了幾十里路把老太太抬了過來。

老太太見了谷醫生，噗通一聲跪了下來：「菩薩神仙啊，你要是能把鬼趕出來，我情願折幾年壽。」眾人便笑老太太腦瓜子糊塗。谷醫生把老太太扶起來——早已是一頭一身的灰土。搬了張凳子讓她當院坐下，就拿出耳鏡做檢查。谷醫生把耳鏡伸進老太太的耳道裡轉了幾轉，眉毛卻越蹙越緊，漸漸地緊成了一團亂線。眾人七嘴八舌地問到底看見什麼啦？谷醫生也不回話，只叫人進屋裡拿出一瓶甘油來，往老太太的耳朵裡滴了幾滴，叫她歪著頭坐著，竟不再搭理。

谷醫生擦了手，從兜裡掏出一個菸盒，抽了一根菸出來，點著火抽了起來。

谷醫生抽起菸來也急也慢。急是抽進去的時候，三口併作兩口，彷彿有人在後頭追搶。慢是吐出來的時候——谷醫生抽進去好幾口，才戀戀不捨地吐出來一口。那一口帶著幾口的勁道，一路悠悠地升到半空，那圓圈才慢慢地打開了，開成一朵肥軟的花。

谷醫生好不容易把一根菸抽到了燒指頭的地步，卻也不扔，又掏出另一根來，按在前一根的屁股上點著了，再接著抽。眾人急等著看好戲，鑼鼓響了半晌，卻不見大幕扯開。越等，便越覺得這戲值得等，緊張得連大氣也不敢喘，生怕就在那一口粗氣裡錯過了開場。

終於熬過了兩支菸，谷醫生站起來，拿了張舊報紙墊在老太太的肩膀上，讓老太太側過頭來，這回是朝另一邊。眾人等了半天，慢慢的，就見那張舊報紙上滴下來一團菸垢似的髒東西——是稀釋了的耳屎。

就在那團耳屎裡，蠕爬著兩隻黑乎乎的東西。

眾人啊的驚叫了一聲，倒抽了一口涼氣。

報紙上爬著的，是兩隻蟑螂。

「這就是我給你趕出來的鬼。」谷醫生把報紙團成一團，扔進了垃圾堆。

「娘，怎樣了？」老太太的兒子們圍了上來，急切地問。

「我又不是聾子，用得著這麼喊嗎？」老太太說。

眾人轟的一聲笑了，院子裡雞飛狗跳地熱鬧了起來。

老太太的兒子拉著谷醫生的手，謝了又謝。圍看的人說光謝頂屁用？有米就送些過來，谷醫生的口糧不夠吃。那兒子臉上就有了幾分難色，說這日子誰家能有閒米呢？要不就挑些番薯來吧。圍看的人就起鬨，說吃番薯都放了一年的屁了，誰稀罕。谷醫生推著那兒子往外走，說你也真是，一句玩笑也聽不懂。你媽沒事了，還可以活一百年。

那家人又千恩萬謝了一番，終於走了。眾人正要各自散去，卻突然聽見有人噗嗤笑了一聲，說谷醫生你的醫術越發高明了。眾人轉身一看，才發現院子裡的那棵桑樹底下，站著一個陌生女人。女人臂彎上挽了個竹籃，大約趕過了路，面頰上泛著兩片汗濕的潮紅。女人剪了一頭齊耳的短髮，一側的頭髮被一枚塑膠髮卡夾起來，露出一個白白淨淨的耳垂。女人身穿一件洗過了多水的藍布夾襖，衣裳的袖口已經薄得掛了絲，卻依舊乾淨合體。女人的穿著原本是素淨的，肩上卻圍了一條紅色的方巾，那紅便燒得一個院子噌的一下亮了起來。

眾人先前的心思都在老太太的耳朵上，竟沒留神這個女人是什麼時候進來的。朱家嶺安靜了很長時間了，朱家嶺的人不知道該怎麼應付這突襲而來接二連三的熱鬧，一時慌了手腳。半晌，才有一個抱著娃的女人說了句話：「是谷醫生的老嫗（溫州方言：老婆）吧？」有人就說瞎扯淡，沒聽說谷醫生有老嫗。人群立時就分成了兩撥，一撥說是，一撥說不是。相峙不下，便都轉過臉來看谷醫生。

「谷醫生你給個話，是還是不是？別不好意思。」有人大聲嚷了起來，眾人便又哄哄地笑了開來，一下子找回了感覺。

谷醫生有些窘，不知如何回應。倒是那女人大方，仰臉衝大夥一笑，說別亂點鴛鴦譜，我是谷醫生的妹子。眾人見女人不認生，膽子也大了，就說谷醫生長得不怎麼樣，妹子卻是漂亮呢，到底是城裡人。谷醫生揮揮手說散了散了，看了半天熱鬧了，肚子不餓嗎？趕緊回家吧。眾人哪裡捨得散？裡三層外三層的，圈子圍得越發緊了。女人解下圍巾，啪啪地拍打著衣裳鞋面上的土，只覺得前襟後背貼滿了大大小小的眼睛，連頸脖子都燙。

「谷醫生跟妹子也總有幾句話要說。都回家吧，家裡要是有吃的就拿點過來。」終於有個年長些的，扯著嗓門嚷了一句，眾人才百般不情願地散了。

谷醫生接過女人的竹籃，領著女人進了屋。女人正想坐，卻被谷醫生一把攔住，說那張凳子什麼病人都坐過，別髒了你的衣服。便把床鋪上的被子往裡推了推，騰出一塊空地來，讓女人坐下。被子蟒蛇似地盤成一團，露出一個油漬漬的被頭。女人心裡抽了一抽，心想從前那麼愛乾淨的一個人，現在的日子怎麼就過得如此對付？

屋裡只剩下了兩個人，空氣突然就重了，一扭身子撞上了，硌得人渾身都疼。谷醫生已經把方才的自如都丟在了院子裡，他想說話，可是他的話像一管用得只剩了一個底的牙膏，他費盡氣力終於把話擠到了嘴上，卻發現嘴短了一截舌頭。

「勤奮，我沒想到，你會來看我。」

谷醫生哆哆嗦嗦地扭上了一直敞開著的棉襖扣子，他依舊還沒有從巨大的驚愕中掙脫出來。

勤奮嫂的心很響地跳了一聲。

他叫她勤奮。他從來沒有這樣叫過她。勤奮和勤奮嫂，只相差了一個字，可是那個字裡卻藏著萬千玄機——被人叫做勤奮嫂的時候她是一個寡婦，而被人叫做勤奮的時候她是一個女人。

勤奮嫂想說的話也很多，可是說出來的，卻不是最想說的那一句。「仇阿寶，你認得的，他們廠子在朱家嶺旁邊有個外包加工車間，我搭了他們的便車來的。」她說。

谷醫生倒了半杯水給勤奮嫂。他是想倒一滿杯的，可是熱水瓶只剩了一個底，杯子的水裡浮著幾片蛾子似的瓶渣。勤奮嫂顧不得，她端起杯子咕咚咕咚就喝——她真是渴了。喝完了，就問你在這邊，好嗎？谷醫生說還好。勤奮嫂說那些人，像是待你不錯呢。谷醫生說是不錯。勤奮嫂又說聽仇阿寶講，現在有的地方已經在開始摘帽了，你爭取爭取。谷醫生說知道了。勤奮嫂抿嘴一笑，說你這樣，我真不習慣。谷醫生說什麼不習慣？勤奮嫂說你話怎麼這麼少了？你不發牢騷的時候我真不習慣了。

兩人便一起笑了起來。那笑把厚硬的空氣戳出了一個孔，便有風在屋裡流動起來。

「什麼時候學會抽菸的？」勤奮嫂問。

「鄉下，人人都抽，就跟著學了。」谷醫生說。

「為什麼，把頭髮剪了？」谷醫生歪過頭來看著勤奮嫂。

「難看嗎，剪了？」

谷醫生沉吟半晌，才說：「好看。只是剪了頭髮，就真像城裡人了。」

「城裡人，不好嗎？」

「不是不好，只是我已經習慣了鄉下。我現在，就是一個農民。」

勤奮嫂張了張嘴，卻把湧到喉嚨口的話咬斷在了舌尖上——她不知道該說是還是不是。四年的光陰不算長也不算短，卻剛夠把谷醫生從上到下變了個樣。不在老，不在黑，也不在瘦。再老再黑再瘦，只要眉眼還在，總能認出個樣子來。谷醫生變的是樣子，不是眉眼。從說話的口音，到穿衣的樣式，到走路站立的姿勢，谷醫生看上去已經是個道道地地的農民，除了鼻梁上那副裂了一條縫的眼鏡。

勤奮嫂取下蓋在竹籃上的毛巾，說這是我給你帶的豌豆餅。其實都是豌豆，沒幾兩麵粉。要在從前，這也就是餵牲口的飼料，可現在只能湊合了，糧票實在不夠。谷醫生說你該留著給小桃，這個年紀，胃口正開。勤奮嫂說城裡的供應再怎麼也比鄉下強，鄉下的日子難熬，也不知你這裡怎麼樣？谷醫生說我在老鄉家裡搭伙，雖然不能頓頓都吃飽，倒也沒太餓著，總有人送吃的。我給哪家都治過病，不是人就是牲畜。做醫生就剩下這麼點好處了。

谷醫生便問小桃怎麼樣了？勤奮嫂說今年上高二，再過一年就考大學了。谷醫生問想好了考什麼專業？勤奮嫂說這孩子愛畫畫，就考個跟美術多少有點關係的專業吧，最好進個包吃包住的學校，家裡少點負擔。

兩人正說著話，就聽見屋外有人聲。開了門，只見院子裡站了一群人，手裡都端著鍋碗瓢盆——是送飯來的。谷醫生說這麼多東西，我們也吃不了，不如大家都在這兒一起吃了算。眾人也不推辭，當下便有兩個年輕漢子進了屋裡，把衛生所看病的那張桌子抬了出來，擺在那棵桑樹底下。眾人就放下了手裡的物什。勤奮嫂一眼望去，只見有蒸番薯、烤番薯、番薯粉絲海米湯、番薯粉參麵粉做的窩窩頭。都是大碗公，卻見不著米。菜有水煮蘿蔔、鹽醃雪裡蕻、豆腐乳、炒青椒片、芹菜豆腐絲，也都是清湯寡水的找不見幾個油星子。還有人拿的是瓜子北棗麥芽糖的乾貨。只有一戶人家端來了一碗麵，那麵上頭撒了厚厚一層的蔥花，還窩了一個雞蛋。眾人的眼睛，便都落在了那碗麵上，卻誰也不敢動筷。

谷醫生拿出勤奮嫂的竹籃，說這是我妹子帶來的城裡貨，一人一口，別打架。我知道你們都盯著這碗麵，那就一人一口分了算。不過雞蛋是我妹子的，你們誰都別想。眾人便笑，圍著桌子站成了一圈，你一筷子我一筷子地吃了起來。有人就歎氣，說妹子，拿這種東西招待你，真是給朱家嶺丟臉哪。勤奮嫂說這裡的番薯，不知比城裡的強多少。城裡糧店賣的，跟鐵砂似的，連我家的雞都咬不動。谷醫生說你先別揀好聽的說，我要是告訴你這些番薯粉絲是在哪裡曬出來的，看你還敢不敢吃？勤奮嫂說我什麼事沒見過？你輕易嚇不著我。谷醫生說都是在墳頭蓋上曬的。勤奮嫂嘴裡的一口番薯粉絲，就梗在了喉頭。終於嚥下去了，就哼了一聲，說只要不是在茅坑裡曬的，我有什麼不敢吃的？眾人哈哈大笑，說妹子果真和谷醫生一樣爽快。

話還沒說上幾句，一桌子的乾稀已經風捲殘雲似地給掃得精光。眾人吃完了，一邊嗑著瓜子，一邊感歎：這最苦的日子，總算要熬過去了，聽說上頭已經在發救濟糧。谷醫生說大幸啊，咱們朱家嶺沒有餓死人。

這是一天裡谷醫生說的最接近牢騷的一句話了。勤奮嫂朝他斜了一眼，算是提醒的意思。誰知眾人看見了，就說妹子你別擔心，這裡山高皇帝遠，誰也管不得誰。勤奮嫂被人看穿了心思，面色就有些訕訕的。

就有人問谷醫生聽說你跟公社申請了兩間房，要擴大衛生所？谷醫生說房子批了，縣裡還送了一批抗菌素。等到縣裡培訓的小張回來，咱們衛生所就能看些小病了，用不著個個都送縣醫院。眾人就興奮起來，問將來這兒能接生不？谷醫生說牛可以，人得看情況。眾人又哈哈地笑了起來。

有人拿出一瓶家釀的米酒，倒在碗裡就要喝。谷醫生瞪了那人一眼，說你酒糟鼻剛好些，又要造次？

這回我可不管你。那人在谷醫生的眼光裡矮了下去，只嘿嘿地笑，說我哪是自己喝的？是帶來給妹子嘗的。就把酒碗遞給了勤奮嫂。勤奮嫂抿了一口，很是清香可口，倒沒有多少酒味，便忍不住又喝了一大口。谷醫生朝她搖了搖頭，輕聲說這酒有後勁，一會兒就上頭。眾人說你別攔我妹子。上頭怕什麼？橫豎是在衛生所，打一針就是了。谷醫生說你以為針藥是拿來醒酒的？那再開個十間八間的衛生所都不夠你用。

眾人就說谷醫生你乾脆留下來別回城裡去了，城裡有什麼好？人人烏眼雞似的，你掐我我掐你。你在這裡管個衛生所，你就是山大王。有個婆姨說那你先給谷醫生說個女人，沒老媼谷醫生能待得住嗎？又有人接了這個茬，說陸家埠頭有個女人，剛守的寡，三十歲，帶一個八歲的兒子，谷醫生你看怎麼樣？谷醫生說酒不是你喝的，怎麼醉的是你？你都說過好幾個啦。是不是天下死的都是男人，要不怎麼剩的都是寡婦？

眾人笑得人仰馬翻。

勤奮嫂看著這一桌子的人，只覺得他們是水，谷醫生是槳。槳插在水裡，水裹住了槳。槳划著水，水推著槳，兩下都是說不出的自如暢快。她在谷醫生身上找見了一樣城裡找不到的東西。那樣東西叫自信。

吃完飯，眾人散了各自回家，勤奮嫂就對谷醫生說你帶我出去走走吧，鄉下有鄉下的景致。谷醫生問去村頭還是去村尾呢？勤奮嫂說我是從村頭進來的，就去村尾看看吧。

兩人便出了院門。

日頭極好，照得滿枝的新葉毛茸茸地黃。人和狗都掌不住這樣的乍暖，沉沉地歇著晌午的睏倦。只有雞還警醒著，四下聒噪著尋食。人餓了多久，雞就餓了多久，這一路上的雞看上去都是皮瘦毛長。

谷醫生也熱了，終於把棉襖脫了提在手上。谷醫生身上只剩了一件洗得認不出顏色的球衣，腦門上依舊冒著濕濕的汗氣。卸了那層陳年老皮，人突然就年輕了。

「十二月黨人，是什麼東西？」勤奮嫂突然問。

谷醫生驚訝地揚起了眉毛：「你怎麼想起問這個？」

「你枕頭底下的那本書。」勤奮嫂說。

谷醫生鬆了一口氣。「那是普希金詩集，裡頭有些詩，是獻給十二月黨人的，最有名的是那首〈致西伯利亞囚徒〉。」

「普希金是誰？」

「是俄國有名的詩人。」

「沒聽過世上還有個黨是拿月分起名的。要都這樣，指不定將來就有清明黨立春黨了。」

谷醫生禁不住被勤奮嫂逗笑了。「那其實不是黨，只是一群人，合謀著想推翻沙皇政府。那場起義發生在俄曆十二月，所以就叫十二月黨人。」

「後來起義失敗，他們全給流放到西伯利亞，他們的妻子放棄了爵位和一切的奢華，跟著男人去了西伯利亞。你知道她們見到久別的丈夫做的第一件事是什麼嗎？是跪下來親吻他們的腳鐐。」

這「親吻」兩個字，叫勤奮嫂的臉突然熱了一熱。她認得這兩個字，也知道是什麼意思。這兩個字若印在書裡，她看得很是坦然。可是這兩個字若掛在一個男人的嘴唇上，突然就有些觸目驚心。勤奮嫂低了頭，躲開了谷醫生的眼睛。

「所以普希金就寫了詩，獻給這些夫人。」谷醫生說。

「那你，給我念一首，給夫人的詩。」勤奮嫂央求谷醫生。

「我只記得幾句，是長詩〈波爾塔瓦〉裡頭的。『西伯利亞淒涼的荒原，你的話語的最後聲音，便是我唯一的珍寶、聖物，我心頭唯一愛戀的幻夢。』」

謝天謝地，那口大舌頭的普通話還在。勤奮嫂暗想。

「這些十二月黨人，是不是跟右派差不多？」她問。

谷醫生一把捂住了勤奮嫂的嘴。「這話你千萬不能瞎說。十二月黨人是反政府的，右派只是跟政府提意見。這裡的差別大了。」

勤奮嫂噗嗤一聲笑了，說怎麼嚇成這樣？臉都白了。我不就跟你一個人說嘛，莫非你要舉報我不成？谷醫生的臉色，這才漸漸地平復了下去。

「勤奮，你現在，還學字嗎？」谷醫生問。

「你送給我的那本字典，都快翻爛了。這些年倒是學了不少字，小桃的高中課本，我基本上都讀懂了。」

「勤奮，難為你了，一直給我寫信。這些年，只有兩個人給我寫過信，一個是你，一個是我媽。」

谷醫生說這話的時候，嗓門有些嘶啞。谷醫生一離開朱家嶺的人群，就像是欒離開了水，突然就抽巴了。

「要謝，也是我謝你。你要是不教我認那些字，我拿什麼給你寫信？」勤奮嫂說。

「你的信，倒是越寫越通順了。」谷醫生說。

「那，你孩子……不給你寫信嗎？」話一出口勤奮嫂就後悔了。她原先想說的是「你孩子他媽」，話溜到舌尖的時候被她拽住了一半。就是這剩下的一半也是一根刺，一根粗刺啊，他的皮就是再糙再厚也忍不下這樣的疼。

他不語，只是呆呆地看著牆上那條已經被雨水淋成白色的超英趕美標語，彷彿那一筆一畫裡都藏著玄機。半晌，他才歎了一口氣：「他們，已經有了，新家。」

勤奮嫂一時不知說什麼好，兩人便都沉默了，慢慢地朝村尾走去。

村尾有一所門面破舊的小學校，正是課間休息時間，一群女娃娃正在庭院裡跳橡皮筋。見生人來，便都停止了嬉戲，愣愣地望著他們不出聲。鄉下的孩子沒見過世面，不知道怎麼招呼客人。

「這是朱家嶺小學，只有一個民辦老師，教三個年級。歲數大些的孩子，還得跑遠路去別的學校讀書。」谷醫生說。

勤奮嫂心不在焉地哦了一聲，就朝裡走去。校舍雖然加搭了兩間房，地方還是窄小，庭院叫女娃們占了，男娃就只能縮在牆角拍香菸紙盒玩，拍一下揚起一片飛塵。勤奮嫂在孩子們驚訝的目光中殺出一條血路，一路徑直走過去，走到了最盡裡的那間教室門口。

停下了，就撫著教室門外的那根柱子發愣。

「這裡曾經是一座廟。」勤奮嫂喃喃地說。

谷醫生有些驚訝，問你是怎麼知道的？

勤奮嫂不說話，只是用指甲摳著柱子上的油漆。柱子已經刷過了很多層漆，最後刷上去的那層是朱紅。即使是那層，也見過了幾陣風雨，指甲輕輕一摳，漆皮就爆了，露出底下的舊漆——還是朱紅。她不知道那層朱紅底下還有沒有另外的朱紅。每一層漆就是一個朝代啊，有多少層漆這根柱子就見過了多少朝的變更。

「你看這柱子上『普濟眾生』的老字都露出來了，還能不是廟嗎？」勤奮嫂對谷醫生說。

當然，還有一些話，她是不能跟谷醫生說的。即使她跟他走得再親近，她心裡還有一塊地方，是誰也不能進的，包括小桃。

「我得走了，仇阿寶的車在等。」勤奮嫂神色恍惚地走出了小學校的門。

日頭有些斜了，便不如晌午那樣和暖。天上有一陣唰唰的聲響，是一群鴿子飛過，似乎正出發，又似乎要歸家。

「勤奮，你不要，再來看我了。」谷醫生遲遲疑疑地說。

勤奮嫂的眉毛驚訝地揚了起來，彷彿叫人從背後拍了一掌：「為，為什麼？」

「要是傳到溫州城裡，對你影響不好。」

「我一個開老虎灶的，已經低到泥裡了，還能再往哪兒低？」

「可是你有小桃。」

「等小桃上了大學，就影響不到她了。」

「還有工作分配，有些事能跟她一輩子。」

勤奮嫂在路邊站下了，兩眼炯炯地望著谷醫生。

「你給我，趕緊，把帽摘了。」她一字一頓地說。

當那個穿著灰色中山裝的精瘦老頭推門進來的時候，屋裡的空氣一下子就給壓癟了，癟成了一張紙。

老頭的青布鞋唰啦唰啦地踩過來，彷彿隨時要把這張紙踩成碎片。三個考官齊齊地站起來，喊了一聲「宋書記」，老頭點了點頭，算是回應。老頭坐下來，卻不說話。老頭用不著說話，老頭的重量恰恰就在沉默上。老頭拿起桌子上那一疊紙，隨手翻了起來。老頭看字的速度很慢，似乎那紙頁上寫的都是些深奧難解的天書。每翻過一頁，老頭的眉頭就緊一分，還沒翻到一半，老頭的眉心已經蹙成了一團糾結不清的爛水草。

這是布料設計專業考生報名表。確切地說，是通過了美術初選的考生報名表。在美術作業環節裡，一部分考生就已經被先行淘汰。現在進行的，是考生的面試環節。

老頭終於停了下來，抬頭看了一眼坐在桌子跟前的那位考生，又扭頭看了一眼考官。靠老頭最近的那一位考官最先明白了老頭的意思，就拿過那疊報名表，翻到了其中的一頁上。

「……基礎……差……」考官趴在老頭的耳邊說。考官的聲音輕得幾近耳語，可是教室太安靜了。太安靜的教室就像是一個極善打聽的婦人，總能從人的舌頭嘴巴裡拽出一兩個斷斷續續的話頭。

「你是孫小桃嗎？」老頭問。

老頭的普通話帶著一點大舌頭，一聽就不是南方人。老頭的聲音實在說不上洪亮，甚至有幾分沙啞。老頭的威嚴不在聲音裡，而在眼神上。老頭的眼神是一把質地厚實形狀模糊的鞘，誰也猜不出那鞘裡藏的是什麼樣的刀。在老頭的目光裡小桃突然覺得自己是一個行竊時被當場擒住的賊，她若認了那個名字就是認了剛被拿住的那樁罪。她的嘴唇顫了幾顫，顫出來的那個「是」字，輕得連她自己都聽不清。

「你爹叫孫糧食？」

小桃點了點頭。

「你娘叫劉勤奮？」

小桃聽見考官席裡發出一陣壓抑了的低笑。她知道他們笑的是她父母的名字。這樣的名字，不過是有關她身世的那潭水上的一層表皮而已，再往下撈，還會有更多的可以引發他們笑聲的內容。從坐在這張椅子上起，小桃就沒敢抬頭看考官。不過她不需要。就在她進門的那一刻，她已經看過他們一眼了。她的眼睛是世上最精準的照相機，只需看過一眼，她就已經把他們的長相衣裝定格成了永久性記憶。坐在右邊的那個人，是三人中唯一的一位女老師。那位女老師戴著一副金絲邊眼鏡，穿著一件湖藍色帶白花的布拉吉（俄語：連衣裙），兩根長辮子上纏著一對天藍色的蝴蝶結。穿著這樣的衣裝戴著這樣蝴蝶結的女老師，是絕不會有叫「孫糧食」和「劉勤奮」這樣名字的父母的，也是一輩子不會被人叫做「老虎灶西施」的。

老頭呵地咳嗽了一下，笑聲頓時靜了下去。笑聲雖然止住了，笑意卻依舊還星星點點地殘留在那幾個人的眉眼之間，如同下過雨的天氣，雨雖然住了，濕意卻還要在地皮上存留很久。

「你爹是什麼時候去世的？」老頭一邊看著報名表，一邊問小桃。

「我沒見過我爸。」小桃說。

「怎麼了？」老頭的眉毛又擰緊了一圈。

「我還在肚子裡的時候，我爸就死了——是被日本人殺的。」

老頭哦了一聲，沉默了片刻，又問：「你媽一個人，是怎麼把你拉扯大的？」

那個讓她最為難堪的問題，終於來了，小桃看見它的影子烏瘮瘮地停在了她的腳前。她知道她躲不過，她只有迎頭撞上去了。

「我媽，賣開水，養我，一分錢一瓶。」小桃說。

小桃說「賣開水」的時候，艱難得像是在說「賣身子」。也許是那副金絲邊眼鏡，也許是那一對天藍色的蝴蝶結，也許是那一身鮮亮無比的布拉吉，也許是那一團窸窸窣窣老鼠咬紙似的竊笑聲。它們像一把細沙子裹住了她的喉嚨她的舌頭，什麼樣的話從那樣的重圍裡走出來都會跌跌撞撞，千瘡百孔。

「窮苦人家啊。」老頭對考官們歎了一口氣。「你們問吧，還有什麼問題。」

「你練過靜物寫生嗎？」

一個湖藍色的聲音遠遠地飄了過來。

小桃搖了搖頭。

「跟老師上過素描課嗎？」

小桃又搖了搖頭。

「學過人體透視原理嗎？」

小桃疑惑地看著那副金絲邊眼鏡，彷彿她說的是某一國的外語，可是那副眼鏡卻沒給她任何解釋甚至暗示。小桃最終還是搖了搖頭。

考官們咬了一陣子耳朵，小桃只鉤著了兩個字「……難怪……」

「你交的那個作業，『吹口琴的少年』，是你自己創作的嗎？」坐在中間的那個男考官問。那人說「自己」兩個字的時候，停頓了一下。那個停頓中間夾著一根軟刺，叫人剛剛覺出來，卻又不夠疼。

小桃點了點頭。

「孫小桃同學，你應該知道，沒學過人體透視原理，又沒有任何素描寫生經驗的人，是不可能創作出那樣的畫來的。」男考官的臉，突然陰沉了下來，陰得彷彿隨手能擰出一把水。

「如果美術專業沒通過，你還可以轉考我們學校的其他專業。可是如果你撒謊，那就是道德品質問題，我們可以取消你的考試資格……」

血一下子湧上了小桃的臉。考官還說了許多話，可是小桃一句也聽不清了。小桃不知道她有這麼多的血，也不知道她的血竟然有這樣大的力氣。血像一簾粗大的瀑布，凶猛地擊打著她的耳膜。血有多少力氣衝過去，耳膜就有多少力氣擋回來。兩股蠻力撞在一起，滿耳便都是驚天動地的轟鳴。

「我沒有撒謊，那畫是我想出來的！」

話一出口，她就知道那是一聲喊，因為她聽見了自己的聲音，在一切轟鳴之上。

「你腦子裡想什麼，就能畫出什麼嗎？」很久沒吭聲的老頭，突然插進了一句話。

「只要是我見過的。」小桃說。

「你娘賣開水，你總見過吧？」老頭說。

老頭說話的語氣很平，聽不出是戲謔還是認真。考官們相互交換了一個眼神，眉眼間浮出隱隱一絲笑意。這是小桃熟悉的笑意——這是由她父母的名字引發的笑意裡殘留下來的尾巴。先前的笑意埋是埋了，卻埋得太淺，禁不起引逗，輕輕一撥弄就要露出痕跡。

血又一次湧上了小桃的臉。還好，先前的潮紅還未褪盡，新紅藏在舊紅背後，沒人看得出那是兩層不同的紅。血在占領了小桃臉上的每一個角落之後，漸漸地安寧了下來，耳朵不再轟鳴，小桃的聲音裡終於有了第一絲的鎮定。

「我能畫。」小桃說。

穿湖藍布拉吉的女老師拿來了一個小畫板和一枝帶著橡皮的鉛筆。

「草圖就行。」她說，語氣裡帶著臨終送別的憐憫。

小桃把畫板夾在膝蓋和肘子中間，雙手拄著頭，閉著眼睛久久不動。被大同小異的面試折騰了一個上午的考官們，到此時耐心終於給磨出了破洞。中間那個管事的用鋼筆敲了敲桌子，說算了孫小桃，我們叫下一個吧。

這時小桃突然睜開眼睛，說五分鐘，老師，你就給我五分鐘。

小桃開始俯下身來畫畫。

小桃的臉近近地貼在畫板上，整個身子拱成了一個圓，彷彿在竭盡全力地呵護著手底下一個驚天動地的機密。

小桃畫得很快，甚至沒有用滿五分鐘。她把畫板遞給了考官，就開始收拾自己的書包。她知道，她的夢在還沒有開始的時候，就已經結束了。夢碎在這個時候，疼是疼，終究還是乾淨俐落的短疼，總比忍半輩子的鈍疼強。老虎灶的女兒，天生就懂怎麼挑選疼痛。

考官們的臉近近地湊在一起看著小桃的畫，半晌沒人吱聲。

也沒人笑。

小桃推門出去的時候，突然聽見背後有人說話。那話不是說給她聽的，只是順道颳進了她的耳朵而已。

說話的是那個穿著灰色中山裝的老頭。

「階級感情啊。」他說。

這個夏天小桃閒得無所事事，不用上學，不用趕功課，也沒有返校日，時間多得如同空氣，一抓一大把，可是無論抓了多少把，卻也不見少。每天睡到日上三竿才起床，起了床也是坐在窗口發愣，一坐就是一兩個鐘點。勤奮嫂見不得她這副樣子，便轟她出門找同學玩。實在被母親催不過，小桃只好百般不情願地出了門——當然不是去找同學玩。

她原先的學校沒有高中部，所以上高中時她換了一所學校，依舊沒有幾個說得上話的朋友。一畢了業，同學裡有的參軍，有的嫁人，有的回鄉務農，有的參加了工作，日日碰面的一群人，忽的一聲就散成了一把沙子，順著城市的筋脈無影無蹤地流走了，彷彿從來就不曾相識聚首過。

小桃走到街心，才醒悟過來她原是無處可去的。心沒主意，腳卻自有主張，拽著她的身子渾渾噩噩地朝九山湖走去。腳並不是聽心調派的，腳只是跟著記憶走——這些年裡那汪湖那棵樹一直是她無處可去時的去處。心糊塗，腳不糊塗。

天很熱，日頭把石板路曬得滾燙，涼鞋踩上去有些稀軟，鞋底彷彿隨時要化在石板上。知了扯著嗓子吱呀吱呀地喊，把人的腦瓜子喊成了一塊什麼也兜不住的破布。樹葉子被日頭曬懵了，蜷成一排排紋絲不動的拳頭。街上沒有一絲風，連狗都懶得跑動，蹲在樹蔭底下哈哧哈哧地吐著舌頭。小桃沒走幾步路，汗水就把眼睛迷住了，卻又懶得回去拿草帽，終於走到湖邊時，早已渾身濕透。

在那棵槐樹底下坐了，脊背和腦袋一下子就找到了樹幹上那個凹陷之處——也是憑記憶認的路。天終於裂開一條縫，颳起了一絲風。風很輕，還不夠叫湖面上的水略略地蹙一蹙眉頭，卻已經把小桃的睡意勾起來了。自從那天從考場回來之後，她就是一副睡不醒的樣子，早也睏晚也睏，每日三餐，還沒放下飯碗，眼皮已經沉澀不堪。睏意像是一匹匹長得扯也扯不斷的布，而清醒的時刻，倒反像是布匹之間細細的接縫。

她知道，那是因為她已經徹底放下了心思。心思原來是有重量的。心思像沉甸甸的鐵鉤，一個一個地掛在睡眠上，就能把睡眠鉤出千瘡百孔。可是現在她放下了，她終於放下了所有的鐵鉤，再也沒有什麼東西可以捅破她的睡意。

前幾天她在街上閒逛，偶然看到一張通告，是一家街道皮鞋廠的招工消息。她也沒和母親商量，就自己去報了名，當場就給錄用了，因為她是這個小廠裡唯一的一名高中生。下個月正式上班，學徒工，十五塊錢工資，滿一年加兩塊，直到滿三年出師。出師後每月能拿二十六塊錢，外加三塊營養費，因為做鞋底的橡膠有毒。

那天她回家把這事告訴了母親，勤奮嫂一天都沒說話。晚飯的時候桌子上出現了一碗油汪汪的紅燒肉——那是一家人一個月的肉票。母親和二姨婆都沒動筷子，卻都往她碗裡夾肉。她一連添了兩碗飯——饑荒的年代總算過去了，她現在終於可以略微地縱容一下自己的胃口。母親和二姨婆憂心忡忡地看著她，眼光裡的憐憫很沉很黏，壓得她無論如何也打不出那個裹了油腥的飽嗝。後來她終於張開了嘴，笑笑說沒事，挺好。

是的，挺好。

從考場回來之後，她就把畫紙畫筆和顏料打成一個卷，扔進了閣樓。她今生不會再去碰那個夢。夢是肥皂泡，日頭一照五顏六色煞是好看。只是夢太禁不起摔打了，夢輕輕一碰就碎，碎得那樣徹底，連團水跡都找不到。若不想忍受那份破碎時的痛楚，興許從一開頭就不要去吹那個肥皂泡。

她突然就很是認命了。

小桃的頭一挨上樹幹，就轟的一聲跌入了黑甜鄉。這一覺像一張剛剛從本子上撕下來的新紙，乾淨得沒有一星半點的夢跡。睜開眼睛，飢腸轆轆，才明白自己已經錯過了一頓飯。驚醒她的不是飢餓，而是一個人。那人站在她跟前，用一把攏成一束的紙扇，輕輕地拍打著她的肩膀。見她一臉茫然，便噗哧一笑，說孫小桃你不認得我了？我是趙夢痕。

小桃一下子就醒透了。

升高中時趙夢痕分在了另一所學校。兩所學校其實相隔不遠，溫州又是這麼小的一個城市，兩人本該有千個百個機緣在某一個街角相遇，可是三年裡她們竟然沒有見過一次面。夢痕長高了許多，長辮子剪成了齊耳朵的短髮，身上穿的是一件洗得有些掛絲的白短袖襯衫和一條灰布褲子。褲子沒有褲縫，膝蓋褲腰處有幾條深刻的褶皺。小桃從沒見過這個樣子的夢痕，一時愣住，半天才問你，你怎麼在這兒？夢痕指了指前方，說我陪爸爸出來透透氣，家裡太悶。

順著夢痕手指的方向，小桃看見不遠處的林蔭道裡，行走著一個半老不老的男人。男人和夢痕一樣，穿的也是白短袖襯衫灰布褲子。男人手裡捏著一把裹了布邊的葵扇，此刻正擋在頭頂遮陽。其實日頭已經偏了，沒有多少氣力，那抹灰黃塗在男人的背影上顯得有些骯髒。男人走路時鞋跟低低地黏在地上，彷彿沒有力氣好好抬一抬腿。這樣的一個男人若扔在街上，尋常得大概連狗也不會多看上一眼。小桃暗暗地歎了一口氣：世道真像是一把粗沙子啊，在人身上滾過一回，就把一個顯赫一時的公子哥兒磨得走了樣。其實還沒有人認真碰過他呢——碰他的日子還在後頭。他只是經過了一場公私合營而已，他不過僅僅是感覺到失去了用場。

「今年考大學了嗎？」

夢痕摸出一條手絹鋪在草地上，在小桃身邊坐了下來。這是一句已經在小桃喉嚨口堵了半天的話——小桃一早就想問的。小桃沒問的原因，是怕她反過來問她。可是她卻搶了她的先。

小桃摘了一根狗尾巴草，在手心搓來搓去搓成了粉，揚在風裡吹散了，才哼了一聲，說考了也是白考。夢痕問怎麼說這個話？小桃歎了一口氣，說你是明知故問嗎？我是什麼基礎，你不會不知道吧？夢痕哦了一聲，像是不知道如何應答。小桃就問你呢，你也考了嗎？夢痕咬了咬嘴唇，說和你一樣，考了也是白考。

怎麼能一樣？小桃暗想。夢痕如果考不上，絕對不可能是成績。自從升了初中之後，夢痕突然就對功課上起心來。她父親專門給她請了最好的私人教師，在家輔導她的俄語和數學，她的成績一下子躍到了年級的前幾名。她若落榜，只有一個理由，那就是她的家庭出身。雖然「一視同仁」的話一直在報紙上喊，可是就連二姨婆這樣大字不識一個完全看不懂報紙的人都知道，功臣的兒子哪能和罪臣的兒子坐在同一條板凳上？這幾年出身不好的學生，想上大學是越來越難了。

此刻老虎灶的女兒和綢緞行的千金突然有了一絲同病相憐——她們都被大學摒棄了。趙夢痕的生活之路拐到這一程的時候，和孫小桃有了小小一段的集結。可是，在趙夢痕的路還沒拐到孫小桃的路上來的時候，趙夢痕擁有過什麼樣的風光？而她孫小桃從生下來的那一刻起，興許到老到死，都永遠是老虎灶的女兒。她的路一眼就看到了頭，她的路永遠也不會拐出什麼驚心動魄的彎道。小桃暗想。

「我到這兒這麼多次，後來就一次也沒看見你了。」小桃說。

「你見過我，在這兒？」夢痕有些吃驚。

小桃定定地看了她一眼，說我看見了，你和抗戰，在這兒吹口琴。

夢痕愣了一愣，半晌，才轉過身來，也定定地看著小桃，說那你為什麼不叫我們呢？

夢痕說這句話的時候，眼神像一汪好天，清朗得沒有半絲雲翳。小桃想找一句話來回，搜腸刮肚的，竟然找不出一個字，只覺得臉頰漸漸地燙了上來，便很是惱怒了自己：遮遮掩掩的應該是她，到頭來臉紅的竟然是自己。

好在夢痕也沒往下追問，只是搖了搖頭，說抗戰嗓子不錯，口琴也吹得好，可是他就是聽得太少。他以為俄羅斯民歌只有〈紅莓花兒開〉和〈喀秋莎〉，後來我媽給他放唱片，他就聽傻了。他耳朵很靈，一聽就聽出來什麼是好東西。

「他去你家，聽唱片？」小桃想掩飾，可是沒用，她的嗓子不服她管——她的嗓子大大地咧著驚詫的口子。

「我媽會彈鋼琴，家裡存了很多音樂唱片。柴可夫斯基的全套，蕭邦的大部分都有，格林卡的也不少。抗戰想好好學唱歌，光嗓子好沒用，得有音樂素養。」

沒變，趙夢痕沒變。趙夢痕就是剪成了禿頭，穿著滿是補丁的衣裳，她還是趙夢痕。她身上有些東西，是生下來就有了的。不，是還沒生下來的時候就有了的——那是從她爹娘的血裡傳到她身子裡去的。她爹娘活著，這東西就活著。就是她爹娘死了，這東西也還活著，再透過她的血，傳給她的兒女，長長遠遠，世世代代。哪怕這會兒她沒了耳朵沒了舌頭成了聾子成了啞巴，那東西還能從她的汗毛孔裡一絲一絲地往外冒，叫人一眼就認出來了。抗戰身上沒有這個東西，抗戰也想要這個東西。抗戰的父親打了一輩子的仗，就是為了消滅夢痕父親這樣的人。他即使再打上三輩子的仗，也阻擋不了他兒子想要夢痕身上的那些東西。只是抗戰的父親也給了抗戰一張臉皮，這張臉皮讓他要起夢痕身上的那些東西時，有些羞羞答答躲躲藏藏，總也不那麼理直氣壯。

小桃突然就明白了抗戰在人前對夢痕的冷漠。

可是小桃還要過很多年，才會明白夢痕身上的那些東西到底是什麼。

那些東西叫做貴族氣息。

「抗戰，怎麼樣了？」小桃問。升入高中後，抗戰分在了夢痕的那所學校，所以小桃和抗戰，也是有一陣子沒見面了。

「抗戰回山東老家了。」夢痕說。

「為什麼？」小桃又吃了一驚。

「他媽為了一點小事，和他吵了一架。他爸下班回家不問青紅皂白，就打了他。他離家出走了幾天，後來就回了山東老家。」

「後媽。」小桃喃喃地說。

「其實，也不是天底下所有的後媽都是這個樣子的。」夢痕說。「我媽也不是我的親媽。我親媽很早就死了，我這個媽嫁過來的時候，我才三歲。可是她對我，就像是親媽。」

小桃沒想到夢痕會和她說這些話。從小學到初中，她和夢痕一起上過九年學。九年裡她和她說話的次數，加起來也不夠一雙手十個指頭。這些年裡趙夢痕從公主淪為了平民，可是她身邊總還圍著那麼幾個人。喜歡她也好，恨她也好，她自始至終是班級裡的一個話題。而小桃不是。小桃是話題邊緣上的那團暗影，所有的話題都長著腳，繞著小桃走開去了，沒人在意小桃的看法。現在她和趙夢痕不再是同學了，偶然的重逢，竟然撞出了這麼多的體己話。隱隱的，小桃心裡就有了幾分感動。

「我爸也死得早，我都沒見過他，連張照片都沒有。」小桃說。小桃從來沒和人說過父親的事，除了那個考官，那也是他問了，她躲不過去才說的。

「如果一個人命中注定不能父母雙全，那我還是寧願有媽。」夢痕說。

兩人突然就安靜了下來，都覺出了話題的沉重。

「下一步，有什麼打算嗎？」半晌，小桃才問。

夢痕摘下落在頭髮裡的一片樹葉，微微一笑。「走一步是一步，我不信，這麼大的世界，就找不到一只寫著我名字的飯碗。」

「你呢？」夢痕問。

小桃就說了自己下個月去皮鞋廠上班的事。

「也好，做皮鞋西……」

話還在喉嚨口的時候，夢痕就知道了錯。可是已經晚了，半截話已經順著舌尖滑出去了，夢痕想拽，卻死活拽不回來了。

「不就是皮鞋西施嗎？你說好了，我不在乎。」

「小桃，你知道，我不是這個意思……」

小桃是從夢痕的聲音裡聽出了她的著急的。夢痕的話吊起了一個尾巴，尾巴太高，從話身子上生生地扯斷了，斷口處滿是瘢痕。

小桃忍不住噗嗤一笑，說真的沒事。我這樣的人，幹哪行都得讓人叫「西施」。你也好不到哪裡去，無論你怎麼努力，終究也落得個「千金」。

那日小桃往家裡走的時候，太陽已經落山了，白日的暑熱已經散去，夜晚的清涼正在徐徐揭開簾幕。小桃的腳踩在路上，覺得有些沉。是餓，又不全是餓。這一個下午趙夢痕給了她太多的驚訝，跟一早出來的時候相比，她的身子似乎添了重量。

當然，這時她還不知道，這一天還遠遠沒有完結。還有一個更大更沉的驚訝，正藏在這一天的尾巴裡，等待著把她撲翻在地。

一拐入謝池巷，小桃就看見母親站在路口等她。母親很少在門外等她。母親若等她，那必定是她闖了禍。可是今天，母親的臉上沒有怒意。母親非但沒有怒意，眉眼上甚至有一團肥肥的笑紋——母親的臉被歡喜浸泡得走了型。

「你瘋到哪兒去了？」母親遠遠地對她揚著手——母親的手裡有一封拆了口的信。

「你的，錄取通知書！」

母親說這話的時候上氣不接下氣，彷彿跑了很遠的路。

消息最早當然是從勤奮嫂這裡傳出去的。可是出了口的話就像是出了鍋的糍粑，走一路沾一路的灰，再傳回到勤奮嫂的耳朵時，已經全然不是原先的樣子了。

謝池巷的人來老虎灶打水的時候，都免不了要跟勤奮嫂道一聲喜。有的說小桃考上了工程師，有的說小桃進了裁衣裳的大學，也有人說小桃被挑去學怎麼織布。勤奮嫂忍不住笑，總是耐著性子一遍又一遍地跟人解釋：「我女兒考上了大學，是紡織服裝學院，學的是布料設計專業。」

接下來的半個月，日子過得像一陣旋風，所有的事情就像是颳在半空的粉塵，一件跟一件混在一起，又快又亂，卻是不著地的模糊虛晃。

勤奮嫂先是請了一個彈棉花的匠人，把家裡的幾床被褥都重新彈過了一遍。屋裡沒有放彈花架的空地，只能把攤子擺在門口，於是老虎灶裡裡外外都飛揚著細柳絮般的棉塵，來打水的人，只能繞著路捂著嘴從嗡嗡的彈花聲中進進出出。一連彈了三天，才總算完了工。最厚實的那套被褥，當然是留著給小桃帶到學校去用的。

接著，勤奮嫂把一家人剩下來的布票統統找出來，給小桃裁了一件布拉吉。小桃從沒穿過布拉吉，挑布料的時候就亂了神，竟不知挑什麼花色好。其實一整個店面裡總共也沒有幾匹布，小桃在那幾樣有限的色布格子布和花布跟前轉了好幾圈，才終於指著一匹湖藍色帶小白花的東方綢點了點頭，算是定了。

三天後衣服從裁縫鋪裡拿回來了，小桃試了試，哪兒都好，只是略微地長了幾分。小桃的身量長在前頭，小學裡一直是全班女孩裡數得著的高個子。等十四五歲來了月經，便停住了不再長。二姨婆說把裙子送回去讓裁縫再改一改，勤奮嫂懶得這麻煩，拿出針線笸來，自己動手把裙邊拆了重新收口。

老虎灶還沒打烊，客人卻已經稀少了。二姨婆坐在門口，在給小桃篦頭髮。小桃的頭髮很長，梳成兩根辮子，一路能垂到腰下。小桃洗起頭來是件煩死老天的事，滿滿一臉盆的熱水，才剛剛夠把頭髮浸濕。換了四五盆水，還淘不清那些肥皂花。勤奮嫂見一遍，嘮叨一遍，說要不是老虎灶誰供得起那樣的熱水？可是小桃還是捨不得剪。

洗起來是一樣麻煩，乾起來是另一樣麻煩。從水裡撈出來，擦乾了，還得花一兩刻鐘才能把那一頭亂草慢慢梳通。若遇見有風的天，還好說些。若遇見陰雨的日子，有時候一整天也乾不透。平常洗頭，只能挑在星期天一大早，可是今天吃了晚飯，小桃心血來潮非要洗，說是頭癢難熬。勤奮嫂說你這一洗，怕是要等到天明才能乾透。小桃說不怕，我濕著頭也能睡，多墊一條枕巾就是了。勤奮嫂擰不過她，只好由了她。

洗過了，就央求二姨婆來篦頭。二姨婆用的是一把細齒的竹篦，那篦齒走在頭皮上嘶啦嘶啦酥酥癢癢的，小桃一身的骨頭就散了架，再也掛不住一兩肉。

篦頭髮這樣的事，小桃是從來不會叫媽媽做的。小桃是牽著二姨婆的衣角長大的，走不動路時背她的是二姨婆而不是媽，從小她都是聞著二姨婆腳上的汗餿味入睡的。淘氣的時候，二姨婆和媽都會罵她，可是二姨婆的怒氣是一層稀薄的紙，一捅就破，裡頭是一團軟麵泥。而媽媽的怒氣也是一層紙——一層她從來不敢去捅的紙，因為她不知道那紙底下藏的是什麼東西。在這個家裡，二姨婆其實更像是媽。小桃沒見過自己的爸，卻見過別人家的爸。她覺得她的媽倒有點像別人家的那個爸，撐著家裡的一片天，整天擔憂的是天別塌下來，就沒有多少細緻心思管她。

二姨婆的篦子嚓嚓地行著路，小桃覺得脖子上時時有股細細的風——那是二姨婆無聲的歎息。自從小桃收到了錄取通知書，二姨婆就常常這樣歎氣。二姨婆不說話。可是二姨婆用不著說話，小桃猜得著她的心思。二姨婆看不懂報紙，不曉得朝鮮越南美國在哪裡，二姨婆完全不知天下事。在二姨婆的心思裡頭，一個女人最好的出息，就是嫁一個顧家的男人，生一群活得下來的孩子，所以二姨婆心底裡更願意小桃別去上那個勞什子大學，而是守在家門口安安生生地做一輩子的皮鞋西施。不過歎息歸歎息，二姨婆明白這件事上她做不得主，所以她就閉了嘴。其實這件事非但二姨婆做不得主，甚至連媽媽也做不得主——小桃自有主張。只是幸好媽媽的主張恰好也是小桃的主張，要不然小桃可以翻了臉六親不認，一條窄路獨自走到黑。

勤奮嫂的針在篋裡放過一陣子，沾了潮氣，有些鏽澀，走起來便不怎麼順暢，一不小心扎了指頭，便忍不住哎喲了一聲。二姨婆見了就搖頭，說你這個手藝，難怪你婆婆當年就看不上眼。勤奮嫂哼了一聲，說她家裡有壓箱底的貨，她瞧得上誰，除了她兒子？

小桃聽了，免不得好奇，就問媽你不是說我爸家裡是農民嗎？那我奶奶怎麼會有壓箱底的貨？勤奮嫂一愣，便笑了，說十年河東十年河西，風水輪流轉，好日子也不能都讓她一個人過。到了你爸手裡，他們家就敗落了。

小桃又問我爸家裡就再也沒有別的人了嗎？我爸死了，怎麼就沒有堂叔堂伯什麼的呢？勤奮嫂說你爸是獨苗，他死了我們又搬了家，親戚就遠了。小桃想了想，像是有幾分不甘，又問媽你也沒有親戚，二姨婆也沒有親戚，為什麼我們家所有的人都是獨苗，沒有堂親表親遠親近親？

勤奮嫂抬頭剜了二姨婆一眼，二姨婆立時就明白了那意思：她在怪她一不小心張嘴啄了一個小口子，沒想到那小口子底下連著一個大坑。現在她想填那個小口子，卻已經晚了，她首先得填住那個大坑。

「你去路口風大的地方吹一吹頭髮，就這樣睡下了，還不給你捂出一頭蝨子？」

二姨婆停了手裡的篦子，推著小桃往屋外走去。

小桃披著一頭濕髮走到了街上，木屐在石板路上踩出啪嗒啪嗒的聲響。天黑透了，頭頂上飄浮著幾片薄雲。雲雖不厚，卻長著牙，把月亮啃成了一張邊角殘缺的麥餅。走到路口，風越發急了，枝葉吵吵的在路面上投下大團大團的鬼影。剛吃過夜飯的街市還很熱鬧，夜風裡攜裹著層層疊疊的街音：受了委屈的狗在高一聲低一聲地嗚咽；挨了打的孩子在撕心裂肺地哭嚎；不知哪家把收音機開得震天響，裡邊廣播的是一樁關於越南的新聞。再往前走幾步，就聽到了一陣隱隱約約的口琴聲。琴聲很輕，像一條細細的棉線，被壓在重重的雜響之下。小桃的耳朵兔子似地豎了起來，聽了半晌，終於挑出了線頭——原來是〈小扁擔三尺三〉。小桃忍不住暗暗地笑了：這陣子電影《李雙雙》紅遍了大江南北，每一把口琴裡吹出來的當然都是小扁擔。吹這把口琴的大約是個新手，斷斷續續的半天也找不著音準。小桃知道不是抗戰，可是她忍不住還是想起了抗戰。那年抗戰在九山湖畔吹口琴的樣子，如一把雕刀在她的腦殼裡刻下了一個磨不爛的模子，從那之後，彷彿世上的每一把口琴都與抗戰相關。她這一輩子後來聽到的所有口琴聲，都不過是從那個模子裡澆鑄出來的副本。

也不知抗戰在山東，還吹不吹口琴？也不知道他今年，有沒有考上大學？小桃暗想。

由抗戰想開去，小桃就想到了夢痕。接到錄取通知書之後，她曾動過心思去找夢痕，問問她是不是也接到了通知——前幾天在九山湖的偶遇之後，夢痕突然成了她心思裡的一個角落。可是躊躇再三，她還是沒去。她不去，是因為害怕：要是夢痕落了榜，她怕自己聲氣裡掩藏不住的喜氣會傷著了她，也怕夢痕眼裡掩藏不住的失望會傷著了自己。雖然她的錄取和她的落榜沒有任何關聯，她在她的命運裡是個毫無分量的過客，可是一個人的喜氣在另一個人的哀怨面前，總多少有些不那麼理直氣壯——她免不了要生出那麼幾分愧疚。

可是，她不願意，她實在是不願意，承當那本該不由她承擔的愧疚，哪怕是一丁一點。十九年，她活了十九年了。這十九年裡，只有這個夏天的這兩個星期，是值得她放在記憶裡時時拿出來翻曬一下的。抗戰，夢痕，老虎灶，甚至整個溫州城，都是她生命天幕中的流星。無論他們在她的心裡留下過什麼樣的劃痕，他們都已經屬於過去。而幾天之後，她就要乘船離開那條叫甌江的河流，駛向東海，駛向一個她一無所知卻注定要成為她的未來的都市。既然終究要成為過去，不如現在就讓它們過去吧，為什麼要讓那些與她無關的愧疚打濕這或許只是曇花一現的快樂？

不知不覺間，小桃就走到了五馬街口。

如果把溫州城比作一盞燈，五馬街就是燈泡裡的那根鎢絲。如果把溫州城比作一顆湯圓，五馬街就是湯圓裡的那團麻心。小城的白天是從這裡揭曉的，小城的黑夜也是從這裡落幕的。這是小城肉中的肉，心中的心。小桃從前也來過這裡，可是小桃從來不敢駐留。她覺得這樣的街是給夢痕抗戰這樣的人行走的。夢痕可以理直氣壯地走在這裡，因為她兜裡的那個荷包，能買得起任何一家店鋪裡的任何一樣貨色，還有任何一家店鋪裡的任何一個笑容。而抗戰走在這裡，也可以抬頭挺胸，因為他免不了要想起十幾年前他父親的布鞋踏上這條街，把一面藍旗扯下來換成一面紅旗時的情形。可是她孫小桃呢？她走在這條街上，腳是軟的，眼睛也是軟的。她的眼睛不再是眼睛，而真正的眼睛，卻是街兩邊的櫥窗。那些鑲著霓虹燈的眼睛張得大大的，無聲卻放肆地嘲笑著她的寒酸和貧窮。可是今天她突然不同了。她依舊寒酸，依舊貧窮，但她兜裡卻有一張紙——一張大學錄取通知書。這張紙雖然不夠她買任何一家店裡的任何一樣貨色，卻叫她有了足夠的膽氣，可以抬起眼睛把這條街神閒氣定地好好看過一遭——她覺得她的腳她的眼睛突然都長了勁道。

五馬街口的大眾電影院門口，第一場電影剛散，第二場電影正要進場。兩撥人馬撞在一起，就撞出了一些白天沒有的熱鬧。看板上寫的是兩部片子：《紅樓夢》、《槐樹莊》。其實演什麼都不打緊，小桃要的只是嘴裡含著一枚糖橄欖，靜靜地坐在有扶手的椅子上，聽著放映機吵吵轉的那份感覺，哪怕銀幕上放的只是新聞紀錄片。上次進電影院，已經是一年多以前的事了，還是學校組織去的。小桃很後悔今天出門前沒問媽媽要一毛錢——那是一張電影票的價格。她知道媽媽會給的。這個夏天她讓媽媽在謝池巷的人跟前大大地長了臉，為了這個臉面，媽媽的手指頭就鬆了許多。媽媽既然捨得請人來給她彈一床全新的棉被褥，在她身上花去全家一年剩下來的所有布票，媽媽也一定會捨得請她看一場電影。要是媽媽高興了，說不定還能提前打烊，全家三口一起來看一場《槐樹莊》。

就在這時，小桃突然在散場的人群裡看見了一張熟悉的臉——是仇阿寶。阿寶身上背著一個大包，身邊走著一個女人。小桃想躲，卻晚了，阿寶已經衝著她大聲喊了起來：「阿桃，你怎麼在這兒？」一條謝池巷的人，包括她媽和二姨婆，都管她叫小桃，只有仇阿寶叫她阿桃。閉著眼睛，小桃也聽得出那是仇阿寶的聲音，高高的，粗粗的，帶著點被香菸割傷了喉嚨的沙啞。

仇阿寶擠過人群，把一個開了口的紙包塞到小桃跟前：「橄欖，冰糖醃的。」小桃推了推，阿寶就蹙了眉，說怎麼啦？還沒上大學呢，就瞧不起你阿寶叔了？小桃只好挑了一顆含在嘴裡，輕輕一咬，一股清香從舌尖瀰漫開來，滿嘴便都是甜味。

「我乾閨女，藝術家，大藝術家。」阿寶指了指小桃對身邊的女人說。阿寶說這話的時候，臉頰上浮開一團油汪汪的笑。

女人是小桃從未見過的，三四十歲的模樣，長得還算白淨氣，只是面頰上有幾個淡淡的麻點。女人看了小桃一眼，笑了笑，卻沒說話。

小桃想說誰是你乾閨女了？卻礙著那個女人，只好換了句話，說阿寶叔你怎麼這陣子都沒來打開水呢？阿寶指了指身上背的那個大包，說你看看，我今天出差才回來，還沒回家呢。小桃說你沒回家，怎麼就知道我考上大學啦？阿寶嘿嘿一笑，說我有耳報神，你們家什麼事也瞞不過我。

女人在一邊聽著，神情就有些不耐煩起來，屢屢地拿眼睛催阿寶。阿寶撩起襯衫下襬放到鼻子上聞了聞，對女人說我得趕緊回家打瓶水洗一洗身子，這一路住的都是些什麼旅店？都臭了，搞不定還有蝨子。女人有些不情願，嘴唇翕動了一下，像是還有話說。阿寶揮了揮手，刀似地斬斷了女人還沒出口的話頭。

「你先走吧，得閒了我找你。」

女人只好怏怏地走了。

女人剛一拐出視線，阿寶就對小桃擠了擠眼，問餓不，閨女？小桃哼了一聲，說誰是你閨女？阿寶想板臉，沒板住，反而板出了一臉的笑。在老虎灶所有的客人中，小桃跟仇阿寶最熟，小桃從小就不怕他。

「好你個忘恩負義的童子癆（溫州方言：壞孩子）。下回你媽打你，我要是再拉她我不是人。」

說完了阿寶便歎氣：「轉個眼阿桃你就是大人了，你哪還用得著你阿寶叔拉架？」

一句話說得小桃心裡突然就有些難受起來——是那種在快樂上撒了一層細灰的稀稀薄薄的難受。小桃說了半句阿寶叔你……就不知再說什麼好了。

阿寶拉了小桃就往街對過走去。「走，叔請你吃飯。叔這輩子還沒請你吃過飯呢，再晚就請不上了。」

小桃說我吃過飯了。阿寶說你飽了我還餓著呢，就算是你請我吃飯，我來付帳，好不好？

阿寶去的那個地方，是溫州酒家——那是小城裡最排場的一家餐館。小城的人結婚娶媳婦，請柬上若寫的不是溫州酒家，面皮已經丟了一半。小城的人想巴結人，送什麼禮也抵不上酒家的一頓飯；小城人吹牛扯皮，堵人心窩子的一句話是：「你有本事到酒家擺兩桌給我看看」；小城人赤皮紫臉詛咒發誓的時候，除了拿爹娘豬狗說事之外，也時不時會拿酒家做籌碼，嚷嚷一聲「要是騙你，我立馬拉你去酒家開一席」。

小桃雖然連酒家的門也沒踏進去過，卻猜也猜得到那裡的價碼，便有些猶豫起來，說我還是不去了，我媽等我回家呢。阿寶哼了一聲，說有我呢，你怕什麼？再說了，讓她也知道知道等人的難受。

兩人就挑了個靠邊的位置坐下。阿寶跟服務員說說笑笑的，熟門熟路地點了幾個菜。小桃問阿寶叔你是不是常來這兒吃飯？阿寶瞪了小桃一眼，說你是不是想讓我犯貪汙罪啊？我吃得起嗎，常來？小桃說不常來你怎麼都知道點什麼菜？阿寶說我們廠裡來外地客戶，若是大戶，就會拉到這兒請客。老實告訴你，你阿寶叔還是頭一回，自己掏腰包在這裡吃飯呢。下回你真成了大藝術家，你給我好好記住了：當年你阿寶叔在溫州酒家請你吃過一頓飯——那是半個月的工資啊，大小姐。

小桃啊呀了一聲，嘴就再也沒闔回去。阿寶夾了一塊熱騰騰的鮭魚肉放到小桃碗裡，說這樣的炸法，你在家裡是一輩子也吃不到的。小桃放進嘴裡，那魚皮炸得脆生生的，嘎巴一口咬進去，剛過了皮嘗到了肉，還沒來得及品出味道來，那肉便已經棉花糖似地化在了舌頭上。

小桃一邊吃，一邊看著阿寶笑，卻不說話，直看得阿寶心裡發毛，就說阿桃你有話就講，別給我裝模做樣。小桃又笑了半天，才說那個阿姨，你怎麼不請人吃飯啊，這麼好的菜？阿寶哼了一聲，說請她？沒的冤枉。小桃說阿寶叔你才裝模做樣。你要不待見人家，怎麼出差回來家也不回先去請人家看電影？阿寶說誰請她去的？我還沒下船，人家就來接了，直接接到了電影院，也不管我吃沒吃飯。小桃說你要不告訴人家什麼時候回來，人家怎麼會去碼頭接你？還是你先招人家的。阿寶無話可說，只罵你這個小混蟲什麼時候也長腦子了，大人的事，你懂什麼？小桃說誰是小混蟲？我三千年前就是大人了。我媽說了，你在找對象結婚。阿寶的眼睛瞇成一條縫，看著小桃嘿嘿地笑，說別人說這話你都可以信，只有你媽說這話你可不敢瞎信。小桃問為什麼？阿寶不答，只說回家問你媽去。

小桃其實肚子不餓，只是嘴餓，圖新鮮吃了幾口，便連嘴也飽了，就放了筷子，問阿寶叔這趟你出差去了什麼地方？阿寶沒好氣，說能有什麼好地方？剛換了個新廠長，什麼好地方都派自己的小舅子去，沒人去的爛地方才輪到我。小桃說去哪兒也比哪兒都沒去過強。阿寶說商丘寶雞，連麻雀都不生蛋的地方，你去嗎？小桃想了想，才猶猶豫豫地說不去也行，兩人便哈哈地笑了。小桃又問上海，好嗎？阿寶說世上當然是蘇聯最好，可惜咱們去不了莫斯科。眼睛能看得著的地方，就數上海最好了。不過再好，那也不是咱們的地盤。你到了上海，就等著挨欺負吧，在上海人眼裡，咱們都是鄉下人土包子。小桃哼了一聲，說鄉下人又怎麼啦？毛主席靠的就是鄉下人，才趕走了蔣介石。

兩人扯了半天皮，阿寶才終於猶猶豫豫地問阿桃你媽這陣子，還好嗎？小桃說她天天如此，也沒什麼好不好。

阿寶從褲兜裡摸出一個菸嘴，點上一根菸，慢慢地抽了起來。從十五歲做學徒開始，他就跟著師傅學會了抽菸，到現在已經抽了二十幾年了。阿寶在萬事上都得過且過，只在抽菸這樣事上窮講究。他的這個菸嘴，是正經的老坑和闐玉料，是他那個當了一輩子菸鬼賭徒的爸，從別人手裡贏來的唯一一樣值錢貨。他爸一死，自然就落到了他手裡，從此形影不離。這個菸嘴在兩代人的口涎和菸垢裡浸潤得油光碧綠，夜裡關了燈，放在桌子上都能看得出亮。阿寶抽菸不僅一定要用這個菸嘴，而且只認一個牌子，就是牡丹。阿寶一個月也只掙四十六塊錢，雖說有幾個出差補貼，卻還要供養寡母，可是阿寶對勤奮嫂店鋪裡賣的那些一分錢兩支的捲菸，卻從來沒拿正眼瞧過，說到了陰曹地府再抽那個也不晚。

不僅認菸嘴認牌子，阿寶抽菸的時候還要擺足樣子。點上火之後，他總要蹺起二郎腿，仰著頭閉上眼睛，才輕聲輕氣地嘬上一口，彷彿那菸嘴裡藏著一個弱不禁風的女子，他若一睜眼，略略喘一口大氣，就能把人嚇得魂飛魄散。

小桃等得不耐煩，只好又舀了半碗魚圓湯來喝。湯自然是一等一的鮮湯，只是實在太飽了，幾勺下去，就覺得肚子像是一個吹得稀薄透亮的氣球，輕輕一捅就要炸。

阿寶終於慢條斯理的把一根菸抽到了尾，拿出手絹擦過了菸嘴，放進兜裡，才指了指椅子叫小桃坐正了，臉色是少有的正經。

「阿桃，你從沒想過給自己找一個後爸？」阿寶問。

小桃愣了一愣，被這句話，也被這個神情。仇阿寶搬進謝池巷，到現在也有十二三年了，他有一個哥哥在欒清鄉下，他的寡母就在兩個兒子家裡輪換著住。輪到母親不住身邊的時候，阿寶就不開伙了，三餐吃在單位食堂，回家就到老虎灶灌兩瓶開水洗腳擦身了事，多年裡和老虎灶廝混得滾瓜爛熟。小桃從小長大，看慣了阿寶嘻皮笑臉的樣子，阿寶乍一正經起來，她倒給嚇了一跳，嘴裡的一口湯突然就變成了糠，怎麼也嚥不下去了。

後爸這兩個字要是拆開來看，她從小學一年級就會認了，可是把這兩個字擺在一起，卻是一個完全陌生的詞。過了一會兒，她才明白了這個詞跟她媽媽的關係。又過了一會兒，她才明白了這詞不僅跟她媽有關係，似乎還跟眼前這個叫仇阿寶的男人有關係。這個詞太重太猛，像塊磚咚的一聲砸上了她的腦殼，她躲不及，給砸得暈頭轉向，說出來的那句話結結巴巴，文不對題。

「我，我們家，太小，住，住不下……」

阿寶定定地看了她一眼，說你家沒地方，我家有。

小桃想找另一句話，一句更切題的，一下子就能把阿寶的話砸死的話，可是那句話曲裡拐彎地藏在肚腹的某個角落裡，小桃鉤扯了半天，也沒把它鉤扯到喉嚨上。

「阿桃你知不知道，你媽是為了你，才不找男人的？」阿寶說。

小桃又吃了一驚，半晌，才囁囁地說我媽沒，沒跟我講過。阿寶頓了一頓，說你媽跟我講過，要等你上了大學再說。你明白這個再說是什麼意思嗎？

小桃今天出門的時候，腦殼還清醒得如同是顯微鏡底下的新布，經是經緯是緯，經緯交織有頭有緒。可就是這頓飯，把一匹布拆絞成了一團亂線，她找來找去再也找不出一個頭。

「回家吧，天晚了。」小桃匆匆站起來，走出了酒家的門。

一頓飯的工夫，天上的薄雲就散盡了，月亮終於露出了臉，把石板路照成了一個黑白分明的棋盤——凸的地方很白，凹的地方很暗。晚場的電影還沒有散，街上人聲稀少，聽得見風鑽過梧桐葉子的窸窣細響。八月的風沒有骨頭，八月的風是輕輕軟軟的，卻帶著隱約一絲的香——那是路邊賣花女子竹籃裡裝的茉莉花串。

小桃聽見身後有一陣踢踢踏踏的腳步聲，知道是阿寶付完帳追上來了。

「阿桃，今天的事，不要跟你媽講。」阿寶期期艾艾地說。

望著阿寶臉上的斑駁汗跡，那句在肚腸裡曲裡拐彎地藏掖著的話，突然就毫不費力地跳到了小桃的舌尖上。

「阿寶叔，其實，你做我的叔，就挺好。」小桃說。

這一天，老虎灶打了烊，二姨娘提了一桶水在擦地，勤奮嫂坐在燈下清算一天的進帳。桌子上攤著一封信，是小桃寫來的。小桃走了已經兩個多月了，勤奮嫂和二姨娘還沒有把小桃留下的那個空檔填滿。二姨娘每天醒來睜開眼睛，一蹬腳還是要叫一聲「桃啊晚了快起床」；勤奮嫂端上飯菜，還會時不時地擺上三副碗筷。小桃走後，她們再也不用趕著點吃飯，再也不用擔心學校裡送來的大考小考成績單，她們甚至可以把捲菸用的舊報紙隨心所欲地攤滿整張桌子，可是這份隨意這份寬鬆卻叫她們心慌。現在她們終於明白了，她們就是在溫州城裡住上兩輩子，叫得出謝池巷裡每個人每條狗的名字，她們的日子也還是浮萍，沒根沒柢。小桃是她們的秤砣，是小桃墜著她們叫她們生了根。小桃走了，她們不知道還能不能找到自己的根。

「桃的信就這幾句話啊？」二姨娘問。二姨娘這句話一天裡已經來來回回地問了好幾遍，每問一遍，勤奮嫂就再念一次信。念得多了，勤奮嫂閉著眼睛也能背得下信裡的每一個字還有字中間的標點符號了。

「天說冷就冷了，你寫信告訴她，叫她記得曬被褥。你說她知道怎麼曬嗎？我忘了給她帶晾衣繩。」二姨娘說。

勤奮嫂忍不住笑了，說你最好把自己也打成行李跟著她過去。現在後悔了吧？從小沒好好教她做家務。二姨娘卻很是不以為然，說那孩子大學都考上了，還能學不會家務？那是阿貓阿狗都會的事。等她哪天嫁了人生了娃，你看她會做不會做？

勤奮嫂聽見「嫁人」兩個字，就像有根針扎了心，有些麻，也有些隱隱的疼，半天才緩過一口氣來。

「那天抱她回家，好像才是昨天的事。皇天，一晃就是二十年了。這孩子命大，七個月就落了地，硬是活下來了。」勤奮嫂說。

「那年走在路上，她拉了十幾天的肚子，連腸子都拉出來了，誰見了都說不行了，可她就是逃過了一命。」二姨娘說。

「十三年，咱們到城裡都十三年了。二姨娘你說大先生的墳還在不在？這麼多年沒回去看過了。」勤奮嫂問。

「你還惦記著他呀？」二姨娘沒好氣地哼了一聲。

「到底，是我害了他。」勤奮嫂喃喃地說。

「是你害了他？我看是他害了你。書讀多了，人就讀出怪毛病來了。要不是他那副小肚雞腸，哪會有後來的事？」

勤奮嫂無言。這樣的話，二姨娘已經說了許多年。剛開始說的時候，她只覺得二姨娘無知荒唐。後來說的次數多了，這話在耳朵裡進進出出的擦出些暖意來，勤奮嫂漸漸的就有些半信半疑起來。

「他要是看過了小桃一眼再走，這些年，我想起來興許也就不那麼難受。」勤奮嫂沉沉地歎了一口氣。

「死人的事不去管了，咱們只能先顧活人。」

二姨娘擰乾了拖把，在勤奮嫂身邊坐下，兩人不約而同的，就想起了十三年前的舊事。

關於土改的消息，最先是從大先生的一個學生那裡聽說的。那個學生沒畢業就偷偷跑去了延安，後來隨解放大軍南下，在平陽縣委裡當了個頭頭腦腦。那人家境貧寒，在學校念書時常受大先生的接濟，心念舊恩，就悄悄來找吟春，說縣委工作隊就要下鄉開始土改了。雖然大先生和呂氏都死了，可是大先生家裡留有田產和雇工，吟春十有八九會被評上地主成分。那人讓吟春帶著小桃趕緊逃走——城裡剛剛解放，流動人口多，容易躲藏。吟春開始不想走，說人不了把田地都沒收了，總得留一口飯給我吃吧？一個寡婦，還能把我怎麼樣？那人冷冷一笑，說憑什麼不能把你怎麼樣？脫了衣服搜，掘地三尺找金銀財寶，上吊的投河的，這些事解放區都發生過。

吟春聽了就打了一個寒噤。

可是最後讓吟春定下心思走的，卻是那人的另一句話。那人說你不走可以，可是小桃呢？大先生就這麼一個後裔，你忍心叫她成為地主的女兒，永世不得翻身？就是這句話，讓吟春改了心思，連夜開始收拾行裝。那時月桂孀在陶家幫著照料小桃已經好幾年了，她無兒無女，捨不下吟春和小桃，便假扮是吟春的表姨，跟著那母女兩個一起逃到了溫州城裡。三人改名更姓，和鄉下所有的親戚都斷了聯繫。吟春典當了幾樣隨身帶出來的細軟，在謝池巷口租了個地方住下，開了這家老虎灶至今。

「二姨娘，不知為什麼這一陣子我心裡像有一面鼓在咚咚敲，走在路上誰多看我一眼都叫我心慌，怕是哪天要叫人認出來。」勤奮嫂憂心忡忡地說。

「早些年還罷了，現在？誰能認出你來，那得長著孫猴子的火眼金睛。」二姨娘勸慰道。

勤奮嫂摸了摸臉頰，說二姨娘我就老成這般模樣了？二姨娘說你這個人啊，有人看你你心虛，沒人看你你生氣，你到底想怎麼樣？勤奮嫂噗嗤一聲笑了，說老就老了唄，除了天皇老子，誰還能扛得住不老？不過到了這一會兒，就是認出來也不怕了，咱們小桃已經上了大學，還能把她給退回來不成？二姨娘說真要退回來倒也好了，她安安心心待在我眼前，將來找個好人家嫁了就是了。不論哪個皇帝當朝，女人最緊要的還是嫁人。

勤奮嫂說二姨娘你不讀書不看報，哪裡懂現在的事？現在是越來越講究家庭成分了，成分高的女孩子，連嫁人都難——有戶口的嫁沒戶口的，大學生嫁農民，水不往高處流，只能節節往下走。二姨娘聽了，捫住胸口，倒吸了一口涼氣，說那你別穿那麼鮮亮了，還是往老裡打扮，千萬不能讓人認出你來啊。

勤奮嫂看了看身上的衣裳不吱聲。她今天穿的是一件灰卡其的春秋兩用衫，洗得已經褪了色，肘子上有一塊小補丁。勤奮嫂知道二姨娘說的「鮮亮」，不是指衣裳，而是指她脖子上翻出來的那一條襯衫領子。襯衫是薑黃色帶白圓點的府綢料子，去年做的，還有幾成新。紅的綠的她不敢穿，青的藍的她敢穿，卻又不屑穿，所以她選了這個在不敢和不屑中間的黃。

明天，明天得把這件襯衫換下來，換回那件灰格子的。勤奮嫂暗想。

就在這時，兩人突然聽見了敲門聲。先是一下，很輕。接著是一個小小的停頓，然後又是一下，依舊很輕。這敲門聲聽起來遲疑警覺，甚至有點鬼鬼祟祟，像是電影裡地下黨人的接頭暗語。

這個時間來人勤奮嫂一般都不開門，因為店鋪已經上了門板，卸起來有些麻煩。勤奮嫂喊了一聲「熄火了，明天再來吧」，門外就靜了。勤奮嫂以為那人走了，便又接著數點進帳。沒想到隔了一會兒，敲門聲又響了起來。這回的聲氣比先前大了些，有人呵呵地清了清嗓子，隔著門叫了聲勤奮開門，是我。

勤奮嫂的心咚的一聲撞了起來，撞得胸腔子一下一下地疼。她聽出了是誰——全天下只有這個人不叫她勤奮嫂而叫她勤奮。

她把桌子上的零錢嘩地攏成一堆，轉身就朝樓上跑去。一邊跑，一邊對二姨娘說：「是谷醫生，你先去開門。」

上次去朱家嶺看谷醫生，已經是兩年前的事了。這兩年裡她依舊還給他寫信，他也回，兩下都是疏疏隔隔的幾個月一封。最近一次來信，是半個月前的事了，在信裡他說起了摘帽的事。那次他用半瓶甘油從那位老太太耳朵裡取出了蟑螂，當即治好了她的「鬼附身」。當時圍看的人有半條街，都把他當作了神人。本來很簡單的一件事，卻傳到了老太太一個姪子的耳朵裡，那人正是朱家嶺所屬的那個鎮的黨委書記。書記當下就給上級寫了報告，請求摘除谷醫生的右派帽子。上級卻沒說話。上級沒說話的原因，是想讓谷醫生在鄉下多待些日子，幫著擴建鄉裡的衛生院。誰知這一拖就拖去了兩年。雖然谷醫生上封信裡說過摘帽的事情最近可能會有進展，勤奮嫂只是沒想到他會這麼快就回到了溫州城。

勤奮嫂上了樓，關起門來，在屋裡慌手慌腳地找衣服換。這幾天家裡正請泥水匠補灶，衣服頭髮上免不了沾了些灶泥。她不在乎他看見自己袖子上的補丁，但是她不能讓他看見衣裳上的髒。樓下木桶裡浸著一大桶的衣服還沒來得及洗，現在能換的只剩下一件棕色的燈芯絨外套。那件外套比身上這件還舊，肘子袖口都已經磨掉了絨，可是總還算乾淨。勤奮嫂換了衣服，把襯衫領子翻出來對著鏡子照了一照，還好，黃色和棕色搭在一處，看起來還算順眼。

又找了把梳子梳頭。梳子找著了，捏在手裡卻顫顫地抖，嘶啦嘶啦地扯斷了好幾根頭髮。終於把頭梳平整了，勤奮嫂便忍不住暗笑：這是怎麼啦？他不是她的男人，她也不是他的女人，她慌的是哪門子的神？

下了樓，一眼就看見二姨娘的對面坐著一位男人。男人背對著她，她看不見他的臉，卻看見他穿了一件灰色中式夾襖，後腦勺的頭髮上有幾綹灰白。他手邊的桌子上，放著一個油漬漬的紙包。聽見樓梯響，男人轉過身來，勤奮嫂就看清了他的臉：他的面皮被日頭曬成了紫銅色，笑起來額頭眼角上有幾條黑蟲子在來回爬動——過了一會兒她才明白過來那是皺紋。兩年前在朱家嶺見到他時，他就已經像個農民。今天再見到他，他依舊還像農民——卻是個老農。

他站起身來，衝她伸出了手。這是一個她不熟悉的姿勢，她有些不習慣。正猶豫間，她的手已經被握在了他的手心。男人的手掌像銼刀，磨得她的手有些生疼——那是被日頭曬爆了的老繭皮。她心裡有很多話，一句一句的排長隊等著出口，擠到了最前頭的那句話其實並不是她最想問的。她聽見自己問他是什麼時候回來的？他說今天下午。她問他這次來了還走嗎？他說醫院把行李也運回來了，一時半刻可能不會走了。

兩人便突然沒了話。

二姨娘見狀，就指了指桌子上的杯子，說這是仇阿寶從泰順帶回來的新茶，谷醫生你喝一口，我上去洗把臉。

谷醫生上上下下地掏口袋，終於找出了一個菸盒，打開來，卻是空的，就揉成一團扔在桌子上。勤奮嫂拿過來，找了幾根自己捲的菸把盒子撐飽了，又劃洋火點著了一根，送過去給谷醫生。菸絲很辣，谷醫生抽不慣，呵呵地咳嗽了一陣子，才把一根菸抽完了，眉眼就漸漸鬆泛起來。

「到底是『新節』，真香。」谷醫生端起茶杯聞了一聞，鼻尖上漾起了一小片水氣。勤奮嫂知道他在學二姨娘的蹩腳普通話。

「他們終於放我走了。」他說。「我給他們培養了六個土醫生，現在衛生院有好幾張床位，發燒打吊針，小兒種牛痘，都不用去縣醫院了。」

「摘帽了嗎？」她焦急地問。問完了她才醒悟過來，這其實是堆在她喉嚨口的第一句話，卻叫別的話搶了先。

他點了點頭。

「讓你回醫院工作了？」

他又點了點頭：「醫院換了領導，新領導是學醫出身的，說現有的專業人才不夠用，就把我調回來了，還不知道分在哪個科室。」

勤奮嫂暗暗地鬆了一口氣：谷醫生繞了大大的一圈之後，終於又回到了最先的起點——只是他再也不是從前的那個人了。

「還住原先的房子嗎？」她問。

「那地方早有別人搬進來了，現在暫時住在醫院的單身宿舍裡。」

「哪天我去幫你收拾收拾，剛回來，肯定亂。」

他沒說話，算是認下了她的好意。他慢慢地喝了幾口茶，就問小桃上學還好嗎？勤奮嫂說她基礎差，功課有些難。不過他們班主任是苦出身，特別關照貧困學生。就是他推薦小桃入了團，還叫她爭取入黨，只是我們小桃政治上不怎麼積極。谷醫生說這樣也好，認認真真學一門專長，省得像我，不懂政治還偏偏捲進麻煩。勤奮嫂就寬慰他說你現在摘了帽，就是普通人了，跟那些右派不一樣。

谷醫生微微一笑，不答，卻問小桃助學金夠她花銷嗎？勤奮嫂說學校給她評了個二等助學金，十二塊五毛一個月——還有比她更困難的農村生。谷醫生說這個錢剛夠吃飽飯，學美術課還得購置顏料寫生本畫筆什麼的，女孩子也總得有幾個零花錢買點日用品。勤奮嫂說我每個月再給她寄個三塊五塊的，也只能是這樣了，開水灶的生意不如從前。

谷醫生又點著了一根菸，慢慢地抽了起來，這回就摸順了菸脾氣，不再嗆咳。沉吟了一會兒，才說勤奮我現在有正常工資了，我想每個月給小桃寄十塊錢。

勤奮嫂被這話一下子打懵了——是歡喜，但更多的是驚訝。這些年，她一直是牽掛這個男人的。從第一面起，他就讓她想起了大先生。在遇到大先生之前，她是懵懵懂懂的，她不知道自己喜歡的到底是哪一路的男人。若沒嫁過大先生，她興許一輩子都是糊塗的，可是她偏偏就是嫁過了大先生。大先生給她開了竅，叫她突然明白了她喜歡的就是讀書人。有過了大先生，別樣的男人就再也走不進她的心。這個叫谷開煦的男人一步跨進她的老虎灶，就走到了離她心很近的地方。可是她還來不及跟這個男人熟稔起來，他卻又走了。這些年，她似乎在等他，又似乎沒在等他，因為她從未真的指望他會回來。沒想到他果真回來了，依舊還對她好，可是她不知道這是什麼樣的一種好。二姨娘說過男人的錢放在哪裡，男人的心就在哪裡。現在這個男人要把錢放在她女兒身上，她能斷定他肯把心放在自己心上嗎？她吃不準這個男人的心思，就像她從前吃不準大先生的心思。可她就是賤，她喜歡讓她吃不準的男人。

「不行。」她說。「我們小桃從來不隨便收別人的錢，除非……」

這句話其實有個尾巴，這個尾巴被她咬在了舌尖上。她咬得很刻意，一聽就聽出了斷痕。

那咬斷的半截話是：「除非你是她的什麼人。」

這半截話，若兩年以前在朱家嶺的時候，她興許還有膽子對他說——那時她還年輕，身上還剩了些牛犢般的莽撞。那時他們還沒分開那麼久，先前的記憶還留著些餘溫，能叫人惡從膽邊生。可是現在不一樣了。這幾年裡人人都邁過了一道檻，小桃從孩子變成了大人，二姨娘一腳就踩進了老年的門，而她自己走路也學會了前瞻後顧。這些年他們雖然還疏疏地通著信，可是那些信只是一根軟軟的吊在他們中間的線，只夠叫他們知道他們依舊是相識，卻不夠叫他們有膽氣隨意去捅破相識這張紙，看看後面到底藏了些什麼東西。她故意藏了那後半截話，原是想激他開口的。她期待著他說：「難道我只是那個隨隨便便的別人麼？」

可是他沒說這句話，他只是放下茶杯，換了一個話題。

「那個送你茶葉的仇阿寶，還好嗎？」他問。

勤奮嫂聽出了他話語裡的一根刺，就哼了一聲，說你還沒問我好不好，倒先問他了。谷醫生嘿嘿一笑，說我問他就是問你的一種方式。

這話有點繞，她沒聽明白，就問什麼意思？

「我還沒走的時候，就聽這條街上的人說，他對你挺好。」他避開了她的眼睛，遲遲疑疑地說。

她的臉一下子緊了，冷冷一笑，說你要是多來幾趟，人家也會說這樣的話。寡婦門前，不就這些事嗎？

他想解釋，卻覺得越描越黑，一著急，面皮就紫漲了上來。

「勤奮，你，你知道，我不是這個意思。」

她把眼睛別開了，不看他，只定定地看著牆。

他待坐了片刻，終於坐不住了，就站起來，拿過桌子上的那個油紙包遞給她。

「朱家嶺的人知道我要走，昨天特意殺了豬請我，我讓他們滷了一副豬肝給你。你貧血，吃這個最好。」他說。

勤奮嫂只覺得心裡有一團東西湧了上來，堵在喉嚨口。她呵呵地清了幾回嗓子，才終於把它嚥了回去。

這個男人，對我終究還是上心的。她想。

谷醫生起身告辭，勤奮嫂送他走到了街上。外頭是個好天，只是月亮累了，蔫蔫地泛著黃邊。幾乎就是個滿月了，卻就是差了那麼一丁點，依舊還是不圓。天晚了，街上沒有幾個人，一輛黃包車擦著路面走過，揚起細細一陣風——那是消遣完了的人正趕在回家的路上。

勤奮嫂聽著谷醫生踢踢踏踏的腳步聲漸漸消失在謝池巷裡，就暗歎：其實人是什麼東西？人不過就是住的那個地方。谷醫生原先住在城裡，就是城裡人的樣式。谷醫生在鄉下待了這麼些年，他就成了鄉下人的樣式。現在谷醫生回到了城裡，還要過多久，他才能蛻下身上的那層鄉下皮，再變回城裡人？

興許，她更喜歡那個在鄉下的谷醫生。

第一學期的美術基礎課讓小桃徹底反了胃，現在她終於醒悟她小時候喜歡的那個「畫畫」和大學美術課程中間，原來竟相隔了十萬八千里的路程。她喜歡的那樣東西是雲，而她腦殼裡的想法是風，風走到哪裡，雲就能飄到哪裡，沒有束縛羈絆，也沒有線條邊界。而美術基礎知識是繩子，繩子像捆粽子似地捆住了雲，她的風再也吹不動她的雲，因為她的雲不再是雲。幾次考試下來，她明白了她無論如何努力也是徒勞，因為她不是那塊料。

布料設計專業的學生人數不多，二三十個人，只有三名女生。那兩名女生是上海本地人，隔三岔五跑回家去改善伙食，和她幾乎沒什麼話可說。她和紡織工程系的幾個女生同住一間宿舍，大家專業不同，上的課程也不同，彼此沒有多少交集。從小城到了大城，從中學到了大學，小桃不過是從一種孤獨走進了另一種孤獨，她依舊沒有朋友。

一個學期沒上完，小桃就堅決要求轉系——轉到任何一個不用上美術基礎知識課程的系。小桃的動靜鬧得很大，驚動了許多人。從班主任到班委會到系領導，一輪又一輪的思想工作，像一張又一張粗碼細碼的砂紙，輪番打磨著小桃的腦殼。可是小桃的腦殼是生鐵，砂紙改不了型。最後讓小桃打消轉系念頭的，不是砂紙，而是宋書記的幾句話。

宋書記是新近才提上來的官。宋書記在擔任校黨委書記之前，曾經是小桃這個系的總支書記。當時的面試，就是宋書記的一句話，服裝學院的新生錄取名單裡才有了孫小桃這個名字——當然，小桃並不知情。

宋書記把小桃叫到了他的辦公室，自己卻只顧埋頭批閱文件，並不理睬她——他需要好好地把她晾一晾。當了十幾年的幹部，他知道什麼是攻堅戰。他在等著她開口，只要她先開了口，他就有了一半的勝算。

果真，小桃站了一會兒，心就虛了。在她有限的眼界裡，一個大學的黨委書記是她見過的最大的官。漸漸的，她站不住了，額頭上滲出了細細的汗珠。

「宋書記，你找我，有事？」她囁囁地問。

他依舊一頁一頁地翻看著手頭的文件，彷彿沒聽見她的問話。過了半晌，才取下鼻梁上的眼鏡，抬頭淡淡地看了她一眼。

「你覺得你身上的衣服好看嗎？」他突然問。

她吃了一大驚——她打死也沒想到他會以這樣的方式開始他們的談話。這個問題徹底打亂了她的陣腳，她開始慌慌張張地尋找對策。她今天穿的是一件方領白襯衫和一條藍布裙子，她不能說好看——那實在有點假。可是她也不能說不好看——街上一半以上的女孩子，穿的都是這個式樣。

看見她無所適從的樣子，他從鼻孔裡哼出了一口氣。

「你說實話就好，我不喜歡人跟我撒謊。」他說。

她終於搖了搖頭，說不好看。

「你知道為什麼不好看？」他問。

她又搖了搖頭，說我不知道。

他用手裡的鋼筆狠狠地敲了一下桌子，說那是因為你偷懶！你完全可以，卻偏偏不肯，設計出好看的布料給人穿。

她想辯解，剛開了一個頭就被他狠狠地切斷。

「我跟系裡的老師打過招呼了，這個學期的美術基礎課程，一定會讓你及格。下個學期就是實際應用課程了，你再也不用去畫那些沒用的空殼大花鱉了。」

她忍不住低低地笑出了聲。「空殼大花鱉。」她想不出這樣的話。可是他說出來了，她突然覺得那其實也是她的話——深埋在她肚腹裡等待著出世的話。她只是不知道她系裡的老師們聽見這話是什麼感受。

「聽說你的色彩感覺不錯。我就等著街上的人穿你設計的花布，我老了，別讓我等太久。」他說。

他沒等她回話，就揮了揮手讓她走。她是憋了一肚子話來的，可是他的一句「空殼大花鱉」，像根針在她的肚皮上扎了一個眼，她的話癟了氣，她就再也沒有爭辯的精神頭了。

她走到門口，又被他叫了回去。

「你是勞動人民的孩子，我指望你來打扮勞動人民。我信不過別人。」

他說這話的時候，神色異常凝重。他的臉緊成了嚴嚴實實的一塊板，找不到一絲裂縫。

她的眼眶熱了一下，她趕緊低頭往外走去。她知道她要再在他的屋裡待下去，她可能會當場出醜——她不能當著他的面流淚。

就是在那一天起，她安下了心，決定在這個系裡待下來。

今天的課是人體寫生。

和專業美術學院不一樣，小桃系裡的美術基礎知識是壓縮了的課程，只有兩堂人體寫生。今天是第一堂。

小桃一走進教室，就覺出了氣氛的不同。屋裡多出了一扇屏風，所有的人都知道那後面藏掖著一個讓人耳酣心跳的祕密——一個除了一名已婚調幹生之外誰都沒有見識過的祕密。沒人說話，可是期待卻無所不在地潛伏在每一雙眼睛之中。窩藏了這樣的期待的眼睛像賊，既興奮又懼怕，所以每一條視線都躲躲閃閃地走著自己的羊腸小路，生恐一不小心撞見了別人。空氣猶如一塊大玻璃，繃得很脆很緊，任何一聲輕微的呼吸和咳嗽，都能在空中擦出噌噌的回聲。

今天領課的老師叫宋志成。宋志成雖然才三十出頭，卻是個老革命。當年解放大軍開進北京城時，他是隊伍中的一個小小兵。他從小喜歡畫畫，在魯藝聽過幾堂美術課。進城後脫下軍裝當了幾年文化幹事，就被保送進了大學，在美術系學了三年的速成班，畢業後分配到了這所大學任教。他的那點功底，只夠教小桃這樣沒有什麼美術基礎的學生。在班裡有些入學前就打下了厚實基礎的學生面前，他就有幾分捉襟見肘。他對付捉襟見肘的方法很簡單，就是坦誠。

「要不是家裡窮，我也不會參加革命。你們拿筆的時候，我在扛槍。等我放下槍再拿筆的時候，筆已經不聽我使喚。可是，時代總是需要有些人為它做出犧牲。我不行，不代表你們不行，你們從這裡走出去，將來個個都是專家。」

這就是他第一堂課的開場白。

他把自己的短處做成了一面旗子毫不藏掖地舉在手上。他舉旗子的樣式極是堂正磊落，叫人牢牢記住了他的姿勢，而幾乎忽略了旗子上的內容。一樣短處高聲呼喊出來之後，聽起來反倒不覺得是短處了，而嘲笑這樣短處的人，卻反而有了些不恭的嫌疑。所以學生上他的課，都很安靜配合。

屏風後傳來一陣窸窸窣窣的聲響，小桃知道模特兒就要出場。宋老師在喋喋不休地交代著寫生的要求和注意事項，他的話像一顆一顆的珠子，叮叮噹噹地散落在小桃的耳膜上，卻怎麼也連不成串。他終於講完了，便有一個裹著一襲紅色紗巾的女人，慢吞吞地從屏風後頭走出來，坐在一張有靠背的椅子上。

「身子斜一點，把手靠在椅背上，就這樣。」宋老師在給女人做著示範。

女人坐定了，手一鬆，紗巾輕輕軟軟地跌落在了椅座上，小桃的眼睛猝不及防地撞上了兩團雪白。那兩團雪白渾圓飽實，中間開著兩朵小小的粉紅色的花。小桃飛快地閉上了眼睛，心跳得猶如萬馬奔騰。可是來不及了，她已經被那樣的雪白割傷。

千萬，不要臉紅。她暗暗地警告自己。

沒用，她已經感到了熱。血湧了上來，先是臉頰，再是額頭，再是頸脖，最後是耳垂。她的頭像一個澆了煤油的火把，燙得足夠可以點燃一片森林，太陽穴裡彷彿有兩面大銅鑼，噹噹地敲得她兩個耳朵嗡嗡響。

天殺的，小家子氣啊，你。她惡狠狠地咒罵著自己。

這時，她發現她的畫板上落下了一團黑影，便知道她身邊站了一個人。在眼角的餘光裡她掃到了一雙黑色的皮鞋——是宋老師。宋老師沒說話，只是遞給她一張便條。

「一開畫就好。」便條上說。

太陽穴裡的銅鑼漸漸地敲累了，她就聽見了教室裡的另一種聲音。唰，唰，像油菜花地裡蜜蜂的翅膀在相互撞擊。過了一會兒她才意識到，那是鉛筆在畫板上爬行的聲音。

臉涼了，她終於可以抬頭正視那個女人。女人的身子依舊雪白，卻不再割她的眼睛。她發現她的目光走過女人身上的凹凹凸凸時，是在搜尋埋在肉底下的骨骼筋絡。她甚至有些憎恨那些肉——肉擋住了她的眼睛。

拿起鉛筆的時候，她知道她已經過了一道坎。那道坎的名字就叫世面。

這堂課的作業，她是最後一個完成的。等她把素描從畫板上卸下來時，教室裡的人早已散盡了。別人畫素描，是把眼睛所見的直接傳送到手上，而她卻要把人物整個地存進腦子，然後憑記憶再把那些細節一寸一寸地恢復到紙上。別人在臨摹，而她卻是在默寫。她的眼睛和手中間，始終站著一個笨拙的腦子。她像牛需要一個冗長的反芻，而就是這個反芻過程，使得她比別人慢了好幾步。

宋老師一直在等她交上了作業，才和她一起走出了教室的門。

「終於，邁過了這第一步。」他說。

她明白他指的是什麼，可是她不敢接他的話頭——她怕自己一不小心還要臉紅。這個秋天她不知犯了什麼毛病，風吹草動都會讓她臉紅。

「我們在魯藝的時候，紙和顏料都非常緊張，經常用樹枝在沙子地上畫腹稿。後來進城上大學，頭一回畫人體素描，我站在教室門口死活不敢進去。」

她忍不住笑了。他在課堂上多次講到過在延安的日子，那是講給大家聽的。可是這一回他是講給她一個人聽的——是為了安慰她。

「世上所有的事，都有第一關。過不了第一關，你肯定是死。過了第一關，你就有指望活下去了。」他說。

「我，能活嗎？」她問。

他沒回答，只是微微一笑。

「哪天我請你吃飯，孫小桃同學。」他說。

屋頂很高，天花板也許是乳黃色的，也許是粉紅色的，上邊或許還雕著朦朦朧朧的花紋。樓上那層的樓梯扶手上似乎也有花，卻不知是什麼花。小桃還想再看一眼，看得仔細一些，可是來不及了，屋頂的燈光已經黯淡下來，只剩下一盞聚光燈，在紫紅色的幕布上鏤出一個雪白的圓圈。今天的公共汽車誤了點，他們剛落座，演出就要開場。

一路上宋老師給小桃講了許多關於這個戲院的歷史。宋老師說的人名裡，小桃只聽說過梅蘭芳馬連良和袁雪芬——這是媽媽和二姨婆告訴她的。幾年前仇阿寶做了一個礦石收音機送給媽媽，雖然接收效果不怎麼樣，講話唱戲都是一片吵吵聲，家裡畢竟有了些熱鬧可聽。媽媽愛聽京戲，二姨婆愛聽越劇，聽多了就講得出幾個名角的名字。宋老師還給小桃講了幾個別的名字，比如黃金榮，比如范瑞娟傅全香尹桂芳——這些人她就一個也不知道了。宋老師說一九四七年曾經有一群妙齡越劇女伶，把法國名作家大仲馬的小說《三劍客》改成了中國式的戲劇《山河戀》，在這個劇院裡上演，直演得盪氣迴腸，動地驚天，散場後接她們去吃消夜的黃包車，排滿了整整一條街。小桃有些驚訝，說宋老師你人在陝北，怎麼會知道十里洋場發生的事？宋老師笑了，說那時候上海灘的文藝青年，後來有一半去了延安。宋老師講到「一半」兩個字的時候，臉上的每一個毛孔都放著光。

椅子也是紫紅色絲絨的，已經很舊了，布料早已被磨得失去了經緯交織的勁道。小桃暗想這個座位上也不知都坐過些什麼樣的人，她總覺得自己的屁股底下壓著幾代的鬼魂。宋老師見她坐立不安的，就問怎麼啦？小桃說我是第一次，來劇院看戲。宋老師看了她一眼，說以後還會有許多第一次的。新中國就是要讓我們這樣的人，享受過去永遠也不可能享受的美好。

昨天下課的時候，宋老師叫住了她，說今天要帶她出來看看上海。宋老師說這話的時候，旁邊還有別的同學，可是誰也沒有感覺驚訝。除了教一門課，宋老師還是他們的班主任。宋老師是單身，沒有家累，一個月的工資花不完，都補貼在了學生身上──宋老師時不時地會在週末帶家境困難的外地同學出去吃飯。不過，宋老師這是第一次邀請女同學。小桃當時其實是想推辭的，可是小桃猶豫了一下，最終沒說話。小桃沒說話的原因，是因為害怕。小桃在不同的階段有不同的怕，小時候是害怕被同學知道家裡是開老虎灶的，而現在是害怕被人說成小家子氣。況且，她心裡也真的想看一看上海。平時週末她都待在宿舍裡惡補功課，很少外出。雖然她來到這個嚮往已久的城市已經幾個月了，她對它依舊一無所知。

宋老師先帶她去了一家叫紅房子的西餐廳吃飯。宋老師說這是上海最老最好的西餐館。服務員遞上菜單，小桃看得一頭霧水──不僅看不懂英文，甚至那上面的中文字也似乎變成了外文。她看懂了每一個字，可是這些字連起來卻是一片雲霧，似乎與菜名全然無關。宋老師說別看那玩意了，你愛吃魚還是愛吃肉？她毫不猶豫地說吃肉──饑荒的年代留給她身體的記憶還很新鮮，她的腸胃至今還會在半夜醒來高聲呼喚著油膩。宋老師替她點了一個洋蔥湯、一客牛排和一份巧克力蛋糕，這三樣都是她從未見過的稀罕。

洋蔥湯端上來，小桃舀了一勺，說怪，這味道真怪。宋老師問怎麼個怪法呢？小桃說像是煮熟了的爛皮鞋。宋老師忍不住哈哈大笑，說慢慢的，你就習慣了，這可是法國人最愛喝的湯。小桃終於把那一碗湯熬下去了，牛排就上了桌——全然不是她想像的肉模樣。宋老師耐心地給她示範著刀叉的用法，小桃忍不住地問宋老師你是什麼時候學會吃西餐的？宋老師說我也是在實踐中學習生活。過去這些地方只是一小部分人可以進來的，我們現在所做的努力，是要讓所有的人都能吃上牛排。宋老師說這話的時候，眉宇之間浮上一絲隱隱的陰影，臉上便突然稜角分明起來。小桃想笑，可是她最終還是忍住了笑意。小桃同時也忍下了一句話。這句話是：不就一塊肉嗎？怎麼和人類解放事業搭上邊了？小桃的閱歷還很淺，淺得幾乎是一張白紙。一張白紙的小桃那個時候還不懂得，世上有一種人永遠不能空手行路，他得把一樣理念當作行李扛在肩上，即使是快樂的時候，也依舊沉重。

小桃一點不剩地吃完了那塊牛排，不是因為味道，而是因為家教：從小長大，媽媽絕不允許她在碗裡剩東西。這塊牛排化整為零地躺在她的肚腹裡，卻沒有往常肉食的那種溫潤妥貼。她打了一個飽嗝，那東西幾乎要隨著氣流泛上她的喉嚨——幸虧這時來了甜食。小桃從沒見過巧克力，只覺得那玩意黑齷齪的有些形跡可疑。直到她吞下了第一口，才知道在巧克力面前，世上所有的糖都不過是加工過的麵粉。蛋糕雖然早就嚥下去了，那股甜卻在她的舌頭齒間和口腔裡黏留了許久許久。小桃咂咂嘴，說這是我一輩子嘗過的，最好吃的蛋糕。說完了她又忍不住想笑，因為她記起來她一輩子總共才吃過兩回蛋糕，一回是幾年前仇阿寶買給她吃的，一回是今天。

宋老師看著她，不說話，眼裡流溢著一絲縱容的，幾乎接近慈祥的微笑。小桃突然感覺這個比她只大了十一二歲的男人，看起來有些像她的父親。她雖然沒見過父親，可是父親的感覺是蘊藏在血液裡與生俱來的，不用人教，眼睛認得自己的路，一眼撞上了自然能從一萬張臉裡頃刻辨認出那一張來。其實，在她十九歲的生命裡也不是沒有遇見過讓她有父親般感覺的男人，比如仇阿寶，再比如谷醫生。可是那些人和她中間，嚴嚴實實地站著她的母親。那些人對她的好，都得經過母親。母親如導體，能量經過母親輾轉抵達她身上時，已經消耗了許多——母親在不知不覺中已經剋扣了他們對她的好。可是眼下的這個男人，卻是世上唯一的一個與母親無關，單單因為她而對她好的男人。她很想說一聲謝謝，可不知為什麼那聲謝到了嘴邊突然就卡住了，化成了一絲不知所措的傻笑。

她就這樣傻笑著離開了紅房子，跟在宋老師身後去劇院看演出。天剛下過了一場雨，那是秋的最後一場脾氣了，再往後，天氣的事就該交給冬來做主了。樹葉已經落盡了，光禿禿的枝條像一根根筋脈凸顯的指頭，顫顫巍巍地指著天空。落葉被積水一團一團地黏在街邊，冷風颳起來，街上竟乾乾淨淨的沒有半絲飛塵。

小桃正在換季的尷尬上，上身已經穿了厚厚的毛衣，腿上卻還是薄薄一件秋褲。宋老師走得快，走到了路口又回過頭來等她，說天冷了該穿棉褲就早穿棉褲，不能怕難看，將來要得關節炎。小桃揚了揚眉毛，說棉褲難看嗎？宋老師掃了小桃一眼，說當然沒有布拉吉漂亮。國慶晚會那天，你穿那件湖藍色的布拉吉，真的很好看。

小桃唰的漲紅了臉，一直紅到了髮根——不是羞澀，而是興奮。在她以往的人生經歷中，她從來都是所有群體邊緣上的那片影子，沒有人注意過她的存在，更不要說她的衣著打扮。

「我媽和二姨婆，把一年剩下的布票都給了我。」小桃輕聲說。說完了她就覺得愚蠢：不知為什麼，在這個男人面前，她忍不住想講實話——一些也許沒有必要講出來的實話。

宋老師呵呵一笑，說那好啊，明年我也把我的布票省一省，再給你做一件布拉吉。下次要做紅顏色的，年輕女孩子就該穿紅。

小桃愣住了。一股濕軟從心尖尖上湧出來，慢慢地滲到喉嚨，正要往舌尖走的時候，卻突然改了道，一路攀援著往上竄，眼見著就要在眼睛裡找到出口，小桃趕緊扭過了頭。這一輩子，除了母親和二姨婆，她還沒有受過誰這樣多的好。她有些害怕。人對人的好像糧票，得一頓一頓地算計著，慢慢地掰著花，這樣才能永遠不挨餓。她害怕把所有的好在一天裡頭花完了，她將來的日子將一無所有。

宋老師看著她窸窸窣窣地擤鼻子，就歎了一口氣，說小桃你知道嗎？我下面本來還有三個妹妹的，兩個很小就餓死了，我和大妹妹跟著叔叔去了隊伍上，眼看就要熬到勝利進城了，她卻夜裡行軍從馬上摔下來死了。如果我的妹妹們都還活著，說不定也會跟你一樣上大學呢。

小桃不知說什麼好。兩人突然就沉默了，一路無話地走到了劇場。

那天的演出是華東地區歌舞節目匯演，內容是小桃從未見識過的精采。小桃看得很是投入，在每個節目之間的縫隙中忘我而瘋狂地鼓著掌，把兩個巴掌拍得辣辣地生疼。小桃的興奮一直持續到男聲表演唱上場，在那以後她的心思就再也沒有回到節目上。

表演唱的曲目是〈我是一個兵〉——是那陣子紅遍了大江南北的歌。最初只是幾個演員在唱，後來那歌聲如雪球一路滾一路黏帶上了各樣的聲音，到最後幾乎場上的每個人都在那個雪球裡找到了自己的那一嗓子。看著看著小桃的心咯噔了一下，因為她在八個小夥子中間看到了一張似曾相識的臉。她忍不住暗笑：天底下長得相像的人很多，怎麼可能會是他？可是第一段歌詞唱完了的時候，那人從兜裡掏出一把口琴吹起了間奏。剎那間一切疑雲迷霧轟然散開，她準確無誤地認出了他。

那首歌顛來倒去地唱了好幾個來回，終於下場的時候小桃沒有鼓掌——小桃在尋思她該怎麼辦。下一個節目開始的時候，她終於想定了主意。她對宋老師說了聲我去廁所，就弓腰走了出去。她當然沒去廁所——她鑽進了後台。

後台的人很多，將要上場和剛剛下場的擦肩而過，碰濺出各樣喧譁的聲響。小桃像一條蚯蚓在厚厚的人牆裡鑽出一條細長的坑道，終於在化妝間最靠裡的那個位置上找到了那個人——他正用一塊塗了凡士林的棉花卸妝。那張在舞台上顯得健康紅潤自然的臉，失去了聚光燈的陪襯之後，頓時變得漫畫一般的荒唐：頰上的胭脂如同兩塊剪得邊角不齊的紅紙，嘴唇被丹朱圈囿在一個鮮豔欲滴的橢圓上。望著這張被誇張的化妝術扭曲到男人和女人之間那塊模糊地帶的臉，小桃突然失去了談話的興致。她在他身後默默地站著，直到他擦去了臉上的最後一塊油彩，才走上去，輕輕叫了一聲「抗戰」。

抗戰吃驚地轉過身來——在這裡沒有人會用溫州話叫他的名字。從他游移的目光裡小桃猜到了他一時還沒認出她是誰。來上海之後的這段日子裡她變了許多，最大的改變當然是在頭髮上。失去了老虎灶的隨時熱水供應，小桃終於把兩根齊腰的辮子剪了，現在的小桃梳著毫無特色的齊耳短髮。那天剪完頭髮她躲在廁所裡偷偷哭了一場，不光是捨不得——其實不捨只是那天諸多情緒中浮在最表層的那一樣。從小學五年級開始她就一直留著頭髮，那天剪下來的每一根青絲都見識過她的童年和少年時光。那天她隱隱覺得是在向她生命中的某一階段道別，當然她還要在更後來的日子裡才會明白，這只不過是她人生諸多道別的序曲和開場。每一次道別都會有疼痛，但是她會慢慢學會不再為每一次疼痛流淚哀傷。

她的改變不僅僅是在頭髮上，還有眼睛。她的雙眸在燈光中熠熠閃亮，眼神裡已經明顯帶有小城的天空所不能覆蓋的豐富內涵。抗戰的目光漸漸移到了小桃衣襟上的那枚校徽上，他在那裡找到了答案。

「小桃，是你？聽說你到上海了，沒想到在這裡碰見你。」抗戰的聲氣裡帶著一絲隱隱的驚喜。

「你什麼時候進了歌舞團？」她問。

他扯過一張椅子，推開堆在上面的一疊戲裝，騰出空地讓她坐下，就給她講了些別後的事。

他回山東後，在當地上完了高中的最後一個學期。他沒有參加高考，因為上學從來就不是他的志趣。他當時只有兩條路可走，一條是回鄉務農，一條是去他父親老戰友的部隊裡當兵。這兩條都不是他想走的路，第一條是因為十幾年的城市生活已經使他和土地完全疏隔，第二條是因為他不想讓他的父親來插手他的生活。第一條他是不甘，第二條他是不願。就當他在不甘和不願的夾擠中撞得頭破血流的時候，他聽到民間歌舞團招人的消息，就抱著姑且一試的想法去了，沒想到一考就中，就這樣來到了杭州。

當然，還要很多年後，抗戰才會知道，這第三個選擇，其實也是他父親鋪的路。如果當時他有足夠的耐心和細心去一步步回溯那些貌似順利的考試過程，他應該發覺每一個關口都留有他父親的指紋。可是人在年輕的時候更願意相信自己的能力和命運的恩寵，等抗戰終於知道內情的時候，他父親早已作古。

小桃沒想到抗戰會跟她講這麼多的家事。大約是因為離開了溫州的緣故，小桃暗想。參照物變了，人似乎就變了眼界換了心性，從天然的淡漠中生出些隱約的熱情。

「你是聽誰說我在上海的？」她問。

其實她還沒開問的時候心裡就已經有了答案，可是她要聽他親口說出那個名字。她看見他的額頭一鼓一癟的，她知道他在尋思如何回應。她在他片刻的猶豫中找到了一絲促狹的快活。

終於，他說出了趙夢痕。

她想故作無知地表示驚訝，然後再貌似無心地說一句「哦，原來你們一直都保持著聯繫啊。」她想把這場追問一路進行到底，直到把他死死地頂到牆的犄角上。可是話走到舌尖的時候突然走瘸了腿，因為她看見了他額角的汗。這個看起來從來都掌控著局勢的人，原來也有亂了陣腳的時候。她喜歡看見他的破綻，他的破綻讓他從高高的台子上走下來，走到和她平等的位置上——現在她終於可以直視他的眼睛。

「她怎麼樣了，趙夢痕？」她問。

「高考落榜了，現在在一家街道鞋廠上班，做出廠包裝。」他說。

「那家廠子，在哪裡？」小桃問。小桃問這話的時候，聲音微微發顫。

「在謝池巷邊上，是幾個私營鞋匠合併成的小廠。」

天，果真就是那家她本來要去上班的鞋廠。小桃暗暗驚歎。趙夢痕一定是從她嘴裡聽說了招工的消息才去報的名。

「她的成績那麼好。」小桃喃喃地說。

抗戰歎了一口氣，說她家也有過風光的日子，只是，那日子沒落在她身上。

小桃覺得抗戰變了。抗戰依舊沉靜。沉靜是一塊覆蓋面積很大的油布，底下遮掩著許許多多複雜紛繁的內容。抗戰從前的沉靜底下蓋著的是優越感，一種跟稟性品行無關，卻與征服者的姿勢相關的優越感。那是他爸從血液裡傳給他的，他爸不用刻意教，他也不用刻意學，生來就會了。而現在，他的沉靜底下或許還藏著優越感，只是那優越感已經有了裂縫，裂縫裡長出了各樣的雜草，比如同情，又比如憐憫。

小桃突然醒悟過來，撕裂了抗戰優越感的不是別人，而是他的父親。這是征服者自身營壘的內耗，與旁人無關。

「有機會見著夢痕，替我問聲好。」小桃說。

回到座位上，節目依舊精采，可是小桃的心思已經不在舞台上。一整個夜晚，她只是抑制不住地想著趙夢痕。那本該是她孫小桃的命啊，她的半隻腳都已經踩進了命運的鞋子裡，可是事到臨頭她逃脫了。她留在身後的鞋子，不經意間卻叫趙夢痕穿了進去，於是趙夢痕就給鎖進了本屬於她的命，從大小姐變成了粗使丫鬟。

十年河東，十年河西。她記起了開老虎灶的母親最愛說的一句話。

勤奮嫂早上起來坐在床沿上，雙腳在床底下鉤來鉤去地找鞋子，只覺得身子有些倦怠。這陣子隔壁一位大嬸給她介紹了織毛衣的新營生，大人織一件三塊錢，小孩織一件兩塊，若是加急就各加五毛。勤奮嫂覺得這是樁無本買賣，掙錢反而比一分兩分的賣草紙捲菸省力，還能見縫插針地做，並不影響老虎灶的生意。只是這樣的好營生一個月也等不來一兩回，而且一來就是急活。昨晚勤奮嫂忙到半夜一點鐘，才把一件大紅開襟線衫給織完了，今天一早人家就要上門來取——是為了趕孩子的十歲生日。

勤奮嫂每天醒來，都正正在四點十五分的點上，比鬧鐘還準時。今天醒來，只覺得天色比平素暗了許多，就摸索著找燈繩，想開燈看一眼牆上的那個老爺掛鐘。不知怎的那盞燈也比平常暗，昏昏黃黃的照得掛鐘上的字像水裡泡漲了的芝麻粒，怎麼也看不清。她趿著鞋子站起來，想湊到鐘跟前，誰知牆壁突然風車似地旋轉了起來，還沒容她喊出一聲皇天，就頭重腳輕地摔倒在地上。

睜開眼睛，她發現自己躺在一個四壁雪白的屋子裡。日頭從窗玻璃裡鑽進來，凶狠地炸開一條光帶，光帶裡飛著一粒粒銀粉似的灰塵。她不知身在何處，有些心慌，便握起拳頭用指甲摳了一下手心——還好，她活著，尚知道疼。

「別動，你掛著吊針。」有人甕聲甕氣地對她說。

她一下子沒聽懂，但是她順著聲音找見了說話的人。那人身穿一件白大褂，頭戴一頂白布帽，嘴上捂著一個棉口罩，一張臉唯一露在外邊的是眼睛。其實眼睛也遮了一半——被一副玳瑁框眼鏡。

勤奮嫂的身子雖然醒了，可是腦子還沒全醒，那一刻她的腦子正被她的身子拽著行路，步履蹣跚，睡眼惺忪。過了半晌她終於明白過來，那個穿一身白衣的人是個醫生。

她的腦子像淋了一盆涼水，一下子脆脆地醒了。她倏地坐起來，說不打了，那個吊針，我要回家。

「你必須等到這瓶葡萄糖打完才能離開。」醫生說。

「別勸我，勸也沒用，我沒錢付你。」

勤奮嫂說著就要拔針，卻被醫生死死按住了胳膊。醫生摘下口罩，勤奮嫂這才認出是谷開煦。勤奮嫂雖然認識谷開煦多年了，卻從未見過他穿白大褂的樣子，心想這身行頭捂得實在嚴實，一年裡能見到多少日頭？怪不得從朱家嶺帶回來的那身烏皮，一到城裡就不見了，又變成了一張小白臉。

「你貧血得厲害，昏倒在家裡，是二姨娘叫了人把你抬到急診室的。」谷醫生說。

勤奮嫂這才把早上的事，一丁一點地回想了起來。

「老虎灶呢，誰在看？」勤奮嫂焦急地問。

「你放心，二姨娘守著呢。」

勤奮嫂這才略微安了心，便笑，說回去喝一碗熱湯就好了，沒那麼嬌氣。邊說邊支起身子找鞋穿，谷醫生見攔不住，只好說今天的藥費已經交過了，這針打不打由你。

勤奮嫂縮回腳，半晌才說老谷，難為你了。

「你的血色素只有七點五克，平時伙食上太省了，你得注意營養啊。」谷醫生說。

勤奮嫂哼了一聲，說我還不知道你們這些醫生？銅板大的事說成銀番錢（溫州方言：銀元），要都信你們的，開一百家醫院也不夠用。

「勤奮，不是我嚇唬你，你知道一個人正常的血色素應該是多少嗎？小桃已經沒有了父親，你想讓她也失去母親嗎？」

勤奮嫂不說話，臉色卻漸漸的有了些變化，終於慢慢地躺回到床上。

窗外的日頭漸漸斜了，光帶已經縮成了牆上盤碗大小的一塊光斑。光斑裡有一塊烏紫的乾血——那是舊年的蚊子留下的屍身。門外走廊裡有個病人在高一聲低一聲地哀嚎，那聲音叫人聽了頭皮一陣陣發緊。

「小桃那裡，是你寄的錢吧？」勤奮嫂問。

谷醫生一愣，過了一會兒才搖了搖頭，正想說話，卻被勤奮嫂打斷了。

「我知道是你。老谷，我們家是個無底洞，你別管了，你管不了。」

谷醫生有些尷尬，扭過臉去看著窗外。

「勤奮，有的事其實我能管，你偏不讓我管。你們家不是無底洞，等小桃大學一畢業，日子就寬裕了。一份大學畢業生的薪水，養你們三個人沒有問題。只是，你得健健康康地等到……」

這時外頭突然跑進來一個護士，谷醫生嚥下了還沒說完的那半截話尾。

「谷開煦，病房來新病人了，劉主任到處找你，你還在這裡磨蹭。」

那護士斜了谷醫生一眼，把一份病歷往他懷裡一杵。

「吊瓶淺了，你就喊護士。」

谷醫生交代了勤奮嫂一聲，就站起來匆匆地往外走去。谷醫生走路的時候貼著牆根，眼睛低低的小心翼翼地探著路，彷彿前後左右都有意想不到的攔阻。勤奮嫂不由得就想起了在朱家嶺的時候。朱家嶺的番薯粉很糙，朱家嶺的酒割人喉頭，朱家嶺的日頭曬得谷醫生滿臉冒油，朱家嶺的泥塵叫谷醫生屋裡剩不下一塊乾淨的角落。可是在朱家嶺的時候，谷醫生腰身是直的，眼睛也是直的，谷醫生可以扯著嗓門想什麼就說什麼。

「姑娘，在你們醫院裡，護士不管醫生叫醫生？」勤奮嫂扯住護士的衣袖問道。

姑娘不備，臉唰地漲得通紅。姑娘很年輕，大概剛從護校畢業沒多久，閱歷淺顯得藏不住一絲驚惶，禁不起世上最簡直明瞭的盤問。

「她們，都這樣叫他。」她嚅嚅地說。

「憑什麼？」

「她們說，他是右派，摘帽的。」

「摘了帽，怎麼還叫右派？」勤奮嫂蹙起了眉頭。

姑娘躊躇了半晌，才說這個我也不懂。

勤奮嫂哼了一聲，說你媽沒教你做人的禮貌？他比你年長，又看了這麼多年的病，你叫他一聲醫生也不為過。

姑娘輕輕地動了動腦袋，看不出是點頭還是搖頭，就要急急地往外走。走到門口，又被勤奮嫂喊住了。

「你告訴我，正常的血色素該是多少？」

姑娘又吃了一驚，過了一會兒才明白過來這是另外一個問題——一個與先前的問題毫無關聯的新問題。

「十，十一點五克以上，女同志。男同志是十二。」

姑娘逃也似地離開了房間。

屋裡突然就靜了下來。走廊上的那個病人大概剛剛打過了止痛針，終於沉沉地睡了過去，鼾聲把牆壁扎成一個蜂巢。勤奮嫂的眼皮也漸漸沉澀起來。可是這天勤奮嫂的腦子總比身子慢半拍，身子醒的時候，腦子還在睡；身子要睡了，腦子卻還不睏。這天不僅勤奮嫂的腦殼和身子在打著架，她的眼睛和耳朵也在鬧著彆扭。眼睛閉上了，耳朵卻不肯歇，依舊還半開半合地打探著屋裡屋外的各樣動靜。她聽見自己的鼻息聲呼哧呼哧地像蛇在草葉間穿行。過了一會兒，她又聽見一陣布鞋墜落在地板上的咚咚聲。她知道是二姨娘。二姨娘是小腳，只有裹了腳的女人走起路來才會有這樣一腳高一腳低的顛簸。

她實在睜不開眼，她的眼皮沉得像壓了兩座老天爺也掀不動的山，可是她感到了疼，那是二姨娘的歎息落在她臉上的重量。

「你起來，再不吃就涼了。」二姨娘終於忍不住把她推醒了。

「老虎灶呢？」勤奮嫂一睜眼就問。

「仇阿寶的娘幫我看著呢，你吃完了我就回去替她。」二姨娘說。

二姨娘懷裡抱著一件捆成一團的舊棉襖，結子打得太死，二姨娘解不開，只好用牙齒把繩子咬斷了，從裡頭掏出一個油紙包著的飯盒。

「豬肝炒菠菜，說是補血最好，是仇阿寶的老娘做了送過來的，你趕緊吃。」

勤奮嫂支起身子，挑了一塊豬肝放進嘴裡，嗓子一緊差點想吐。外邊天冷，二姨娘走得慢，一路上豬肝已經涼了，嚼在嘴裡便有幾分腥。她勉強吃了幾口，就把飯盒蓋上了，說拿回家熱一熱你吃。

勤奮嫂便問仇阿寶的娘怎麼知道我在醫院？二姨娘說你出了事我第一個就去叫仇阿寶，他老娘說他一夜沒回來，關在廠裡寫檢討。

勤奮嫂吃了一大驚，說怎麼他也犯錯誤了？二姨娘說是經濟上的事。他們廠換了個新廠長，處處跟他作難。他跟廠裡借了五十塊錢，說好了發薪水就還，可是廠長知道了，非說他挪用公款。人家會計出納都出面替他做了證，廠長還是非要他在大會上做檢討。

勤奮嫂搖了搖頭，說這個仇阿寶，一份薪水加上出差補貼，一個月也不少錢，怎麼還要欠場面（溫州方言：欠債）？

二姨娘的嘴唇動了動，卻欲言又止。勤奮嫂說我知道你在想什麼，你是想說人家不會等我一輩子，人家也得找人結婚，替別人花錢欠場面，是不是？二姨娘說知道就好，大先生死了這麼多年了，怕早就托生做了別人家的男人了，你還替他守什麼？

勤奮嫂歎了一口氣，說二姨娘，說句心裡話，我從來沒想過守大先生。從他扔下我那天起，我就想過嫁人。只是，想嫁的那一個，我偏偏嫁不得。能嫁的那一個，我又不想嫁。我和仇阿寶，實在過不到一塊。

二姨娘斜了她一眼，說你不想嫁的那一個，我知道是為什麼。可你想嫁的那一個，又怎麼嫁不得了？你不是向來喜歡識字斷文的人嗎？

勤奮嫂咬著嘴唇，目光直直地盯著窗外。日頭行了一天的路，終於累了，咚的一聲墜在天邊，砸起一天的血。窗台上不知是誰擱了一個髒碗，有一隻餓得只剩了一層皮的雀子，正噹噹地啄著碗底硬得像鐵的剩飯粒。掛瓶裡的葡萄糖水淺得只剩了一個底，水走得極慢，水珠子憋足了勁道，半晌才落下去，聲氣大得驚天動地。

「二姨娘，從前谷醫生笑我天真，我還不信。今天我總算見識了，摘不摘帽子他在別人眼裡永遠是右派。我不怕，可是我不能不替小桃怕。小桃的老師信任她，小桃將來說不定有大前程。我不能害了她。」

二姨娘想勸，卻搜腸刮肚也找不著一句能勸的話。兩個男人兩條路，兩條路各有各的難處。身子委屈不得，心也委屈不得。在身子和心的委屈上，又壓著兒女的委屈。兒女的委屈是山，在兒女的委屈面前，所有其他的委屈都是粉塵。勤奮嫂沒有別的路，勤奮嫂只能是寡婦。

「等等吧，等小桃畢業了，有了工作，那時候谷醫生的事興許就不是事了。」二姨娘說。「再熬五年吧，捱一年少一年。」

小桃收到那張三十塊錢的匯款單時吃了一驚。雖然那上面沒寫匯款人的名字，她卻知道除了媽媽之外不會有別人。她上學之前，媽媽給了她二十塊錢。她收了十塊，把那個十塊偷偷塞到媽媽的枕頭底下。媽媽發現了，又把那十塊匯到了學校裡給她。後來每一個月，媽媽都會給她寄五塊錢。兩個星期前她剛剛收到了媽媽寄來的十塊錢——媽媽這次多寄了五塊錢是給她過年花的，她沒想到那十塊錢後面又那麼快地跟上了一條大尾巴。她知道家裡那口一天要燒十幾個小時的老虎灶每天要吃進多少個煤餅，家裡的煤票還不夠墊層灶底，所以每個月媽媽都要買議價煤粉。家裡那兩個幾乎高到天花板的大木桶，每天也要吞下好多水——那是媽媽雇人一毛錢一擔從供水站挑來的自來水。刨去煤和水的費用，老虎灶一個月的進帳只夠三口人餬口，連做一件新衣裳媽媽都要想了又想。媽媽就是不吃不喝，在這麼短的時間裡也省不下這幾十塊錢。不知媽媽是不是又把家裡的哪樣東西送去了委託行？小桃知道家裡還有幾件衣裳，聽媽媽說是奶奶家道中落之前的陪嫁，樣子是老舊了，料子卻是市面上再也見不著的稀罕。

小桃在郵局取了錢，走到街上，遭冷風兜頭一吹，突然就清醒了：她不能收這三十塊錢。媽媽幾年來一直貧血，卻總也捨不得在伙食上花錢。這三十塊錢，又要叫媽媽和二姨婆吃上多少頓菜泡飯？她想折回郵局把這個錢寄回家去，轉念又覺不值：來回兩趟的寄費，豈不白白糟踐了？錢還沒花出一分，就已經先瘦了身。還不如等暑假回家的時候，再把錢帶回家去——但願媽媽那頭不等著急用。

正猶豫間，就聽見了身後一陣鈴聲，回頭一看，有人正跨在自行車上衝她打手勢，她這才明白過來對面是紅燈——原來恍恍惚惚之間她已經走到了馬路中間。

她回到人行道上，正想跟那人道一聲謝，突然看到那人衣襟上別著一枚和她一模一樣的校徽，便忍不住問你是哪個系的？那人的口音很重，連說了幾遍，小桃才聽清是紡織機械。看見小桃一臉疑惑的樣子，那人笑了，說對不起，我的中文不好，我是越南留學生。那人笑起來露出兩排雪白的牙齒，照得小桃滿目暈眩。

那人看上去比小桃略大幾歲，穿的是藍布學生裝，衣裳裡罩著肥肥胖胖的棉襖棉褲，肘子和膝蓋處綻開一條條粗碩的褶皺。那是學校裡所有男生的標準打扮，可是小桃還是覺出了不同。或許是膚色，或許是顴骨，或許是眼窩，或許是那副金絲邊眼鏡，或許是那些被梳子整理得服服貼貼的頭髮。過了一會兒小桃終於醒悟過來，那人身上和其他男生最大的區別是他的微笑——一種被水沖洗過的透亮澄明的微笑。那樣的微笑叫人幾乎忘卻了那個人的國度裡正在上演一場持久而慘烈的戰爭。小桃一輩子沒見過這樣的笑，小桃不禁愣了一愣。

綠燈亮了，她和他一起過了街。她在路邊停下來，因為她要等回學校的公共汽車。他指了指他自行車後面的座位，說我載你，路近。他的中文實在還有點生澀，他只能使用很短的詞，幾乎連不成句子。可是她一下子就聽懂了。是的，從郵局到學校的路，只有兩站車的距離。而且，她還可以省下三分錢的車票。但這都不是理由。她同意讓他載她回去的唯一原因，是他的微笑。他的微笑火信子似地朝著她舔過來，她像一團蠟一樣無筋無骨地化成了水。跳上他車座的時候她想到了快活，也想到了死，在這裡快活和死幾乎是同義詞。

剛剛過完年，經過街角時還能時不時地聽見幾聲清脆的爆響，不全是炮仗，也有爆米花，空氣中瀰漫著絲絲縷縷的火藥味和粉身碎骨之後的米香。雲很厚很低，彷彿一伸手就能拽上一個角。小桃抽了抽鼻子，就聞到了雪的濕腥。雪重重地壓在雲上面，幸災樂禍地等待著雲不堪負荷地開裂，它好趁虛傾盆而下。風像個悍婦，積攢了一肚子的怨氣，到了這時終於徹底撕開了顏面，伸出刀子一樣的嘴，剜得路人皮開肉綻遍體鱗傷。天太冷，男人抵不住寒氣，只好飛快地蹬著車輪子，就蹬出了一身汗。男人的脊背像一堵牆，牆有縫，汗氣從牆縫裡隱隱滲出來，舔到小桃臉上，小桃的心就有些煎熬起來。照著這個速度，再有十來分鐘，男人就會騎到學校。可是她還不想那麼快地回去——她還沒來得及問這個男人的名字和宿舍樓室。此刻小桃的心像是一口泉眼，從底下汩汩湧上來的，是擋也擋不住的說話欲望——她只想和他面對面地坐著，說一些也許根本無關緊要的話。

猶豫了片刻之後，她終於鼓足勇氣用肘子捅了捅男人的腰，說我要下車。男人的腳支著地停了下來，疑疑惑惑地問你怎麼啦？一陣熱氣忽地漾了上來，從小桃的臉頰漸漸瀰漫到脖子根，不過這回小桃鎮靜些了，因為她知道寒風已經把她的臉吹成了兩面紅色的旗子，在這層紅的掩護下，沒人能看得出那底下的紅。

「我特別冷，也餓，你能，陪我吃一點熱東西嗎？」小桃期期艾艾地說。

小桃已經看清了路邊這家店鋪的招牌。那是一家小吃店，裡邊賣的是餛飩和湯麵，或許還有一些小碟子盛著的鹹菜，最貴大概也不會超過兩三毛錢。她身上還存著那剛剛取回來的三十塊錢。郵局給的是一疊嶄新的票號相連的一元票子。那三十張票子個挨個地躺在她的棉襖口袋裡，隨著她身體的移動發出些窸窸窣窣的快樂呻吟。她原先是想把這錢原封不動地留到暑假，而這頓飯會在這三十塊錢裡啃出一個洞眼。還好，這個洞眼不大，她總能在以後的日子裡再把它慢慢補上。反正是吃進肚腸的，以後再從牙縫裡省回來，她只是不能錯過這個帶著陽光和水一樣微笑的男人。她若是錯過了他，她即使再活兩輩子，全身所有的口袋裡都攢滿了新票子，她也跟從來沒活過一樣。

男人顯然被這樣的請求吃了一驚。他遲疑了一下，小桃理直氣壯地把他的遲疑理解成蹩腳的漢語在思維過程裡設下的路障。小桃沒等他回話就率先推開了店鋪的門，男人不由自主地跟在了她的身後。剛過了十一點，還沒到吃午飯的正點，兩人挑了靠窗的一張桌子坐了下來。男人摘下棉手套，用手捂了捂臉，小桃聽見了一陣嗞嗞聲——那是臉上的濕氣貼上滾熱的手掌時發出的響聲。兩人看了看牆上貼的價目表，小桃要了一碗菜肉餛飩，男人挑了一碗最便宜的陽春麵。

在等待食物的短暫空隙裡，小桃問男人叫什麼名字。男人取下學生裝口袋裡別的那支鋼筆，在手心寫下了一行字。那行字有些像英文，卻又不全像，因為那些字母上戴了些形狀古怪的帽子。男人見小桃一臉疑惑，就笑，說這是越南文，我給你寫中文。男人在那行越南文底下又寫了三個漢字：黃文燦。男人的漢字有板有眼，一撇一捺的很有幾分勁道，倒比他的口語強了許多。

男人寫完了，就問小桃你呢，你的名字？小桃拿過男人的鋼筆，也在自己的手心寫下了三個字。寫完了，卻吃了一驚，因為她看見自己寫的竟然是「孫小陶」。從小她就像憎恨老虎灶一樣地憎恨自己的名字，她覺得「老虎灶西施」的綽號是表，而孫小桃的名字是裡，這個裡襯著那個表真是表裡如一的相宜。她一直想改名字，這個念想像一條埋在她肚腸裡的繩子，雖然時不時牽扯一下生出些隱約的疼，卻還不是那種忍不下的疼——直到她認識了這個叫黃文燦的男人。這個男人嗖的一下把這條繩子點成了一根燈蕊，她便再也耐不住那個「桃」字的灼疼。

麵和餛飩很快就端了上來，氤氳的熱氣把黃文燦的金絲邊眼睛燻成兩塊磨砂玻璃。他既看不見碗裡的東西也看不見對面的人，只好摘下了眼鏡。失去了眼鏡的男人看人時眼睛裡就有了一絲丟失了焦距的茫然和溫存。

「我們班的中國同學，都回家過年了。你怎麼，不回去？」他問。

小桃想了想，才說我想省一張船票的錢。小桃說這話的時候有些不自在，於是她扯來一張碩大的微笑，想遮掩住這一絲小小的難堪。可是男人還是看出來了。

「沒關係，我懂。」他說。

「你怎麼可能懂？」小桃指了指窗外樹下停著的那輛自行車，揚著眉毛說。「二十八寸錳鋼永久，全學校能找著幾輛？」

過了半晌黃文燦才聽懂了小桃話裡的那道彎。他開始尋思怎樣作答。其實回答早就在腦子裡了，只是從腦子裡走到舌尖，中間還要經過漢語曲曲折折的溝坎。他終於慢慢地清完了路障。

「車是政府給的，你們的。」他說。他又指了指身上的學生裝和桌子上的那桿金星鋼筆，說這也是你們政府，給的。我們還有，那個生活補貼，很高。中國對我們，很好，真的。

他終於把這一長串話扯了出來，出口時已是一片爛布絮，他把自己累得一頭青筋滿額是汗。

小桃掏出自己的手絹遞給他，說你擦擦汗。小桃的手絹舊了，已經洗得掛了絲，卻依舊乾乾淨淨的沒有一個汙點。黃文燦猶豫了一下，禁不住小桃的眼神一逼，就接了過來，不是擦臉，而是擦放在桌子上的那副眼鏡。

「那你，為什麼不回家過年？聽說你們越南人也過春節。」小桃說。

黃文燦終於把鏡片仔仔細細地擦乾淨了，戴起來，眼裡有了焦距，臉上立時就有了內容。

「我不能，浪費錢，我的國家在打仗。」他說。

黃文燦說這話的時候，依舊還是笑，可是聲氣裡卻帶著蒼涼。

小桃不知道這樣燦爛的微笑，如何能承載得住那樣沉重的蒼涼——就像是火掛不住冰，水載不了鐵一樣。可是這個男人的微笑，偏偏就是如此恰如其分地擔起了那樣的蒼涼，叫人覺得那微笑若沒有蒼涼便有些輕浮，而那蒼涼若沒有了微笑便有些悽惶。

孫小桃就是在那一刻裡猝不及防頭重腳輕地愛上了這個叫黃文燦的越南男人的。

小桃走出校門的時候，沿街的路燈還亮著，曙色剛剛在天邊撕開了第一個破口。她昨天夜裡幾乎沒敢闔眼，就怕睡過了頭班車的點。她在站牌底下等了很久，車才來。今天是週日，等車的是另外一些臉，臉上的神情雖然也焦急，卻不是那種趕點上班上學的焦急。坐車的人手裡提著的不是書包公事包和鋁飯盒，而是探親訪友的各式糕點禮品。小桃手裡也有一個包，裡邊裝的卻不是食品，而是一本漢語成語詞典和一塊肥皂。這本辭典是她上星期從新華書店買的，昨晚她用牛皮紙給它包了一層厚實的封皮，四個角都加了固——那是她從小就熟悉的包法。

路比她想像得還要遠，轉了三趟車，還要步行二十分鐘。等她終於懵懵懂懂地下了車，走到那幢青磚宿舍樓前的時候，陽光已經攀升到樹頂，天早已熟透。

但願他今天沒有出門。小桃暗想。

開門的是他的室友，說他在水房洗衣服。他正要去喊，卻被她攔住了——她要自己去。

天剛換了季，水房裡擁擠著許多洗衣洗被褥的人，可是她幾乎沒費什麼眼力就找見了他，因為他是最笨拙的那一個。他洗的是工作服，衣服很髒，到處沾滿了機油，肥皂擦得不夠，他搓衣服的架勢誇張得像是在制伏一頭撒著野的瘋牛，臉上身上濺滿了汙黑的水跡。

小桃忍不住笑了，說黃文燦你這樣洗衣服，一輩子也洗不完，還沒洗乾淨手裡的，就要洗身上這一件了。

他抬起頭來，五官瞬間定格在錯愕的表情上。可是這個表情並沒有持久，很快就分崩離析，遊走成一團肥碩無邊的歡喜。一股滿足如溫水在小桃的心裡洇衍開來，她被浸潤得幾乎有些暈眩。她事先沒有告訴他她會來看他。為了這趟不遠不近的路程她已經盤算了整整一個星期，只是為了能看見這一刻他臉上的驚喜。

他到底沒讓她失望。

「我來吧。」她把他推到一邊。

她捲起袖口，開始替他洗衣服。他的肥皂只剩下了指甲大小的一坨，被水泡得稀軟，她輕輕一抹就化成了泥。她拿出包裡的那塊新肥皂，撕了紙，塗在領口和袖口的油汙之處。

這不是她第一次給他買東西，也不會是最後一次。她至少已經想到了另一樣東西，是凡士林霜。他這個學期在工廠實習，每天都和機油打交道，洗手用的是沙子，磨得手上都裂開了皮。可是她已經花完了這個月的助學金，她只能等下個月才能省出那份錢。這幾個月她已經在家裡寄給她的那三十塊錢裡啃出了幾個洞眼，她知道她絕對不能再往下啃了——再往下她就永遠也補不回那個缺口了。她只能繼續在牙縫裡省。現在她終於懂得了母親持家的難：原來牙縫可以細成一條絲，卻依舊能擠得出東西。從上個月開始她把伙食標準降到了七塊錢，但這還不是她的最低線。如果有需要她還會降到六塊——她知道六塊錢依舊可以養得活自己。黃文燦的助學金比她多了十來塊錢，可是他每個月都會拿出一半的錢來，存在一個叫「胡志明小道擴展計畫」的帳號上——他比她過得更艱難。

在認識黃文燦之前，越南對小桃來說只是口號裡的一個片語，新聞裡的一個標題。黃文燦把這個片語和標題演繹成了活生生的筋骨血肉，那裡的一動一靜，便開始隱隱地牽著她的心。她現在終於知道了胡志明小道不是都市裡的一個街名，而是一條美國人費盡心機也找不到的交通要道；「戰略村」是美國人製造的集中營，裡邊的人進進出出都需要出具綠色通行證。他用他牙縫裡擠出來的錢，餵養著他的國家。而她用她牙縫裡擠出來的錢，餵養著他。她知道她賤，她只是忍不住。她身上流淌著她母親的血，這腔血裡有一樣叫不出名字的東西，能讓女人為了一個男人把自己賤到泥裡塵裡，死上千回百回。

其實在洗衣服這件事情上她並沒有比他內行多少，她自己也還是一個新手。在家時媽媽和二姨婆只讓她好好讀書，很少刻意教她做家務。她雖然沒有自己洗過衣服，卻也看過她們洗衣服。記憶的反芻讓她很快無師自通，這兩個學期裡她已經把自己的生活管理得大體有序，現在她甚至能騰出手來管一管他的事。他的工作服布料很厚，臉盆太小，她沖了許多水才漸漸淘清了肥皂花。洗完了，她就喊他過來擰衣服。她扯住一頭，他扯住另一頭，她往左擰，他往右擰，水滴在槽子裡淌出一條藍色的溪流——那是衣服上褪下來的顏色。

他和她一起晾完了衣服，甩了甩手上的水珠，說我帶你去爬山吧小桃。她疑惑地看了看四周，說你這裡都是廠房，哪有什麼山？他笑了笑，說不信我變給你看。

就拉了小桃跑到街上。

前幾天膩膩歪歪地下過幾場雨，雨細，日頭一曬，地上找不見幾片濕印子，水氣卻都洇在了泥裡。沿街的樹木，突然之間就肥碩了許多。夾竹桃開敗了一茬，腳踩過路面鞋尖上時不時會踢起幾瓣殘紅。春天在趕往夏天的路途中被雨耽擱了幾日，雨一停，天就轟的一聲暴熱起來，街上已經有人迫不及待地換上了短褲背心，可是黃文燦依舊還穿著襯衫長褲。

黃文燦一身的行裝全是學校發的，不過是白布襯衫灰布褲子，加上一雙軍綠色的解放鞋。這樣的衣裝，幾乎是那個年頭每一個大學男生的統一服裝，可是黃文燦卻把它穿得不同一般。無論天有多熱，他的袖子永遠嚴嚴實實地一路扣到手腕上。露在皮帶外邊的半截襯衫，總是會在腰的位置扯出幾個清清爽爽的尖角。腳上的球鞋雖然早已洗得辨不出顏色，可是鞋帶卻永遠繫成兩個一絲不苟的結子。什麼樣的衣服穿在他身上總能穿出一種架勢。後來小桃才漸漸明白，這架勢原本與衣服無關。

兩人走到街角，就看見了一個小小的公園，裡邊有一個涼亭。涼亭搭在一圈岩石之上，地勢雖然不高，坐下來再看四周，街卻矮了。一根柳枝探進亭裡，在黃文燦的臉頰上撓來撓去。他扯下一片葉子，揉碎了，便有一股淡綠色的汁液從指縫裡滲了出來。

「這就是我的山。」他說。「平時有空我就在這裡看書做作業，誰也吵不到我。」

她不說話，只看著他笑——從正月裡在郵局邊上第一次遇見他到現在，不過幾個月的時間，他的漢語已經少了許多毛刺，變得光滑順溜了。

「是不是，我又說錯了話？」他問。

她忍不住笑出聲來，說你的中文水準，真是一日不見如隔三秋。你知道這個成語的意思嗎？他搖了搖頭，她說沒關係，你很快就會知道的。他說我在學校的時候聽得多說得少，在工廠裡實習天天要跟工人師傅說話，他們還請我到家裡吃飯。練多了就順了一些。她說不是一些，是很多。

她的誇獎像一根細柳枝，輕輕一撩就撩皺了一池水，微笑的波紋一路蕩漾開來，徹底淹沒了他的五官。這些日子裡他黑了一些，也瘦了一些，可是他的微笑依舊飽實燦爛。

「人的腦子像海綿，有很多個孔，只要都張開了，就能很快吸收一門外語。」他說。

她搖了搖頭，說不是每個腦子都像海綿。她說這話的時候想起來的是二姨婆。二姨婆的腦子是木疙瘩，沒有一個孔眼，滲不進半滴水。二姨婆到溫州十幾年了，到現在還只能說幾句應急的溫州話。

她從包裡掏出那本牛皮紙封皮的詞典，遞給他，說這是送給你的，幾乎所有的常用漢語成語，都收在這裡邊了。剛才那句成語，你可以自己回去查。

他接過書，翻開扉頁，看見了她的贈詞：「願漢語很快不再是你的外語。」小桃寫這句話的時候想了一個晚上，撕毀了一疊草稿紙。其實她更想寫的是另外一句話，那句話是：「願漢語成為我們心靈之間的那道橋梁。」她最終沒寫那句話，因為她覺得那句話帶了太明顯的私心。她不怕把她的私心亮給他看，但她怕他一不小心把她的私心亮給了別人看——即使再莽撞她也知道辭典的扉頁不是抒情的好地方。於是她換了另外一句話，一句把私心藏在了一個冠冕外殼裡的話。贈詞上沒有題頭也沒有簽名，在本該是他和她名字的地方，她畫了兩個頭像。

他的手停留在畫著他倆頭像的那頁紙上，久久不動。她以為他要說一句感謝的話，可是他沒有。他的喉結像一塊不小心梗在喉嚨裡的肉骨頭，上上下下顫抖遊走了半晌，笑容如落在沙灘上的雨水，漸漸低淺了下去，最後只剩下嶙嶙峋峋的嚴峻——那是一種小桃從未在他臉上發現過的表情。

終於，他把喉嚨裡的那塊骨頭嚼碎了，一字一頓地吐了出來。

「孫小桃同學，我不希望，你再給我，買任何東西。」

話很硬，一下子戳進了她的心。委屈如一條暴烈的韁繩，掙脫了腦子的束縛，蠻橫地套住了她的腿，扯著她不由分說地跑出了涼亭。她知道她跑得很快，因為風打在臉上有一絲隱隱的疼，口鼻裡泛起了飛塵的泥腥，街道如電影裡的快鏡頭在眼前閃過，顏色和形狀都很模糊。她不知道她要跑向哪裡，前面縱然是萬丈深淵她也會毫不猶豫地跳下去，只要能逃離那個她親手打造的恥辱。

她聽見了身後唰唰的腳步聲——她知道是他在追她。快一些，再快一些。她的心在聲嘶力竭地喝令著她的腿，她的腿卻有些低三下四，因為它已經沒有了回嘴的力氣。後來，有一隻手從身後伸過來，拽住了她的胳膊。她狠命掙扎著，身子一偏，就摔了——摔在了他的懷裡。她想喊你走開，可是有一樣東西猝不及防地堵住了她的嘴唇，壓得她出不得聲。

那樣東西很柔軟，卻也很有勁道，它撬開她的嘴唇和牙齒，長驅直入地吮住了她的舌頭。漸漸的，她覺得它吮的不再是她的舌頭，而是她的心——她不知道她的心是什麼時候走到她的舌頭上的。其實走到舌頭上的，不只是心，還有肺腑。丟失了五臟六腑的腔子，突然輕得沒了章法，雲似地浮在了半空。

腳呢？腳在哪裡？

她把腳也丟了，可是她卻不著急找。這二十年的日子裡她每天都有腳，她的腳每天都實實地踩在地上。平生第一次她找不著腳了，她這才知道，懸空的感覺竟遠比踩在地上好。

他終於鬆開了她。她失魂落魄氣喘吁吁地望著他，猝然落地的身子還很輕，彈了幾彈才慢慢站穩。

「小桃。」他顫顫地叫了她一聲。「我不知道戰爭還要打多久，我不能，讓你為我吃苦。」

她看見了他臉頰上斑駁的水跡，她不知道那到底是他的還是她的眼淚。她走過去，把頭放到了他的肩上。

「我，樂意。」她貼著他的耳根說。

兩人相擁著站在街上，聽著初夏的蟬在枝葉間掀開第一輪的聒噪，紛繁的街音熙熙攘攘地從他們身邊流過，剎那間，心中生出了一絲地老天荒的相依。

後來他帶她去了他們廠的食堂吃午飯。他給她叫了一毛錢一份的海米炒油菜，而他自己的卻是五分錢一份的白菜湯。她不肯吃，把自己的菜倒在他的湯裡混成一份。

「一人一半。」她說。

他看見了她洗衣服時被顏料染藍的手指，說對不起，我太笨了。從小家裡就有傭人，我什麼都不會幹。不過，我在慢慢學習。

傭人？這是一個老骨董的詞，在市面上已經消失多年。小桃一時無法把這個詞和眼前這個喝著五分錢一碗白菜湯的男人聯繫起來。

「你說你家，有傭人？」她問。

「是的，戰前我們家有三個傭人，一個開車，一個煮飯洗衣服，還有一個管花園。」他若無其事地說。

「那，你們家是地主老財，還是資本家？」

他被她的語氣惹得哈哈大笑起來。「那得看你怎麼理解。我母親是法國人，外祖父在河內投資五金工廠。我們小時候上的是法語學校，所以學習漢語有些困難。」

小桃終於明白了，黃文燦身上那些在人群中按捺不住地要蹦跳出來的特質，原來來自他身上二分之一的法國血統。這是漂在水面的一片油，無論攪拌糅合多少個回合，它永遠也不可能混在水中，變成水的一部分。

他見她不說話，就問我嚇住你了嗎？可是我父母都不是資本家，他們在大學裡教書。她說你沒嚇住我，只是我以為，只有窮人才會去幹革命。

他忽地漲紅了臉，說你這是狹隘。其實我們只想要一個不受外國控制的國家，人人能過上好日子。連我的法國外公也是這麼想的。這是社會理想，和階級無關。

小桃突然想起了宋老師。宋老師說過世界上所有的事情都與階級有關。這話也不是宋老師自己編出來的，這話若一路追溯上去，可以一直追到一位讓山河改道日月失光的偉人身上。小桃其實是想和黃文燦爭辯幾句的，可是小桃搜了搜肚腸才發現自己有些理屈詞窮——在階級和覺悟這些事上她永遠是個糊塗蟲。

「你把自己餓死了，還怎麼去打仗，去救你的越南？」小桃指了指碗裡的湯，對他說。

他嘿嘿地笑了，說其實我根本不懂打仗，我想的更多的，是怎麼在戰後重建越南。

他說到「重建」兩個字的時候，眼裡炯炯地閃著光。她在宋老師眼裡也見過這樣的光。如果說宋老師把階級做成了一副擔子挑在肩上，黃文燦挑的就是一個國家。他的國家在他心裡燃著一團火，那團火不是老虎灶的火，燒的不是煤餅——煤餅總有燒完的時候。那團火燒的是他的熱血精華。只要他活著，身上還有血，那火就是長明燈，永遠不滅。

小桃悄悄地歎了一口氣。就在那一刻裡她突然明白了，她其實永遠也不能完全得到這個男人，因為他已經把自己投給了這團火。除非她把自己也投進他的火裡，或許她還能撿著一兩片他燒剩下的熱情。此刻的小桃只想到了縱身投火的壯烈，卻還沒想到焚燒的痛楚和廢墟的悽惶。她還很年輕，還有長長的未來可以慢慢銷蝕這些哀傷。二十歲是桃花燦爛的日子，痛楚和悽惶匍匐在前面的某個犄角裡，一時半刻還進不了她的視線。

小桃提著一個行李袋走到謝池巷口，已經熱得渾身濕透。從碼頭到家有幾步路，她捨不得雇三輪車。行李袋不大，但是裡邊裝了幾本她想在暑假裡看的書，越走越沉，漸漸的便沉得像石頭。她走走歇歇，歇歇走走，終於看到謝池巷的路牌時，已經是日頭西斜的時候了。

走到家門口時她卻突然猶豫了，停住了腳步。

家裡的房子朝西，日頭把一天裡最後的狠毒肆無忌憚地扔進窗戶，屋裡的一切都丟了顏色，只剩下白與黑——落著陽光的，是眼暈目眩的白；沒落著陽光的，是叫人喘不過氣來的黑。老虎灶這個時候應該剛剛添過新煤，等待著下班來灌水的客人。隔著門，小桃似乎聽見了爐火舔著灶膛的呼呼咆哮，木桶被滾水撞出的嘶嘶呻吟。這是一天裡最熱的時候。熱是聽不見的，她只看見母親的頭髮濕濕地貼在額角鬢邊，二姨婆的蒲扇在半空中畫出一個又一個瘋狂的半圓。

沒變啊，什麼也沒變，就連門口貼著的那張鯉魚跳龍門的年畫，也還是舊年她走時就有的，只是顏色淡了一層，邊角有些翻捲。生活像水，她剛走開去，就在她身後嚴嚴實實地闔上了。她再回頭，卻已找不見她腳劈開的那條縫。

其實也不全是。假若她走得再近一些，把眼睛睜得更醒一些，她興許就會看見母親的鬢角，已經有了一絲在黑和白之間形跡可疑地漂浮著的灰，而二姨婆的手背上，又多出了幾條青紫色的蚯蚓。日子的腳步很輕，可是再輕也總會留下痕跡。只是日子也覺得老虎灶乏味，常常會在別的地方繞行很久，才肯在老虎灶門口留下一個輕淺的腳印。

屋子裡很清閒，只有一個客人——一個老女人。小桃認定她是老女人，是因為她梳了一個老式的髮髻，髮髻上紮了一段青布條。這幾年城裡的女人略微年輕幾歲的都已經隨著新潮剪了頭髮，只有二姨婆這個歲數的，還有人留髮髻。那女人背對她坐著，小桃看不清她的臉，只看見她的雙手在空中甩出一個個激越的手勢，脊背一抽一抽的，像是在控訴，又像是在哭。二姨婆從衣襟裡扯出自己的手絹遞給女人——她果真是在哭。二姨婆是勸不了人的，因為二姨婆說不通話，能勸人的只有母親。可是母親似乎沒勸。母親只是默默地站著，陪著女人歎息。母親臉上的表情有些古怪，是同情憐憫，又不全是——母親的同情憐憫底下似乎隱隱藏著一樣東西。一直到推門進屋，小桃還沒明白那到底是什麼。

見到小桃，三個女人同時吃了一驚：小桃雖然寫信告訴過家裡暑假她會回來，可是她沒有說具體日期。勤奮嫂愣了一愣，便去推二姨婆，說米，你去再加一筒米，快。二姨婆顛著小腳往後屋的米缸跑去，跑了半路卻忘了是為什麼去的，又折回來，上上下下地打量著小桃，一疊聲說瘦啊，你怎麼這麼瘦。那個老女人見狀坐不住了，說了聲小桃你回來就好，隔天阿婆給你買湯圓吃，就起身告辭了。女人哭得兩眼紅腫，人中上橫著一條半乾半濕的鼻涕，喉嚨裡還堵著一股沒來得及傾倒乾淨的怨恨，說話便有些甕聲甕氣。那人看上去有幾分眼熟，小桃卻一時想不起到底是誰，只好含含混混地應了聲阿婆走好。等人出了門，小桃才問是誰？勤奮嫂說你不認得啦？是仇阿寶的娘。

仇阿寶的娘從前也來老虎灶買過草紙皂角，小桃原先見過，卻不是這個樣子的，就問媽她怎麼就乾巴成這樣了？二姨婆歎了一口氣，說都是讓她兒媳婦給氣的。小桃驚訝地問仇阿寶什麼時候結婚了？勤奮嫂就說你別仇阿寶仇阿寶的，讓人聽了說我沒教你禮數——人家到底比你長一輩。小桃伸了伸舌頭，說好了好了，叫阿寶叔行不？他娶了親，我怎麼不知道？勤奮嫂就笑，說這溫州城裡天天有人娶親，難道都得先通知你？二姨婆說阿寶是今年正月結的婚。那個女人出過天花，臉上有幾個麻子，嫁不出去，盯他盯得很緊，天天在他廠裡的門房坐著等他下班，弄得他同事個個都知道，就非娶她不行了。

到底還是，娶了那個女人。小桃想。

「那女人追阿寶的時候，阿寶說什麼是什麼。等一嫁過來，生米煮成了熟飯就不是那張臉了，天天給阿寶娘氣受，要阿寶把他娘轟到鄉下去住。」二姨婆說。

假若那天仇阿寶請她在溫州酒家吃飯的時候，她沒跟他說過那些話，他還會那麼快就決定娶這個女人嗎？小桃暗暗問自己。仇阿寶的路有千種萬種走法，本來哪種也和她無關，可就在他走到十字路口的時候，她推了他一下。這一下不輕也不重，卻剛好讓他拐了一個彎。路雖然是仇阿寶自己走的，可是她卻在他的選擇有了份——就因為她說的那幾句話。

小桃的心隱隱的有些沉重。

勤奮嫂冷冷一笑，說怨不得別人，只怨他自己沒長眼睛，猴急。

小桃突然明白了，母親剛才在聽阿寶娘訴苦的時候，神情裡隱隱藏著的那樣東西是幸災樂禍。

二姨婆斜了母親一眼，說你這話講得真霸道，他急不急你最清楚，你還以為人真能等你一輩子？

母親呵呵的清了一下嗓子，二姨婆明白了這話不能在小桃跟前說，便住了嘴。

「等你歇過氣了，抽空去看看他，他總是打聽你的消息。」母親對小桃說。「從前他還能撈著出差的機會到上海看你，現在只能你回來看他了。」

「他怎麼啦？」小桃問。

「他這幾年走霉運，他那個廠長一直給他小鞋穿。供銷員油水大出差補貼多，人人眼紅，廠長找了個由頭撤了他，把這個位置給了他自己的人。」

小桃說那我明天去看他，什麼時候麻子不在家？

吃完晚飯收拾了碗筷，勤奮嫂和二姨婆就坐下來捲紙菸。小桃掏出一疊紙，趴在桌子上寫東西。小桃寫字從來就很用力，鼻尖低低地壓在手背上，額髮隨著身子一顫一顫地晃動。勤奮嫂恍恍惚惚地覺得日子又回到了從前，小桃彷彿從未離開過家，依舊還是那個蜷在舊報紙堆裡做作業的小毛頭，便忍不住湊過身子去看小桃在寫什麼。沒想到小桃驚得身子一跳，像一隻被人猝然踩著了尾巴的狗。小桃倏地拿手擋住了紙，說媽我在寫信。小桃把這個「媽」字扯得很長，尾巴高高地挑起來，挑出了一片明明白白的惱怒。

勤奮嫂不識趣，還接著問寫給誰啊，這麼急？小桃說同學。勤奮嫂又問是什麼同學？小桃長長地停頓了一下，才說媽說了你也不認識。勤奮嫂這才有些臊，終於訕訕地住了嘴。

鋪子裡陸陸續續來了幾撥灌開水的客人，有幾個是認得小桃的，見了小桃免不了停下來問候幾聲。小桃的思路被一次又一次地打斷，碎得像媽媽和二姨婆手裡的菸絲，便捲了信紙往樓上跑。一邊跑，一邊暗自尋思：這本來就是她的日子啊，她十九年都熬過去了，為什麼到了第二十年，她就忍無可忍了呢？那是因為她見過了外邊的世界，心變大了，再擱回到老虎灶裡就擱不下了，磕著碰著，便免不了生出些煩躁。

樓上沒桌子，小桃坐在床上，把信紙擱在膝蓋上接著寫。她和黃文燦分離不過幾天，她卻覺得比她這一輩子的二十年都長。其實信上的話，大多是說過了的舊話，可是她忍不住還是要把舊話再說上一遍。在未來的日子裡，當她生命的激情如燈油被歲月漸漸熬乾，她回首往事時，才會明白戀愛原本就是把同樣的廢話說上千遍百遍，而每一遍還像從未說過的那樣新鮮。自從他去了工廠實習，他們就保持著每週三次的通信，她寫兩封，他回一封——他用漢語寫信畢竟要比她多耗費些心神。漸漸的，郵票也成了她的經濟負擔，她就想到了一樣省錢的方法：她去郵局買一疊新郵票，然後在票面上塗上厚厚一層的膠水。她把這樣處理過的新郵票夾在信裡寄給他，等他回信給她的時候，她剪下郵票放在水裡泡濕了，抹去表面的膠水，膠水上的郵戳便自然也跟著褪去，她就可以多次重複使用——直到郵票舊得顯了痕跡。這個方法是很久以前仇阿寶在老虎灶裡扯牛皮時講給她聽的，想不到竟在這一刻意外地派上了用場。

當然，也不是每一件事都是舊話。有一件事就是新事，但她沒準備把它寫在這封信裡。那是關於宋老師的。這次她回家探親，黃文燦上班沒能來送她，送她的是宋老師。暑假很多同學回家探親，只要系裡沒有會議，宋老師幾乎都會抽空來給每個同學送行。小桃這個學期成績大有進步，各門功課非優即良。宋老師卻沒誇她，他用不著，因為他的誇獎已經明明白白地寫在了臉上。「逃出了美術基礎課的牢籠，你就像逃出了生天。」宋老師說。小桃笑笑沒言語，其實小桃知道這不過是一個浮在表層的原因。壓在底下的那個原因，她是不會告訴任何人的：她看到了黃文燦的刻苦，她只想學他的樣子。

從學校到碼頭，一路上宋老師都很沉默，可是小桃知道他有話說。小桃聽見了宋老師的話在肚腸裡咕嚕咕嚕地冒著泡，一路冒到喉嚨口，卻又被他狠狠地壓了回去。小桃知道他要說什麼，她幾乎想替他開口——她比他更受煎熬。後來當宋老師終於開口的時候，小桃長長地鬆了一口氣。

「有同學反映，你在和一個外系的同學，談戀愛。」他說。「戀愛」兩個字彷彿長了無數個小鉤子，扯出他喉嚨的時候，扯得他一臉痛楚。「你知道，學校有學校的紀律。」

「你信嗎？」她沒回答，她只是這樣反問。

他看了她一眼，神情嚴肅。「我從來就討厭在背後打別人小報告的人，所以我才要聽你親口解釋。」

「宋老師你談過戀愛嗎？」她頓了一頓，突然問他。

話一出口她就覺出了唐突，可是她已經無法反悔，她只能等待著他的震怒。可是他沒有。他只是低頭看著地，一下一下地踢著撞到腳尖上來的石籽。就在她幾乎要放棄等待的時候，他開了口。

「當然談過，兩回。第一回她犧牲在朝鮮戰場——宣傳隊慰問演出時遇到了空襲。第二回她是我的大學同學，後來嫁給了一位首長。」

她愣住了。她知道她捅著了他的傷處。其實他的傷處一直都在，興許已經結了痂，只是痂還淺，輕輕一捅就破，還會有新血滲出來。她可以不去捅，因為她不需要自衛，她並沒有受傷。

她想說一聲對不起，可是這句話太大，她的喉嚨太窄，怎麼也擠不出來。

「宋老師，我，沒有影響學習。」她聽見自己含混不清地說。

宋老師在路邊停住了，抬起頭，直直地看著她的眼睛。

「孫小桃你知道戰爭的殘酷嗎？」他問。「接到她犧牲的電報兩週之後，追悼會都已經開過了，我才收到了她的最後一封信——是在她死的那天早上郵出來的。在信裡她第一次，也是最後一次，談起了我們結婚的事。」

小桃突然發現宋老師臉上有了皺紋，一根一根的，不知從何處生出，也不知要往何處去，每一根的尾巴上彷彿都拴著一只秤砣，重重的似乎要墜到地心。

「你知不知道他的國家在打仗？他畢業了是要去第一線的。」他說。

「等到他畢業的時候，戰爭也該結束了，天下已經太平。」她說。

「小桃你太天真了。」他忍不住發出一聲歎息。「戰爭在一步一步升級，你還看不出來美帝國主義的狼子野心？短期內根本沒有停戰的可能。」

「可是，他也可以畢業之後留在中國工作的。」小桃爭辯道。

「絕無可能。他們這批人，是越南精選的人才，恐怕不能等到畢業，就要回國效勞——他們的國家等不起。」

當時無論是小桃還是宋志成都沒有料到，這句話竟會如此迅速地得到印證。

「你想過，要跟他去越南生活嗎？」他問。

小桃搖了搖頭。她才剛剛邁出戀愛的第一步，站在戀愛的門檻裡望進去，愛情是一條曲折的充滿驚喜的五彩路。她眼睛不夠使，耳朵不夠使，鼻子不夠使，一切一切的感官都不夠使。她手忙腳亂，來不及窮盡那路上的景致，她當然還沒有心思去思考那景致盡頭的事。

「那不是你的國家，你沒有必要為它犧牲。」宋老師說。

「我沒有想為它犧牲。」小桃說。小桃說的是真話，只不過她只說了一半的真話，還有一半在溜往舌尖的路途中被小桃扣住了。

那半句話是：「我只是愛他，我沒有辦法。」

等小桃終於寫完了信，勤奮嫂和二姨婆也打烊上了樓。小桃收拾了行李正要躺下，突然看見母親手裡捏著一條枕巾斜倚在門口。

「要不，你今晚跟我睡吧。」她說。

這個請求聽起來很陌生，耳朵和腦袋一時還不知道如何應對。從記事起小桃就是和二姨婆睡一張床的，因為媽媽起得早，怕吵醒她。她扭過頭來遲遲疑疑地看了一眼二姨婆，二姨婆對她點了點頭，說你媽想了你一年了，你過去，娘兒兩個好說說話。

小桃只好去了母親的房間，母女倆一人一頭躺下。關了燈，眼睛很快適應了短暫的黑暗，就看見了窗櫺格裡爬過來的月光。外頭該是個大月亮夜，照得屋裡牆上的樹影纖毫分明。母親睡的是木板床，小桃略略動了動身子，骨頭隔著一層薄薄的篾席和床板打了個照面，發出響亮的咯咯聲，她便知道這陣子她又瘦了一些。母親的身子近近地挨著她的身子，她甚至覺出了她的腿散發出來的溫熱——那是勞累了一天還沒有好好洗去的汗酸味。她不敢動，怕不經意間碰著了母親。從小長大，母親像男人一樣掙著她碗裡的每一粒飯，可是母親很少像別的母親那樣摟抱過她，也很少說別人的母親都說過的那些親暱而肉麻的話。肌膚和耳朵都有記憶，記得親暱也記得距離，它們跨不過她的身體和她的身體之間相距的那條窄線——那是記憶日積月累形成的萬丈深淵。

她在等待著母親跟她聊天，可是母親只說了一句小桃你走了一天海路累了吧，就睡過去了。小桃甚至懷疑母親在說話的時候就已經半睡半醒，因為母親的鼾聲是騎在那句話的尾巴上出場的。起初母親是想抗爭的，鼾聲像一把哨子，母親用牙齒緊緊地叼著它，不讓嘴唇靠近，於是哨子只能發出幾聲羞羞答答含含糊糊的低吟。後來母親抗不住了，鬆了牙齒，沒了攔阻的哨子終於發出了驚天動地的呼嘯。小桃扯過枕巾蒙住了頭，可是枕巾是綿紙，哨聲是鐵釬，再厚的綿紙也抵擋不住鐵釬，小桃的睡意被捅得千瘡百孔。

終於迷迷糊糊地睡著了，便開始做夢。夢像小時候看過的一種畫兒書，一篇接一篇的扯開來，一直連出好幾里路——全是打仗的。在一個夢中她看見黃文燦挎槍騎馬從她身邊走過，她聲嘶力竭地喊他，他回頭看了她一眼，淡若路人。她抓住了他的馬尾巴，卻被馬一腳踢翻在地上。踢醒了，捂著胸口坐起來，一身冷汗，心跳得猶如萬面鑼鼓。

還好，只是個夢。小桃暗想。

「你怎麼了？喊成那個樣子？」勤奮嫂被小桃驚醒了，噌的一聲坐了起來。

「沒什麼，做了個夢。」小桃輕描淡寫地說。

兩人都睡不著了，便都轉過身來靠牆坐著，看著月光把藍布窗簾洗成兩片稀稀疏疏的白，聽著蟲子高一聲低一聲地發洩著對露水的不滿。

「小桃，媽本想和你說說話的，真沒用，一挨著枕頭就睡著了。」勤奮嫂說。

「你累了，媽。」小桃說。

「今天打了一天的煤餅，老了，力氣不如從前。」

小桃的心咯噔了一下。母親的嘴是生鐵鑄的，輕易撬不開一條縫，母親一生極少漏出過傷感之類的口風。母親說過人是讓嘴說老的，人的嘴不鬆，人就老不了。可是今天母親卻第一回認了老。

「媽，以後，不要再給我寄錢了。」小桃喃喃地說。

「小桃，媽沒本事，只能給你寄這麼多了，還得靠別人接濟你。」勤奮嫂長長地歎了一口氣。

「媽，你說那些錢到底是誰寄的？」小桃問。

小桃這一年裡陸陸續續收到了幾筆錢，三五十元不等。小桃問過母親，勤奮嫂說不是她寄的，小桃信了，因為她知道家裡就是把鍋底刮下來也湊不齊這個錢。

勤奮嫂沉吟了片刻，才說除了谷醫生，我看沒別人。他從前說過要資助你上大學，是我一直不肯。小桃說那些錢我一分沒花，都帶回來了，你看什麼時候還給人家。勤奮嫂說沒用，我問過他，他死也不肯承認。小桃說媽那你留著花吧，打煤餅的事，以後也可以雇個人。勤奮嫂笑笑，說傻女子，我在家，能有什麼用？你看你瘦的，身上還有幾兩肉？你把錢帶回去買幾樣肉菜吃。那份人情就只好先欠著，等你畢業了好好報答人家。小桃就問谷醫生日子過得還好嗎？勤奮嫂說能好成什麼樣？連門房都敢欺負他。你看看他現在的樣子，連隻老鼠都怕。幸虧是學醫的，靠的是本事吃飯，聽說醫院的內科醫生裡就數他的醫術最棒。

小桃把頭栽在兩個膝蓋中間，半晌無話。突然一抬頭，目光炯炯。

「媽，要不，你就嫁給谷醫生吧。」她說。

勤奮嫂嚇了一跳，說你，怎麼生出這個想法？小桃看了母親一眼，說我早就知道，你喜歡谷醫生。我就怕，他也跟阿寶叔一樣，不肯等你了。

嘩的一聲，勤奮嫂的心給拉開了一條細縫，有一股溫熱從縫裡汩汩地冒出來，一路行走到了眼睛。

小桃不再是那個孵在她翅膀底下的小雞了，小桃早就看懂了天下的事理。

勤奮嫂忍了一會兒，直到忍下了眼裡的那團濕熱，才顫顫地說：「我從來沒期待，誰能等我。」

勤奮嫂伸過手去，摟住了小桃的肩。小桃的肩很瘦，硌得勤奮嫂的手掌生疼。勤奮嫂覺出了手心的濕，她不知道這是她的還是小桃的汗。小桃微微躲閃了一下，最終還是停住了，兩個影子漸漸地併成了一個。

「小桃你知道媽期待的是什麼嗎？」勤奮嫂問。

小桃搖了搖頭。

「媽期待的只有你。你在外頭用不著事事都趕先進，省得遭人嫉恨，只是不能犯學校的紀律，不能犯錯誤。只要犯了一回錯，一生就毀了，你看看谷醫生就知道。」

小桃不說話。

「你答應我，小桃。」

勤奮嫂一字一頓地對小桃說。勤奮嫂的眼睛裡有兩把鉗子，緊緊地夾著小桃的眼睛，叫小桃無處藏身。

「知道了，媽。」小桃低聲說。

小桃知道自己撒了謊──這只不過是她一生中諸多謊言的開端。

八月的天熱得叫人發狂。太陽像個改嫁過多回的悍婦，再也沒有一絲的羞澀和含蓄，從一露臉開始便是肆無忌憚的刁蠻兇橫。耳朵裡只有蟬聲。不是一隻，也不是兩隻，而是一個師，一個軍，此起彼伏撕心裂肺地呼喊著對夏天的憎恨。風剛剛吊起人對雨的朦朧聯想便戛然而住，地對水的感覺已經陌生了，一粒汗珠子落下去，都會招來一團泥塵的熱烈擁圍。也許每一個八月都是如此，只是這個八月小桃的耐心很薄，一捅就破。

小桃寒假沒有回家，暑假也是過了一半才動身去買船票的——還是因為母親寫了信來催。剛剛踩上輪船的舷梯她就已經在想著回上海了，一邊想一邊羞愧——離別一年了她竟然一點兒都不想家。直到很多年後，她自己的女兒也上了大學，也在外鄉流連忘返，她才醒悟過來原來青春還有一個名字叫渴望離家。

這天小桃迷迷糊糊地睡了一個綿長的午覺，起床後胡亂抓了一本書就往外跑。二姨婆攔住她，說米都要下鍋了你還往哪裡走？母親說算了，人在心也不在，家裡留不住她。小桃頭一低，誰也不看就一腳溜出了門。她知道她的心思都晾在眼睛裡，眼睛沒穿衣服，母親一眼就能看穿。

其實二姨婆問她的時候，她還不知道要去哪裡，走了幾步路才明白過來，她的腿已經自作主張地替她選了一個去處。等她停下來的時候，她發覺她已經站在了那家工廠的門口。

廠是近幾年才建的，標牌還很新，正中的那個鐵皮五角星還沒來得及被風雨蝕鏽。傳達室裡坐著一個昏昏欲睡的老頭子，嘴裡銜著一根抽了一半的菸。廠門開著，沒人進去，倒有三三兩兩的人往外走——差不多已經到了下班的時候。小桃等了一會兒，才終於看見她要找的那個人混在一群女工裡走了出來。

小桃幾乎沒認出她來。她和她們一樣穿著藍色勞動布的工作服，戴著套袖，頭髮嚴嚴實實地裹在一頂藍布帽子裡。衣服不合身，肥肥大大地吞沒了她的腰身。她身上唯一還能叫人勉強認出來的標記，是手裡提的那個印花袋——從小學開始，她就不肯用那種大眾化的布兜。

「夢痕。」

小桃走過去，叫住她。她停下來，略略有些吃驚，不過那驚訝只是一條極細的波紋，輕輕一抖就淹沒在一臉淡淡的笑容裡。小桃以為她會問她什麼時候回來的，有什麼事要找她，可是她沒有。她只是拉著她站到了路邊的一片樹蔭下，等著她開口，彷彿她早就吃定了她會來找她，儘管她們中間隔著不通音信的一年光陰。小桃暗暗有些惱怒——趙夢痕的淡定像是一匹四百織的超精仿布，柔韌得叫她永遠也扯不開一個缺口。當然，這時的小桃還太年輕，她還不懂趙夢痕的淡定是一扇門，門裡藏著一種不為人知的情緒叫認命。

「我在上海碰到抗戰了，他說你在這裡上班，我就過來看看你。」小桃說。小桃本來不想提抗戰的，至少不想用抗戰來敲夢痕的門。可是除了抗戰之外她竟一時找不到別的敲門方式——夢痕的沉默堵住了所有其他的可能。

「他告訴我了。」夢痕說。

小桃覺出夢痕的眼睛在自己身上遊走。夢痕的目光走過她的胸脯時猶豫了一秒鐘，輕輕一顫就跳到了別的去處。小桃知道夢痕要逃的是那枚白底紅字的校徽。

「上海那個地方，還習慣嗎？」夢痕問。

夢痕問這話時的語氣聽上去很哀婉，甚至帶了微微一絲的憐憫，彷彿上海是一個水深火熱的地獄，小桃剛剛在那裡被剮了一層皮。小桃突然想起來夢痕的繼母是上海人，小時候夢痕跟著父母不知出過多少趟門，每一趟回來都會帶來一小片的上海，有時在頭上，有時在身上，有時在腳上。那時候小桃忍不住擔憂照這個速度下去，上海會不會讓夢痕一家人掏空。歲月如沙，漸漸磨暗了夢痕身上的光彩，十幾年過去了，如今只剩下平凡。當然，夢痕的平凡和尋常人的平凡還是不一樣。夢痕的平凡底下墊著一層厚厚的襯裡，那就是趙家人的自尊。羞愧如蚊子叮了小桃一口，她有些後悔沒在出門前摘下那枚校徽。

「你知道上海人是什麼樣的，在他們眼裡，出了南京路就是鄉下。」小桃說。

「一群，井蛙。」夢痕說。兩人忍不住笑了起來，笑聲如雨點在空中砸開一個個小洞，突然就感到了風。

「你怎麼樣，在這家工廠？」小桃問。

小桃的問話似乎捅著了夢痕心裡的一把鎖，夢痕突然就有了話。「小桃你知道嗎，從前我以為做鞋有多難，現在我已經學會了每一道工序。我可以完完整整的，從鞋底到鞋幫的製作一雙鞋了。黏底的，納底的，兩種我都會。你看看我腳上的這雙，就是我自己做的。」

夢痕腳上穿的是一雙黑色的皮鞋，豬皮，毛孔很粗，樣式圓頭方臉，腳背上有一條丁字形的攀帶——那是街上常見的大眾鞋。小桃暗暗歎了一口氣：夢痕從前不知穿過多少雙質地精良樣式摩登的皮鞋，哪一雙也比這一雙惹眼，可是她現在卻會為一雙普通的不能再普通，但卻是她親手做的皮鞋大驚小怪。媽媽曾經說過看人先看鞋，穿什麼樣的鞋，就會走什麼樣的路。夢痕已經換了鞋，夢痕也已經換了路。夢痕穿這樣的鞋，走的不再是千金公主的路。當年夢痕在九山湖畔欲說還休的那句「皮鞋西施」，原想是給小桃的，沒想到一語成讖，竟落到了她自己身上。

「告訴我你穿什麼尺碼，喜歡什麼樣式，以後我給你訂做一雙。」夢痕說。

階級。小桃突然記起了宋老師最愛說的一個詞。

階級不是高牆，也不是鴻溝，階級只是水。風從東邊吹過來，水就往西邊走；風從西邊吹過來，水就往東邊去。階級沒有定性，階級只跟風走。風颳到這個時節，夢痕的水現在正朝著她的河灣匯流。在這個小城裡，她和她都是兩個被人叫做「西施」的女子——一個在過去，一個在現在，誰也不用仰著脖子和誰說話。

小桃感到無限輕鬆。

「你這兒，有一塊黑。」小桃指了指夢痕的鼻尖說。

「是鞋油吧，下班前我擦過鞋。」夢痕從兜裡掏出一條手絹，輕輕擦了擦。沒有鏡子，反把一粒豆子大小的汙跡擦成了一塊糍粑。小桃忍不住拿過她的手絹，用口水蘸濕了幫著她擦，終於擦乾淨了。

「你要不要，上我家吃飯？我媽做飯的手藝，真的很不一般。」夢痕說。

夢痕的語氣有一點試試探探——是那種害怕拒絕的心虛。從小學到中學，趙家的院落裡不知沾過多少雙同學的鞋印，可是小桃從不在邀請之列。

「下回吧，今天我媽等我吃飯。要是不回家，她要嘮叨得我腦殼爆炸。」小桃說。「我送你一段，咱倆一塊走著回家。」

八月的白天很長，日頭早已斜了，卻賴在天上遲遲不肯落山。下班的人流漸漸濃稠起來，自行車的鈴聲把顏色和景致都很沉悶的街市瞬間攪動得雲起風生。走到街角的時候，夢痕把手插進了小桃的臂彎。小桃顫了一顫。平生第一次，有一個和她年歲相仿的女子，以這樣的方式和她一起走在街上。親暱太突兀也太陌生，她一時想不好應該拒絕還是接受，最後她猶猶豫豫地停留在了拒絕和接受中間的那塊模糊地帶——她選擇了默認。

「你知道嗎？抗戰的爸爸去年提了省委副書記，全家都搬到杭州去了。」夢痕說。

小桃搖了搖頭。這一年裡小城發生了許多事，她都一無所知。

「抗戰也在杭州，可是一次也沒去看過他爸。要是抗戰沒和他爸鬧得這麼僵，興許他就考大學了，實在考不上也可以考個中專技校什麼的。」夢痕說。

「考不考大學，和他爸爸有什麼關係？」小桃問。

「以抗戰家裡的經濟條件，抗戰在學校裡很難申請到助學金。可是抗戰打死也不會拿他爸爸一分錢，所以他選擇放棄考大學，直接參加工作。」

小桃側過臉來，定定地看了夢痕一眼。「夢痕你怎麼什麼都知道？你是不是，在和抗戰談戀愛？」

夢痕沒有立刻回答，她只是避開了小桃的眼睛。夢痕的目光落在腳上那雙黑皮鞋的鞋尖上，愣愣的，小心翼翼的，彷彿那上面歇了一隻輕輕一動就要飛走的蝴蝶。

「他常常給我寫信，他沒有人可以說話，除了我。可是，我還不知道，那是不是愛情。」夢痕喃喃地說。

「我覺得，無限接近。」小桃有些得意，她發覺幽默感正漸漸向自己靠近。

夢痕突然抬起頭來，也定定地看著小桃的眼睛：「小桃你才在談戀愛呢，你瞞不過我。」

小桃嚇了一跳，說你怎麼知道？夢痕哈哈大笑，說我媽告訴我的，戀愛中的人，眼睛裡都開著一朵桃花。你不只一朵。

一陣熱氣騰地漫上了小桃的面頰，她知道她臉紅了。這回的臉紅和從前哪一回都不同。這回不是害羞，而是失措——是那種在毫無準備的狀況下被人捅著了心窩的驚慌。

「我愛上了，一個不該愛的人。」半晌，小桃才輕輕地說。

話一出口小桃就吃了一驚。她沒想到第一個截獲那個在她心裡膨脹得幾乎要爆裂的祕密的人，竟然會是趙夢痕。

孫小陶早上是被雞驚醒的。李家嶠的雞跟城裡的雞不一樣，三天兩頭吃不飽飯。肚皮一餓，就扯著嗓子喊，全然不顧天色明暗冷暖。那叫聲也跟城裡的雞不一樣，像一把磨得雪亮的剮豬刀，再粗皮糙臉的睡意遭這樣的刀迎面一劈，也得粉身碎骨。

小桃已經把戶籍上的名字正式改成了孫小陶。她事前沒跟母親商量，只在事後寫了一封信說了這事。母親倒也沒怪她，只告訴她其實她生下來最早取的那個名字就是小陶，她只不過繞了一圈又走回了老路。小陶問母親當時為何改了名字，母親卻沒有回答。

這個學期不上課，一開學全年級就被學校派去參加了四清工作隊。小陶他們去的，就是這個叫李家嶠的地方。雖然李家嶠離上海只有三四個小時的車程，小陶一離開上海城，就感覺是從柏油馬路一腳踩進了一潭爛泥，這才明白，原來貧窮是洋蔥，長著一層又一層的皮。上海小市民的苦日子，是最外頭的那一層，離李家嶠的苦日子，中間還隔著十萬八千層。

到了李家嶠，小陶這個班級就分成了四個組，分別駐紮在四個生產隊裡。小陶這一組有六名學生，領隊的是一位紡織廠派來的徐姓幹部，宋老師是副組長。小陶不是黨員，自然也不算是工作隊的核心骨幹，很多牽涉到決策內容的會議，都是避著小陶開的。小陶的工作，無非是在訪貧問苦時做些筆錄，剩餘的時間就是參加勞動。小陶是唯一的女生，沒安排她和男生一起下地，只讓她跟著幾個老農修理農具或編織竹籃籮筐。

小陶住的那家房東姓陳，是隊裡的會計。讓他當會計，僅僅是因為他是村裡唯一的一個初中畢業生。

村裡沒人管他叫陳會計，甚至也沒有幾個人知道他的真名，無論男人婆姨見了他一概喊他陳公雞，說的是他整天爬母雞，家裡隔一兩年添一口人，現在已經有了八個娃娃，還不算他女人肚皮裡懷的那一個。

陳公雞爬起母雞來並不避諱人，牆壁薄得像紙，擋不住聲，一牆之隔的小陶聽著那屋傳來的動靜，心就緊緊揪成了一團——她總覺得那個可憐的女人已經被碾成了一團肉泥。可是隔天起床，見那女人照樣燒火煮飯餵豬洗碗，便知道自己是杞人憂天。只是到了夜裡她還是忍不住把心提到了嗓子眼上。

如此這般在陳家住了一陣子，小陶發覺自己添了一樣毛病：每天得等到隔壁的山呼海嘯完了才能入睡。若遇到哪一天那頭沒了聲響，便覺得心裡吊著一塊磚頭，遲遲落不了地。有動靜時是一種揪心，沒動靜時是另一種揪心，小陶從此睡不安生。幾次見到宋老師，小陶都想提出來換一家房東，話到嘴邊又嚥了回去——她怕宋老師問原因，她實在說不出口。沒想到機會終於來了，還不是她提的頭。

小陶出了屋，天才麻麻亮。昨夜下過了一場雨，泥塵有了重量，不再在空中飛揚。空氣裡有一股昨天沒有的味道，小陶抽搐著鼻子狠狠聞了幾下，才醒悟過來那是樹木吸足了水之後呼出來的快活。

陳家的女人比她起得還早，正在院子裡搭出來的一條木板上切豬草。陳家婆娘的腰身已經很顯了，自己的褲子穿不下，便胡亂扯了一條她男人的舊褲子來穿。男人的褲子前頭有開口，她鈕子也不扣，只在本該繫皮帶的地方穿了根草繩打個結了事。聽見響聲，女人轉過身來對小陶說孫同學你等我一等，便急匆匆地進了屋。出來時手裡拿著一個碗，碗裡裝著一塊桂花紅棗米糕。

「我一早蒸的，這會兒還熱乎，你趕緊吃了。」

小陶猶豫了一下，才搖頭說我不吃。可是小陶的腦殼卻管不了小陶的肚子——小陶的肚子自作主張異常響亮地鳴叫了一聲，當場拆穿了她的心思。陳家人多口糧緊，三頓吃的幾乎都是一樣的東西：稀飯紅薯加上自己醃的雪裡蕻鹹菜，只不過早上的那頓稀飯是湯，午飯和晚飯的稀飯裡才找得見米粒。陳家從來不做這樣精緻的點心。在陳家搭了這陣子的伙食，小陶從城裡帶過來的那層稀薄油水早已乾涸。現在她每一寸肚腸都伸出舌頭，急切地想舔一舔米糕上那一層閃亮的豬油。可是她不能。還沒出發的時候工作隊就宣布過紀律：要和搭伙的農民吃一樣的飯食，絕對不能搞特殊。

「等那幾個餓死鬼出來，就沒你的份了。」陳家婆娘把裝著米糕的碗往小陶跟前杵了一杵。陳家婆娘還不到四十，臉上的褶子卻多如千層餅，嘴角裂著口子，一說話就扯出兩條血絲。

我就是吃了又怎麼樣？反正沒人看見。就算是陳家婆娘告訴別人了，我也可以死不認帳，反正沒有第三個人在場。小陶暗暗嘀咕著。

小陶的手抖了一抖，正想去抓那個碗，突然聽見嘩的一聲門響，屋裡衝出兩個烏黑的孩子——是老四和老六。兩個孩子第一眼就看見了碗裡的米糕。其實眼睛是靠鼻子引的路，飢餓的鼻子找起路來很是靈光，眼睛耳朵遠遠跟不上。兩人怯生生地走過來，一左一右地站在了小陶身旁，兩眼一眨不眨地盯著那個碗，卻不敢說話——他們見識過母親的藤條和巴掌。母親的盛怒來得像雷電，他們就是長了風一樣快的腿腳，也來不及躲藏。

小陶從女人手裡接過那個碗，把那塊米糕掰成兩半，遞給了兩個孩子。她還沒來得及收碗，米糕已經一口不剩地落進了肚腸。

老六吃完了，細細地舔過了手指，就扒下褲子蹲在地上痛痛快快地拉了一泡屎。一股惡臭忽的捅進小陶的鼻子，先是驚，後是麻，堵得她幾乎背過氣去。

「老四，豬圈。」陳家婆娘喊道。

老四熟門熟路地跑去開了豬圈，兩隻黑花豬崽呼哧呼哧地跑出來，你推我搡地舔起了老六的屁眼，舔得老六很是舒坦，哼哼唧唧的半天不肯起身。

「我知道，你是不敢吃我們家的米糕。」陳家婆娘歎了一口氣。「其實，我就是想你今天要搬走了，你在我們家，沒吃過一頓好飯。」

「在誰家，都一樣。」小陶輕輕地說。

昨天宋老師告訴她，工作隊已經決定把陳會計列為重點清查對象，讓她趕緊搬離陳家——看來陳家婆娘已經知道了工作隊的動向。

「孫同學，我們家的光景，你都親眼看見了。他爸要真是貪汙了公家的錢，我們能過成這個樣子嗎？你跟工作隊反映一下，求求你。」

陳家婆娘撲通一聲跪了下去，腦門咚咚的撞著地。兩個孩子不明就裡，嚇得哇哇大哭起來。小陶慌慌地去扶，卻哪裡扶得起？女人的身子沉，倒差一點把她拽到了地上。

「我們家算上公公婆婆，還有肚子裡的這個吃貨，是十三口人。十三口啊，靠的就是他爸一個人。求你，我求求你了。」女人的鼻涕像條軟蟲子爬到了手背上，女人一甩，地上就多出了一塊亮斑，便有雞咿咿喔喔地擁上來啄食。

小陶想點頭也想搖頭，點頭和搖頭卻都是一樣的難——點頭她做不了主，搖頭她狠不下心，她只好掙開女人的手，飛也似地逃出了陳家的院子。

小陶跑到路上，心猶跳得萬馬奔騰。靠在一棵樹上歇了一會兒，才喘勻了一口氣——卻依舊難受。彎腰撣了撣褲腿上的一片濕雞屎，就慢慢地朝飼養棚走去。

小陶是要去看阿黃。阿黃是一頭牛的名字，小陶進村那天，正好趕上了阿黃出世。阿黃的媽生了半天還沒生下來，四周圍了一大群看熱鬧的人。這方圓幾十里地都沒有獸醫，村裡只有一個略知牲畜性情的人，眾人便喊了那人過來幫著接生。那人塗了一手的肥皂，就伸進母牛的肚子裡掏小牛。母牛的肚子一鼓一扁的夾著那人的手，疼得他出了一臉的冷汗。終於掏出了小牛的兩個蹄子，拿一根粗繩子綁了，幾個男人就喊著號子用力往外扯繩子。小陶想看又不敢看——怕小牛的身子給活生生的扯散在母牛的肚子裡。扯了好一陣子終於把小牛扯出來了，是一團濕漉漉的黃肉，閉著眼睛癱在稻草上一動不動。小陶蹲下來近近地看著牠，以為牠死了，就忍不住拿手摸了一摸，誰知牠竟懶洋洋地睜開眼睛，張開嘴輕輕地舔了舔小陶的手——這一舔就把小陶舔得化成了水，從那以後一天見不著阿黃便覺得心裡空蕩蕩的。

遠遠的聽見了小陶的腳步，阿黃就長長地哞了一聲。小陶每天一起床就來飼養棚，阿黃早已記住了她的時辰。從那聲叫喚裡小陶聽出阿黃昨晚睡過了一個好覺，精神頭正足。推開門，阿黃已經等在門口，眼睛亮得像兩盞小燈籠。小陶喊了牠一聲，牠就低頭用兩個尚未長成的軟角來拱她的手——那是牠每天都要上演的親暱。飼養員告訴過她，牲畜落地第一眼看見了誰，牠這一輩子就只認那一個人。小陶被阿黃拱到了牆角，便知道阿黃這幾天很是長了幾斤力氣。就拍了拍阿黃的腦袋，罵了聲你這個小壞蛋，你欺負人。阿黃遭了罵，就鬆了小陶，羞羞答答地來舔阿桃的手。阿黃左一下右一下舔得小陶的手心濕濕的，小陶呆呆地望著阿黃突然就歎了一口氣。

「你還是，慢慢的長吧，阿黃。」小陶喃喃地說。

小陶從飼養棚裡出來，迎頭就撞上了宋老師。宋老師說小陶你又去看阿黃了吧？長個了嗎？小陶愣愣的不出聲，半天才問宋老師，牲畜生下來就是為了挨刀，為什麼老天還要牠出生呢？宋老師就笑，說牲畜不死，人又靠什麼活？牲畜本來就是為了造福人類而生的，盤古開天地就是這個規矩，你別悲情氾濫了。小陶想想也是，才漸漸釋了懷。

宋老師說我正要過去給你搬鋪蓋，從今天起你就住在村口的老郭那裡。他家三代貧農，政治上絕對可靠。

小陶忍了忍，沒忍住，就問那個陳會計果真有事嗎？他要是貪汙犯，他貪的錢又用到了哪裡？你沒看見他家那個窮嗎？八個孩子只有五條褲子，除了老大專門有一條，剩下的誰起得早誰才輪得著穿。

宋老師看了小陶一眼，說這次我們是帶了任務來的，查陳會計的事，是徐隊長的決定，我們都要配合。

小陶說徐隊長是工人階級，他應該最了解貧下中農的苦。陳會計家也是貧農⋯⋯

「小陶！」宋老師一下子截住了她的話尾巴。「事情比你想像得要複雜，你並不了解所有的情況。對你不了解的事情，千萬別那麼隨便發言。」

小陶一下子給嚇住了——不是被宋老師的話，而是被宋老師說話的語氣。宋老師的話大多都站在正理上，可是小陶並不怕宋老師的正理，她時常用她的歪理來擋他的正理。她之所以不怕宋老師，是因為她隱隱感覺到宋老師其實有點喜歡她的蠻不講理。可是今天不一樣，今天宋老師臉上多了一種她從未見過的表情，那種表情叫嚴厲。

兩人一路無話地走到了陳公雞的家門口，宋老師的臉色才裂開了細細一條縫。

「我只是不想你在我手下犯錯誤。」他說。

小陶哼了一聲，說大不了我到別人手下犯就是了。

宋老師禁不住被她逗笑了，搖了搖頭，說孫小陶你是我見過的，最糊塗的孩子。

後來一整天小陶都在想宋老師的這句話——她一直沒想明白那到底是表揚還是批評。

兩個星期之後，陳公雞死了——是掉在河裡死的。屍首是三天以後才浮到河面上來的，肚子被水泡得像個大冬瓜，有人想給他穿衣，沒想到輕輕一碰就炸了，汙水流了一地。對於陳公雞的死，李家嶠的人有多種說法。有人說是自殺——工作隊查得緊，他頂不住了。也有人說是失足掉進河裡去的，因為那天下了一場大雷雨，山路有些滑。也有人說是叫人害死的，因為他的帳目裡貓膩太多，牽扯到了別的人。這三種說法聽上去都有些道理，卻也都沒有鐵證，於是陳公雞的案子就作為無解的懸案被永遠鎖進了文件箱。很多年後，李家嶠的老人們聚在一起喝酒，還會想起一九六五年秋天發生的事。他們依舊沒想明白，陳公雞明明有千條萬條的死法，怎麼偏偏會死在水上？陳公雞不僅是公雞，也是水鴨——陳公雞的水性，是方圓幾十里有名的，從河這岸到那岸，他可以臉不改色心不跳地游上十數個來回。

小陶回到住處的時候，覺得脊背上有些疼。不，其實在樹林裡的時候，她就已經覺出了疼。疼在這裡是一個簡單的替代詞，真正的感覺小陶無法在字典裡找到這個字。也許有一點像是煤火貼近皮肉時的灼熱，也許有點像是毛絨擦過肌膚時的刺癢，也許還有點像是竹刺扎進指縫時的腫脹。

都有點像，卻都不是。

小陶明白，這是陳家婆娘的眼睛。陳家婆娘把她的眼睛像炭一樣烙在了她身上——那是一種洗多少回澡也抹不下去的印跡。

小陶早晨去給糧食倉庫送籮筐，回程時不想走原路，就換了條路經過了一個小樹林。拐彎的時候她看見有人在燒紙錢——原來是陳家婆娘。今天是陳公雞的頭七，陳家婆娘不敢去墳上祭拜，怕工作隊看見了太張揚，就挑了這個僻靜的角落給男人燒紙。這個地方據說是陳公雞落水之處，因為有人在這裡找見了他的一隻鞋子。

陳家婆娘已經是八個月的身孕了，肚皮很鼓也很尖，低低的幾乎墜到了膝蓋上。陳家婆娘蹲不下去，只能跪在地上，往火堆裡一張一張地扔著紙錢。紙錢只是一種籠統的說法，其實陳家婆娘燒的，還有一疊紙船。她男人是水裡淹死的，她想讓她男人的魂，能早早搭上一班船划到河對岸。

陳家婆娘很警覺，遠遠地聽見了腳步聲就想躲藏，無奈身子太笨半天起不了身，眼看著來不及了，她索性破罐子破摔一把坐到了地上。

其實想躲避的不僅是陳家婆娘，還有小陶。小陶來不及躲，是因為一路上小陶都在想心事，等她看清楚是陳家婆娘的時候，她已經幾乎踩到了火堆上。

小陶今天收到了黃文燦的一封信。這個學期黃文燦班裡的同學也參加了四清工作隊，只剩下兩個留學生在學校裡，不上課不實習，時間充裕了些，信也就寫得勤快了。

這封信裡黃文燦說他正在讀一本叫《安吉堡的磨工》的小說，是外國語學校的同學幫他借的法文原版書，作者是一個叫喬治・桑的法國女人。黃文燦對這個女人讚不絕口，說她「充滿了愛的力氣（量），敢於把年齡性別階層的邊界砸個稀巴爛。」這不是黃文燦第一次誇喬治・桑，從前他就跟她講過喬治・桑和蕭邦的故事，裡邊的一些細節聽得她耳酣心顫。他說將來他要帶她去拉雪滋公墓，看一看巴黎公社牆和蕭邦墓前的音樂女神尤特普的雕像。黃文燦說的那些事，小陶從來沒有在任何一本教材裡看到過——她知道那是他的法國血液在作祟。他身上的法國血液讓她著迷——那是一個她所不熟知的世界，裡面充滿了陌生的聲音色彩和欲念；而他身上的越南血液卻叫她心生敬意——那是一個她從小就熟知的世界，那個世界相信流血流汗克己奉獻。這兩個世界一個是蜂蜜一個是黃連，黃文燦把它們一邊一層均勻地塗在麵包上，遞給了小陶。小陶從未嘗過這樣的麵包，一嘗就上了癮，他就成了她戒不掉的鴉片。

工作隊員的信都是宋老師統一去隊部取回來的，每一次從宋老師手裡接過黃文燦的信，小陶都不敢看宋老師的眼睛。宋老師的目光讓她感覺她已經站在懸崖峭壁的邊緣上，再有半步她就會落入死無葬身之地。宋老師喊她也不是，不喊她也不是——喊怕驚了她，不喊怕誤了她，於是宋老師就在兩種怕的夾縫裡擠得鼻青臉腫。

今天宋老師給她信的時候，卻說了一句話。

宋老師說小陶如果我是你媽，真想抽你一嘴巴。

宋老師一開口，小陶的心就咚的一聲落了實處。小陶不怕宋老師罵，她就怕宋老師不說話。

「幸好你不是我的媽，要不然我還沒犯錯誤，你就先犯了。你的錯誤比我大——打人犯法。」小陶嘻皮笑臉地說。

宋老師被小陶噎了一噎，半晌才回得出話——小陶見了宋老師總能臨陣磨牙。

「孫小陶！」宋老師喊了她一聲。

小陶知道每一回宋老師連名帶姓地喊她，就是有緊要的話要說。她的頭皮緊了一緊，卻還不是怕。

「黃文燦的家庭出身是資本家，將來回去了，他們國家也不見得會重用他。」他說。

小陶吃了一驚：「你怎麼知道，他的家庭出身？」

宋老師沒回話。

「你是不是，看過了他的檔案？」小陶知道這話裡有一根粗魚骨，因為話扯過喉嚨和舌頭的時候，她覺出了疼。

「你和他，不是一路人。」宋老師說。

「是不是一路人，只有我知道。」小陶說。

「你還太年輕，不是天底下所有的路，走錯了都可以再回頭。」宋老師說。

「我沒想過，他會不會被重用。」小陶說。

「可是你想過自己嗎？你的前程？你是真正的勞動人民出身，你這樣的家庭，出個大學生容易嗎？」

小陶似乎被這話砸了一下，愣了一愣，才說宋老師你不是說過，我會是個好設計師嗎？

「你實在，太……」

宋老師歎了一口氣，揮揮手讓小陶走。宋老師那一刻看上去像一頭空著肚子拉了半晌犁的牛，疲憊得連完成一個表情的力氣都沒有。

小陶不是沒聽見過宋老師歎氣，可是這一次的歎息卻和往常有些不同——她覺出了重。宋老師的歎息落到地上，把地砸了一個坑。這一刻裡小陶突然覺得宋老師有幾分像自己的母親——他和母親對自己都有指望。有指望的人最禁不起摔打，失望輕輕一磕一碰，就能把指望碾成渣粉。

她就有些難過起來，不是為自己，而是為宋老師。

小陶想著宋老師的事，心思就沒在路上。遠遠看見有人燒紙，也沒在意，等走到緊跟前，才看清是陳公雞的婆娘。四目相對，都有些慌亂，卻是陳家婆娘先鎮靜下來的。

陳家婆娘低了頭不看小陶，挪了挪身子取出坐在屁股底下的那疊紙船，撚出一張，扔進火裡，燒著了。然後再撚一張。陳家婆娘的眼睛雖然沒看小陶，可是陳家婆娘身上不只一雙眼睛。陳家婆娘身上的每一個毛孔都是眼睛，黑幽幽地淌著無聲的哀怨。冥船上有帆，帆是用膠水貼在船身上的，火舌舔著膠水就生出些畢畢駁駁的聲響。終於燒盡了，便有紙灰像一群褐色的蛾子，失魂落魄跌跌撞撞地飛在斑駁的陽光裡。

小陶就想起了在陳家搭伙的日子，每一頓飯陳公雞都要交代婆娘給她盛鍋裡剩的最後一碗——鍋面上多半是米湯，沉在底下的，才是最稠的一碗。小陶的喉嚨忍不住緊了一緊，沒頭沒腦地說了一句「真沒想到」——卻說不下去了。

陳家婆娘哈哧一聲朝地上吐了一口痰，卻沒接她的話。小陶原本想問她討一張紙來燒的，可是她猶豫了一下，終究還是不敢——她再糊塗，也知道她在李家嶠的身分。

她只好訕訕地走了。

走出幾步，她就覺出了背上的疼，是陳家婆娘的眼睛在剜著她身上的肉。她知道她在怨她——她怨她不肯替她男人向工作隊說句好話。

其實小陶也後悔，儘管她知道她即使給徐隊長帶了話，她依舊救不了陳公雞的命，她甚至還會踩進一灘屎。可是她若帶了話，她就安了心，她便可以在陳公雞的死上乾乾淨淨地無份。

晚上回到住處，小陶攤開紙給黃文燦寫信。這封信寫得很艱難，小陶撕撕寫寫，寫寫撕撕，折騰了大半個夜晚。話很多，可是一落到紙上卻都變了樣，彷彿腦殼和手中間蹲著一個怪獸，話走到一半，就給推搡著拐了一道彎。直到房東一家都熄了燈，她才寫了幾行字：

「文燦：我現在才知道，原來生命是這樣脆弱。生和死之間的距離，有時短得只有一眨眼的工夫……」

小陶早上一起床，喝了半碗稀粥，就急匆匆地往飼養棚跑去。這幾天工作隊都集中在公社開會，小陶沒法回來看阿黃，心中很有幾分念想。跑到門口，也沒聽到阿黃的哞聲。阿黃認得時辰也認得她的腳步聲，平素老早就要扯開嗓子迎她，今天卻沒有。

小陶推開門就罵：「阿黃你這個沒良心的臭東西，才幾天不見就不認人了？」進了屋卻是一愣——阿黃沒在。小陶往屋裡掃了幾眼，才發現屋角的乾草上，躺著一堆棕黃色的肉——那是阿黃。阿黃的媽在草堆四周走來走去，時不時低下頭來咻咻地聞一下那團肉，彷彿在查看臭了沒臭。

「拉了三天肚子，站不住了。」飼養員說。

小陶蹲下來，摸了摸阿黃的腦門。阿黃水潤光滑的鼻子，現在成了皺皺巴巴的一團乾肉——那是生病的跡象。阿黃怏怏地睜開眼睛，想抬頭，抬了一半，卻沒了力氣，只好又軟軟地趴了回去。小陶知道牠還想用犄角頂著她玩，牠只是頂不動了。

「趕緊餵食啊，吃了才有抵抗力。」小陶焦急地說。

「牠什麼都不吃。」飼養員指了指草堆邊上的一個木盆說。

盆裡盛著一團糊糊，是紅蘿蔔絲豆餅渣和鮮牛奶的攪拌物——那已經是最好的精飼料了。阿黃這陣子長得太快，單靠母奶吃不飽，才拌了些乾料加進母乳。小陶掰開阿黃的嘴，舀了一小勺糊糊來餵牠。阿黃已經長出了幾顆牙齒，能嚼得動軟食了，可是牠卻偏過頭去，不肯接小陶手裡的食。

「乖，吃了就有力氣，吃了就能站起來，看你頂不頂得動我。」

小陶坐在地上，把阿黃的臉搬過來放在自己的腿上，一邊哄孩子似地哄著牠，一邊用勺子撬著牠的嘴。阿黃蔫蔫地看了小陶一眼，彷彿在說好吧，我好歹給你一個面子，就勉強吃了一小口。小陶還想餵，阿黃就緊緊閉了嘴，死活不肯吃了，卻把小陶的指頭含在了嘴裡。阿黃輕輕吮了一下小陶的指頭，小陶的心忍不住抽了一抽。

「獸醫，獸醫在哪裡？我去找獸醫。」小陶說。

飼養員說哪有獸醫？最近的也要走幾十里的路，光來回就是兩天了。再說就是有也請不起。小陶說那抗菌素呢？如果是痢疾，給牠打一針抗菌素就有治了。飼養員歎了一口氣，說孫同志你們城裡來的，實在不知道我們鄉下的事。說實在，村裡娃娃頭痛腦熱都不看病，哪會給牲畜買抗菌素？

小陶覺得背上有樣東西扎了她一下，回頭一看，原來是母牛——母牛的尾巴一掃一掃地蹭了她幾下。她看著母牛，母牛也看著她。母牛的眼睛睜得大大的，眼眶呲裂開來，淌出一眼的話。小陶一下子聽懂了，她在說你救救牠。

小陶摟住阿黃，把臉埋在了阿黃的脖子上。病中的阿黃像是一攤剔了骨頭的散肉，軟綿得幾乎托不動小陶的頭。小陶的臉蹭著阿黃的皮微微的有點刺癢，阿黃的身上有一股說不清楚的味道，有點酸，也有點騷，小陶明白了，那是被汗水攪胡了的奶香。

小陶貼著阿黃的耳朵，輕輕地說了一句話——這是一句她不想讓任何人聽見的私房話。

「阿黃，你要是好了，我就替你去拜菩薩。」她說。

這個願許得有些辛苦，因為小陶壓根不信菩薩。她得把心吃力地扭成一根麻花，才說得出那句她不信的話。阿黃現在落在水裡了，她信的事一樣也抓不住，她只能抓住唯一那樣近在手邊的東西，儘管她不信。

阿黃沒動，可是小陶知道牠聽懂了，因為她的手背突然被燙了一下——那是阿黃的眼淚。

這天工作隊開了一整天的會，小陶回到住處，早已錯過了晚飯的點。房東老郭的婆娘已經睡下了，聽見響動，又披衣起身開火給小陶熱了一碗麵。麵是晚飯時剩下的，已經泡成了爛糟糟的一坨。小陶中午只吃了兩個鹹菜餅子一碗白菜湯，到這時已是飢腸轆轆，三口兩口就把一碗麵吃完了，方覺得肚子裡略略地有了一層底。其實那也就是一碗光麵，上面稀稀地灑了幾根雪裡蕻，可是小陶卻覺得出格的香，這才知道自己真是餓狠了。

郭家婆娘來收拾碗筷，看見碗裡光光的連湯都沒剩下一滴，面皮就有些臊，說吃不準孫同志你到底會不會回來吃飯，也不知該留多少。小陶看出郭家婆娘沒有再煮的意思，趕緊說沒事，我吃飽了。郭家婆娘端著碗，靠在門口，要走不走的，小陶看了她一眼，她才支支吾吾地說：「其實，我也給你留了一塊，只是你不回來，這群餓死鬼，實在是太饞，就，就給吃了。」

小陶這才恍然大悟，那碗麵裡的香味，原來是肉湯。

「今天怎麼割肉了，又不是年節？」小陶問。

老郭婆娘的眉毛挑了一挑：「你沒聽說？今天分肉了——隊裡殺了那條病牛。隊長說再不殺，就瘦得全是骨頭了。要是病死了，那肉就更吃不得了。隊裡多少戶人家，分到手裡，一人一口都不夠。」

小陶噌的一聲從椅子上跳了起來。「你是說，阿黃？」

女人點了點頭，說畜牲也通人性啊。聽說殺牛的拿了刀去欄裡牽牛，一回頭就找不見刀了。一群人找了個天翻地覆也沒找著，最後還是去鄰村借了一把了事。到了晚上，那條母牛坐在乾草堆上死活不肯吃食，都說是傷心呢。幾個男人過去死拉硬扯，才把牠拉起來。你猜怎麼著？牠屁股底下坐著那把刀！

有一根細繩子在小陶的胃裡狠狠地牽了一牽，一股腥味轟的一聲湧上了小陶的喉嚨。小陶一腳踢開門，衝到路邊，蹲在一棵樹底下翻江倒海撕心裂肺地吐了起來，直吐得五臟六腑都翻到了舌頭上，還覺得沒吐乾淨那股血腥。

終於吐完了，站起身，只見一彎月牙兒白光光地懸在樹頂。冬天的月光長了牙齒，啃到哪裡，哪裡就是一個冰冷的坑。冬天是離別的季節，蟲子早已散了夥，各回了各自的巢穴。花兒別了枝頭，鳥兒別了熱窩，只剩下一隻老鴉，還在荒野裡孤孤單單地哀嚎。

阿黃，哦，阿黃。

小陶喃喃地呼喚著。她知道從今往後，她這一輩子再也不敢和任何牲畜親近了——她受不了這樣的別離。

這個季節的風雲變幻，二姨娘最早是從廣播裡聽出來的。

這陣子廣播裡天天在講十六條。十六條裡用的是最簡單直白的字，是個人都聽得懂。二姨娘聽不懂的，是這些字連成一串之後的話。二姨娘聽不懂廣播裡的話，卻聽得懂廣播裡的歌。當然不是歌裡的詞，而是歌裡的調調。二姨娘覺得這一季的歌怎麼都變了調調，節拍很快，一句趕一句，一字一吼，唱歌的人像是在黑皮黑臉地掐著脖子對罵，那歌尾巴上再也聽不著從前慢悠悠的拖腔了。

二姨娘不僅耳朵聽出了變化，二姨娘的眼睛也看出了變化。這一季街上的人不知怎麼的都換了衣裝，先是裙子不見了，再是花樣不見了，再後來，連顏色也不見了。從街頭望到街尾，一街只剩下了兩種顏色：不是軍綠，就是警藍。

這些變化叫二姨娘有些心慌。每天她起床打開窗戶，都能從空氣中聞到了一樣味道，可是她不敢說。她覺得那是天機，她若不道破，日子興許還能懵懵懂懂一天一天地過下去。倘若她說破了，指不定天下就真要亂了。她把這個天機在心裡藏了一天又一天，直藏到五臟六腑都要開炸。終於有一天她忍不下了，就半夜起來，搖醒了勤奮嫂。

「殺氣，我聞見了，殺氣。」二姨娘顫顫地說。

猝然驚醒的勤奮嫂丈二和尚摸不著頭腦。「什麼氣？」她問。

二姨娘逼著勤奮嫂趕緊起床給小陶寫信，讓她買船票回家。勤奮嫂說二姨娘你也真是老糊塗了，小陶是大學生，哪能說回家就回家？她不是來過信了，說學校裡要學生都留校參加運動，暑假裡誰也不許回家嗎？

二姨娘呆呆地坐在床沿上，喃喃自語：「皇天，我可不要，再看見一個亂世。」

二姨娘是在三天以後死的。臨走的前一天晚上，都寬衣躺下了，她突然坐起來，擂著板壁跟勤奮嫂說要吃燈盞糕。勤奮嫂說明天一早就去買，誰知二姨娘突然就翻了臉。

「我在你們家做了半世牛馬，還不值一塊燈盞糕嗎？」

二姨娘從來沒跟勤奮嫂要過吃的，二姨娘也從沒為這麼點小事跟勤奮嫂發過脾氣。勤奮嫂嚇了一跳，趕緊穿衣下床出門去找。天晚了，小吃店和街頭的販子都關了張，勤奮嫂走了好幾條街才買著了兩塊。捧回家來，二姨娘還坐在床沿上眼巴巴地等著。見了燈盞糕，二姨娘兩眼放出光來，油紙也來不及撕就慌慌地往嘴裡塞，那樣子像是一輩子沒吃過飽飯。勤奮嫂怕她吃多了滯食，原本想勸她留一塊早上再吃的，可看著她那副樣子也不敢勸，只好由著她狼吞虎嚥一口不剩地吃完了，又舔過了手指，才心滿意足地睡下了。

這一睡，就再也沒醒過來。

很多年後，每當勤奮嫂想起這個夏天發生的事，她總覺得二姨娘是事先挑好了日子死的——二姨娘是在天剛剛裂了條細縫的時候走的，她躲過了身後天塌地陷的亂世。

二姨娘這一年才剛剛六十三歲，加上身子骨一直很硬朗，所以勤奮嫂之前沒有預備過她的後事——誰也沒想到她會走得這麼突然。小陶不在，身邊也沒有一個可以商量支使的人，勤奮嫂一時亂了方寸。

這時老虎灶來了一個人，進門就大呼小叫：「家裡出了這麼大的事，也不招呼一聲，把我當外人了是不是？」

原來是仇阿寶。

仇阿寶幾年前結了婚，家裡開了伙，便和老虎灶疏了走動。自從娶了那個麻臉女人，阿寶的娘和媳婦之間就沒斷過紛爭，兩個都是剛性子，誰也不服誰的管。每逢阿寶娘從鄉下來到溫州住，阿寶就過不上一天安生日子。兩個女人哪個都覺得自己受了天大的冤屈，事無巨細都拉著阿寶評理。阿寶成了夾心燒餅裡的那片薄肉，而兩個女人就是那隔著肉的兩層麵粉，誰都想多占著一片油腥。兩層麵撕來扯去，終於把中間的那片肉給扯成了碎泥。阿寶實在不堪煩擾，下了班也不回家，就待在單位裡抽菸喝酒打撲克，落得個耳根清淨。

可是阿寶越不在家，家裡就鬧得越凶。有一天，麻臉女人乾脆買了一張票，半押半送地把阿寶娘塞上了回鄉下的長途汽車。老太太哪受得了這樣的屈辱？回去沒幾天就躺下了，從此一病不起。阿寶趕回鄉下給他娘送葬，一鄉的人都給他黑臉看，說他縱容著媳婦逼死了娘。阿寶是個孝子，聽不得這樣的閒話，回來就搬到了廠裡住，從此不再理會那婆娘，也極少在謝池巷露面。這天他碰巧回家取衣服，聽說了二姨娘的事，就急急地趕了過來。

阿寶那天身上穿了一套不知從哪裡撈來的軍裝，頭上戴了一頂軍帽。衣服和帽子明顯洗過了很多水，卻又沒洗均勻，綠早已洗飛了，只剩下些斑斑駁駁深淺不一的黃，但卻是貨真價實的東西，不是街上的那些冒牌物——原先釘領章帽徽的地方，還看得出大腳的針眼。

仇阿寶見勤奮嫂愣愣的，就說看什麼看，認不出我來了？勤奮嫂半天才說你怎麼穿成這副模樣？阿寶說你真不識貨，這副行頭是我花三十塊錢託了一個兄弟，從軍分區一個老兵手裡買下的。勤奮嫂喊了聲皇天，說這破爛貨還值三十塊錢？阿寶說人要臉，虎要皮，這身衣服就是我的皮。有了這身皮，走大街上看誰敢欺負你？你沒看見我們那個廠長，從前是什麼氣性？見了我是用鼻孔說話的。自打我有了這身皮，現在我一進廠他第一個給我端茶敬菸。你說值不值這三十塊錢？勤奮嫂哼了一聲，說小人得志。阿寶並不惱，卻正了色，說人不先害我，我絕不先害人。我穿了這麼些年小鞋，還不容我鬆鬆腳？勤奮嫂說你別做過了就是。你這樣瞎糟蹋錢，拿什麼給白麗珍吃飯穿衣？白麗珍是那個麻臉女人的名字。阿寶呸了一聲，說她也配吃人食？勤奮嫂就說不得話了。

阿寶就問人呢？勤奮嫂說谷醫生來拉到醫院太平間了。又問壽衣備了嗎？勤奮嫂說去年做下了一套棉襖棉褲，還算九成新。又問棺材買了嗎？勤奮嫂就搖頭。又問墓地在哪裡？勤奮嫂還是搖頭。阿寶見勤奮嫂一問三不知，說了句你甭管了，就走出了門。

那天阿寶很晚才回到老虎灶，倒把一應事情都安排妥當了。第二天二姨娘就出了殯，來送行的只有謝池巷的幾個鄰里。

眾人送到了山上，便都散了，勤奮嫂卻站在墓前不走。墓碑上的名字是「劉玉桂」——這當然不是二姨娘的真名。日頭斜了，夕陽塗在墳尖上，顏色紅得有些令人生疑。微風起來，把墓前的紙灰捲成一根圓柱，越捲越細，越捲越濃，漸漸成了一枚黑針。那黑針對著勤奮嫂晃了一晃，突然攔腰折斷，化成一股輕煙飄然遠去。勤奮嫂的心咯噔了一下，她醒悟過來那是二姨娘在跟她道別——她這回真是走了。

勤奮嫂此時還不知道，她今天燒的，興許是這個城市裡的最後一疊紙。北方來的風暴已經厚厚地積攢在地平線上，漸漸地朝著小城逼近。風暴過處，再也留不下老祖宗的一絲舊俗了。雖然小城依舊還會死人，雖然小城也依舊還會送別死人，可那將會是另外一套陌生而怪誕的路數了。

這個本名叫柳月桂的女人，為了另外一個不是她親人的女人和她的孩子，十幾年流落在一個不是她故土，她甚至連話語也講不通的地方，就是死了，墓碑上也不能留下爹娘給她取的真姓名。

勤奮嫂想到此，不禁悲從中來，在月桂嫂的墓前傾金山倒玉柱地跪下，放聲大哭。她已經把眼淚攢了一路，她只是不想在眾人面前哭。

仇阿寶坐在旁邊的一塊岩石上，一邊等勤奮嫂，一邊慢慢地抽著他的菸。他看見勤奮嫂鬢邊的那朵白絨花，在隨著她身體的起伏如蝴蝶翅膀似地輕輕顫動。「若要俏，就戴孝。」他想起了一句不知從哪裡聽來的老話。他沒有勸，因為他知道眼淚總得找到一個去處。眼淚若不在眼睛裡找到出口，就要在五臟六腑裡四下亂走，尋找不該它停留的住處。

勤奮嫂終於哭完了，揩乾臉，跟著阿寶慢慢走上了回家的路。

「寫信告訴小陶了嗎？」他問。

「她還是個孩子，告訴她也管不了用。」勤奮嫂沙啞地說。

「你在她這個年紀上早就當娘了，你什麼事都不讓她管，她就一輩子樂得當孩子。」

勤奮嫂搖了搖頭說：「我看她心思根本不在這兒，放了假也不想回來，家裡的事我指望不上她。二姨娘一走，我也真就是，一個人了。」

勤奮嫂的嗓子裂開了一條縫，她咳嗽了一聲，趕緊收住了——她已經哭過了該哭的事，她不能事事都哭。

阿寶突然走近來，一把抓住了她的手。「你還有我，你從來不是一個人。」

勤奮嫂愣了一愣。

「我還不是你的木偶？繩子在你手裡，你怎麼牽，我怎麼走。」阿寶說。

阿寶的手很熱，也很有力，捏得她的腕子隱隱生疼。她只要把身子輕輕一斜，就能穩穩地靠上他的肩膀。他的肩膀和他的手一樣強勁有力，靠得住，卻不能靠。

她抽回了她的手。「趕緊走吧，白麗珍在家等你呢。」

「不要提這個名字！」阿寶吼了一聲。

勤奮嫂嚇了一跳——仇阿寶從來沒有用這樣的聲氣跟她說過話。

「要不是你，我怎麼會娶了這樣的爛人！」他說。

一股氣從勤奮嫂心底噌地湧了上來，剛上路的時候是憤恨，可那憤恨走著走著，就拐進了一條歧路，變成了委屈。那委屈也沒走多遠，又拐了個彎，變成了歉疚。歉疚終於走到了喉嚨，卻在喉嚨裡迷了路，沒在舌頭上找到出口。勤奮嫂用肘子輕輕撞了一下阿寶。這個姿勢有些曖昧，像是息事寧人，像是安慰，甚至還有點像是鼓勵縱容。她說不得話，她實在是理屈詞窮。

「我是個土佬，我就是明天為你去死，你也不見得稀罕。」阿寶歎了一口氣。

勤奮嫂一把捂住了阿寶的嘴。

「不許說那個字。你死了，我就真連個說話的人都沒有了。」

阿寶哼了一聲，說你不是有那個四眼佬嗎？

勤奮嫂沉默了。她不能承認，也不能否認——承認是對阿寶殘忍，否認是對自己撒謊，這兩樣她都不喜歡。

「他怎麼沒來送二姨娘一程？」他問。

「請不動假，單位看得很緊。」她說。

「你還是躲他遠點。運動就要來了，他這樣的人就算是廢了，哪次運動不是目標也是陪綁。」

趙老闆靠牆坐在閣樓的地上，閉著眼睛，慢悠悠地抽著一斗菸。他抽了多年的菸，卻從不是紙菸——他覺得那東西含在嘴裡像是一片草葉似的輕薄。抽菸的快活不僅在菸絲的勁道上，也在菸斗帶給唇舌的醇香和厚重感。這柄菸斗是女兒夢痕出生的那年裡，一個朋友專程從印度買來送他的賀禮，一用就是二十多年了，菸斗還是那柄菸斗，菸絲卻不是當年的菸絲了——那種菸絲早已在市面上絕了跡。

閣樓很矮，直不起身，平日裡很少有人進出，只是用來堆積一些留也不是扔也不是的舊物。前幾天他讓人把舊物都收拾出去了，又鋪了張席子，為的是避開閒人獨自坐一坐。

這是他一輩子能想得起來的最冷的一個秋天。其實這一年沒有秋天，冬天幾乎直接續在了夏天的尾巴上。窗外淅淅瀝瀝地下著雨，雨水順著屋簷流下來，一路攢著氣，等砸到青磚地上時，那響聲便有些粉身碎骨的淒厲。牆彷彿長了無數個看不見的細毛孔，每一個毛孔裡都嘶嘶地透著陰濕的寒氣。往年這個時節，棉襖棉褲還壓在樟木箱底，忍受著舊年的樟腦丸漸漸淡去卻依舊刺鼻的氣味，可是今年他早早就換上了冬衣。屋角雖然生了一個小炭爐，那炭火卻只夠暖一暖指尖，棉襖裡還是一副硬邦邦的碰上去錚錚作響的凍骨。

可是再冷再濕他也不敢乞求晴天——他情願雨能下得長久些，再長久些，直下到他非死不可的那個日子。那些戴紅袖箍的人已經在這條街上行走過幾回了，他們隨時可能踏上他家的台階。這樣的天是打狗也不出門的天，他不出門，也盼著他們不出門。

閣樓的地上，放著一架唱機——這是除了菸斗茶杯之外，趙老闆唯一帶到閣樓上的一樣東西。唱機上放的是舒伯特的曲子〈聽，聽，雲雀〉。唱針已經和唱片磨合了二三十年，早已磨成了老夫老妻，再也沒有年輕時的盛氣。唱針吵吵地轉過幾圈，忍不住就要走一走神，唱片就打出一個充滿哀怨的嗝。趙老闆在窗戶上蒙了一條破棉被，為的是隔音。

趙老闆每天都聽廣播，家裡訂了十幾份報紙。趙老闆聽廣播，不僅是聽廣播裡說的那些話，而且學會了揣摩那些話背後的音調和語氣。趙老闆每份報紙都至少看上兩遍，第一遍看字面，第二遍看字裡行間的蛛絲馬跡。趙老闆雖然長居溫州，可是在北京上海都有至好的朋友——他足不出戶也知道天底下的事。北方的風暴往南颳到溫州，一路上要走幾個月，行的路程長了，免不了還要走點樣。當小城的人們還懵懵懂懂地看著天色做著各樣的猜測時，趙老闆其實早已經知道了準確的風訊。他明白他口裡的這斗菸，興許就是他的最後一斗安生菸了；他耳朵裡的這支曲子，興許就是他的最後一支太平曲了。可是他這一輩子已經抽過了無數斗令人銷魂的菸，也聽過了無數支纏綿悱惻的曲子，再多一斗菸一支曲子，不過是錦上添花的奢侈，有也好，沒有也罷，他並不放在心上。他唯一放心不下的，只是他的獨生女兒夢痕。

今天趙老闆的閣樓裡多了一個人，是抗戰。

抗戰的歌舞團這陣子正在準備一台節目，要到省屬的各市縣演出——當然是宣傳這場運動的。抗戰被歌舞團派去溫州到甌劇團蹲點，要創作一個用當地方言表演的曲藝節目。這天是星期天，劇團不上班，抗戰就到趙家來看夢痕。

抗戰並不是第一次登趙家的門。趙家的人，包括洗衣煮飯的柳媽，都認得他。趙家原先有四五個傭人，現在只剩了一個柳媽。她是夢痕爺爺手裡就來到了趙家的，因是個孤老婆子，趙老闆就當是半個家人留下了她。

從小抗戰就討厭夢痕。其實，在還不認識她的時候，他就已經討厭她，或者說她這一類的人。他們不是一路人，他們中間隔著一條萬丈深的鴻溝，她在這邊，他在那邊，她跨不過來，他跨不過去——他也壓根沒想跨越。這條鴻溝，當他們還沒在母腹裡孕育成生命的時候就已經存在了，是他們的父親，父親的父親，父親的父親的手裡就有了的，他曾以為任世上哪樣東西也別想填平——連墊個底都不可能。那一年班級裡排練節目，完了之後她突然喊他一起練口琴。他本來打死也不會跟她走的，可是那天他偏偏跟繼母吵過一架，不想回家，鬼使神差的，他就跟她去了她的家。其實練口琴只是她的一個藉口，到了家她就把他叫到書房裡，給他放唱片聽。那是他第一次看見唱機，她告訴他她選的那個曲子叫〈田園〉，是一個叫貝多芬的德國人創作的。他從未聽過貝多芬的名字，只覺得那個黑轉盤裡流出來的聲音有些古怪，從耳朵裡進去，經過他的心時，突然在那裡剜了一個洞。那旋律像蘸了溫水的絲綿，輕柔地撫摩著他來時還完好，現在卻突然破了的心。眼淚毫無防備地湧了出來，他吃了一大驚，彷彿臉頰不再是他的臉頰，眼睛也不再是他的眼睛。後來他偶然抬頭看了夢痕一眼，發覺她的眼睛裡也充盈著淚水。他這才知道她跨過來了，他也跨過去了，鴻溝已經留在了他們身後，因了一個叫貝多芬的德國人。

高三那年，他父親聽了繼母的挑唆動手打了他，他就發誓永遠不再回那個家。當他父親和學校的老師發瘋一樣地滿城找他的時候，他正坐在趙家的書房裡如醉如癡地聽唱片——當時誰也沒想到是趙家私自留下了地委書記的兒子。趙家的女兒可以不懂事，可是趙家的大人卻不能跟著女兒糊塗。趙家之所以答應了女兒讓抗戰暫住幾天，直到他聯繫上了他的生母，只是因為趙老闆動了惻隱之心。趙老闆從小喪母，一生裡經手過幾個後娘。

見識過趙家的唱片之後，抗戰就覺得他的口琴樂譜至多只能算是哼唧或者嘶吼。從那以後，隔一陣子他就往趙家跑，為解一解耳朵的飢饞。後來去了杭州工作，一有假期他依舊還是來溫州。假若趙家沒人，他也能自己一個人熟門熟路地摸進書房，在裡頭窩上一兩個小時——柳媽已經知道了他的愛好，很少驚擾他。

可是今天卻有些不同。

他已經好幾個月沒見過夢痕了，今天一進門，還沒和夢痕說上幾句話，就被趙老闆請到了閣樓上。趙老闆說免得招人眼目，他已經把唱機搬到了閣樓。夢痕正要尾隨他們上去，趙老闆卻揮了揮手，說你下去看著門，萬一有人。抗戰隱隱覺得老頭子今天有些反常，像是有話要跟他說，可是趙老闆上了樓就挑了張舒伯特的唱片來放，卻一直沒有開腔。

終於把一斗菸抽完了，又慢慢地磕淨了菸灰，趙老闆才抬起頭來問抗戰：「你聽得懂歌裡的詞嗎？」

抗戰搖了搖頭，說我聽不懂，是英文嗎？

「德文。」趙老闆說。「『雲雀在天空歌唱，太陽之神升起……迷人的金盞花，開始睜開金色的眼睛。』這明明是小夜曲，唱的卻是清晨的景。」

「音樂是有顏色的，我看到了，綠色的太陽。」抗戰說。

趙老闆呵呵地笑了，說只有墜入愛海的人，才有可能說出這樣的傻話。

抗戰的臉唰的一下漲得通紅，說我真的，看見了綠色的太陽。太陽從樹林草木中間穿過，太陽被染綠了。

趙老闆收了笑，說這樣的亂世，你倒還有心情。你看看五馬街的大字報，一層蓋一層，都有一尺厚了。你爸在省城，現在還太平吧？

抗戰上唇咬著下唇，不語。半晌，才一字一頓地說我，沒有，爸爸。趙老闆拍了拍他的肩頭，說我年輕時也說過這樣的話，現在想收也收不回來了。我爸爸的墳頭都長過幾茬苦艾……

趙老闆的話還剩了一個尾巴，卻突然被截斷了——他聽到了樓梯口傳來三下急促的拍擊聲。這是他和家人約好的暗號：外頭來人了。趙老闆把唱片從唱機上卸下來，匆匆塞進席子底下，對抗戰做了個袖籠的手勢，說終於來了，只是沒想到，這個天他們還出門。

一絲驚恐如蚊蠅，在抗戰的眼睛中撲閃了一下。趙老闆忍不住暗歎：即使聽過了世上所有的洋曲子，他還是一個，沒真正經過事的孩子。趙老闆有些慶幸，他沒有跟抗戰說出那句話。抗戰的肩膀還沒長成，還不知人生第一副擔子的輕重。那句話其實已經在趙老闆心中積攢了好幾個月，一天比一天沉。早上柳媽告訴他抗戰來了的時候，他幾乎覺得那是天意。當他在舒伯特的雲雀中一口一口地抽著菸斗的時候，那句話在他的心裡轉來轉去，尋找著一條合宜的出路。可是現在他突然改變了心思，他覺得抗戰的猝然來訪並不是天意，真正的天意是那群戴著袖箍的孩子——他們讓他嚥回了已經走到喉嚨口的心事。

「一會兒見機行事，你趕緊走人。」趙老闆對抗戰說。

下得樓來，趙老闆發現院門已經大開，院子裡站著男男女女十餘個孩子。說他們是孩子並不完全準確，因為女孩的厚衣服底下，已經有了關於線條的模糊暗示，而男孩的嗓音，也已完成了從尖細到粗啞的嬗變。這大概不是他們的第一站，因為他們的褲子已經濕透，褲腳正滴滴答答地淌著汗水。他們都打著傘，可是傘擋不住風。風把雨扯斜了帶進傘底，傘防不勝防。為首的是一個比其他孩子看上去略長一二歲的男生，他帶著一路積攢起來的膽氣嘶吼了一聲：「破四舊來了，我們！」他的嗓門很大，震得院子抖了一抖，一團濕泥從門框上滾落下來——那是陳年的老塵。趙老闆卻放了心：他聽出來了，這是例行的抄家，他們並不知道他的身分。

門外立刻圍上了一群看熱鬧的人，桐油紙傘在台階上開出一團一團黃褐色的花。傘很厚也很大，你推我搡地彼此交纏著，礙著視野也礙著路。於是有人乾脆收了自己的傘，鑽到了陌不相識的旁人傘下。有幾隻好事的腳，已經試試探探地踏進了門檻裡。趙老闆沒想到這樣的天氣街上竟然還有這麼多的人，他以為這是個打狗也不出門的天，可是他忘了，下鐵也擋不住看人打狗的好奇。

「你和夢痕去廚房燒一鍋薑湯，給同學們驅驅寒。」趙老闆丟了一個眼色給夫人。

夫人立刻聽懂了他的意思：他不想讓夢痕留在院子裡。趙夫人拉了夢痕正要往後院走去，突然有一個女學生一下子扯住了夢痕的袖子。

「你是，趙夢痕？」女孩問道。

夢痕點了點頭。

女孩的嗓子突然提高了八度，中間沒有合宜的過渡，結尾處便嘶地裂了開來。

「我姊姊和她是同學，她家是，大資本家。」女孩說。

女孩的話像一根柴扔進了一個已經燒到了尾聲的火塘，瞬間攪起一束新焰，孩子們飢寒交迫的眼中，突然炸出了一團希望的光。今天他們已經行了很多的路，幾乎撞開了沿途每一扇略具氣派的屋門，可是他們所斬獲的，只不過是幾本舊書，幾件樣式稍稍古怪些的舊衣物。想像中的電台、發報機，甚至女人的三角褲，還深深地藏在某個不打算被他們發覺的隱祕之處。冷雨濕了他們的衣服，身子在風裡瑟瑟發抖，早上出發時的萬丈雄心，一路走，一路扁，到了這一刻，已經扁成了趕緊回家吃口熱飯的卑微私念。趙老闆剛才那一聲「薑湯」，幾乎成了駱駝背上的最後一根稻草。其實，在經過趙家門口的時候，這支小小的隊伍差一點發生了一次重大的兵變：有幾個孩子提出了打道回府。現在這幾個險些成為叛軍的孩子，眼神開始躲閃──那是羞愧：這一天裡最輝煌的勝利，幾乎要葬送在他們最後一刻的游移徘徊之中。

領頭的那個孩子揮揮手，學著戰爭片裡常見的劈刀手勢，喊了一聲「搜，仔細點！」那群戴著袖箍的學生就四下散開，分頭衝進了幾個房間。趙夫人想尾隨著他們進屋，可是她只有兩條腿，她不知道該把一個身子劈成幾份。她終於明白了：風水轉到這一程，她就是長了三頭六臂的金剛之身，怕也是抵擋不住了。她膝蓋一軟，臉色煞白地癱坐在了堂屋的地上。柳媽不知如何是好，兩隻手窸窸窣窣地在褲腿上擦來擦去，顫顫地喊著夫人啊夫人。趙夫人小聲斥責著她：「你這不是害我嗎？現在都是階級姊妹，誰還是什麼夫人？」

這時就有學生從屋裡抬出了幾只樟木箱，開始從箱裡往外抖落衣物。都是些陳年骨董──她的旗袍絲襪，他的馬褂洋裝。看熱鬧的人已經走進了院子，在堂屋跟前圍成了一個黑壓壓的圈子。圈子越收越緊，趙夫人覺得她的臉上貼滿了眼睛，腦瓜仁子一蹦一蹦的跳動著，彷彿裡頭在炒著鹽豆。學生每抖出一件衣物，人群就發出一聲半是詫異半是鄙夷的驚歎。這十幾年裡，小城的生活就像是一張粗號的砂紙，在日復一日毫不懈怠地磨除著舊時代的痕跡。箱子裡抖出來的那些色彩和樣式，讓早已經習慣了中山裝勞動服的人們，一下子想起了諸如「剝削」和「糜爛」這樣的詞語。

有人嘩的一聲點著了一根火柴。最先遇難的是一件桃紅繡金絲的織錦緞旗袍——這是趙夫人新婚喜宴上給賓客敬酒時穿過的禮服。衣裳在箱子裡已經藏了很多年，吃足了木頭和樟腦的陳腐氣味，那人把它抖落出來的時候，忍不住打了一個響亮的噴嚏。火柴貼上去，衣裳彷彿嚇了一跳，輕輕地躲閃了一下，躲不過，便有一條暗褐色的裂縫從中間生出，把前襟撕裂成兩半。漸漸的，那裂縫越來越寬，把桃紅一點一點地吞沒，最後化成一群四下翻飛的黑蝴蝶。趙夫人緊咬牙關閉上了眼睛。趙老闆知道她心疼的不是衣服，而是記憶。他走過去，坐在妻子身邊，輕輕地捏了一下她的手臂。他在告訴她：和性命相比，記憶實在是一樣不值錢的賤東西。

又有一件衣裳燒著了，這次是他的海獺皮袍。海獺在做成衣裳的時候已經死過了一回，現在牠正禁受著第二遭死刑。牠實在不願意再死一回，牠從頭到尾都在和火做著抵力的抗爭，於是空氣中劈劈啪啪地蔓延開一股刺鼻的焦臭。

在聲音色彩和氣味都很濃烈的院子裡，趙老闆注意到了一個穿著雨衣的女人。那女人遠遠地站在圈外，看到那件海獺皮袍終於百般不情願地化成了灰燼，就轉身跨出了趙家的院門。

女人臨走時張了張嘴，似乎說了一句話。女人的話只是喃喃自語，沒人聽得清楚。

女人說的是：「罪過啊，罪過。」

趙老闆不知道那個女人是在謝池巷口開老虎灶的勤奮嫂——她是在去供煤站拉煤的途中趕上了這場熱鬧的。

勤奮嫂離開趙家後就一路飛跑，到供煤站借了那裡的電話找人。勤奮嫂找的那個人，是新成立的工人造反大隊副隊長仇阿寶。

又有幾只箱子從屋裡搬了出來，疊放在堂屋的空地上。這群學生已經越來越深地鑽進了趙宅的腹地，下一個就該輪到書房裡的那些舊書和字畫了。書房過後，就該上二樓了。趙老闆暗暗地在腦子裡畫著他們的行蹤路線圖。雖然他已經撤掉了從二樓通往閣樓的梯子，可是這群孩子一定能找到他們的路。

他知道他們是遲早要來的，他心裡已經有了盤算，所以看到他們時他並沒有顯出格外的驚慌。兩個月前，他在北京的一位至交託人捎話給他，讓他儘快處理掉家裡會給他惹上麻煩的物件。他早就燒毀了親朋好友的往來書信和舊照片，家裡剩的幾樣金銀珠寶首飾，也已經換成了現金存在銀行的帳戶裡——他知道這一刻暫時還不會有人動他的儲蓄。現在能落到那群人手裡的，只是些不會給他帶來特大麻煩的雜物。他唯一心疼的，是藏在閣樓裡那幾十張舊唱片。他其實完全可以一早銷毀它們，和書信照片一起，可是他當時猶豫了一下，還是把它們留了下來。不是心存僥倖，而是實在不捨，他只想把它們一路聽到末日——他的，或是它們的。而現在，末日終於來了。

有人抬出了屋裡的最後一只箱子。這只箱裡，存的是夢痕小時候穿過的衣物：縫著花邊的白紗裙，釘著小鴨子的毛衣，鑲著毛邊的絨帽子……那個領頭的男生失去了興趣，正想蓋箱，突然發現了箱底的一件女式絲棉襖——那是箱子裡唯一的一件大人衣物。衣裳已經舊得看不出顏色了，只有盤花鈕扣的夾縫裡，還隱隱存留著一絲藍色的印記。那人把衣服揉成一團，正要往火堆裡扔，一直沒開口的夢痕突然喊了一聲：「住手，那是我媽媽的衣服。我媽媽是勞動人民。」

那個男孩斜了一眼坐在地上的趙夫人，哼了一聲：「她要是勞動人民，我就是大地主了。」

人群轟的一聲笑了起來，夢痕的臉漲得緋紅。

「我是說，我的親生母親。她是勞動人民，三代都是。」夢痕眼角的餘光掃到了抬頭看她的趙夫人，可是她顧不得了，這句話她不能不說。

「你看看這些資本家，一個人娶多少個老婆。」男生的情緒調動起來了，他意識到了他的聽眾。人群又笑了。前一陣笑聲還沒消逝，後一陣笑聲已經誕生，後一陣笑聲騎在前一陣的尾巴上，鬧哄哄的，院子裡竟有了些過節般的歡欣。

趙老闆站起來，揪住了夢痕的手臂——他想攔住她讓她別再開口。可是夢痕的手臂彷彿穿了鋼絲，硬得他怎麼也拉扯不動。夢痕一把摔開父親，定定地看著那個男孩：「請你，還我衣服，那是我媽留給我的，遺物。」

男孩把衣服高高地舉在手裡，搖過來晃過去，像在逗弄一隻貪食的狗。

「你要是那麼喜歡這件衣服，你就脫了身上的，換上這一件。」男孩說。

「夢痕！」趙夫人扯著嗓子喊了一聲，可是夢痕彷彿沒有聽見。她慢慢地解開了身上那件厚毛衣的鈕扣。

「還有，這件。」男孩指了指夢痕的棉毛衫說。這是夢痕身上的最後一件衣服，裡頭再無內衣。

夢痕愣住了。

院子突然靜了下來，空氣重得像一塊玻璃，一句話，一聲粗氣，彷彿就能讓它砰然墜地，粉身碎骨。

眾人還沒回過神來，夢痕已經把身子弓成一個圓團，朝著那個男生一頭撞去。男生本能地躲閃了一下，夢痕沒撐住，身子一斜就摔在了一只樟木箱角上。一股鮮血如蚯蚓，從她的嘴角慢慢地蠕爬出來，在她的棉毛衫上爬成一朵暗紅色的花。趙夫人叫了一聲皇天，衝上去一把抱住夢痕，顫顫地喊柳媽趕緊去屋裡拿一塊濕毛巾。

男孩嚇了一跳。今天早晨他領著這群人從學校出發的時候，滿腦子想的都是如何製造一場他一生中還不曾經歷過的熱鬧。這場熱鬧裡有撒野嘶喊喧囂歡呼，興許還有一些連他自己也還沒想清楚的東西，但是肯定沒有鮮血。

圍觀的人也嚇了一跳。趙老闆知道這片刻的沉靜之後，人群就會爆發出一陣喧譁——不是同情，就是憤怒。此時眾人的情緒正騎在同情和憤怒之間的那條窄窄的牆縫上，任何一絲最輕微的風，也能把它推過那條縫。假若它落到了憤怒那邊，夢痕的行為就會被上升到一個她完全無法掌控的級別——她將被戴上一頂她一輩子也卸不下的帽子。這片刻的沉靜也許只有幾秒鐘，他必須在眾人醒悟過來之前把自己變成那絲風，把他們引到牆的另一邊去。他彷彿聽見了一只無形的時鐘在嘎啦嘎啦地走著秒針，把他的太陽穴劃出一道一道的血痕。他搜腸刮肚地想著一句合宜的話，腦門上急出了一個包。

這時，突然有人從人群裡擠出來，站到了那個男孩的跟前，大聲說：「『人民群眾中有不同意見，這是正常現象。幾種不同意見的爭論，是不可避免的，是必要的，是有益的。群眾會在正常的充分的辯論中，肯定正確，改正錯誤，逐步取得一致。在辯論中，必須採取擺事實、講道理、以理服人的方法。對於和自己持有不同意見的人，也不准採取任何壓制的辦法。要保護那些和自己意見不同的少數人，因為有時真理在少數人手裡。即使少數人的意見是錯誤的，也允許他們為自己申辯，允許他們保留自己的意見。在進行辯論的時候，要以理服人，要用文鬥，不用武鬥。』」

那人是抗戰。趙老闆這才注意到，原來抗戰一直沒走。抗戰說這話的時候抑揚頓挫，字正腔圓，連標點符號都表達得恰如其分。抗戰用的是一種舞台劇裡常見的語調，氣勢磅礴，先聲奪人。

「你知道，這是誰說的話嗎？」抗戰問那個男孩。

男孩愣了一愣。這話聽起來有些熟悉，可是他卻說不出具體的出處。他在腦子裡飛快地搜索思忖著正確的答案，氣勢不覺的已經短了幾分。

「你要是不知道，我來告訴你，這是十六條中的第六條。你們連黨中央毛主席的指示都沒好好學習過，還出來鬧什麼革命？」

人群開始發出細細碎碎的竊笑聲，抗戰知道他已經贏得了聽眾。這陣子歌舞團的排練任務中，有一項就是一字不漏地全文背誦十六條。當然，在場的人不會知道，倒背如流的他，在幾個關鍵之處偷換了幾個至關緊要的詞。

「『無產階級同過去幾千年來一切剝削階級遺留下來的舊思想、舊文化、舊風俗、舊習慣的鬥爭需要經歷很長很長的時期，而且要有組織地進行，由文化革命小組、文化革命委員會、文化革命代表大會領導進行。它不但適用於學校、機關，也基本上適用於工礦企業、街道、農村。』這話又是誰說的？」

抗戰這次的竄改更加大刀闊斧，因為他知道在沒有文字紀錄的情況下，沒人可以輕易抓住他的謬誤。

男孩已經土崩瓦解，嘴唇開始微微顫動。他向他的同夥們投去求助的眼光，可是沒有人能拾得起他扔給他們的包袱——這些日子他們盡情地享受著沒有老師沒有家長管教的生活，他們已經很久不去讀書背書了。

「還是我告訴你吧，這是十六條中的第九條，標題是『文化革命小組、文化革命委員會、文化革命代表大會』。你是代表哪個組織的，是文革小組，文革委員會，還是文革代表大會？」

男孩啞口無言。

「你學好了十六條，再回來革命。」抗戰說。

抗戰的話緊得像石頭也像鐵，沒有一絲縫隙可以插得下辯解和質疑。男孩還想說話，可是他知道他的大勢已去。趙家院子裡依舊還有熱鬧可看，只是主角已經不是他了。他回頭看了一下他的同夥，他們在三三兩兩的撐雨傘，捲褲腿。他在他們的眼神裡找見了一樣闖進趙宅時所沒有的神情：除了疲憊之外，還有恐懼。

「我們明天再來。」男孩撐著最後一絲的驕傲，領著他的同夥走出了趙家的院門。

看熱鬧的人終於漸漸散盡了。院子有些不習慣那失而復得的安靜，腳步走在青磚地上擦出了嚶嚶嗡嗡的回聲。雨住了，天離晴雖然還很遙遠，但是雲卻已經裂開了絲絲縷縷的縫。趙夫人扶著夢痕進屋清理唇邊的傷口，柳媽去廚房生火做飯——主人吩咐了，今晚要做一大鍋魚丸湯麵壓驚。

趙老闆點起一斗新菸，正要往嘴裡送的時候卻突然改了主張——他把菸斗遞給了抗戰。這是抗戰一生中的第一斗菸，他還沒有摸著門道，煙在不該去的地方拐了一道彎，抗戰劇烈地咳嗽了起來，咳出了一眼的淚。不要緊，他會找到路的，興許就在第二口。趙老闆暗想。他很慶幸這群毛孩子進來的時候，他沒對抗戰說出那句在他心頭壓了很久的話。那是一句愚蠢而多餘的話——抗戰的肩膀已經長成，它擔得起一個女人的一生。

這天晚上趙家大院又來了一撥戴紅袖箍的人，這次是工人造反大隊的，領頭的是一個叫仇阿寶的男人。那群人只在門上貼了兩張相互交叉的黃色封條便走了。

「這是你的鎮宅之寶，沒人敢撕這張封條。」仇阿寶對趙老闆說。「只是要麻煩你和你家裡人，從今往後進出都走邊門。」

這個夏天校園裡似乎一夜之間變了樣。林蔭道兩旁碩大的法國梧桐樹之間，掛起了各式各樣的橫幅；教學樓的窗口裡，吐出一條條長舌似的標語；高音喇叭裡一遍又一遍地播放著一些旋律能把生血煮熟的歌曲。沿著校園主幹道擺設的幾個宣傳欄上，貼滿了白紙黑字的大字報——紅字還要在稍後來的日子裡才會漸漸出現。想說話的人很多，可供張貼的地盤不夠，於是一張大字報還墨跡未乾的時候，就已經被另一張覆蓋。層層疊疊，越貼越厚，漿糊乾了，變成鐵硬的一坨，一陣風來雨去的，就整團滾落到地上。新的一輪便重新開始。

有話要說的人很多，想看熱鬧的人也很多，宣傳欄前每天都擠滿了黑壓壓的人群。甚至當綿長無盡的白日終於逝去，昏暗的路燈把夜色剪開一個個邊角模糊的大洞時，依舊還有人把鼻子緊緊地貼在宣傳欄上，逐字逐句地嗅著那些廉質紙張上的話語。小陶擠進人群看過一兩回，卻很快失去了興趣——大字報上的那些人那些事似乎離她很遠。小陶現在終於知道了自己的血比別人熱得慢。

夏天的熱鬧持續到了秋天。當然，當時誰也不知道這僅僅只是一部長戲的開場鑼鼓，真正的熱鬧還會持續十年。初秋的時候，這場熱鬧裡又加進了一項新的內容：有一位偉人在天安門上對一群年輕的學生娃娃遙遙地揮了揮手，就此開始了一場名為「大串聯」的免費旅遊。於是，校園裡便到處都是背著行囊的學生，一眼看過去就能分清是兩群人：兩眼放光衣裝整潔的是準備出發的人，而蓬頭垢面衣衫襤褸的是剛剛歸來的人。

小陶也跟著人流走了短短的一程。小陶的目的地很近，只有兩站，先去杭州，再去南京。小陶從未想過去北京——高年級的同學告訴過她天安門廣場上擠掉的鞋子裝滿了一卡車的恐怖情形，她一下子給嚇懵了。小陶是跟同宿舍的兩名外系女生一起動身的，可是到了火車站她就後悔了：她沒想到避開了最熱門的北京線，南方的路程竟也是如此擁擠。在火車上她被幾個男生前後夾攻地擠在中間，他們幾乎是靠在她的肩膀上一路睡到停靠站的。她出門前多喝了一杯水，上車就想上廁所，結果卻一動也不能動，終於憋到了忍無可忍的地步，只好放任自流了一通。幸好她那天穿的是一件深色褲子和一雙塑膠涼鞋，也幸好車廂內極差的通風使得滿車的汗臭蓋過了尿騷味。這一次的經歷使得她對這樣的旅行方式有了永遠的心理障礙。抵達杭州之後，她只住了兩夜就丟下同伴獨自回到了上海——她受不了招待所床鋪上的跳蚤和觀光景點看不到頭也看不到尾的長隊。這只是她給自己找的藉口，她知道真正的原因是她放心不下還留在校園裡的黃文燦。

這陣子沒有人可以靜得下心來，擔憂和興奮把每一顆心都揪到了不該是心的地方。誰也沒想到毛筆突然成了如此強大的武器，可以隨心所欲地橫掃一切邊界等級。過去高不可攀的人，現在一枝筆輕輕一鉤，就變得觸手可及。已經被毛筆點過名的，正惶惶不可終日地揣測著一聲呼喊到底可以引起多大的回應；還沒被毛筆光顧過的，在顫顫驚驚地害怕著某一個早晨，宣傳欄最新的那張大字報上會出現自己的名字；不大可能被毛筆惦記上的那群人，正摩拳擦掌躍躍欲試地用毛筆在大字報的角上署下自己的名字。一群比小陶高一兩年級的學生，在點名和署名的狂熱過去之後，突然意識到這場運動已經莫名其妙地把他們圈在了校園裡，畢業遙遙無期，他們還要和家裡幼年的弟妹一起，持續地成為父母的經濟包袱。

黃文燦不是他們中間的一員，他的快樂和憂愁都和他們截然不同。

黃文燦的快樂是：學校的管教體制正在土崩瓦解的過程中，現在再也沒有人關注他和小陶的戀情。在那張原先滿布了人眼的監控網絡裡，他終於找到了一個自由喘息的空間。

黃文燦的快樂一句話就說完了，可是他的憂愁卻需要幾頁紙。在他的國家裡，戰爭正在進入白熾化階段，美國人的武器和人員增援都在不斷升級。家裡來的每一封信，傳達的都是艱難和殘酷的消息。他的國家需要面對的不僅是敵人，還有盟友。蘇聯和中國的援助也在升級——是那種暗含了攀比意味的升級。他的國家在兩位急切卻互懷敵意的盟友的夾攻下始終閃爍其詞，不敢露出任何厚此薄彼的痕跡。這樣的曖昧像一個大膿包，終有一天會被壓力擠破，他的國家只是還沒有力氣來設想後果。黃文燦在中國的學業已經被各樣運動數次打斷，他不知道他是否能完成出國前就預定好的學習計畫。他和他的留學生同學們對校園裡的騷亂迷惑不解，可是他們對此唯一能夠表達的態度也只有緘默。他到中國來，原先就是想找一個可以安放他書桌的地方，沒想到這塊地盤正在他眼前沉陷。他的前面是深淵，身後是戰火，他被進也不是退也不是地阻隔在了人生的瓶頸之中。與這樣深重的憂患相比，和小陶在一起的快樂，只不過是無邊暗夜中的一絲燭光，只夠照亮鼻子跟前的一兩步路，卻不能讓他走得更遠。

於是，他就格外地沉默了。

那天小陶從火車站回來，宿舍也沒回，就直接去找黃文燦。她知道他的中國室友去陝北串聯去了，他現在一個人住。

黃文燦正在屋裡看書，見到小陶吃了一驚，說你怎麼這麼快就回來了？小陶斜了他一眼，說人家放心不下你嘛，學校這麼亂。黃文燦的嗓子喑啞了，頓了一頓，才說小陶你為我，實在是操心太多。

小陶端起桌子上的茶杯，咕咚咕咚地喝了幾口剩茶，坐下來，從軍用書包裡掏出一個紙袋子，對黃文燦晃了晃，說這是杭州特產，好吃得很。

是一包山核桃。

小陶撕開紙包，挑出一個渾圓周整的核桃塞進嘴裡。小陶的牙齒尖利如鼠，堅硬的核桃殼在吱吱呀呀的響聲裡四分五裂。小陶取下頭髮上的卡子，一塊一塊地挖著肉，神情專注得像在從事顯微鏡下的牙雕，劉海隨著身體的動作一晃一晃，有一絲細細的笑意從嘴角洩漏出來，一路蜿蜒著淌到眉梢。

黃文燦呆呆地看著，忍不住歎了一口氣。「小陶，你是我看到過的，最容易滿足的女孩。」

小陶把一塊油亮的核桃仁塞進他的嘴裡，噗嗤一笑：「你見過多少個女孩？五個，還是十個？」

小陶的笑容像街上的流感，瞬間就傳給了黃文燦——小陶不在的日子裡，他幾乎忘記了什麼是笑。

「小陶，你有夢想嗎？我從來沒聽你說過，夢想。」他問。

「當然有。」小陶抬起頭來，把汗濕的額髮撩到腦後。「要是能有一天，想吃就吃個飽，想畫就畫個夠，想睡就睡它個天昏地暗。這就是，我的好日子，當然，你得在場。」

黃文燦的喉結動了一動，卻沒說話。

小陶哼了一聲，說你是不是看不起我的夢想？那你有什麼大不了的夢想？

「我只想，天下不再打仗，人人能過太平日子。」他說。

小陶又噗嗤一聲笑了，說所有的夢想，結果不都是通往好日子嗎？這叫殊途同歸。

小陶的話其實只說了一半，還有一半她藏起來沒說——她怕他聽不懂。

她沒說的那一半是：老虎灶的女兒，沒有遠慮，只有近憂。

黃文燦的喉結又動了一下——他有話說，可是他知道他說不過小陶。小陶能把歪理說得理直氣粗，所有的正理在小陶跟前經過，三繞兩繞，就都被繞到了小陶的歪道。

「這幾天我不在，學校有什麼新聞嗎？」小陶問。

「我沒出門，只去了一趟領館，參加國慶晚會。」他說。

她知道他說的是越南國慶。

「好玩嗎？」

黃文燦沉吟了半晌，才終於說了聲沒什麼，無非是改善了一次營養。

小陶知道，他一定是在領館裡聽見了什麼壞消息——戰爭的結束似乎越來越遙遙無期。她也為他的國家揪心，卻不是和他一樣的揪心法。夜深人靜的時刻她曾暗地裡希冀那場戰爭會永無止境地拖延下去，這樣他就有可能一直留在中國。她被自己的念想嚇了一跳：一邊是他的國家，一邊是她的情人。為成全她小小的一段情緣而押上一整個國家的性命，她知道那是罪孽，可是她只是抗不住罪孽的誘惑。

她走過去，輕輕地撫了撫他的額頭。他的眉心有一個大大的結，那個結亂得像無頭的線團，解了這根還纏著那根，越解越亂。

「船到橋關自然直。」她說。

他沒聽懂，問這話是什麼意思？她貼著他的耳根說這是我們老家的土話，就是說世上所有的難處都有解決的方法，只要人活著。

「小陶。」

他喃喃地叫了她一聲。她以為他有話要跟她說，可是他什麼也沒說。他只是默默地從身後摟住了她。那天他的臂膀箍得非常緊，緊得她幾乎背過氣去。他把頭靠在她的肩膀上，很沉，也很深，她幾乎覺得他的顴骨已經嵌進了她的肉中。他的呼吸走過她頸脖的時候，燙起了一串燎泡。是欲望，又不全是。他以前不是沒有摟過她，可是她總覺得這天他的舉動裡有一絲異常。很多年後當小陶回憶起當時的情景才恍然大悟，他那天的舉動有一種解釋叫絕望。

那天黃文燦向小陶隱瞞了一件事情：就在那個國慶晚宴上，領館官員向所有的留學生傳達了越南政府的內部指令：如果中國的政局在近期內沒有穩定的跡象，越南留學生將要全部撤離回國。

小陶離開黃文燦的宿舍回自己的住處，遠遠的，就看見宋老師在樓外等她。她正奇怪他怎麼這麼快就知道了她回來的消息，可是他沒等她開口就朝她揚了揚手，轉身走在了她的前頭。

「你到我辦公室來一下，有事。」他說。

他沒有等她，一路走得極快，解放球鞋的鞋底踢得路面的沙石唰唰亂飛——她注意到了他最近很少穿皮鞋。一綹被枕頭壓歪了的頭髮隨著他的腳步在他的後腦勺一撅一撅地晃悠，從背後都能看得出他的臉色很沉。小陶猜想大概是哪個耳報神又去告發了她去找黃文燦的事——學校有規定不能隨便進留學生宿舍。小陶緊追慢趕地跟在宋老師的身後，一路都在氣喘吁吁地尋思著怎麼找個嘻皮笑臉的理由。這幾年裡她已經摸熟了他的脾氣——他吃軟不吃硬。

到了辦公室，坐下了，宋老師打開抽屜，取出一個信封放在桌上，看了小陶一眼，欲言又止。過了一會兒，又打開另外一個抽屜，拿出一個蘋果削了起來。宋老師的手有些抖，刀子差點切到了手。終於削完了，遞給小陶。小陶接過蘋果，也接住了他的目光。他的目光深邃如井，小陶看見了井底鋪著一層東西，半晌才醒悟過來，那是憐憫。宋老師從來沒用這樣的眼神看過她，小陶一下子慌了。

「嚴重嗎？」她問。

「非常嚴重。」他說。

小陶頃刻明白了，這個回合嘻皮笑臉沒用。

「我向你保證，以後不去那邊了。」小陶垂頭喪氣地說。

「去哪裡？」宋老師揚起了眉毛。

小陶一下子鬆了一口氣：他原來不知道那件事。

「不該去的地方。」小陶的嘴角忍不住往上挑了一挑。

「孫小陶，你媽最近給你來過信嗎？」宋老師的臉唰的一下緊了，語氣異常嚴峻。

小陶的心裡咚的一聲撞了一下鼓——她已經差不多一個月不曾收到家裡的信了。

「我媽，她，出了什麼事？」小陶顫顫地問。

「你知道你父親的情況嗎？」他沒回話，只是反問。

「我還沒出生他就……」

小桃還沒說完，就被宋老師切斷了。

「你知不知道你父親在老家藻溪鄉裡擁有大筆的田產房產？」

小陶從椅子上跳了起來，大叫了一聲不可能。「我媽媽說過我爸的祖上很有錢，但是後來家道中落，輪到我父親，就是赤貧了。」

「這些年你媽一直在騙你。為了逃避土改和地主成分，你媽帶著你和一個傭人隱名埋姓逃到溫州。你知道你的名字是怎麼來的嗎？那是『逃』字的諧音——逃命的逃。」

宋老師拿起桌上的那個信封，對小陶揚了揚：「這是溫州寄來的材料。是一個老鄉在街上認出了你媽，到街道檢舉揭發的。」

宋老師的話像一枚巨大的圖釘，把小陶昆蟲標本似地釘在了椅子上動彈不得。

怪不得。媽媽和二姨婆之間莫名其妙的眼神，媽媽說起老家時的含糊語氣，替她填學校登記表格時的緊張表情，還有，媽媽和二姨婆從來都沒有任何親戚走動……突然間小陶就把這一切一一地想了起來。這些紛亂的記憶如七巧板，這一刻在她腦子裡拼成了一幅清晰精準的圖形。她終於，知道了真相。

她的身子劇烈地顫抖了起來，椅子在她身下發出咿咿呀呀的呻吟。天不怕地不怕的孫小陶，就在這一刻知道了害怕的滋味。在這天之前，她走起路來目不旁視，昂首挺胸。可是從今天起，她的天嘩的一聲降下來了，比別人矮了許多。從今往後，她行走在世界上只能有一種姿勢，那就是佝僂。

皇天。為什麼她的命裡會攤上這一天？若她有回天的本事，她一定指頭一動，把這一天在她的生命中徹底抹除，她情願做回「老虎灶西施」。那個她鄙視了一輩子的外號，如今已經成了高不可攀的奢侈。

「你馬上給學校和老家寫封信，說明你對這件事完全不知情，並且表明你的立場，和你母親徹底劃清界限。」宋老師的聲音嚶嚶嗡嗡地傳了過來，半天才聚成一句話。

「還有，以後你只能完全依靠你的助學金過日子，你不能再接受家裡的任何資助。這樣興許還能救你一命——學校裡現在很亂，希望沒有人會抓著你不放。」

宋老師把那個信封咣啷一聲鎖進了抽屜。

「孫小陶，你不能，再惹，任何，麻煩。」他一字一頓地說。

小陶神情麻木地看了他一眼，沒有吱聲。

「賤貨，頭毛（溫州方言：婊子）！」

白麗珍揪住勤奮嫂的頭，狠狠往地上按了一按。

白麗珍的語氣像嵌了鐵釘的鞭子，而聲音卻像輕風——她不想讓太多的人聽見她的咒罵聲。

「要不要給她掛上這個？」身邊的一位隨從體貼地問。

那人手裡拎著兩隻破布鞋，中間穿著一根草繩。

白麗珍的臉變換了很多種表情，最後才含含混混地說了一句：「下回。」

白麗珍知道此刻她的男人仇阿寶正胸前掛著一把哨子，手裡舉著一本紅書，雄赳赳氣昂昂地率領著一支幾千人的工人遊行隊伍，行走在通往人民廣場的十字路口——那是這些日子裡決定小城風向的場所。雖然他一年也不回幾趟家，可是她還得顧及他的面子，畢竟她在街道做的每一件事，扛的都是他的牌子。假若她手裡的這個女人被人叫做「破鞋」，那麼她的男人也逃不了干係，他將會是那個穿破鞋的人。

白麗珍這些年狠長了幾斤肉，格子襯衫的腰身裡，鼓出一圈又一圈的脂肪，紅袖箍在胳膊上幾乎脹裂開了縫。脖子和下巴的分界線，早已模糊不清。說話嗓門若略高幾分，臉頰上的皮就會禁不住漾起一陣水波紋。

壓路機。白切大腸。鹼水泡過的豬頭。

勤奮嫂的心裡有千個百個形容這個女人的詞語，她把它們一一地走過了一遍，發現她依舊還是恨不起她來——只因為那天她說的那番話。

那天白麗珍領著一撥人馬衝進老虎灶，她一把將勤奮嫂拖進後屋，卻把隨從關在了門外。「要不是我男人這些年都補貼了你，我婆婆至於為幾個銅板天天跟我急？我怎麼會過到今天的地步？」

「地主婆子，我讓你死也死個明白。」她搧了她一個耳光。

血轟的湧了上來，勤奮嫂的頰上瞬間凸起了五個指印。忍，她得忍。她暗暗地對自己說。風向不對，潮水現在不順著她走，她只能嚥下眼前的這一口氣。

她捂著臉，說你男人給了誰錢我不知道，我若收了他一分錢出門就讓車撞死。

白麗珍呸的一聲往剛擦過的地板上吐了一口痰。「你以為你家閨女在學校裡吃香的喝辣的和小白臉吊膀子是哪個掏的腰包？」

勤奮嫂一愣，這才明白給小陶寄錢的原來是仇阿寶。白麗珍的話雖然歹毒，卻不無道理：這些年仇阿寶的心，果真分了這麼許多在自己身上。

勤奮嫂就是在那一刻裡突然覺得了氣短。

這是勤奮嫂第二次遊街了，她已經大致摸清了白麗珍的路數。白麗珍身子肥胖，走不動路，常常走一段就要歇一歇。大部分的路程白麗珍只是讓隨從大呼小喊幾句做做樣子，她自己都在養精蓄銳，真正的好戲她要等到了五馬街和謝池巷才開唱。五馬街是鬧市區，謝池巷是家門口——只有這兩處她能好好地出一出風頭，也能把勤奮嫂的臉皮撕下丟進茅坑。

果然，遠遠地看到了五馬街口「溫州酒家」的牌子，白麗珍就像打了雞血似的興奮起來。她朝旁邊的人丟了個眼色，那人立刻心領神會，一錘子砸向了手裡那面臉盆大小的銅鑼。等那嚶嚶嗡嗡的響聲安靜下來，街面上已經黑壓壓地湧來了一群看熱鬧的人。白麗珍這才把那個大喇叭舉到嘴邊，開始喊口號。今天的遊街和上回的不同，上回只有街道上的幾個四類分子，這次她聯繫了街道所在的幾個單位，把他們的牛鬼蛇神也一併揪了過來。人一多，就得有聲勢來陪襯，這回的喇叭都跟上回的不同。上回只是一個馬口鐵筒，而這回她借來了電池驅動的擴音器。她得記取上一回的教訓。上一回她把領口號的事交給了一個年輕後生，沒想到那人的嗓門跟噎了食的鴨公一樣打不起精神。這一回她絕不能把喇叭筒交給旁人了——她知道這一隊人馬裡誰也沒有她的肺氣足。

敲鑼的那個人和白麗珍走了一路，彼此已經有了默契。他敲一下，她喊一句。她喊完了，他再敲一聲——是鋪墊，也是助威。

一隊人馬慢慢地走完了五馬街，白麗珍把一腔子的力氣都喊完了，嗓子已經裂了好幾條縫。看熱鬧的人漸漸稀少了，勤奮嫂揣摩著她該歇腳了，果真，白麗珍停在了一條僻靜的巷口。她放下喇叭，招呼了幾個人去街角買冰棍止渴。

勤奮嫂斜靠在一棵樹身上閉了一會兒眼睛。頭上的那頂高帽壓了她一路了，脖子像穿了根鐵絲似的疼。她想扭一扭頭，卻發覺脖子已經硬得轉不動了。

小陶。她輕輕在心裡喊了一聲。你千萬，千萬，不要在這個時候回家。只要你沒看見你娘這副模樣，我就是死了也行。

勤奮嫂這時還不知道：小陶是不會回來的，可是小陶的信正走在路上，還要等兩天才會抵達溫州。小陶的信不是寫給她的，卻會被抄在一張大字報上，正正地貼在老虎灶的門口。那張紙上說的話叫那些進她屋裡打水的人，都不敢抬頭看她的眼睛。勤奮嫂會在這張紙的恥辱底下生活好多天，直到老天過意不去，下了一場大雨，才把它濕成了碎片。

「把帽子往前推一推，這樣看上去像是低著頭，你就不用總那麼死命低頭了。」有個聲音在她耳邊輕輕地說。

她吃了一驚，用眼角的餘光一掃，才看出是谷醫生。沒想到她走了這麼長一程的路，竟然還不知道身邊是個熟人。

她有一陣子沒見到谷醫生了。她曾經去醫院找過他，一進門就看見了他的大字報，她沒敢進他的科室，怕有人給他扣生活作風的帽子。

「他們讓你，開老虎灶嗎？」他問。

她知道他是怕她斷了糧。

「她總不能天天都來吧？她只要不來，我就開門。」她說。

他沒做聲，半天才顫顫地喊了她一聲勤奮。

「只要活著，總見得著天日。那是你告訴我的。」他說。

這是這些日子以來，她聽到的唯一一句溫存。一股熱氣漸漸地湧了上了來，她卻知道它只會待在喉嚨，卻絕不會湧出眼睛——她的眼窩現在很深。白麗珍可以把她碾成塵剁成渣，她只是不能，讓她看見她的眼淚。

這一天走到日頭西斜的時候，終於走完了半個城市，白麗珍已經累得兩腿一瘸一拐的撐不住身子了。回到老虎灶門前，白麗珍喘著粗氣撂下了一句話：

「你媽我今天累了，等歇過了身子，明大再找你玩。」

第二天勤奮嫂照常起床，早早開了老虎灶的門。那天她只添了半爐煤餅，準備著白麗珍來就隨時滅火。

可是白麗珍沒來。

兩天之後白麗珍來了，一句話也沒說，把小陶的那封信貼在門上就走了。

從那以後白麗珍就再沒在老虎灶現過身。

過了很久才有一位老鄰舍忍不住告訴勤奮嫂：白麗珍之所以放過了她，是因為仇阿寶答應回家住了。

老天爺大概是最早知道黃文燦要走的消息的，過了元旦，天就幾乎沒開過臉。雲像一條又舊又髒的棉胎，低低地蒙在頭頂，彷彿腳下墊塊磚頭，就能拽下一團棉絮來。偶爾有一小束陽光從那條破棉胎的洞眼裡鑽出來，也是冰冷灰膩的，照在地上猶如一灘要乾沒乾的尿跡。

黃文燦走的那個早晨，天終於破開了臉——不是太陽，而是雪。雪花很肥很大，一片片如髒手絹似的在空中亂舞，終於飛膩了落到地上，還沒來得及堆積，就化成了水。那水遭成千上萬隻腳一踩，便踩成了泥湯。

黃文燦的行李很輕，只有一只軍用書包，裡頭裝的是幾本教科書和兩件換洗內衣。他在上海讀書的全套行頭都是學校贈送的，臨走的時候他就全部還給了東道主，包括那輛永久牌錳鋼自行車。他本來連教科書也不想帶走的。他說這個冬季美國人的「滾雷」轟炸計畫正演繹到高峰，他的國家裡每一寸土地都是焦土，書帶回去遲早也是毀在一把戰火裡。後來還是小陶勸他帶上的——好歹是個紀念。

他把自己戴的那支手錶留給了小陶。這支手錶是他還在黃家宅院裡做大少爺的時候，他母親從法國給他買的生日禮物。在太平年月裡，這樣一支貴重的手錶無疑會被解讀成男女之間的定情信物，可是在亂世裡它卻更像是一件久別之前的念心兒。小陶的手心濕濕地揣著這支錶，只覺得自己竟沒有一樣可心的東西可以襯得起它的重。思來想去，最後剪了自己的一縷頭髮放在一個裝過萬金油的空盒子裡，又在盒子上鑽了兩個孔，用一根絲線穿起來，讓他貼身掛在胸前。

那天她送他到火車站，一路無話。該說的早已說過了，而且重複了許多遍。他說他到了家就會給她寫信；他說一等戰爭結束了，中國的局勢也太平了，他就會馬上回來；他說他回去之後就要找母親在外交部任職的一位熟人，用他精通法語漢語英語的優勢，爭取找到一份長期派駐中國的工作。他說了許多許多話，可是小陶要的那句話，他卻一直沒說。那句話是：「你等著我。」他畢竟比她年長幾歲，知道這會兒說的哪句話，也是鏡花水月似的虛惶。亂世裡的任何一次分離，都有可能是永別——就像他和他母親一樣。他母親替一家法國報紙作戰地採訪，一個月前剛剛死在了前線。

他上了火車，從開著的窗口裡伸出手來，緊緊拉住了她的手。他很少說這樣肉麻的話，這幾個字他是用法文說的——每當他覺得漢語詞不達意的時候，他的舌尖就會自然而然地溜出法文句子。他把臉深深地埋在她的掌心，她覺得她的手鑽心地疼——那是他的眼淚鑽出的洞。

「我親愛的，我的心肝。」

她想抽回她的手，他不讓，她突然在他手背狠狠地咬了一口。他狼一樣地嚎叫了起來，她驚呆了，被他的叫聲，也被自己的瘋狂——她的牙齒彷彿是從別人口裡借過來的，竟完全不聽她腦袋的使喚。恨啊，她只是恨。她恨他的國家，也恨自己的國家，她甚至恨那個大老遠趕到他的國家撒野的國家。她覺得它們是老天爺指派了來合著夥欺負她的——老天不惜毀了三個國家，只為了不讓一個女人成全一段普普通通的情緣。

他緊緊地捂著受了傷的手，她硬給掰開了，看見烙著她牙印的地方，漸漸地開出了一朵猩紅色的花。她掏出手絹，在他的手背上紮了一個結子。

「這是我的印記，你一輩子也抹不掉了，看見它你就會想起我。」她說。

火車沉沉地歎了一口氣，呼哧呼哧地走動起來。她追著跑了大半個月台，最終還是跑不過它，被它遠遠地甩到了身後。

當時她沒有流淚，她的眼淚是在火車走出她的視野以後才湧上來的。那天她的眼淚不是滴也不是行，而是一片一片的，如磅礡的洪水順著她的面頰沖下來，將她的臉沖得千溝萬壑。

她幾乎想不起來她是如何回到宿舍的，她只隱隱記起她的身子輕如氣球，她想用腳去墜住身子，可是腳比身子更輕——那是因為她已經把心和腳都丟在月台了。失重的身子在冬日的泥濘裡磕磕碰碰跌跌撞撞半飄半滾地走回了家。手凍僵了，指頭硬得像鐵，怎麼也擰不開鎖。等她終於打開門的時候，她卻沒有力氣進屋了——她兩眼一黑倒在了地上。

當晚小陶被送進了醫院。

接下來的幾天裡她持續高燒，昏睡不醒。醫生說是重感冒導致的肺炎。

有一天夜裡小陶突然醒了，發現床前趴著一個人。正想說話，突然劇烈地咳嗽了起來。一口濃痰如一團厚棉絮堵在她的喉嚨裡，棉絮上有一根繩拴著她的肺。她咳一聲，那繩子就狠狠地扯一下她的肺。她咳也不是，不咳也不是，咳是疼，不咳是憋氣，臉頰便喘成了兩片豔麗的桃紅。

趴在床沿上的那個人被她咳醒了，直起身來——原來是宋老師。

「你攢點力氣再咳。」

宋老師站起來，就往外走。小陶的身子突然緊成了一根木頭，她想抓他的衣袖，手顫顫的只是沒有力氣。

「宋老師，別，別走。」

那團棉絮挪了個地方，喉嚨略略地鬆了一鬆。在兩陣咳嗽的間隙裡，小陶終於擠出了一句話。「你走了，就再也不會，有人管我了。」

宋志成覺得心裡有樣東西給捅破了，隱隱地滲出水來。他頓了一頓，調整了呼吸，才敢開口，因為他不想讓她聽出他聲音裡的那條破綻。

「我只是想給你打瓶開水，我怎麼會走？」他說。

她的身子這才慢慢地懈怠下來，靠在了枕頭上。

「你知道，我沒有爹也沒有娘了。」她說到「娘」這個字的時候，嘴角咧了一咧。她其實是想哭的，可是她實在是哭不動。

他急急地走出了房間。他知道他若再在那裡待下去，他的鎮定就會土崩瓦解。他做過好幾年的任課老師，也當過多年的輔導員。他教過的女學生裡，有他喜歡的，也有喜歡他的，可是哪一個也沒有屋裡的這一個讓他如此揪心。

宋志成打了水回來，泡了一杯熱茶，扶著小陶慢慢喝下。小陶咂了咂嘴唇，不是茶葉味，而是一種古怪的甜。他告訴她這是蜂蜜和紅糖。氤氳的熱氣騰上來，燻得她臉頰濕濕的全是汗，瀏海蜷成一個個圓圈，紛紛亂亂地貼在她的額上。

「你得趕緊把燒退下來，要不然，做手術就太晚了。」

他說這話的時候低了頭，沒看她。

「什麼手術？」小陶問。

他吃了一驚：「你難道不知道，你已經懷孕三個月？再拖下去，就不能做人流了。」

小陶愣住了——他彷彿在說著一種她從未聽過的外語。過了很久，那些陌生的似乎互不相干的字漸漸地串成了一個邊角模糊的意思。又過了一會兒，那些模糊的邊角漸漸淡去，小陶終於清晰地看見了他話語裡的那個核心。

一絲笑意慢慢地從小陶的嘴角流了出來，一路蜿蜒地攀爬過被肺炎燒得龜裂的面頰，在她的眉梢開出兩朵絢爛的花。

「那我，終於，留住了他。」她呻吟著，聲氣裡滿是快樂。

宋志成一時無話。這個名字裡含了一個「逃」字的女孩，從小就跟著母親經歷了逃亡，可是她卻似乎永遠不懂「逃」字的真正含義。這個見了水見了火見了溝壑都不知道躲閃的傻女子，她真敢拿性命去換一時的快樂。

「小陶，光憑這事學校就可以開除你。你沒有工作，你拿什麼養這個孩子？他靠什麼活？」

小陶眉梢的笑意依舊還在，像星星一閃一爍。

「我媽能靠老虎灶養活我，我就能養活他。」她說。

「這個孩子沒有父親，他怎麼去申報戶口？他將來怎麼上學？怎麼參加工作？」

小陶終於被難住了，眉梢的星星隕落在沉思的汪洋裡，陰雲遮暗了眸子。

喉嚨裡那團棉絮又開始走動起來，一陣劇烈的咳嗽把她的身子抽成一團，心肺彷彿已經撕成了碎片。

宋志成拿過一條毛巾蘸著溫水給她揩額上的汗，她卻推開了他的手。

「別勸我，宋老師，我一定要生下他。總會，有辦法的。」她說。

宋志成沉默了，呼吸如一條細蛇，蠕爬過他的喉嚨他的鼻孔，一屋都聽得見窸窸窣窣的聲響。

「除非……」他的嘴唇翕動了一下，卻欲言又止。

勤奮嫂一早起來，右眼皮噗噗地跳了幾下，心裡就咯噔了一聲。她忘了右眼跳到底福還是禍，轉念一想，這輩子該來的事一樣一樣都來過了，剩下的只有一條命了。這條命老天爺若稀罕，取就取了吧，死了倒比活著輕省。如此一想，就把心放下了。

正扣著襯衫鈕子，眼睛一斜就看到了桌子上的鏡子。鏡子很久不用了，鏡面上蒙了厚厚一層灰。她用手指一抹，抹出小小的一片亮，往裡一看，卻嚇了一大跳——她看見了一個完全不認識的女人。她啪的一下翻過鏡子，捂著胸口坐在床沿上發起愣來。半晌，才抓起床頭的那頂藍布帽子戴上，慢慢地朝樓下走去。這幾個月頭髮長了許多，帽子裡已經有了一些內容，只是依舊參差不齊——白麗珍的手雖然狠，那天的剪刀卻很鈍。

窗外街道的輪廓已經明晰了，天亮得一天比一天早。勤奮嫂猜想這大概是六月了。現在她完全不用日曆，也很少看鐘，因為她再也不用掐著鐘點留意郵遞員的自行車，算計著她的信在路上已經走了多少天，小陶又會什麼時候給她寫回信。她再也不會指望哪天誰會出乎意外地坐到她的飯桌前，叫她多添一副碗筷。那些曾經讓她把心揪成了麻花的人，如今都已經離她遠去。小陶跟她徹底斷了聯繫，二姨娘走了有大半年了，仇阿寶回到了白麗珍的家，谷醫生一天二十四小時被人監視著。他們曾經是她的日曆她的時鐘，提醒著她某時某刻當做某樣事情，叫她知道日子總是朝前滾動的，多多少少還有個奔頭。現在對她來說，這一天和那一天，這個月和那個月，已經沒有任何區分。她的日子只是一疊沒有頁數沒有段落也沒有標點符號的紙，上面反反覆覆地寫滿了孤獨。

來她這裡打水的客人比從前少了些，但只要還有喝水揩身子的需要，老虎灶總不至於絕了人跡。只是進她門來的顧客如今是打了水就走，幾乎沒人會停下來跟她聊天，彷彿她是城裡一種還沒有找到藥方的新病，誰都害怕一不小心沾上了身。有一天夜裡她打了烊，刷牙時聞見了嘴裡的味道，她才明白這一天裡她竟還沒有開過口。

勤奮嫂燒旺了火煮上水，臂彎裡搭了條洗臉的毛巾，就去卸老虎灶的門板。卸了一半，只覺得比平日沉了些，探出頭來一看，原來門前坐著一個人。那人背靠著門板，頭埋在膝蓋上打盹，白襯衫的肩頭和腋下洇著一團團黃色的汗跡，頭髮裡裹著一綹一綹的泥塵。勤奮嫂用腿輕輕頂了一下那人的腰，說同志你讓一讓，我要開門。

那人揉了揉眼睛站起來，四目相對，勤奮嫂手裡的毛巾咚的一聲掉在地上——原來是小陶。

小陶已經兩年多不曾回過家了，乍一看勤奮嫂險些沒認出人來——她猜想小陶也一樣。

「你怎麼，睡在這裡？」勤奮嫂吃驚地問。

「昨天船到就是半夜了，怕吵醒你。」小陶說。

勤奮嫂開了門讓小陶進來，又重新頂上了門板——她不想這麼早開張了。

灶裡的水還沒開，卻已經溫和了，勤奮嫂從桌子底下掏出一個臉盆，擰了一盆水讓小陶洗臉。毛巾走過小陶的臉頰脖子，立刻就成了一塊黑布。後來小陶乾脆把臉整個浸在了盆子裡，卻覺得出母親的眼睛像長了刺的茅草，一下一下地掃過她的脊背，最後停留在她的腰身。

小陶終於慢慢地洗過了臉，擦乾了脖子和手臂。

「你怎麼不問，我幾個月了，是和哪個男人？」小陶說。

小陶說完，鬆了一口氣。這是第一道門檻，她是非過不可的，倒不如趁著還有點剩下的膽氣，眼睛一閉一腳就跨過去，省得零敲碎打地捱著母親的慢剮。

勤奮嫂冷冷地笑了一聲：「配問嗎，我這樣的人？」

小陶知道，母親沒忘記幾個月前她那封每一個句子都砸滿了鐵釘的絕交信。

這是第二道門檻。小陶沒想到兩道門檻相連得那麼緊。第二道門檻更險更高，她就是踩著梯子也搆不著。她一時不知說什麼好。

「這麼熱的天，為什麼戴帽子？」她轉過身來，換了話題。

勤奮嫂不說話，只是扯下了帽子。失去了遮掩的頭髮如鈍鐮刀之下的稻草茬子般長短不齊，長的已經過了耳朵，短的還只有兩三寸。頭頂有一塊銅錢大小的白——那是拔得太狠了沒能長回來的禿斑。

小陶捂住嘴，喊了一聲皇天。「誰，這樣狠心？」她問。

勤奮嫂看了她一眼，半晌才說：「狠心？再狠能狠得過……」

勤奮嫂的話沒說完，留了一截尾巴。小陶知道母親的牙齒和舌頭之間，咬的是一段千斤重的幽怨。

她低了頭，不敢去看母親。她打開隨身帶的那個軍綠書包，慢慢掏出裡邊的幾樣東西：一件淡藍色的府綢襯衫，兩雙軍綠布襪。那是她離開上海時給母親買的禮物。她想遞給她，可是她的手很重，怎麼也抬不動。腿卻很輕，膝蓋一軟，就不由自主地跪在了地上。

「媽，我現在才知道，你當年養活我的難處。」

她不用抬頭，也知道母親在哭。母親的喉嚨咕嚕咕嚕地響著，在努力吞嚥著湧向眼睛的酸楚。可是酸楚太多，喉嚨藏不住，最終還是在眼睛裡找到了出路。所有的委屈在最初的一刻都是柔韌的，只是禁不住歲月一層又一層的打磨，到後來就生出了厚硬的繭皮。母親的眼淚很鹹也很苦，繭皮泡爛了，露出了底裡赤紅的肉。

「你肯回家，就好了。」勤奮嫂泣不成聲地扶起了女兒。

「媽，我懷了孩子，可是這個孩子，沒有父親。」小陶囁囁地說。

勤奮嫂像是迎頭挨了一拳，一下子癱坐在凳子上，久久無言。小陶見過從前母親生氣不語的樣子，可是這回的沉默跟從前哪回都不一樣。從前的沉默是一塊稀薄的紗布，一眼就看得出底下情緒的蠕動。而今天的沉默是一塊厚實的木板，她找來找去找不到一個喜怒的毛孔。小陶終於明白了，她跨不過去的不是母親的哀怨，也不是母親的盛怒，而是母親的失望。

「媽，你能養活我，我就能養活他。」小陶說。

這話在肚腹裡的時候是一根鋼柱，沒想到爬到舌尖時卻成了一條細細的鐵絲。小陶不知道自己是在哪一程洩了氣。

勤奮嫂撐著牆壁緩緩地站起來，嘴唇動了一動。過了一會兒小陶才聽出她說的是：「孩子，有我。」

小陶一把拽住了母親的衣襟：「媽，你真肯讓我，在家裡生產？」

勤奮嫂沒回話，只是矮下身子，把臉貼在了小陶的肚腹上。剎那間，一街的嘈雜如潮汐退去，漫天的塵埃都一一落了地，耳朵裡只剩下一個聲音。

這是血在衝撞著身子，這是心在擊打著肌膚。這是她的外孫在生命的那一端朝這一端行走過來時迫不及待的腳步聲。

轟。轟。

「難為你了孩子，是你把你媽，領回家的。」勤奮嫂喃喃地說。

「媽，我結婚了，是跟另外一個男人。」小陶說。

那次小陶肺炎病癒出院後，宋志成去宋書記那裡開出了兩張介紹信，悄悄地和小陶辦理了結婚手續。這是宋書記任內唯一一次利用職權開的後門。直到這時小陶才知道，宋書記原來是宋志成的叔叔，當年就是他帶著宋志成兄妹投奔部隊去了延安。

宋志成趁學校的混亂局面鑽了一個不大不小的空子。當時兩派人馬打得天翻地覆，造成了暫時的權力真空。僅僅幾天之後，造反派成功奪權，宋書記被打翻在地關進了牛棚。

領結婚證那天，宋志成先帶小陶去餐館吃了一頓飯。大病初癒的小陶胃口很好，把一大碗豬肝湯一氣喝完。她依舊還想黃文燦，卻不是那種撕心裂肺的想法了，因為她已經把他留住了，就在她的身子裡。

後來她注意到宋志成一直沒說話，她就在桌子底下踢了他一腳：「要後悔現在還來得及。不過，我不會纏著你不放的，生下孩子，我們就離婚。」

宋志成突然隔著桌子伸過手來，輕輕地用手背蹭了蹭她的臉。「小陶，你覺得，你會慢慢的學會喜歡我嗎，哪怕一點點？」

小陶沒有回答。其實她想搖頭也想點頭，搖頭的意思是我用不著慢慢學，我已經學會了；點頭的意思是我本來就是喜歡你的，至少有一點點。可是她覺得無論是點頭還是搖頭都不能表達她那一刻的想法。她心裡真正想說的話有點長有點複雜，她沒有心思也沒有力氣把它扯出肚腸。於是她就選擇了沉默。

小陶以為母親會追問宋志成的情況，可是她沒有——她根本就沒接她的話頭。

「他是老師，學校有運動，他走不開。我只能，自己生。」小陶結結巴巴地解釋道。

勤奮嫂微微一笑，說沒事，生孩子的事，用不著男人。

幾天之後老虎灶突然來了一個人，是趙夢痕。

夢痕帶來了一個大背包，裡邊裝的都是她小時候穿過的衣服，那質地花色樣式，都是小陶從未見過的新奇。

「要不是你媽，這些衣服早就化成灰了。你媽救下來的，現在用到你身上，真是因果相宜。」夢痕說。

小陶不明就裡，問母親怎麼回事？勤奮嫂就笑，說一言難盡，誰叫你總不回家，錯過了多少精采的故事。小陶說要是個男孩呢？這麼稀罕的東西不就全廢了？夢痕說那你就接著生，生一窩裡頭總能撞上一個雌的。小陶說有這樣罵人的嗎？你當我是豬？三人就忍不住哈哈大笑。

小陶問夢痕今天怎麼不上班？夢痕說請過假了，明天要去杭州。小陶一下子猜到了抗戰，就看著夢痕，似笑非笑地說是害相思病了吧？夢痕紅了臉，說我這回，是和抗戰結婚去的。

小陶有些意外。她知道日子是水，她在不在都要朝前流，她只是沒想到流得這麼快。就問夢痕你這一去是長住嗎？夢痕說現在只能分居著，以後再慢慢找對調的機會。小陶又問抗戰在杭州怎麼樣？夢痕說情況很糟糕，他爸爸是第一批揪出來的，到現在還在隔離審查，他單位現在根本不讓他上台演出。他後媽扔下兩個雙胞胎孩子，跟他爸離了婚。現在是他親媽從山東趕過來，照顧後媽的兩個孩子。

勤奮嫂就唏噓，說結髮夫妻的好處，男人總是死到臨頭才知道。

一根線上離得最遠的兩個點，終於相連在一起了，亂世意想不到地把這根線扭成了一個圓。小陶暗想。

小陶把夢痕送到門口，想說幾句喜慶吉利的話，搜腸刮肚，竟一無所得——這會兒所有的花好月圓到了嘴邊都顯得虛浮。她掏出皮夾子，從裡頭挑出一張五塊錢的紙幣，塞到夢痕手裡——這疊錢是她離開上海時宋志成給她坐月子用的。

「我知道你不稀罕，多少是個念心兒。你替我去買一個搪瓷臉盆，梅花雙喜的那一種。」她對夢痕說。

勤奮嫂和小陶是在吃早飯的時候聽見那陣爆響的。第一聲是怯生生的，像在探路。頓了一頓之後，路探著了，後邊就稀稀落落地又跟了幾聲。

勤奮嫂就奇怪，說這兩天街上挺亂的，怎麼還有人出來爆米花？話音未落，只聽得街上一聲尖叫，踢踢踏踏的就全是腳步聲——都是朝路邊躲閃的人。這個時候開門的店鋪不多，就有幾個行人轟的一下子湧進了老虎灶。

有一個老太太大約剛從小菜場回來，手臂上掛了一個竹籃，捂著胸口喊皇天，籃子裡的豌豆顫顫地抖了一地。

「正打在肩膀上，撲通一下就倒下了，在我眼前。」老太太哆哆嗦嗦地說。

「頭毛（溫州方言：婊子）生的溫聯總，仗著軍分區撐腰，真敢開槍啊。」有個男人忿忿不平地說。

「你眼睛沾了漿糊，沒看見開槍的是工總司？」另一個男人立馬反擊。

「你腦子才糊了屎，工總槍倒是有的，可惜都是木頭的。誰不知道搶軍火的是聯總？還用搶啊，人家明明是開了大門送的。」

「不搶怎麼辦？坐等著那幫渾蟲把他們個個炸死？」

「死了都是便宜的。沒聽說把醫院的兩個門都守住了，不是聯總的一個不讓進？自古兩國開戰不碰醫院，這都是些什麼爛人？」

「要說爛，誰能爛得過工總？昨天圍攻港務局，連幼稚園的孩子都不放過，二百多號人，個個打得鮮血淋漓。」

兩個男人面紅耳赤地爭了起來，剛開始時還像玩石頭，你扔過來一顆，我還你一粒，到後來就成了刀子，你剜我一片肉，我刮你一層皮，刀刀見血。小陶聽得煩了，就嚷了一聲不怕死的上街吵去，別在我家磨嘴皮，我家廟小容不下你。

兩人這才住了嘴。

小陶這陣子身子一天比一天沉，腳腫得像兩根在水裡泡過的白蘿蔔，踩在地上能壓出兩個坑。加上天熱，夜裡睡不安生，脾氣便有些歪膩。

過了一兩刻鐘，街上漸漸沒了動靜，眾人才散了。

「老宋給的錢還能花一陣子，街上不太平，媽要不咱們就關一天門？」小陶說。

「也好，我正想出去一趟。隔壁劉家姆媽告訴我，漁豐橋有個接生婆，接了二十年的生。我想去她家看一看。萬一你要生了，醫院又進不去，咱們也能多條路。」勤奮嫂說。

勤奮嫂正要上門板，門外突然跑進來一個人——是仇阿寶。

勤奮嫂已經有些日子不曾見過阿寶了，就有些吃驚，問你怎麼來了？阿寶一眼瞧見站在勤奮嫂身後的小陶，愣了一愣，就大聲嚷了起來：「阿桃你回來了？肚子都大得像個甕了，怎麼連喜糖也沒捨得送一顆給你阿寶叔？」

小陶哼了一聲，說我敢上你家嗎，不看看是誰把門？勤奮嫂瞪了小陶一眼，說跟大人說話呢，你懂不懂規矩？小陶的火噌的一聲竄了上來，一把扯下母親頭上的藍布帽子，說我就想讓他看看，他家養了隻什麼樣的母蠍子。

勤奮嫂的頭髮已經被小陶修剪過了——當然是剪了長的來就短的，現在大抵齊了，卻還遮不住耳朵，尷尷尬尬地待在男人和女人中間的那片古怪中。

勤奮嫂兩手抱頭背過了身，像是被人扒了衣裳似的無地自容。

阿寶不說話，可是阿寶的腮幫子像咬了一塊山核桃，在咯吱咯吱地鼓動著。突然嘭的一聲響，他一拳砸在了飯桌上。盛著松花豆的碟子沒提防，嚇得跳在半空中，白花花的鹽粒灑了一地。

桌上有一團幾天前留下的飯疙瘩，乾硬得像鐵砂。阿寶的拳頭砸在鐵砂上，就有一條黑蟲子從他繃得很緊的指關節裡鑽了出來，越鑽越肥，越鑽越長。勤奮嫂扭過頭來看見了，啊呀了一聲，就慌慌地扯出兜裡的手絹給阿寶擦。那蟲子和勤奮嫂較著勁，她按狠了，它就縮一縮身子；她略一鬆手，它就再露頭。勤奮嫂急了，就把手絹緊緊地打了個死結，才終於把蟲子給憋了回去。一斜眼，突然就發現了阿寶褲腰裡鼓鼓囊囊的那樣東西。

「阿寶你作死啊，拿這東西嚇唬我。」勤奮嫂尖叫了一聲。

阿寶嘿嘿一笑，說沒什麼，防身。勤奮嫂說你欠下什麼血債了，需要防身？阿寶正了臉，說我來就是要告訴你，聯總的人馬把溫州大塊地盤都占了，有的還上了山。工總現在守在郵電大樓和溫州酒家，兩撥人馬手裡都是真刀真槍，要是真打起來，就不是剛才那陣毛毛雨了。你家在街面，樓上地勢高，槍子不長眼，最好還是睡樓下保險。

勤奮嫂拍了一下大腿，猛然想起了一樣東西。

「蚊香，蚊香沒了，要趕緊去添。」

「蚊香是小事，趁著還沒開打，趕緊去囤點東西，吃的喝的都要起碼備夠十天半個月。待會兒我給你扛一袋議價米。」

阿寶說完了，拔腿就要走，走到門口又回過頭來，看了小陶一眼。「你媽那事，都怪……」話說了半截，原本是期待小陶接過去的，可是小陶偏偏沒接，那話尾巴就無著無落地飄在了半空。他只好訕訕地住了嘴。

天還早，知了卻已經扯開了嗓子吱呀吱呀地聒噪。街市受了驚嚇，像個沒醒好的孩子，無精打采一臉喪氣。勤奮嫂看著阿寶一搖三擺地走進一街白花花的日頭裡，心裡突然緊了一緊。

「阿寶你不是也要去郵電大樓吧？」勤奮嫂追出去問。她知道阿寶是工總司的一個小頭目，平日遇見熱鬧是絕不會錯過的。

阿寶回過頭來，對勤奮嫂擠了擠眼睛，說我小仇已報，大仇沒有，才不會傻得搭上性命。你放心吧。

勤奮嫂回到老虎灶，上了門板落了鎖，才歎了一口氣，對小陶說你不該這麼對他。小陶說你怎麼不說，他老婆不該這麼對你。勤奮嫂說誰叫咱們有短處捏在人手裡？這年頭……勤奮嫂說這話的時候頓了一頓，小陶一下子想起了自己寫的那封信，就低了頭不再啃聲。

「這些年，你猜猜是誰給你寄的錢？」

勤奮嫂的話像一粒石籽一下子打中了小陶的腦門心，小陶愣了一愣。

「你要是他老婆，你能不生氣？為了不叫那姓白的再來鬧我，他只能回去跟著她過，那日子是什麼樣的煎熬？」勤奮嫂說。

小陶終於從一團亂線中抽出了那個頭。

天哪，天。小陶喃喃自語。她想起了臨上大學的那個夏天，仇阿寶領她去溫州酒家吃飯時的情景。年少的任性是一把鋒利的刀，可是她只敢拿它來割母親，還有愛母親的人，因為她知道他們即使被割得一身是血也不會還手。她只是沒有想到，她的刀還傷及了一個場外的人——那個臉上長著麻子的女人。

半晌，小陶才說媽你要是出門我陪你去吧，街上太亂，我不放心。勤奮嫂拿手指戳了戳小陶的肚子，說萬一打起來，我一個人還靈便些，帶上你誰也跑不脫。小陶只好隨她去了。

勤奮嫂一走就是半天，小陶在樓下呆呆地坐了一會兒，只覺得懨懨的，就想上樓歇一歇。沒想到樓梯口放著一疊捲菸用的舊報紙，過道裡半明不暗的，小陶沒看清楚，一腳踩上去，就一屁股滑坐在了地上。開了燈一看，只是腳踝上擦破了塊皮，並無大礙，就一撇一拐地上樓躺下了。一躺就再也不想動了，一直在床上賴到了母親回來。

勤奮嫂回到家，身上的一件短袖襯衫濕得像是從河裡撈出來似的，額頭叫太陽曬得褪了皮，卻是一臉得意。

「那個接生婆，二十三歲開始接生，今年四十六，手裡經過的孩子比老鼠還多。說定了，要是到時候進不了醫院就去喊她來，橫豎是差不多的路程。」

小陶看見母親手裡提的那個布袋，出去的時候是癟的，回來卻滿了，就問媽你囤了些什麼貨？掏出來一看，是厚厚幾卷的紫菜和三包蝦皮。小陶說媽那東西管用嗎？怎麼沒買菜呢？勤奮嫂就笑，說一聽就是太平日子裡長大的，沒逃過難。菜才真是沒用，最多吃一兩頓就沒了。撕一角紫菜放幾片蝦皮，一泡就是一大碗湯。就是什麼都沒了，只要有鹽有水，靠這點東西還能維持一兩個月。

勤奮嫂就問小陶吃了午飯沒？小陶搖了搖頭，勤奮嫂這才看清了小陶的臉色，嚇了一跳，說怎麼啦，你？小陶不敢說摔跤的事，只說不餓。勤奮嫂就罵，說你不餓，還有肚子裡的那一個呢。那傢伙一絲也餓不得。勤奮嫂正想下樓做飯，槍聲又響了。

這一陣槍聲和早上的不同，完全沒有了試探和靦腆，跟炒豆子似的一片連著一片，密密麻麻尖利果斷。勤奮嫂一下子想起了仇阿寶說的槍子不長眼的話，立刻扯下床上鋪的那張篾席，拉著小陶慌慌張張地跑下了樓。

兩人在桌子底下鋪開席子，就鑽了進去坐下。槍聲越來越密集，炒豆子的聲響後邊，又跟了些颼颼的風聲——那是子彈飛過近處的聲響。再後來又多了一樣聲響，比槍子更沉更悶，像是蒙在棉花胎裡的爆炸聲。小陶說是炸藥包。勤奮嫂說皇天，連炸藥包都下來了，還不得把一個城給平了。

兩人在桌子底下坐著，悶出了一身的汗，蚊子在頭頂嚶嚶嗡嗡地飛來飛去，一掌拍過去卻是空的。勤奮嫂突然吃吃地笑了起來，小陶說媽你抽什麼風？勤奮嫂說我想起了年輕的時候逃日本人的炸彈，也是躲在桌子底下，也蓋著一床棉被。那時我懷著你，現在你懷著他，你說這是不是命？

小陶問是和我爸嗎，逃日本人？勤奮嫂搖了搖頭，說是和你娘娘，你爸那時不在家。小陶頓了一頓，才問我爸真的，有很多田產？勤奮嫂說他們家裡是有幾畝地，那也是祖上省吃儉用積攢下來的。你爸是個連隻螞蟻也不忍踩死的菩薩心腸，除了日本人，他一生也沒恨過誰，他怎麼可能害人？

小陶腰沉，坐不住，只好挪過半個身子斜靠在牆上。勤奮嫂見她半晌沒說話，以為她忘了這一茬了，沒想到她突然又問媽，你愛我爸嗎？這句話像根粗木椽子，一下子把勤奮嫂杵住了，竟一時做不得聲。後來勤奮嫂伸手摸了摸小陶耳廓上的那團肉，輕輕地歎息了一聲。

「我看著你，就會想到你爸，可是我怎麼都想不起來他的樣子了。都這些年了，還什麼愛不愛的呢？連張照片也沒存下。」

小陶的心突然揪了一揪，揪成一團。

要是再過這麼些年，我是不是，也記不得黃文燦的樣子了呢？小陶暗想。

幸好，我還有照片。

日頭終於落盡了，天卻遲遲不肯徹底暗下去。槍聲終於靜了些，勤奮嫂忍不住從桌子底下爬出來，趴在窗口看外頭的情形。只見天邊有一片紅光，忽高忽低，忽明忽暗。紅光往上一竄，天就像受了驚嚇似的微微一顫。過了一會兒，勤奮嫂才明白過來，那是火光。她一時無法目測那火光離謝池巷有多遠，心卻一下子慌了，尋思著先上樓收拾幾件應急的物件，隨時得準備逃命——還不能嚇著小陶。

這時突然有人在嘭嘭地砸門——是側門。「阿桃媽，快，開門。」她聽出是阿寶的聲音。

阿寶一進門，把一只沉甸甸的布袋往地上咚的一扔，就癱軟了下去，像隻毒日頭底下曬蔫了的狗似地喘著粗氣。

勤奮嫂問你是從哪兒鑽出來的，這一身的灰？阿寶說十五分鐘的路，我走了幾個小時，都得貼著牆根。勤奮嫂說這個時候還在外頭瘋，你到底要不要命？阿寶看了勤奮嫂一眼，說還不是為了那二十斤的農墾米。勤奮嫂的喉嚨就打了個結，半晌，才喑啞地說我給你倒杯水。

阿寶咕嘟咕嘟一口氣喝完了半杯子水，才擦了擦嘴，說頭毛的兒子，打不過就開始燒城了，服裝大樓已經燒沒了。

服裝大樓是城裡最高的建築，一共有五層。勤奮嫂吃了一大驚，說難怪呢，天亮得那樣邪門。

兩人正說著話，突然聽見小陶喊了一聲媽，那嗓音聽上去不像是人，倒像是給夾住了尾巴的老鼠。勤奮嫂扭頭一看，小陶不知什麼時候從桌子底下爬出來了，身後的磚地上蜿蜒著一條濕漉漉的黑蛇。

「我忍半天了，實在是，疼。」小陶望著母親，眼裡是一絲彷彿做錯了事的惶恐。

「皇天，她，她要生了！」勤奮嫂驚叫了一聲。「趕，趕緊送醫院。」

「過不去了，醫院對面是個據點，壘著沙袋架著機槍，誰一走動就看得一清二楚。」阿寶說。

「那我去叫接生婆，她家在漁豐橋，只有幾步路。」

勤奮嫂說著就要出門，卻被阿寶死死拉住了。

「你瘋了？聯總的指揮部離那裡最近，你就是衝過去了，人家也不會跟你過來，你不要命她還要命。」

「那你說，怎麼辦？」

勤奮嫂狠命壓住了話語裡的那絲恐慌。她知道此刻小陶的眼睛正死死地盯在她身上，她是她的骨頭她的膽，她若失了方寸，她就要散成一團。

阿寶從兜裡掏出菸嘴來，慢慢地裝上了一支菸。菸在他的汗水裡受了潮，費了好幾根火柴才終於點著了。煙順著他的喉嚨走過他的五臟六腑，又從原路返回，在他的腦門上彙集成幾條蚯蚓似的青筋。她想催他，卻不敢催，只能用目光一層一層地刮著他的臉。他終於忍不下那個疼了，掐滅了菸嘴，說我去找四隻眼。

勤奮嫂說他關在醫院裡，你怎麼進得去？阿寶說他們的牛棚不在醫院裡，在太平間旁邊，有條小巷可以通。我敢擔保現在沒人看管，誰也顧不上。

勤奮嫂的嘴唇翕動了一下，話在心裡的時候是「太危險了」，可是一出口卻變成了「你小心」。

天邊的那團火燒了幾個鐘點，終於慢慢地燒過了勁。天徹底暗了下來，槍聲一時疏一時密，不時有光亮帶著尖銳的嘯聲，在空中畫出一道道尖利決絕的弧線，將夜色切割得支離破碎。

勤奮嫂從樓上搬來一床褥子和兩個枕頭，在地上搭了一個鋪。窗戶上已經蒙了兩層厚實的床單——為的是不漏出燈光。爐火早已捅開，牆邊擺了一溜十數個灌滿了熱水的暖瓶，木頭瓶塞正吱吱地冒著氣。剪刀、繩子、棉花、紗布、紅汞、碘酒，都整整齊齊地放置在一個用滾水燙過的木盆裡，隨時等待著派上用場——老虎灶時時有人割傷燙傷，家裡常年預備著幾樣應急的東西。

小陶躺在地鋪上，半睜著眼睛看著天花板默不作聲，汗水已經把身下的褥子和枕頭洇出了一大圈濕痕。天花板上垂掛著一隻長腿蜘蛛，滾圓的肚腹在燈光下閃著綠色的螢光。牠緊緊地攀在自己吐出來的絲上一動不動，彷彿在艱難地思索著去路。

牠是不是，也要生了？小陶想。

腿上被蚊子咬了一個大包，可是她卻沒有力氣去撓癢。前一輪的陣痛，排山倒海似地消耗完了她所有的體能，她現在連呼吸也感覺費勁。牆上的掛鐘刺啦刺啦地走著，在她的心上劃著一道一道的痕，不是疼，只是鬧心。仇阿寶出門已經兩個小時了，可是谷醫生還沒有蹤影。

「來，喝一口。」勤奮嫂端著一個陶瓷盅子，來餵小陶喝湯。

盅裡其實也就是雞蛋花，加了幾個北棗和桂圓乾——這已經是家裡此刻能找得出來的唯一補品了。後院雖然養著雞，她卻騰不出手來殺，也沒有工夫燉。

湯裡有股腥甜的味道，叫小陶的腸胃抽了一抽。疼痛殺死了所有的味蕾，叫一切佳餚變成毒藥。小陶搖了搖頭——她連拒絕的力氣也沒有。

「聽話，喝了有力氣，第一胎都難。」勤奮嫂把湯勺送到小陶嘴邊，哄孩子似的勸她。

小陶終於勉強喝了幾口。

「谷醫生，不會來了。」小陶說。

小陶說這話的時候，定定地看著勤奮嫂，眼神像是一塊乾旱了很久龜裂得不成形狀的土地，正盯著一片萬里晴空，徒勞地尋找著一朵可以化成雨的雲。

勤奮嫂的心，針似地扎了一扎。她就是小陶的指望啊，她就是劈山填海也得給她變出那朵雲來。

勤奮嫂放下盅子，緊緊地捏住了小陶的手。

「老谷來不來我們也得生。從前鄉下女人在豬圈裡都能生，你體力好，你一定行。」

小陶沒說話，可是她的手卻輕輕地回捏了一下母親的手——勤奮嫂知道她把力氣傳給小陶了。這個從小不怎麼跟她親近的女兒，非得到這一刻，才知道世上最靠得住的肩膀，原來還是母親。一股巨大的感動如洪水襲過她的身體，勤奮嫂覺得有些暈眩。

又一輪陣痛凶猛地襲來，小陶鬆開了母親的手，卻抓住了身邊的桌腿。勤奮嫂不知道她抓得有多緊，只看見她的關節骨頭在她的肌膚底下顯出清晰慘白的紋理，彷彿隨時要破皮而出。她的額頭上滲出了一顆一顆豆大的汗珠，勤奮嫂覺得那汗珠子也有了顏色——是隱隱約約的粉紅。

「忍不了，你就喊，喊了好受一些。」她對小陶說。

可是小陶沒喊，她只是把牙齒咬得更緊。她的嘴唇上有點髒，勤奮嫂用指頭一抹，是濕黏的——她把下唇咬破了。

她的血裡流著我的血啊，我的閨女，身上到底有我的稟性，她真能忍。勤奮嫂想。

勤奮嫂擰了一把熱毛巾，給小陶揩著臉上和脖子上的汗。

「我真的，生不下來啊，媽。」小陶終於鬆開牙關叫了一聲。那聲音像捲了刃的鈍刀，在勤奮嫂的心尖尖上剜開了一個邊角模糊的口子。

菩薩，你讓我替她受一回過吧，我實在，看不下去她的疼了。勤奮嫂喃喃地說。

槍聲又響了起來，這回比先前的幾回都更加密集嘈雜，聲音各有遠近高低，聽得出是好幾撥人馬。槍聲打破了寧靜，槍聲也創造了另外一種寧靜：偌大的街市鴉雀無聲，連嬰兒也摒住了啼哭。只有狗除外——狗不解世事，狗依舊在這個能把人憋成水的夏夜裡發出一陣陣狂躁的吠聲。

突然，槍聲停了。槍響的時候是陸陸續續參差不齊的，而槍停的時候卻彷彿聽從了某個人的指令，整整齊齊的沒有一絲拖泥帶水。漸漸地，街市從驚恐中蠕爬了出來。有人開了門，小心翼翼地朝街上潑出了一桶髒水；有人呵呵地咳出了一口在喉嚨裡壓了很久的痰；也有人坐在門檻上，輕輕地搖動著手裡滾著布邊的蒲扇。街市是一條最賤的野狗，總能在天塌地陷的亂世中找到一個針眼一樣窄小的活處。

勤奮嫂摘下蒙在窗戶上的被單，想打開窗戶讓屋裡通一通風。剛剛探出頭來，就覺出了一絲風。那絲風從她的臉頰上擦過，不涼，反而微微的有一絲燙。噗嗤一聲，窗邊的磚牆上裂開了一條縫，那縫的中心是一個豆子般大小的洞。過了一會兒她才明白過來，那是一顆流彈——就在離她幾寸遠的地方。她的腿哆嗦了起來，心跳得一屋都聽得見。她蹲在地上閉了會兒眼睛，終於把氣喘勻了，才站起來，關了窗，若無其事地回到了小陶的鋪前。

時鐘走過了九點，谷醫生那裡還沒有消息。小陶已經進入半昏迷狀態，勤奮嫂把她摟在自己的懷裡，只覺得她的力氣像沙漏一樣從自己手裡一絲一絲地流走，卻欲哭無淚。勤奮嫂的嘴唇一直在不停地翕動著，是在向菩薩乞求。她已經這樣乞求了很久。她知道菩薩早就聽膩了香燭和金身之類的願，菩薩要的是她的一句狠話，而不是她的命。她的命太賤，亂世裡所有的命都賤，街上走一圈能撿上一把，菩薩並不稀罕。菩薩要的是一樣比命還沉的東西。她知道菩薩要的是什麼，她已經把這樣東西在心裡過了無數遍。她實在是捨不得啊。這樣東西，她給了是死，不給也是死——卻是不同的死法，給了要比不給難上一千倍。

可是她要是把那樣東西捨了，小陶說不定就能活。

她放下小陶，雙手合十，在牆角跪了下來。

「菩薩，你若是慈悲，讓小陶好好生下這個孩子，我情願她不認我這個媽，一輩子。」她默默地說。

她還沒來得及起身，就聽見了敲門聲。先是一下，很輕。接著是一個小小的停頓，然後又是一下，依舊很輕。她聽出來了，這是谷醫生慣常的敲門聲。

皇天，菩薩聽見她的祈求了。

她跌跌撞撞地站起來，給谷醫生開了門，只見他的衣袖上沾著斑斑血跡，臉色黯淡如死灰。就嚇了一跳，問你怎麼啦，這半天才來？谷醫生頓了一頓，才說路上遇見了個受傷的人，耽擱了點工夫。他的聲音很疲軟，像一片剝了皮剔了筋骨的魚肉。勤奮嫂顧不上細問，就扯了扯他的衣袖，輕聲說快，她要再不生，怕是沒力氣了。

谷醫生急急地蹲下身來，給小陶做檢查。沒有聽診器，他的耳朵廢了，他只能仰賴他的眼睛和手指。小陶含含混混地哼了一聲，卻睜不開眼睛。

「胎位還正，可能胎兒太大，生不下來。」谷醫生說。

「那，怎麼辦？」勤奮嫂焦急地問。

谷醫生舀了一茶缸涼水，往小陶臉上噗的一澆，小陶一下子驚醒了，倏地睜大了眼睛。

「快醒俐落了，谷醫生來了。谷醫生是城裡最好的醫生，接生最有經驗。」勤奮嫂拍打著小陶的臉頰說。

谷醫生想制止勤奮嫂，可是已經來不及了，他看見了小陶灰燼一樣的眸子裡，噌的竄出了一顆火星。

谷醫生吸了一口氣，捏住了小陶的手。

「今天你生不生得下來這個孩子，光靠我還不行。有一半得靠你——你得配合我，聽我的指令。」

小陶點了點頭。

谷醫生讓勤奮嫂幫襯著，把地鋪挪了個位置，正對著飯桌。又要了兩根繩子，把小陶的腳分開著捆在兩隻桌腿上。

「要是疼，你就咬，多緊都行，只是不能動。」谷醫生找了一塊乾淨的毛巾，塞進小陶的嘴裡。他站起來，問勤奮嫂討了一把乾淨的刷子，開始仔細地刷手消毒。

「勤奮，我必須跟你說實話，我從來沒有，接過生。」他貼著勤奮嫂的耳朵，猶猶豫豫地說。

勤奮嫂另盛了一盆水給自己燙手。

「可你總是見過別的醫生接生吧？」她問。

他不啃聲。

「你記得，那年我救了你一命。現在輪著你，還我一條命了。」勤奮嫂定定地看了谷醫生一眼，谷醫生覺出了疼。

谷醫生示意勤奮嫂在小陶身後坐下，讓小陶半躺半靠在勤奮嫂的懷裡。

「現在你是她的牆，她動，你不能動，一定要撐住。」谷醫生吩咐勤奮嫂。

谷醫生把開水煮過的剪刀和紗布擺在地鋪上，蹲下身去。勤奮嫂看見他的手顫得如同風裡的落葉，瓶子裡的碘酒在褥子上灑下幾片橙紅色的花瓣。

「小陶，別怕，有菩薩看著。」勤奮嫂大聲喊道。

谷醫生知道這話是說給他聽的。他憋了一口氣，定住神，一刀猛地剪了下去。

小陶嗚地喊了一聲。說喊實在是一種誇張，其實那至多只能算是哼——小陶嘴裡的毛巾堵住了小陶的聲音。

谷醫生把耳朵關了，什麼也不去聽。他就著同一口呼吸又下了一剪子——這次在另一側。

這回小陶的嘴完全沒有作聲，放開嗓門的是小陶的腿——小陶的腿一蹬，把一張硬木桌子蹬出了一尺遠，桌上的捲菸散了一地，一根一根白花花的滾到牆邊，像教書先生匣子裡的粉筆。

谷醫生鬆了一口氣，因為他看見了小陶兩腿之間的汙血裡，隱隱露出一團黑茸茸的東西——那是頭髮。

接下來的過程快得超出了想像。孩子在肚子裡憋了一個晚上，到這時已經完全失去了耐心。從露頭到露腳，統共沒超過十分鐘。

一陣尖銳的哭聲錐子似地在房頂上鑽了個洞，牆顫顫地抖著，天花板唰唰地往下掉著灰土。

「女孩，起碼有九斤。」谷醫生掂了掂手裡的那團粉紅。

趁著谷醫生包臍帶的工夫，勤奮嫂已經飛快地用眼睛把孩子上上下下掃了一遍：是個女孩，眼睛，耳朵，鼻子，嘴唇，十根手指，十個腳趾，樣樣齊全。

勤奮嫂身子一軟，泥似地癱在了地上。

「小陶啊，你又，逃過了一劫。」

小陶沒有力氣回應，小陶的笑才扯出一個隱隱的開頭，就昏昏地睡了過去。

終於把孩子和大人都擦洗乾淨了，勤奮嫂才記起了仇阿寶。

「阿寶直接回家了嗎？」她問。

谷醫生看了她一眼，嘴唇翕動了一下，欲言又止。

這一眼有些奇怪，看得勤奮嫂心裡一驚。她突然想起谷醫生衣服上的血跡，身上唰的豎起了一片寒毛。

「他，他怎麼樣了？」勤奮嫂的聲音像是在枝頭熬過了一冬的枯葉，輕輕一碰就要碎裂。

谷醫生回頭看了小陶一眼，見她睡得正沉，才低聲說：「他是快到牛棚的時候中彈的——那一路都是探照燈。爬進牛棚的時候，人還是清醒的。外頭槍打得太凶，沒人肯抬他去醫院……」

勤奮嫂的身子晃了一晃，谷醫生以為她要倒，趕緊伸過手來扶她，卻被她一把拂開。

「他，在哪兒？現在？」她問。她的聲音很遠，像一團霧氣一陣青煙裊裊地飄在房子之外的某一個地方，彷彿與她的身子沒有任何關聯。

「太平間。」他說。

她看著窗外不吱聲。夜深了，槍聲徹底平息了下來，街市提了一天的心，到了這刻終於沉沉地睡去了。明天醒來，太陽照樣升起，誰也不會留意街面上少了一個人。

除了她。

或許還有那個臉上長著麻子的女人。

她推開了門，在谷醫生還沒來得及阻攔的時候，就已經走到了暗夜之中。這是一個無星無月的夜，路燈被流彈打碎了，天黑得沒有一絲破綻。不過沒關係，她知道他在哪裡，她找得著路。

太平間的門虛掩著，隔得很遠勤奮嫂就聽見了裡面隱隱的哭聲。平日老虎灶買煤買菸絲買各樣雜貨都要經過這條路，她總是貼著對過的牆根走，遠遠地避開了這扇黑幽幽的門。可是今天連她自己也吃了一驚：推開這扇門的時候她竟沒有一絲恐懼。

屋裡有人——是幾個大人圍著一個小孩的屍身哭天搶地。昨天的槍戰裡死了十好幾個過路人，屍首一時無人認領，都先拖到太平間胡亂扔在地上。勤奮嫂進來的時候，誰也沒有多看她一眼。亂世把人心變成了一個孔眼粗大的籮筐，那上面存不住多少和自己無關的事。勤奮嫂一眼就認出了屋角躺著的那個人是仇阿寶——是他身上穿的那套衣服。這些日子阿寶只穿那套花三十塊錢從別人手裡買下的舊軍裝，天熱的時候鬆鬆垮垮地光著身子穿，天冷的時候緊繃繃地套在棉襖棉褲外頭。實在髒得不行了，就撿個晴天洗了掛在晾衣繩上等著日頭把它曬乾。

子彈是從一側的面頰上穿過去，再從另一側的額角上鑽出來的，傷口很小，邊緣收得很緊，看上去幾乎像是蘋果梨子上一個不起眼的蟲孔。臉上沒有血跡，只有幾片泥塵，身子卻縮了一號，軍裝的袖口褲邊裡只露出半截手腳。

勤奮嫂坐在地上，把阿寶的頭搬到自己的腿上。阿寶的嘴角吊著一絲還來不及展開就被猝然切斷的促狹微笑，一隻眼睛睜著細細的一條縫，彷彿在說：「怎麼樣？說給你找人就找了吧？我說到做到。」勤奮嫂一下子想起了那次他給二姨娘送喪，回程時對她說過的「我就是明天為你去死，你也不見得稀罕」的話，沒想到他果真就為她死了。眼淚剎那間洶湧地流了下來，砸在他冰冷鐵硬的臉上，那聲響彷彿是雨滴落到青磚地上似的觸目驚心。她掏出兜裡的手絹，蘸著自己的淚水擦拭著他臉上的泥，動作輕得似乎手下是一件稍不留神就要裂成千萬個碎片的明代青瓷。

「阿寶，小陶平安生了，你可以閉眼了。」她趴在他的耳邊說。

勤奮嫂用指頭撚著阿寶的眼皮，可是皮硬了，她怎麼也闔不上他的眼睛。她猶豫了一下，便俯下身來，用舌頭來舔眼皮之間的那條縫。突然，她的心咯噔了一下——她覺得阿寶的身子在她的懷裡動了一動。抬起頭來，她愣住了：阿寶的鼻孔裡緩緩地淌出了一條烏黑的血。

「阿寶我欠你啊，我實在是，欠你。」勤奮嫂泣不成聲。

突然，她覺出了頭皮上的熱，腳前的青磚地上，落著一團大大的黑影——是一個人，一個臉上長著麻子的女人。

女人這些日子又胖了一些。女人身上添的分量似乎不是肉，而是水。女人像背了一個巨大的水袋，走起路來咣啷咣啷地晃悠著，彷彿輕輕一碰就要灑出來淹死一屋的人。

她看著她，她也看著她，四目相對，勤奮嫂聽見了半空中有些震耳欲聾的聲響——那是刀刃和刀刃相撞的聲音。

「衣服帶來了嗎？再不換，怕就換不成了。」勤奮嫂嚥下驚惶，平靜地對女人說。

她知道女人這刻的思緒很亂，她得趁女人還沒有把一團亂麻理成一條粗繩子之前，給她畫一個圈定一個調，或許她會跟著她走進這個圈，隨上她的調。

女人果真恍恍惚惚地點了點頭，呆呆地解開手上的那個包袱。包袱裡是一件八九成新的布襯衫和一條在箱底壓得皺巴巴的新府綢褲子。

「鞋子呢？」勤奮嫂問。

「腳上那雙，是去年剛買的。」女人恍恍惚惚地說。

「你扯這只袖子，我扯那只，先把衣裳脫下來。」

「掏一掏兜裡還留著什麼東西。」

勤奮嫂說一樣，女人做一樣，女人彷彿是勤奮嫂手裡牽的一具木偶。

女人從阿寶的襯衫口袋裡找出了一個菸嘴。女人把菸嘴舉到鼻子上聞了聞，菸嘴磕得很乾淨，可是依舊有氣味——是菸味，又不全是。從菸味底下絲絲縷縷地滲出來的，是她男人身上的油垢味。

女人突然醒了過來，咚地扔了菸嘴，忽的一下朝勤奮嫂撲過去。那一刻女人渾身上下的肉都化成了骨頭，凶猛強悍得猶如一頭被叼走了幼崽的母獅。

「頭毛，爛貨！要不是你，他這會兒能躺在這兒嗎？」女人高聲叫罵著。

勤奮嫂不備，一下子被女人撲翻在地上，女人尖利的指甲在她臉頰上留下了幾道殷虹的印記。旁邊的那家人嚇了一跳，終於止住了哭，卻沒有人上來勸——這些日子街面上有太多的怪事，誰也不知道黏上哪件會惹來殺身之禍。

「他活著你倆沒姘夠，死了還要來一手。你那個地方癢，不會找塊搓衣板蹭蹭？」

女人把一輩子所有的哀怨都化成了一股濃烈的墨汁，女人的話流出女人的嘴時染黑了她的牙齒。

突然，女人住了嘴，因為她看見勤奮嫂在她身下騰出一隻手，從她男人的後褲腰裡摸出一樣東西。那樣東西有一根鐵管，在燈光底下閃著黑森森的寒光。

女人一身的汗瞬間乾了——她看清了那是一把手槍。

「白麗珍，仇阿寶活著忍了你這麼多年，他死了你敢再糟踐他一個字，我叫你立馬就死。你信不信？」

女人癱坐在地上，水袋破了，水流了一地。

「晚了，你已經沒有任何機會，可以讓他喜歡上你了。」

勤奮嫂冷冷地說。

女人呆坐了半晌，才雙手捂臉，嗚嗚地哭了起來。

小陶是被一陣尖銳的鳥啼聲驚醒的。鄉下的鳥嘴尖皮厚，叫起來就像潑婦罵街，能在人的太陽穴上掏個洞。

小陶一摸身邊，床空了，趕緊趿著鞋子跑到門口，就看見母親背著武生，在院子裡的青石板上洗尿布。母親手裡的棒槌咚咚地在尿布上砸出一堆淡淡的皂角沫子，背帶在肩膀上勒出兩道深深的溝。谷醫生正趴在井邊提水，一桶一桶地裝著母親腳下的那只大木盆。

武生是谷醫生給取的名字。勤奮嫂說是谷醫生拚死趕過來接的生，就該讓谷醫生給孩子起個名。谷醫生說既然是武鬥生的，就叫武生吧，也算是一個時代的紀念。

小陶是在生產後的第三天逃到鄉下來的。城裡的槍戰一天比一天厲害，街巷裡到處是一塊一塊汙黑的疥瘡——那是大火焚燒之後留下的疤痕。勤奮嫂沒法給小陶做月子，因為菜市場都關閉了，城裡已經很難買到像樣的副食品。於是谷醫生決定帶小陶去朱家嶺——先前發配到那裡待了幾年，結識的那些鄉下人至今都還在走動。自從城裡一開戰，看守牛棚的人就回家躲子彈去了，沒了管事的，牛棚裡關著的人便也四下散了自逃活命。谷醫生就是趁著這個空檔開溜的。

離家時勤奮嫂所有的行囊只是一個背簍，裡頭裝了幾件換洗衣裳和後院養的三隻雞。谷醫生常年睡眠不好，身邊總帶著安眠藥。臨行前他把安眠藥碾成了粉，泡了些在水裡餵武生喝了，又拌了些在糠裡給雞吃，三兩刻鐘後，人和雞便都服服貼貼的不再出聲。谷醫生背著行囊，勤奮嫂抱著武生，又各自騰出一隻手來攙著走路還膩膩歪歪的小陶，三個人貼著牆根，在槍戰和探照燈的間隙裡，一步一挪地走到了河邊，這才發現碼頭上已經等著一長隊和他們一樣半夜逃難的人。順著河岸停著一溜好幾艘機帆船，都是趁閻王爺打盹的空隙裡趕緊掙幾個錢的亡命之徒。平素幾毛錢一張的船票，那天一下子漲到了五塊。眾人一邊罵著黑心，一邊你推我搡地擠上了船。船老大斜了一眼勤奮嫂懷裡的武生，牙縫裡蹦出一句小孩三塊，谷醫生從兜裡掏出三張五塊錢的紙幣往他手裡一塞，就頭也不回地朝前拱。上了船，船老大卻遲遲不肯動身，還想再多等幾個搭船的人。

谷醫生剛把小陶扶到船邊安頓下來，岸上突然掃過來一排雪亮的探照燈——那是造船廠的工人武裝民兵。他暗暗喊了一聲不好，就將小陶和勤奮嫂一把按在了甲板上。只聽得耳中響起了一陣連根針也插不進去的噠噠噠噠聲——是機關槍。子彈颼颼地貼著頭皮擦過，一船的人雞飛狗跳地亂成一團。終於靜下來時，眾人抬頭一看，才發現船上的風帆已經成了一張米篩。有人覺得腿上癢，拿手一摸，才知道已經被彈片崩了一塊雞蛋大小的肉。船老大這才慌了，啟動了馬達飛也似地逃出了城。

轉眼間他們在朱家嶺就已經住了一個多月，天轉涼了，早上起來一腳踩出門，秋露就沾濕了鞋尖。勤奮嫂帶過來的那幾件衣裳早就不夠用了，現在他們身上穿的，都是從村人那裡借過來的物件。一直沒有城裡的確切消息，只聽得幾個從溫州逃難經過朱家嶺的人說，槍戰越打越升級，現在都用上了火焰噴射器。大火燒了十好幾天也沒停歇，鐵井欄沒了，縣前頭燒了一半，五馬街的幾家名店也成了灰燼。勤奮嫂一邊聽著這些熟悉的地名，一邊在腦子裡飛快地畫著地圖，她知道那場火正慢慢地逼近她的家門。如果順風，用不了多久，她的老虎灶就會變成一堆焦炭，二十年裡她從牙縫指頭縫裡省下來的全部家當，興許一樣也留不成了。

她想哭，卻覺得眼中只是一味的乾澀。這一陣子她該哭的事情太多，眼淚不夠用。這一年裡她失去了二姨娘，也失去仇阿寶。這一年天瘋了地也瘋了，她無端被瘋狗咬了幾口。可是這一年裡她不光是失去，她也有得著。這一年裡她得著了兩樣她以為一輩子都再也撿不回來了的東西：她的女兒和她的外孫女。老天心眼小，老天愛斤斤計較。老天給了你一樣東西，祂就要收回另一樣——祂不能叫你樣樣都有。與許老天覺得給她的這兩樣東西實在太金貴了，所以老天要收回她的老虎灶。

如此一想，勤奮嫂就釋了懷，不再牽掛城裡的火勢。

小陶從門裡望出去，只看見母親今天穿著一件藍花斜襟布襖，頭上包著一塊藍布帕子，甩起棒槌的那副凶狠樣子，遠遠一看，活脫脫就是一個朱家嶺的家常婦人。谷醫生上船的時候，塑料涼鞋被人踩掉了底，一路上就是用一根繩子綁著鞋底走的，到了這裡村支書的婆姨連夜就給他趕了一雙新布鞋。確切地說，村支書現在已經是前支書了，他是被他自己的親侄子打倒的。所謂的打倒，其實只是做個樣子給外人看的，表明朱家嶺並沒有和世界脫節。打倒前和打倒後的唯一區別，不過是把村裡商量要事的地點，從一家搬到了另一家而已。和城裡的真刀真槍相比，朱家嶺最激烈的運動，也不過是一群人聚在一起，面紅耳赤地爭一爭劉少奇是否太嬌寵了自家的婆姨。

谷醫生到了朱家嶺，就立時換了張面皮，說話嗓門大了一截，腰直了，人就高了許多，走起路來踢著路邊的石子劈劈啪啪地亂飛。谷醫生能跟朱家嶺的男人一起抽八分錢一包的紙菸，喝把嗓子割成肉絲的劣質米酒，還能吆三喝五地玩上幾局撲克牌。谷醫生不僅在男人中間如魚得水，他還能陪朱家嶺的婆姨們摘自留地裡的瓜菜，聽她們絮叨她們家男人的種種不是。朱家嶺的每一個人每一頭牲畜都認得谷醫生，谷醫生在哪家歇腳，哪家立時就會殺雞下糖水荷包蛋。

勤奮嫂那時還不知道「膨脹」這個說法——那是許多年之後的時髦詞。勤奮嫂只會說瞧你那副輕狂樣子。谷醫生嘿嘿地笑，說勤奮啊，其實日子本來就該這樣的，這才是一個人的正常狀態。勤奮嫂歎了一口氣，說是啊，別說你，連我都不想回到城裡去。谷醫生看了一眼勤奮嫂的臉色，頓了一頓，說勤奮要不然你就讓我娶了你吧，從前我不敢說，是怕給你惹事。現在你跟我都在茅坑裡待著，半斤八兩一樣臭。倒不如兩個人搭伙，日子也好過一些。

勤奮嫂低了頭沒回應——當然不是羞澀。日子過到這一程，心已經給磨得像一塊粗糲的石板，所有的矯情在上面都待不住。她只是想到了以後。她知道谷醫生和她一樣，心裡都藏了一個不能說出來的念想：打吧，打吧，打得越久越凶越好。讓城裡的子彈永遠也打不完，讓城裡的火燒到天邊也不滅——當然最好繞過了謝池巷。這樣就再也不會有人惦記著他們，把他們從熱乎乎的被窩裡扯出來，再讓瘋狗咬一頓。

可這是什麼樣一個罪孽的念頭啊？她怎麼能想著把一個城毀了，只為了成全她的一己私心？所以，她只能把腦子裡的那根燈繩扯了，像關燈一樣地關掉了她的非分之心。她覺得自己是個大菸鬼，朱家嶺就是她最後的一口鴉片膏。她只能死命地享受那最後的一口快活，說不準明天醒來天已經塌到了頭頂。

小陶走到門口，突然覺得有些腰沉腿軟，就在門檻上坐了下來。月子裡她受了太多的驚嚇和顛簸，她只是感覺疲乏。日頭跳離了地平線，初醒的潮紅褪去了，天色已經大亮。朱家嶺的房子沒有城裡密集，小陶一眼能望到遠處的果林。沙梨已經熟了，枝頭密密麻麻的掛滿了白花——那是怕遭蟲咬霜凍而裹上的紙袋子。聽朱家嶺的人說今年是個罕見的大年，可惜大年偏偏落到了亂世裡。去上海的水路切斷了，沙梨賣不出去，朱家嶺的人只能可著勁地吃可著勁地存，村裡的每一個籮筐每一把稻草都派上了用場。這幾天家家戶戶的飽嗝裡都泛著酸甜的梨味，連雞都不愛啄爛在地裡的果子。天已經很久不下雨了，可是朱家嶺的人還期盼著雨能再往後延一延，因為一場雨就能叫一年的收成落在泥裡，變成明年的肥。

水路斷了，郵路也斷了，她給宋志成寫過幾封信，如今都躺在抽屜裡送不出去——她已經好久沒看見郵遞員來村裡了。離開上海時宋志成交代過她，沒有他的信她不要輕易回學校——他們結婚的事至今還無人知曉。她驚異地發現自己竟然有些惦記這個名字出現在她結婚證上的男人，儘管不是那種牽腸掛肚的惦記法。

偶爾她也會想起黃文燦，只是她已經想不起他的模樣了——逃離溫州時她沒來得及帶出他的照片。他走後給她來過一封信，說他正在河內接受培訓，等待組織分配，之後便再無音訊。原先她以為他走了她會活不下去，她過不了他這個坎。可是才幾個月的工夫，現在她想起他來已經恍如隔世。情緣是一根美麗的絲線，太平年月裡可以繡成花存上一輩子，卻禁不起亂世裡輕輕一陣風吹雨打。他在她心裡留下的那個大洞，已經輕而易舉地被別人填滿——不是宋志成，而是她的女兒宋武生。

小陶發現門邊放著一個竹籃，裡頭是滿滿一籃的蔬菜。有豆角黃瓜茄子韭菜，還有一大把蔥，都是鄰居剛剛從地裡摘下來的，菜根上還沾著被夜露打濕的泥土。籃子邊上有一個鋁鍋，是剛剛從灶上端下來的。小陶一揭鍋蓋，一陣濃郁的香氣撲了出來，鼻子還沒來得及說話，肚子就嘰嘰咕咕地開了腔。那是從奶牛身上擠下來的鮮奶，上面飄著厚厚一層的白皮。朱家嶺有一個奶牛場，原先每天都給城裡送牛奶。村裡有人前陣子在趕車送奶的路上吃了一顆流彈，至今還躺在床上動不得身，從此沒人敢再往城裡瞎跑。牛奶賣不出去了，於是全村的人就把奶當成了水喝。

這個秋季朱家嶺的人放開了肚子吃喝著他們一輩子都捨不得的珍稀，可是他們吃喝的時候卻憂心忡忡，因為他們知道自己在預支著明年的飽足。他們不喜歡預支，他們寧願一年吃喝一年的份額，只有這樣才心裡踏實。

只是沒想到，這老天爺送來的牛奶卻救了小陶的急。

武生在船上的時候就得了黃疸症，滿月了也不見好，反而越來越厲害，試了幾個偏方也不管用。身邊沒有檢測儀器，縣醫院又太遠，路上也不太平，谷醫生心裡暗暗著急，怕拖久了留下不可逆轉的後遺症——還不能告訴勤奮嫂和小陶。谷醫生想到了母乳可能有問題，便讓小陶試著餵牛奶。誰知才喝了三天，孩子的黃疸便全退了。

武生醒了，覺出了背帶的束縛，便在勤奮嫂的背上扭來扭去，發出伊伊嗚嗚的抗議。武生早產了一個月，生下來卻比足月的還沉。朱家嶺的牛奶餵得她白裡透紅，聲氣很足。

勤奮嫂的背上有副眼睛，不用轉身就知道小陶起來了，便說穿上外套，趁熱把奶喝了。

小陶盛了一碗牛奶，走到母親身邊，把一根手指在碗裡蘸了蘸，就往武生嘴裡送。武生不餓，只是覺得好玩，便緊緊地吮住了小陶的手，疼得小陶罵了一聲你是人還是狗？武生挨了罵，卻也不知道那是罵，依舊舞手舞腳地快活著。

小陶抽回指頭，便忍不住笑——是那種帶著歎息的笑。勤奮嫂斜了她一眼，說又怎麼啦，誰惹了你？

小陶止了笑，靜靜地趴在母親的肩頭。母親的肩膀隨著母親的胳膊一起一落，小陶的下頜一會兒高一會兒低，天搖過來搖過去，樹似乎要蓋上她的臉，卻又漸漸遠去。

「媽，你生下我，叫小逃；我生下她，叫武生。你說這天底下，什麼時候女人生孩子能安安生生？」

勤奮嫂的胳膊覺出了一股熱氣，是小陶的奶湧出來，濕了衣襟。

「等我們武生也生孩子的時候，就該天下太平了。」勤奮嫂喃喃地說。

路產篇

宋武生（一九九一～二〇〇一）

宋武生被廣播裡機長的通知聲驚醒時，飛機已經貼近地面了。坐在她身邊的一位同事煞是羨慕地看了她一眼，說年輕真好，你睡了一路，連晚餐都沒動。武生彈簧一樣地跳了起來，習慣性地去開公事包的拉鏈，開了一半才意識到：他們到家了，他們不再需要她來保管護照了。

武生去年大學畢業，分配到北京的一家大設計院做科技翻譯，一個月前被單位派到美國出差，擔任一個合作項目的隨團翻譯。這家美國公司的總部設在法國，許多技術資料用的都是法語。武生在大學裡學的是法語，第二外語是英語，正好派上了用場。

四月的天氣依舊寒冷，武生從窗口望出去，一眼就看見了風。風有顏色，風的顏色很是強悍。沿路的樹枝已經開始肥胖起來——那是春天的第一抹新綠。穿著藍布工作服的地勤人員，正隔著白口罩彼此高聲對喊。這裡的綠、藍和白都不過是武生由慣性衍生出來的聯想，其實風早已蠻不講理地在一切所經之處蓋下了它的唇印，一天一地之間只有一樣顏色，那就是土黃。

手臂的肌膚在隱隱刺癢，她知道那是曼哈頓的豔陽在上面咬下的口子。然而此刻，紐約已經離她非常遙遠。她突然醒悟過來，她這一路上的昏睡，其實就是為了攢足精神，來應付飛機點地那一刻的失落。

武生拉著兩只飽實得幾乎要脹裂開來的行李箱走進單位宿舍大院的時候，已經是傍晚時分。暮色裡的天沒有顏色，看不出是不是有雲，西斜的太陽倦怠而昏黃，卻依舊刺目。樓道裡生火做飯的人聽見箱子的滾輪聲，扭過頭來看她，都不禁愣了一愣——她知道是因為她身上的那件紅風衣。風衣剪裁得有些奇怪，上身很緊，下襬很寬，腰間繫著一條閃閃發亮的黑皮帶。這是武生用五美金在紐約的救世軍商店裡買來的舊貨，她沉甸甸的皮箱裡還有許多這樣的衣物。剛從冬天裡甦醒過來的人們還不習慣這樣的新潮，不過他們很快就釋然了——過不了多久，風沙就會蠶食那層鮮豔，讓那紅不再割眼。

樓道很窄也很暗，兩邊都擺放著煤氣灶，每逢做飯的時候行路就有些艱難。武生敷衍地應付著眾人的招呼，殺出重圍走到了自己的宿舍門前。摸出鑰匙開了門，在那張單人床上坐下來，脊背上依舊還在灼痛——那是目光烙的。她的宿舍在樓道的盡裡，每一回進出，她都覺得是一場筋疲力盡的廝殺。她個子很高，比街上尋常的女孩子高出近一個頭。頭髮微捲，眼窩很深，高高的顴骨底下，有一張幾乎覆蓋了半張臉的大嘴。在那個審美觀念正遭受著空前顛覆的年代裡，她走到哪裡都是一道景致。她並不知道她身上有四分之一的法國血統，她只是厭煩那些落在她身上的目光。每天回家她做的第一件事，就是打一盆熱水洗臉擦身——她要儘快洗去那些眼睛殘留在她肌膚上的油膩和汙垢。她很早就懂得了美麗是一種不堪煩擾的負擔。

地上有一張紙，是有人從門縫裡塞進來的。她打開來，是一張手繪的卡片，上面畫著一架徐徐落地的飛機和一顆被利箭射穿的心。底下龍飛鳳舞地寫了兩行字：

你回來的時候，我正在西雙版納的溪水中游泳。

我只能拿這個來歡迎你，我的愛人。

武生忍不住抿嘴一笑，她知道是劉邑昌。這個時候，劉邑昌正跟著他的導師在雲南寫生。只有他這樣的人，才會想得出這樣的信——他知道她很受用。

她同宿舍的那位女同事在她出差期間結婚搬走了。她一直期盼著有一天能擁有獨屬於自己的私密空間。在女同事第一次跟她談起婚期的時候，她腦子裡就已經展開了野心勃勃的家居布置方案——那是她一輩子都不敢奢望過的寬敞和明亮啊。現在她終於獨自坐在這裡了，她卻發覺這間屋子是何等的狹小昏暗壓抑，任何的修飾計畫只能像用漂白粉清洗墨汁一樣的無望。想到她將在這個房間裡度過尚無法預計的年月，直到某一天她跟著另一個男人，比如劉邑昌，走進另外一間和這差不多的房間，在那裡度過人生剩下的漫長時光時，她不禁打了一個寒噤。

她從床底下拖出一個臉盆，拿指頭一抹，是厚厚的一層灰。她晃了晃桌上的暖水瓶，沒有任何聲響。肚子不肯接受她蒼白的安撫，發出了一陣憤怒的嘶吼——她這才記起來她已經錯過了兩頓飯。她翻找出平素打飯的那個鋁飯盒，提著兩支空水瓶，無精打采地往食堂走去。

其實城市還是那個城市，宿舍還是那個宿舍，樓道還是那條樓道，人也還是那些人。什麼也沒變，變的是她的眼睛。

這不是她第一次出差，這一年裡她跟著項目組的工程師們走過了全國很多地方。可是這次不一樣——這一次她去了紐約。紐約給她打開了一扇陌生的門，從那扇門裡出來，她就丟失了爹娘給她的那副眼睛。平生第一次，她認識了貧窮兩個字。

她突然就想起了離開紐約前杜克對她說的話。

杜克是美國團隊裡的項目預算師，是這群美國佬裡唯一一個會說中文的人。

杜克的父親是一九四九年離開大陸的老兵，老家在江蘇鹽城，杜克是老兵到台灣再娶之後生下的孩子。杜克雖然沒跟父親回過老家探親，卻對大陸的一切充滿了好奇心。杜克的問題多得讓人無法招架，比如說四川的變臉，陝北的秦腔和皮影戲，廣東的碉樓，八旗裡究竟哪一旗為首，等等等等。居多時候武生回答不了杜克的追根尋源，不過杜克並不在意，似乎他只要和武生聊聊天就好，至於說的是什麼反倒無關緊要。

下班的時間裡，杜克整天和中方代表廝混在一起。杜克帶他們吃遍了紐約中國城的每一家餐館，每一頓飯上，總會聲情並茂地唱一首〈我的中國心〉。杜克說那是他的「醉茶之曲」，回回都唱得席上的每一個人熱血沸騰——除了武生。杜克若年輕個十歲八歲她或許還可以容忍這樣赤裸裸的煽情。在武生這個年紀，三十五歲以上就算是半隻腳入土的人了，而杜克很不幸剛剛過完了三十六歲生日。有一陣子武生甚至懷疑杜克是美國人派來釣中國人合同的密探——他們的合作剛剛處在可行性研究階段，最後的合同究竟落在誰手裡還是一個碩大的未知數。後來她才慢慢明白了，杜克僅僅是無可救藥地崇拜張明敏而已。

真正讓武生覺出杜克的私心，是美方的告別宴會上。那一次美國人把荷包掏得很深，晚宴定在洛克菲勒中心頂層的那家彩虹餐廳。那天晚上每個人都喝了酒，說話有些頭重腳輕。美國公司的總裁在祝酒時對杜克和武生眨了眨眼，說中美兩國的友誼落到實處，還得靠年輕人，尤其是未婚的。所有的美國人笑得前仰後翻，樂不可支——杜克和武生是這一群人裡唯一的單身。武生沒笑。武生只覺得被人平白無故地占了一個便宜，還不能吱聲。她不想翻譯這句話，她只是勉強笑了一笑，敷衍過去了事，卻一整個晚上像吞了一口餿食似地不舒心。

那天他們喝酒喝到很晚，武生做了一整天的翻譯，很是倦怠了，就扔下眾人，獨自來到窗口看曼哈頓的夜景。這是她一生中看到過的最璀璨的燈火，與這樣的光亮相比，所有她見過的光亮只能算是螢火蟲。她甚至產生了一種恍惚：她有些分不清楚到底天和地是在哪裡分的界，哪些光亮是燈火，哪些光亮是星星。她覺得她離天很近，只要打開窗戶探出手，她就能隨意拽住一瓣夜空。車流串成一條連綿不絕的珠鏈，在城市的腹地來回穿行——那是處於睡眠狀態的紐約唯一的生命指徵。看著那座被辦公室的長明燈火掏出一個個方方正正的大窟窿的帝國大廈，武生的心突然抽了一抽：經歷了這樣的光亮之後，她是否還能回到她原先的生活軌道，接受那片她生活了二十四年的黯淡？不，其實她並不想擁有這些燈火中的任何一盞，那樣的光亮捏在手裡太燙，她只想遠遠地看著它們，她僅僅希望它們待在一個她視野可及的地方。

「其實你不必在意那些話。」武生聽見有人在她身後說話——是杜克。「希望你可以慢慢地學會美國人的幽默。」

彩虹餐廳有嚴格的著裝要求，所以杜克這晚換了一副西裝革履的模樣，深藍帶隱條的西服，暗紅色的領帶，髮蠟油光閃亮，頭髮帶著梳齒的痕跡一絲一綹齊齊整整地梳到腦後。杜克今晚看上去依舊老成，依舊不高，卻很周正。周正在某些要求不那麼苛刻的眼裡，可以勉強地解釋為英俊。

武生隱隱有些感動，可是她不想把那絲感動放在臉上。她輕輕一笑，說如果我根本就不想學你們美國人的幽默呢？

她在說「你們」兩個字的時候加重了語氣，說完了就有些後悔——她聽上去有些賭氣。賭氣是私情的第一絲缺口，賭氣是一團需要及時撲滅的火種。

杜克晃了晃手裡的酒杯，淺淺抿了一口，說那也沒什麼，只是你會失去一些可以哈哈一笑的機會。

「或許，有時我並不想，哈哈一笑。」她說。

說完了她又後悔——今晚有一些濃烈的情緒在她身體裡流動，她把它歸咎於雞尾酒。

杜克沒說話，兩人默默地站在窗口。

那是一個滿月的夜晚，武生發覺月到最皎潔的時候，那顏色不是白，而是藍。月光給每一片屋頂都塗上了一層晶瑩的藍光，曼哈頓的月夜看上去像是冰雪嚴冬。

「這是普拉達嗎？」杜克指著武生的衣服問。「你穿這件衣服有些像蜜雪兒・菲佛。」

武生的臉唰的一下紅了，一路紅到頸脖，耳垂漲得隱隱生疼。她知道如果此刻她把手捂在臉上，一定會燙出一掌燎泡。

她今天穿的是一件淺桃紅的連衣裙，領子開成一個V字，腰間鬆鬆地繫著一根帶子。這也是她從救世軍商店裡淘來的舊貨——她從國內帶來的衣服沒有一件適合今天晚上的場合。窮是一件滿是破綻的貼身祕密，禁不起另一隻眼睛的好奇。

她知道蜜雪兒・菲佛是一個好萊塢明星，她看過她主演的《神奇的貝克男孩們》（The Fabulous Baker Boys），可是還要過幾年，她才會知道普拉達是一個品牌的名字。她那天在救世軍舊貨店裡看上這件衣服，僅僅是因為它的顏色和樣式——那是一種她一直喜歡的簡約和大氣。

「其實在美國，誇獎是一件很尋常的事，你只需要簡單地說一聲謝謝就行。」杜克說。

武生突然醒悟過來他把她的臉紅理解成了羞澀。這是一個出乎意外卻妥貼合宜的台階，她打算就從那裡慢慢走下平地。走到一半的時候她突然有些惱怒：她討厭他做每件事情都要蒙上一個國家的蓋頭——不是美國，就是中國；她討厭他隨時隨地趴在她的肩頭指點她的路；她討厭他的自告奮勇和自以為是。她有腳也有眼睛，她寧願自己慢慢地找路，哪怕跌跌碰碰。

「你是在逼我說謝謝嗎，杜克？」她冷冷地說。

「喬琪娜，你看上去不快樂。」杜克深深地看了她一眼。

喬琪娜是武生的外文名字，是從喬治・桑演變過來的——喬治・桑是她最崇拜的法國作家。

一股細細的溫暖從武生心底湧上來，剎那間她幾乎覺得杜克興許真是關心她的，他興許還真有些懂她。但她很快就把那股溫暖嚥了回去。習慣了曼哈頓璀璨燈火的他，怎麼會知道地球的另一半，還有人過著夜裡披著棉襖跑到屋外上廁所，一週裡只能在單位澡堂洗一次熱水澡的生活方式？他怎麼會想到：她身上那件時尚，是她花四個半美金買下來的某位闊太太搬家或膩味時丟棄的垃圾？

她最終打消了談話的欲望，指了指被他們甩在餐桌上的同事，說你我都走了，誰來給他們做翻譯？

他輕輕地拍了拍她的肩膀，說這世上，離了誰地球也照樣轉。不要剝奪你同事快速改善英文的機會。

她終於被他惹笑了。

那晚回家，武生躺在旅館鬆軟的大床上一時不能入睡。她開始懷疑自己也許有那麼一點點在意杜克，否則為什麼她會為他的每一句話每一個舉動動氣？

一點點，只能是一點點，她不可能在意更多，因為她和他中間隔著兩座她一生也攢不夠力氣去攀爬的山：他太老，她太自尊。

兩天以後，中方代表團離開紐約回國，他和他的老闆都來機場送別。隔著人群他伸過手來輕輕地握了握她的手，就算是道別了。她期待著他說句什麼，可是一直等到她進了候機廳，他依舊還是沉默。她有點失落，因為憑她對他的觀察，他們的相識即使在那一刻畫上句號，也不該是一個如此沉悶毫無特色的句號。儘管她並不在意他，可是她還是忍不住為自己的判斷失誤感到羞惱。她被自己的美麗寵壞了，她向來更願意是那個在人際關係中以她的時間和方式安置句號的人。

當然，當時武生並不知道杜克的淡定是因為他早已有了自己的盤算。在武生的飛機還沒有啟航的時候，杜克的信已經搶在她的航班之前飛上了天。信是寄到她單位的——那是他唯一知曉的地址。信很簡單，疏疏的寫了一頁紙，都是一些內容普通得幾乎可以貼在牆上供公眾閱讀的問候——他不知道她的私信會不會經過他人的手和眼睛。但是他最終還是憋不住在信尾加了一句蘊意深遠的話：

「如果你願意，你可以在任何時候到美國來找我，我一定盡地主之誼。」

「我把風給你帶回來了。」

劉邑昌一進門，把他那本厚厚的寫生冊往桌上一扔，一屁股坐在了武生的床上。床沒防備，咿呀地尖叫了一聲。

「野人。」武生剜了他一眼，他很疼，卻很受用。

他們已經一個多月沒見面了——她去了紐約，他去了雲南。他黑了些，也瘦了些，海軍藍運動衫底下的肌肉裡，開始隱隱約約地有了骨頭的感覺。新剪的板寸頭硬如豬鬃，西雙版納的太陽把他臉上的輪廓削得明晰清朗，他看上去比任何時候都更不像是畫家。

她和他是在去年秋天相識的，那時她剛剛從上海分配到北京工作，還在慢慢熟悉北京的街巷和風景。她身邊隨時帶著一張地圖，每一個週末她都要找一個地方走一走。那天她的目的地是北海公園。

那天的太陽極好，頭頂竟然有一片罕見的藍天。樹木彷彿知道了末日將臨，枝葉在綻放著落地前的最後輝煌。她拿出照相機，開始尋找可以為她按快門的人——那時她還不懂相片的主角也可以僅僅是風景而沒有人。後來她就看到了他——他正坐在一塊石頭上寫生。

他很專注，完全沒有注意到身後有人。他穿了一件在當時已經漸漸淡出歷史舞台的藍布工作服，頭上隨意戴了一頂遮陽帽，腳上的那雙白球鞋上，沾著一層厚厚的興許是從前一個寫生地點帶過來的泥，衣服的肩肘之處隆起一絲關於肌肉的朦朧聯想。她的眼睛裡駐留過太多各式各樣的畫家形象，她幾乎是在第一眼裡就把他撣入了自以為是的小混混那一檔。

可是當她看見他手裡那張完成了一半的畫稿時，她立刻知道她的判斷出現了一次少有的失誤。她很快就忘記了她找他的初衷，在他身後一站就站了半個上午。當他終於闔上顏料盒的蓋子時，她忍不住惋惜地歎了一口氣。

「風呢？風在哪裡？」她問。

他轉過身來看見了她，不禁一愣。正像她的眼睛見識過了許多畫家一樣，他的畫筆也見識過了許多女人。他不是她見識過的那些畫家，她也不是他見識過的那些女人。

「形體和色彩都有了，只是我沒有找到風的感覺。」她說。

這是一句很到位的評價，不懂畫的人很難說出這樣的話。

「你也是學畫的？」他問。

她搖了搖頭。

「我爸是。我家住的宿舍區裡，看門的狗都知道誰的畫好誰的不行。」她說。

他被她惹得哈哈大笑起來，說就算我欠你吧，以後專門給你畫一幅風。

這時他注意到了她手裡的相機。

「是尼康F3HP嗎？」他問。

她有些吃驚。在那個年代擁有一架進口相機已經是奢侈，而一個如此年輕的女孩子擁有一架如此新潮的相機更是奢侈中的奢侈。她已經習慣了人們的羨慕眼光，只是幾乎沒人能這樣準確地說出它的機型。

「你懂相機？」她反問他。

「我已經在夢中擁有過它一千次，你說我到底算懂還是不懂？」他說。

她忍不住笑了。

「這是我爸送給我的禮物。」她說。

她只說出了一部分真相，另外一部分說起來太麻煩，絕對不適宜做初識的談資。

這部相機是父親動用了全家幾年的存款給她買的大學畢業禮物。其實父親動用的，還不僅僅是存款。父親逼著一個從國外出差回來的朋友，讓出了自己的小件電器指標（在指定商店購買電器的許可），而父親給那人的回報是每週兩次免費輔導他那個想考藝術院校的兒子。母親為這件事和父親吵過架，甚至幾天都不和父親說話。

「我說呢，原來你有一個闊爸爸。」他說。

「我爸只是一個普通大學老師。」她其實是不想生氣的，可是不知為什麼她說這話的時候漲紅了臉。她說的是實話，又不全是實話。她父親宋志成的確是在大學裡教書，卻不是普通的老師——他是一個系的總支書記。

他看了她一眼，說我去給你拿個玻璃瓶子。她有些疑惑，問做什麼？他嘿嘿一笑，說臉皮這麼薄，不住在玻璃瓶子裡你怎麼活？她這才明白了他的意思，刮遍了腦殼卻找不出一句話來回他——她是在那一刻裡意識到了論嘴皮的功夫她絕對不是他的對手。

那天他背著畫架，陪著她散了很久的步。他說他是工藝美術學院的研究生，老家是蘇北一個只有在詳盡的區域地圖裡才找得見的小鄉村。他自小愛從老師的包裡偷彩色粉筆，在家裡的牆壁上塗鴉。他畫一回，他爸給他一頓拳腳。揍過了，他忘了疼，還接著畫。漸漸的，他的皮肉長了繭子，倒是他爸老了，打不動他了，只好由著他把家裡的四壁都畫滿了畫。後來，他終於把家裡的每一個角落都畫遍了，只能另找地方。他找到了離家幾里地的一片河灘。河灘是他最大最好的畫板，樹枝是他無所不在的畫筆。無論他畫過什麼，一陣風過潮漲潮落第二天又是白紙一張。唯一的遺憾是他再也不能使用顏色。有一天，一位縣中學的美術老師到鄉下看親戚，碰巧撞上了他在河灘上畫畫。那天他畫的是一個騎在牛背上的放牛娃，老師在他背後看了很久，卻不說話。後來老師問他住哪裡，就跟著他到了他家，向他阿爸提出來要收他做學生——他爸這才肯把他當真。

武生聽了，就說你這個故事簡直是我媽的故事的翻版。我媽小時候也愛畫畫，也窮，也沒有錢買顏料畫筆畫紙。

邑昌就問你媽也是畫家？武生哼了一聲，說她那幾下連我都瞧不上眼。不過她是個好設計師，專門設計衣料上的花色。

從北海公園相識之後，他們就開始了頻繁的約會，幾乎每一個週末都見面。她的宿舍有人，他的宿舍也有人，他們只能約在戶外。早上她看他寫生，下午他陪她散步，直到嚴冬封鎖住了所有通往戶外的路。於是，他們就把約會的地點，改到了她的辦公室。

他不是想吊她膀子的第一個男人，可是他卻是她第一個迷迷糊糊地愛上了的男人。她如醉如癡地聽他講述著童年和鄉野的故事，框在往事裡的苦難呈現著舊油畫裡塵封的銅黃，那種凝重深遠讓她一下子覺出了自己的單薄。她的一生過於平順，她像是一張剛剛出廠的白紙，急切地期待著第一抹色彩，而劉邑昌既是顏色，也是那個塗顏色的人。

武生打開劉邑昌帶來的素描冊，一頁一頁地翻看起來。溪流，樹林，竹樓，女人。風是看不見的，風卻無所不在。風欲蓋彌彰地藏在水的漣漪裡，葉子和葉子之間的縫隙中，竹樓窗口擋亮的那塊花布簾上，女人身上筒裙的皺褶裡。風沒有色彩也沒有形狀，風卻是潛伏在一切色彩和形狀之下的那股靈氣，風彷彿解開了萬物身上的鎖鏈，風叫萬物有了行走飄逸的自由。

武生看完後久久無話。武生的沉默是一把錐子，在邑昌的自信上鑿了一個眼，底氣漸漸地就漏淺了。

「到底，怎麼樣？」他忐忑不安地問。

她終於開口了。她說你應該娶個土司的女兒，在雲南住上十年。

他從她的話裡聽出了讚許，他終於放下了心。他相信她的判斷，甚至勝於他的導師，因為她從不輕易說好話，也因為她對繪畫有一種未被規則修理過的天然直覺。

他走過去，從身後摟住了她。

她剛剛在單位的公共澡堂洗過澡，半濕半乾的頭髮裡有一股割草機走過的青草芬芳。他問她換洗頭水了？她含糊地答應了一聲，不想告訴他這是從紐約下榻的旅館裡拿回來的剩餘洗髮露。他撩起她的頭髮，看見了她脖子上一圈淡淡的近乎棕黃色的茸毛。欲望從甦醒到綻放只需要一眼，他還沒回過神來，就已經把她抱到了那張單人床上。

他已經有一陣子沒碰過她了，他的腦袋幾乎管不住他的手。他急切地撩起她的套頭毛衣，解開了她身上的一切束縛。她想說不要，因為她毫無準備。可是那句不要走到舌尖時，卻已經化成了一聲潮濕的呻吟。他的指尖彷彿有一種魔法，一挨上她的身子就瞬間剔去了她的筋骨，把她的意志化成了一灘水。她的身子不由自主地顫動起來，迎合著他身體的起落。

這不是他們的第一次——第一次留給他們的唯一印象是恐懼。與後來的熟稔和熾烈相比，第一次只不過是一次痛楚而笨拙的操練。雖然他十七歲時就已經被一位論輩分該是他堂嬸的女人哄去了童貞，可是當他遇到武生時，他還是第一次經歷一個沒有任何經驗的女子。他聽說過女人初次的生澀和艱難，他也為此做了心理準備，可是他再厚實的準備裡也沒有涵括她近似痙攣的巨疼——他被她如此低的疼痛閾值嚇了一大跳。其實那天她不是唯一一個感覺疼痛的人。那天她的身子緊張得如同一塊沒有任何縫隙的岩石，她把他和自己都硌得遍體鱗傷。那天的經歷幾乎成了他們之間無法跨越的鴻溝，然而他和她都沒有想到後來他們竟然還能邁過這一道坎，而且只用了一腳。

可是今天又和往常有些不一樣，她覺出了他急切之下掩蓋著的心不在焉。

完事之後，他扶起她來，兩人靠牆坐在床上，慢慢地喘勻了被欲望逼得走投無路的呼吸。

「你怎麼什麼都不顧，不怕我懷上了？」她有些惱恨地斜了他一眼。

他說那才好呢，你要是有了我們立刻去登記結婚。

她不說話。他把她的頭扳過來，靠在自己的肩上。

「我知道你想說什麼，你在想麵包和牛奶。」

她被他猜中了心思，她不想承認也不想否認，她索性繼續沉默下去。

「如果你爹媽等到麵包和牛奶都齊全了才結婚，這個世界上就不會有你。」

她被他的話震了一震——她從來沒有這樣思索過她自己的生命起源。她知道他說的有道理，可是他的道理太正，而今天她的心思膩膩歪歪的，總也不肯歸順。

他用衣袖輕輕地擦著她額上的汗，問她美國怎麼樣，好玩嗎？

這幾天她一直在等著他從雲南回來，她攢了一肚子關於美國的話想要告訴他。可是麵包和牛奶的話題如同一口變了質的食物，突然敗了她的胃口，她失去了說話的興致。她只是搖了搖頭，說了一聲一言難盡。

他把她的下頷轉過來，讓她面對著自己。

「丫頭，有什麼心事，說。」

他只比她大兩歲，卻總丫頭丫頭地叫她——她喜歡聽他這樣叫她。

她避開了他的眼睛，說沒什麼，只是時差還沒全倒過來。

他信了，不再追問。

「丫頭，我今天找你，有事。」

他說這話的時候，突然有些期期艾艾。

她一下子坐直了，因為他很少用這種神情跟她說話。

「你身邊，能勻出些錢來嗎？」他問她。

她猜想這句話這一路上已經不知在他肚腹裡打磨過了多少個回合，如果她可以鑽進他的肚腹，她一定會看見裡邊的血肉模糊。他這樣的漢子，讓他開口跟她借錢是比逼他下跪還難的事。

她現在知道了他剛才心不在焉的原因，原來他心裡藏了一句進出兩難的話。

她掏出自己的皮夾子，從裡邊抽出所有的錢——是一疊十幾張的大團結，塞進他的口袋裡。這是她上個月的工資——她出了一趟洋差，上個月的工資還存著基本沒動過。

他接過這疊票子，想了想，又撚了兩張放回到她的皮夾裡。她說不用了，過兩天就發下個月的工資了。兩人推來推去推了幾回，最終他還是收了下來。

「我爭取，儘快還你。」他說。

她知道這是男人的自尊。自尊是一根鐵棍，保護了自己也攔阻了他人，她覺出了距離。他在她身子裡殘留的餘溫似乎猝然涼了。

「不用急，我有。」她說。

他在等著她來問他借錢的理由，可是她沒有。他只好自己開口。

「我媽查出來胃癌，晚期。前些日子人就瘦得不成樣子了，就是捨不得去醫院看病，耽擱了。」

他說這話的時候語氣很平靜，彷彿在說著一件與他並無多大關聯的事。

可是她看見了他眼睛裡的血絲。

她抓起他的手，把臉貼在他的手背上——這是她唯一知道的安慰方式。從小到大她每一個步子都有人扶著，她遇到的最大傷痛是母親在擦窗戶的時候從凳子上下來，失腳踩死了一隻她養了兩年的貓。安慰和被安慰對她來說都是陌生的經歷，她還在慢慢學習。

他弓腰繫好鞋帶，拿起外套就往外走：「今天郵局關得早，我要馬上去寄。」

她穿上風衣，拿起他忘在桌子上的寫生冊，跟在他身後走了出去。

「我陪你去吧。」她說。

週日的過道裡很是清閒，人群已經被商場公園街道和公共汽車分流。街邊的空地上，有一對父子在放風箏——是一隻黑色的燕子，尾巴上描著金粉。風喜怒無常，燕子在風裡上下顛簸，跌跌撞撞，終於掛在了一棵楊樹上。孩子尖聲哭了起來，父親低聲下氣地哄著，卻怎麼也哄不順。

「邑昌，我想，申請出國留學。」武生猶猶豫豫地說。

從上海到藻溪的路不僅遠，而且不順，一路上要換三趟車。三趟車在這裡有些粉飾太平的意味，事實上，最後的一程是拖拉機。拖拉機不是在平路上行駛，拖拉機行走的是坑坑窪窪的山路，一個彎拐急了，就可能連人帶貨一起甩出去。

武生在上海待的時間只有十天，到藻溪掃墓原先不在計畫之中——這是勤奮嫂的堅持。

武生出生那年的春節，勤奮嫂和谷醫生結了婚。谷醫生依舊在醫院上班，勤奮嫂依舊開老虎灶，只是谷醫生把自己的物什打了一個包，搬進了謝池巷勤奮嫂的家裡。谷醫生在單位是隻死老虎，文革初期被揪出來打了幾棍，漸漸的，眾人的目光有了新的目標，就對他失去了興趣。雖然谷醫生的薪水這些年裡降了幾級，卻還可以支付兩個人的開支，他就勸勤奮嫂關了老虎灶。只是勤奮嫂勞作慣了，閒不住，她的小店鋪後來還開了很多年，一直到文革結束。

勤奮嫂和谷醫生輾輾轉轉地行了二十多年的彎路，才總算走到了一起，可是他們只做了兩年的夫妻，谷醫生便走了——是心臟病突發。那天夜裡勤奮嫂被一陣呻吟聲驚醒，谷醫生只來得及捏住她的一根手指，說了一個「你」字就嚥了氣。勤奮嫂永遠也無法再去探究那個「你」之後的巨大空白裡所隱藏的玄機。

谷醫生沒有熬過那些多事之秋。後來回想起來，勤奮嫂傷心之餘也有一絲不敢道為人知的慶幸——她見過了和谷醫生同樣境遇的人得意之後的輕狂，她不知道谷醫生若活到枯木逢春的日子，他是否能守得住他和她的那份平庸。死亡把谷醫生定格在一幅無法被現實顛覆的永恆美好之中，如同大先生，也如同仇阿寶。至此勤奮嫂才明白，走過她生命的每一個男人都不是來和她相守過日子的，他們僅僅是上蒼派來供她長長遠遠地緬懷的。從此她便死了再嫁的心。

小陶生完孩子不久，學校就復課了。小陶悄悄地把孩子放在娘家養著，自己一人回到了學校。直至小陶畢業分配到一家服裝設計院工作，武生才回到了父母身邊。武生小學畢業那一年，小陶終於說服母親關閉了經營多年的老虎灶，來上海和自己一起生活。從那以後勤奮嫂的稱呼就成為歷史，現在所有認識她的人都管她叫勤奮婆。從溫州搬到上海，她的輩分一下子跳了兩級。

勤奮婆知道現在女兒才是一家之主，她極少堅持自己的主張，除了這一次——這一次她不依不饒地堅持武生必須跟著大家去藻溪。小陶雖然覺得讓武生花兩三天的時間在路上顛簸有些耗神，但她也理解母親的固執：武生這次不是尋常的出門，她這一走不知道什麼時候才能回來。

武生申請出國留學的過程順利得超出了所有人的想像。

其實她還在上大學的時候，母親就鼓勵她出國，只是那時武生還沒有動心——武生真正動心是在去年。母親說她有個同事的兒子一年前去了辛辛那提大學留學，可以提供一些相關專業的錄取資訊。那人提供的資訊很管用，武生從開始申請到通過各樣考試再到獲得簽證，從頭到尾還不到半年時間。更出乎意料的是：托福和 GRE 成績並不十分出彩的她，竟然拿到了全額獎學金。

拖拉機轟隆轟隆的終於開過橋，進了藻溪鄉裡。宋志成攙扶著丈母娘下了車，勤奮婆卻回頭在車斗裡東看西望。眾人問找什麼？她說找骨頭，顛了這一路。司機聽了忍不住哈哈大笑起來。

剛下過雨，路很泥濘，不用看日曆也知道剛剛過了清明：路邊的泥地裡沾滿了五顏六色的紙片，有被風颳飛的金箔銀箔，有祭奠的花籃裡落下的五彩紙花，也有鞭炮粉身碎骨之後殘留的紅屑。勤奮婆咚咚地走在最前面，後面那三個比她年輕了很多的人，卻沒有一個追得上她的腳步。

這不是她第一次回藻溪。文革過後，大先生的學生找到她，告訴她陶家的祖墳這些年都有人暗中照看著，還算太平。從那以後，每隔兩三年，勤奮婆都要回藻溪一趟掃墓，有時帶著小陶一家，有時一個人。每趟回來，都像第一趟那樣激動。說起來，她嫁作陶家的兒媳婦，在藻溪前前後後也不過才待了六七年，遠不如在溫州住過的年數多，甚至還比不上她在靈溪度過的少女時光長。可是藻溪的日子給她烙下的印記實在太狠太深，她總覺得她後來的一切幸與不幸都是從這裡衍生出來的。這裡發生的事，才是萬事萬物的根。只是可惜，鄉裡知道陶家故事的老人越來越少了，勤奮婆每回來一趟，走時心裡都要添幾分傷感。

進了鎮勤奮婆就急急地尋找著橋下的南貨鋪。南貨鋪似乎是藻溪一塊亙古不變的地標，無論修過多少回路，蓋過多少幢新樓，換過多少屆政府，南貨鋪依舊站在路口，任世道的洪流湧過來淌過去，緘默，破舊不堪，卻不肯讓路。

可是這回勤奮婆一下橋就傻了眼：南貨鋪不見了。不僅南貨鋪沒了，橋底下那一排店鋪都沒了，道路已經擴出了一兩丈。勤奮婆找了個路邊的閒人一打聽，才知道守鋪的章嫂去年歿了，拆遷之後她的子女都去了縣城長住。勤奮婆聽了一臉落寞。小陶就勸，說天底下哪有不散的宴席不死的人？要不社會怎麼朝前發展？勤奮婆歎了一口氣，說我管不了天下的事，我只知道最後一個認識你爸你奶奶的人，也沒了。小陶嘴上沒說什麼，心裡卻嘀咕：連我都不認識我爸我奶奶，章嫂又怎麼樣？

眾人就上了山。

兩年沒來掃過墓了，墓邊的草修剪得倒還齊整。大先生的那個學生文革之後職位一連提了好幾級，他吩咐一聲，底下就有的是顛顛地跑腿的人。只是墓碑上刻的字裡長了些青苔落了些鳥屎。小陶撿了根樹枝，刮著凹縫裡的髒東西，勤奮婆就開始燒紙錢。勤奮婆的紙堆內容很豐富，有金箔銀箔，有各種各樣的書，也有幾個摺疊得方方正正的紙菸盒。最底下，還壓著一艘紙船——這是小城通往外邊世界的唯一交通方式，火車飛機還是幾年以後的事。

「你外公活著只喜好三樣東西，一是書，二是菸斗，三是到外邊走走。錢他倒是不稀罕的，他只是不能沒有這幾樣東西。」勤奮婆對武生說。

武生就笑，說沒錢他能買得起這三樣東西嗎？那都是富貴人家才有的癖好。勤奮婆想了想，說這倒也是。武生說外婆你過時了，現在人家早就不燒船了，都燒計程車呢。勤奮婆說好啊，那咱們下回也趕個時髦——等你回來。

勤奮婆就跪了下來，對著墓碑磕了一個響頭。

「媽，大先生，我把武生給你們帶來了。上回武生來看你們，還沒上大學呢。這回武生大學畢業，要出遠門了，遠得誰也管不上了，只能求你們看著點她的路。」

宋志成點了一根菸，坐在不遠處一塊石頭上慢慢地抽著。他十三歲跟著叔叔離家參軍，他不信鬼神也不信來生。他管得了自己不信，可是他卻管不了他丈母娘信。對這個丈母娘，他心裡多少有點怵。那年他讓小陶給她寫的那封絕交信，這麼多年還像根魚刺梗在他的心頭。他知道勤奮婆沒忘記，可是她從來不提。她給了他這個面子，他就留了個短處在她手裡。這個短處像把刀懸在他的頭頂，似乎隨時都能落下來，卻不知道到底是哪一刻——他就這樣提心吊膽地過了二十多年。

這一兩年裡宋志成一下子老了，不是因為年紀，而是因為他突然悟出了自己的沒用。他雖然是系總支書記，可是真正說話管用的，不是他而是系主任。將他邊緣化的不是從上至下的硬指令，而是從下至上的軟眼神。他沒有抗爭，因為他沒有抗爭的資本——他知道自己在業務上的斤兩。不知從哪天起，延安的經歷已經不能再為他修補專業知識上的空洞。他依舊背負著那個已經背負了幾十年的階級使命，他一如既往地憐惜關注系裡那些家境貧寒的學生，可是他沒有想到的是，沒有人再以苦難貧窮為榮。世道變了，他覺得他埋頭行走了千里萬里的路，猛一抬頭，才發現他的腳早就踩偏了。時代是一部強效離心機，渾然不覺毫無噪音地把他甩出了話題的中心。

他甚至在家裡也不再是軸心。他的妻子孫小陶如今是一名高級工藝師，當年蹩腳的美術基礎並沒有妨礙她成為頂尖的布藝設計師。她對色彩和形狀的天然敏銳使得她設計的每一個樣品都能在第一時間成為服裝市場的新寵。她的生活裡再也沒有需要他施以援手的溝坎，她再也不會像從前那樣用含淚的眼神對他說「宋老師你不要走，你走了再也沒人管我。」倒反是他，常常萌生出說這句話的衝動。

女兒武生從上大學開始就有了屬於她自己的羽翼，而且一天比一天剛硬，現在她要用它去丈量另一片遙遠而陌生的天空。所有的人都在成長，用日益強壯的觸鬚去深入那個變幻莫測的新世界，而他只是一個遠離一切圓心的孤獨老頭，儘管他才剛剛六十歲。

「武生你過來，給你太婆和外公跪下磕個頭，也算是告別。」勤奮婆招手喊武生。

地很濕也很髒，到處是鳥屎和土坑，武生猶豫了一下，偏過頭去看了一眼父親。宋志成扭過頭去，避開了武生的眼睛。在丈母娘和他的意願產生分歧的時候，他通常選擇迴避。

武生只好找掏出手絹，找了塊略微平整乾淨些的地方鋪下。

「大先生，求你給武生找個伴，讓她走得多遠都有人照應。」

勤奮婆的聲音很低，低得幾乎像呢喃自語，可是武生卻聽見了。武生的眼眶突然熱了一熱。她此行最大的恐懼，不在路遠，也不在路難，她怕的是在黑暗和艱難中間，她找不到一隻可以抓得住的手。她的恐懼連母親也不知道，可是外婆卻懂了。

她跟著外婆懵懵糟糟地磕了一個頭，起身時卻發現鋪在膝蓋下邊的那塊手帕上，蠕爬著一條鮮紅的，彷彿剛從血水裡撈上來的蚯蚓。那蟲子在那塊雪白的布上爬了一會兒，慢慢地將身子蜷成一個猩紅的圓圈，便不再動。武生的心在腔子裡咚的猛撞了一下，險些將她撞翻在地上——她不知道那是一個什麼樣的兆頭。

過了半晌，她才漸漸地定下了心，起身，和外婆母親一起，一張一張地往火堆裡扔著冥紙。火光灼著她的臉頰微微發燙，墓碑上的字在煙火的燻燎中顯得時而清楚時而模糊。她先前跟外婆來過幾趟藻溪，已經大致理清了那些名字和自己的關係。陶公至深是她的太外公，也就是她外婆勤奮婆的公爹。陶呂氏是她的太外婆。她不知道這個娘家姓呂的女子叫什麼名字。不僅她不知道，連她的外婆也不知道。這個姓呂的女子將帶著她名字的祕密長眠於這片荒野之中，直至有一天，都市的魔爪最終擾亂這片寧靜。

陶之性是她的外公。外公只是一個符號，一個抽象的稱呼。不僅她沒見過外公，連她的母親也沒見過她自己的父親。她聽母親背地裡講過那個與母親的名字密切相關的逃亡故事，有幾處聽得她毛骨悚然。她覺得那個叫陶之性的男人不僅虛假懦弱，而且冷酷無情。她覺得不是外婆害死了丈夫和婆婆，而是外公幾乎親手把自己的妻子和女兒推上了絕境。

陶之性右邊的那塊墓碑上的名字是陶萬氏。武生知道她是外公的元配夫人。這個女人本該成為她外婆，可是她在朝她走來的路上突然被命運劫持，陰差陽錯，在即將和她的生命產生交集的時刻擦肩而過，於是就永久地成了一個與她毫無關聯的名字，無聲地做著外公墓邊的一件飾物。

陶萬氏右邊還有一塊墓碑，它是這群墓碑裡最新的一塊，石面還沒來得及被風雨烏蝕，上面的銘文是「陶公之性夫人上官吟春之墓」。這塊石碑是外婆幾年前叫人雕刻的，外婆還特意叮囑石匠一定要刻上自己的全名。其實當時這裡豎的是另外一塊碑，上面刻的是另外一個女人的名字：「陶公之性蕭氏夫人之墓」。那塊舊碑是在那個姓蕭的女人過門的時候就立下的，只是她沒輪得上用。她最終沒能以陶家兒媳婦的名義在陶家終老，而因不能生育被趕出了家門。外婆在本來為這個女人預備的空穴前立了自己的碑文，每一次武生看到這塊碑都有些膽戰心驚——她無法把活人和墓碑聯繫在一起，總會忍不住想起電影裡所見的活埋場景。

「武生，不管你走得多遠，這裡都是你的根。」

終於燒完了帶來的冥紙，勤奮婆踩滅了紙灰裡的最後一塊餘燼。

武生避開了外婆的目光，遙望著被祭祖的香煙攪擾得輪廓模糊的竹林，還有落日在遠處山巔上塗的那一抹橙紅，卻默不作聲。她還沒有邁出背井離鄉的第一步，她還不知道什麼叫做根。她無法在尚未失去的時候開始緬懷，她畢竟太年輕，思鄉應該是多年之後的事情。

下山的時候，大家都很安靜。日頭終於落盡了，暮色漸漸濃膩起來。路雖然拓寬了，街燈依舊昏暗，一盞一盞的相隔很遠，黑暗被剪裁得支離破碎。這是全家聚得最齊的一次祭墓，可是四個人卻都在想著各自的心事，步履沉重。

「這個孩子，看不出有什麼不捨的樣子。大學畢業的時候就不肯留在上海，她不喜歡待在我身邊。」小陶輕聲對母親說，聲氣裡很有幾分失落。

勤奮婆沉吟了半晌，才說：「你讓她再長一長，她就知道靠得住的還是親娘。你那個時候，不也總想離開家，放暑假給你寄了船票的錢，你都不肯回來。」

小陶愣了一愣，突然就想起了那些久遠而荒唐的往事，還有那些她借著年少輕狂扎在母親心上的一根根針。她歎息著，輕輕捏住了母親的手臂。

「志成，你有沒有眼力？就不知道緊走幾步去路口先喊上拖拉機，省得我們站在風裡等？累了一天了，媽走不動。」小陶衝著宋志成嚷道。

宋志成扔了手裡的菸，啪嗒啪嗒地朝著路口跑去，半明不暗的燈光把他已經開始佝僂的身影扯得很瘦很長，看起來活像一隻張牙舞爪的蟑螂。

「外婆，你也不管管，我媽這樣欺負我爸。」武生忿忿地說。

勤奮婆拍了拍武生的手背，說老男人娶了年輕媳婦，就是這個下場。武生說那我外公娶了你，是不是也這樣？勤奮婆的眼裡飛過一絲迷茫。往事太輕浪，禁不得任何誘惑，輕輕一鉤就走出了封塵。大先生大概也是寵過她的，只是那個世道太亂，容不得簡簡單單的兒女之情。她輕輕一笑，說沒有哪個男人不喜歡年輕女人的。你爸要是不叫你媽收拾收拾，他就皮癢——你媽是給他撓癢癢呢。將來你要是嫁了個比你大許多的男人，你就明白了。

武生撇了撇嘴，說我才不要老男人呢。

小陶哼了一聲，說別嘴硬，我可都記著你的話。

老宋很快喊來了拖拉機，眾人便都上了車。路上到處在蓋房子，隔幾步就有新挖的和沒填平的坑。拖拉機在坑和坑中間顛簸著，轟隆的馬達聲裡，武生突然有了睏意。她趴在父親的肩膀上昏睡了過去，也不知過了多久，一睜眼已經到了靈溪車站。走下拖拉機的時候，她看見父親灰卡其春秋衫的肩上，有一塊銅錢大小的濕印——那是她的口水。

「武生，要不，咱就不走了吧，有爸在。」宋志成掏出兜裡的手帕，擦了擦女兒的嘴角。眼淚毫無防備地湧了上來，武生趕緊扭過了臉。從拿到簽證那一刻起，她就期待著有人說這句話，可是沒有，誰也沒有。劉邑昌得到消息後立刻報了一個托福培訓班，準備花一年的時間攻克外語，爭取明年和她在美國相聚。母親拿著她的簽證看了一遍又一遍，喃喃地說美國才是世界發展的方向。她以為攔阻的話終究會來自外婆，因為外婆是一家人裡最守舊的那一個，可是外婆卻說想做的事就得趁年輕去做，免得老來後悔。從一開始，父親在這件事上一直保持著沉默。然而父親從來話少，她很難從父親的緘默裡猜度他的心思。她只是沒想到她期待了很久的一句話，竟會來自向來寡言的父親。

她雖然一直等著這句話，可是她明白她絕不會被這句話左右——她終究還是要走。她只是想知道有人貼心貼肺地牽掛著她，而不僅僅是拿她當指望。現在她終於討到了這句話，她突然覺得心落在了實處——她終於可以放心地走了。

武生喑啞地叫了一聲爸，卻是無話。

宋武生參加完單位的送別晚宴回到宿舍時，發現門上釘的那塊豆綠色布簾子被摺疊成了一朵大花，而花蕊是一束剪成細波紋形狀的彩紙。她就知道劉邑昌已經到了——他有她屋子的鑰匙。

開門進去，她吃了一驚。燈沒開，屋裡卻不黑，有一股比燈黯淡卻比燈厚實的光亮，如化了一半的黃油，濃郁肥膩地絆住了她的腳和她的眼睛——是桌子上的兩根紅燭。蠟燭大概燒過一陣子了，燭蕊高了，發出些細碎的爆響，扯著燭光一驚一乍地顫動著，燭淚在白塑膠桌布上淌下一堆肥軟的殘紅。窗戶蒙上了，可是蒙住玻璃的不是窗簾，而是一塊洋紅色的紗巾。燭光舔到紗巾上，滿屋便溢流著暖烘烘的喜氣。

劉邑昌坐在床沿上等她，身上穿了一件白隱格的襯衫。襯衫很新，還帶著包裝盒的犀利壓痕。他手裡捧著一個錦緞盒子，臉上流溢著一股剛洗過澡之後濕潤鬆軟的潮紅。

「給你的，可是你現在不能看。」他把盒子放到了她的枕頭底下。

「今天你身上，多少得有一樣紅。」他的眼神裡有一根細細的刺，上上下下地挑剔著武生身上那件湖藍色的連衣裙。他從書包裡掏出一朵絨布剪疊的紅玫瑰，別在了她的前襟。

「坐下來，我們喝一盞交杯酒。」

他把桌子上的兩個空杯子都斟滿了酒，一杯給她，一杯給自己。他一仰臉，把自己手裡的那杯一口飲盡了，將杯底亮給她看。

「明天你就走了，今天這一杯，你怎麼也得喝。」他說。

她先前已經和同事喝過酒了，她的酒量淺，那點酒在胃裡待得不安生，總有點想興風作浪的意思。她不想喝，可是她禁不住他眼神的逼促。

「喝過這一杯，我就算娶過你了。有沒有那張紙，你走到哪裡也是我的女人。」

他喝得太急，那一杯酒剛落進肚子，就泛到了臉上，他連眼睛也紅了。

她喜歡他話語裡的霸氣。他的霸氣是一堵結實的高牆，她在裡頭待得舒適而安全。只是這時她還不知道，她已經把他的霸氣做成了一把尺子，她將拿著這把尺子來衡量後來進入她生活的每一個男人。

她喝了一口，喝不下去，放下杯子就去解他的衣扣。他被她的主動嚇了一跳，卻猝然醒了。他拽住她的手，讓她在床沿上坐直了。

「今晚你是新娘，你得像個新娘的樣子。」他說。

她低眉斂目，雙手交疊著放在腿上，把自己拿捏成一副羞澀矜持的模樣，想笑，卻不敢笑，頰上的肌肉輕輕地顫了幾顫。

世上所有的男女私情都是單行道。她暗自歎息著。他們早就已經跨越了欲望的門檻，見識過了門裡的每一條通幽曲徑，他們如何還能回到門外，隔著門再重新經歷一次不知就裡的好奇？

他取下她的髮卡，她的頭髮濃雲似地散落在她的肩上。他撩開她的頭髮，俯下身來吻她。他吻她的肩膀，她的頸脖，她的耳垂，她的臉頰，她的唇。他的舌頭像一根火柴，舔到哪裡哪裡就嘎地燃起一團火。漸漸的，那一團團的火彙集起來，將她的身子燒成了一盞通明透亮的燈。她的身子盛不下那份炙熱了，她渴望著被炸成一地碎片。

她終於忍不住呻吟了起來。牆壁薄得像紙，過道裡的每一個人都看見了一個男人在夜深人靜的時刻用不屬於他的鑰匙，堂而皇之地打開了她的門。可是，她不在乎。明天一大早，她就要告別這一雙雙無時無刻地烙在她脊背上的眼睛。從明天起，她和他們將天各一方，她的路和他們的路也許永遠不會再有交集的時候。

他開始脫她的衣服。他脫得很細心，一顆一顆小心翼翼地解著她的鈕扣，彷彿那是些棉紙糊的空心球，略一用力就會在他的指下爆扁。他可以複製耐心，也可以複製溫存，甚至可以笨拙地複製一絲慌亂，可是熟知了她身體每一根曲線的他，卻怎麼也不能複製無知。無論走過多少繁瑣的鋪墊，他終歸還是要走回他的熟稔。

那晚他在她的身體裡待了很久，他不走，她也不放，她的指甲在他的脊背上留下一條條血痕。他們似乎都想掰下對方身上的一塊肉，嵌在自己的身子裡帶走。

終於完了事，睡意在欲望的餘燼中突襲而來，他們在彼此的臂膀中沉沉入睡。

第一個醒來的是武生。武生一睜眼，猝然看見了身邊有一個人，嚇了一大跳，過了一會兒才把昨夜的事漸漸地想了些起來。蠟燭已經很低了，幾乎燒到了底座，燭蕊裡冒出一絲絲苟延殘喘的青煙。黯淡的燭光中他的臉上顯出一絲倦容，眉心有一個隱隱的結子——那是離別咬傷的瘢痕。

她突然記起他塞在枕頭底下的那件禮物。她翻出那個錦緞盒子，打開來，是一個梨形的景泰藍製品，梨頭上有一個可以扭開的細柄。她輕輕一擰，露出裡頭一個鏤成心形的盒子，盒子裡裝了一只景泰藍戒指。

她一下子想起了那個和梨諧音的字，心裡抽了一下，就把他推醒了。

「你怎麼可以，送我梨？你懂不懂送別不送梨送病不送鐘的規矩？」她憤怒地嚷了起來。

他揉了揉惺忪的睡眼，愣了一會兒，才明白了她話裡的意思。他嘴角一吊，吊出一絲狡黠得意的微笑。

「這梨是簡單的梨嗎？你沒看出來它是樣什麼容器嗎？」他問。

她想了一想，才猶猶豫豫地說不就是一個盒子嗎？

他斜了她一眼，說你自己仔細體會體會吧，這是什麼意思。

梨盒。

電閃雷鳴之間，她突然醒悟了，這是離合的意思。

她並不知道，這件禮物是他花了一個月的工資，還從同學那裡借了錢，託人從友誼商店買的。他本想在他們別後的第一封信裡告訴她這件禮物的寓意，可是她趕在他的前頭扎破了這個祕密。

她沒說話，只是從身後抱住了他，很緊，很緊。

武生從未見過這麼大的書櫥，從地板一路延伸到天花板，占了整整一面牆。櫥門前擺了一張小梯子，專為取高處的書用。書的類別和裝幀風格都很雜亂，天文地理哲學歷史美術包羅萬象，卻不是那種套著皮封擺成整整齊齊一排的裝飾版。每一本書似乎都被翻閱過，留在封皮上的指痕已經將它們折舊。

這是武生的導師克勞德・布夏教授的家。這個週末是哥倫比亞紀念日，是開學之後的第一個長週末，導師請了手下所有的研究生到家裡吃燒烤。

書櫥不是唯一放書的地方，桌子上也鋪滿了書。看得出來桌子是為了迎客而剛剛整理過的，被一雙女人的纖纖細手。書歸置成整整齊齊的一疊，電腦螢幕上一塵不染，桌角上擺了一個玻璃花瓶，裡頭插著從花園裡採來的菊花。花瓶前放著一張全家福的照片，兩個大人和兩個孩子。女孩十五六歲的樣子，男孩略小幾歲，兩人笑起來，都露出一口銀光閃閃的牙箍。照片裡的那個母親披著一頭亞麻色的長髮，臉頰上有一些淡褐色的雀斑——那是陽光吻過的痕跡。女人也笑，卻是和孩子們不同的笑法：女人只用眼睛笑。武生知道這個女人是布夏教授的妻子西琳娜。

布夏教授是八〇年代初在法國取得博士學位的，西琳娜應該是他在索邦大學時的同學。武生暗想。武生對導師的學術背景瞭若指掌——這是母親叮囑她做的功課。布夏教授擁有哥倫比亞大學的碩士和索邦的博士學位，精通四國語言，在來到辛辛那提之前曾在紐西蘭的一所大學任教。

在選擇專業的過程中母親不遺餘力地參與了意見，有時甚至囉嗦到了武生膩煩的地步。原先武生沒有想過文化比較這個專業，母親說她的法語英語再加上漢語的背景，會使她在所有的申請者中脫穎而出，得到獎學金的機率會比別人高出許多——後來發生的事證明了母親的先見之明。

武生到美國已經一個多月了，可是她依舊覺得還半懸在空中，沒有完全落地。來之前導師已經給她找好了一個單間的公寓，雖然小，卻五臟俱全，而且很乾淨，離學校只有十五分鐘的步行路程。房租是一百七十美金，在同類房子裡是異乎尋常的便宜，可是武生還是嫌貴。武生的獎學金是六百五十美金，寒暑假停發，九個月的收入要平攤到十二個月，武生不得不精打細算。她曾想過要搬出去和同學同住，再省點房租，可是導師說第一年學業繁重，一個人住學習和休息的效率都要高些。她只好作罷，她只能把掰過的錢掰得再細一點花。即使過得再節儉她也不能抱怨，她知道系裡像她這樣免了學費又外加獎學金的學生屈指可數。

錢不是她唯一的煩惱，更讓她頭疼的是英文。她在大學裡學的那點英文，只夠做簡單交流，一到聽課和寫作業的時候，她就感到了捉襟見肘的窘迫。她現在像海綿一樣張開了身上所有的毛孔，拚命地汲取一切可能的英文單詞，可是她的英文卻容不下她的法文——她覺得英文在一天一天地蠶食著她肚子裡本來就是異物的法文。她害怕等她終於得到英文的時候，她卻已經丟失了法文，畢竟兩樣都是外語。

從窗口望出去，外頭的太陽極是明豔，把草尖曬成一片接近於白色的淺黃。這是一個俄亥俄州難得的好秋，陽光依舊帶著夏天的鉤子，啄在身上隱隱生疼。樹葉子分不清季節，依舊待在枝頭癡癡地等待著第一絲秋風的引領。武生剛從同學那裡學到了一個新詞，英文裡管這種秋老虎天氣叫印第安夏天。

燒烤爐的架子上擺滿了食物，西琳娜已經擰開了煤氣罐，空氣裡很快就要瀰漫起雞腿香腸和玉米的香味。草地上很熱鬧，武生的同學們正在和布夏教授的兩個孩子玩飛碟。桑迪很久沒見過這麼多人了，有些瘋，一路追著飛碟從這頭跑到那頭，時不時猛然起跳，身子在空中畫出一道輕浪的弧線，喉嚨裡發出些半是歡喜半是撒嬌的呼嚕——桑迪是布夏教授家的狗。

武生的眼睛在書櫥裡匆匆走了一遍，突然發現了一本法文版的《情人》。這是她在大學裡讀過的書，只不過那時候讀的是刪簡本。她抽出這本書，站在窗口翻了起來。才翻了幾頁，突然就翻到了一張照片。是老式照相機拍的黑白照，很小，不到兩吋，顏色已經泛黃，但還看得出是一個年輕的軍人，背景是一片看不出地域特色的荒原。軍人的五官和軍服的細節都已經被歲月磨蝕得模糊了，只有笑容還依舊燦爛真切。

「喬琪娜，你喜歡杜拉斯（Marguerite Donnadieu）？」

布夏教授不知什麼時候走進了書房。

布夏教授說的是法語。只要不在公眾場合，布夏教授常常和武生以及班裡幾個歐洲背景的學生講法語。布夏教授是法國人，法國人對英文有一種天然的輕蔑。布夏教授很紳士，他把他的輕蔑包裝得很是老道，可是再老道也有破綻，逃不過武生的火眼金睛。

「在中國，所有法國文學專業的學生，都要讀杜拉斯的小說。」武生說。

「你還是沒有回答我，你喜不喜歡她的小說。」布夏教授說。

「不喜歡，她太矯情。」

「此話怎講？」

「世上最有錢的一個男人，遇上了世上最窮的一個女孩，他給錢，她賣身——那都是陳詞濫調，只不過角色換了個，受惠的是白種人。當然，我的喜惡絲毫不影響杜拉斯在中國熱銷。」

班上的同學背地裡談起布夏教授，都管他叫三W，意思是說他凡事愛刨根問柢，隨便一句話都要盤查出處（where）道理（why）和用途（how），同他聊天著實費勁，便都有些避著他。只有武生不怕。武生不怕的原因，不是因為她把三W都捋清楚了，而是因為她敢把沒想清楚的話扯出唇舌，而且一見情況不妙就能拔腿走人。布夏教授似乎給她留了格外的面子，竟從未追著她給她自己的胡言亂語擦過屁股。眾人見了，就暗地議論布夏教授偏愛亞裔學生——當然，這些話颳不到武生的耳朵中來。

布夏教授哈哈大笑起來，說對一個法國人批評一個法國作家，你得當心。我倒是很少見到你這樣直言不諱的中國學生。

「這是誰？」武生指了指手裡的那張舊照片問。

布夏教授遲疑了一下，才說是我，許多年前。

武生有些意外，問你當過兵？在哪裡？

布夏教授說在印度支那，杜拉斯小說裡的那個地方。

武生又吃了一驚，說怎麼法國人也參戰了？你到底是站在哪一邊的，美國？還是越南？

布夏教授把那張照片拿過來，對著窗口的光亮細細地看了起來。他的眼力已經供不上了，他得把照片舉得很遠。武生發現有一顆流星唰的劃過他的眼簾，又瞬間消失了，卻已經留下了痕跡——他的臉上有了光擦過之後的溫熱。

「喬琪娜，假如一個人在二十歲的時候沒有社會理想，他就是沒有心肝。可是到了四十歲還抱著社會理想不放，那他就是沒有腦子。」他說。

他到底還是沒有回答她的問題。

他的話很重，一下子把武生砸懵了，半晌，她才垂頭喪氣地說：「心肝我是沒有指望了，但是我努力爭取有腦子吧。」

兩人便一起笑了起來。

「克勞德，別貓在屋裡了，快出來曬曬太陽，晚飯馬上熟了！」

窗外響起了西琳娜歡快的呼喊聲。

武生還在摸鑰匙開門的時候，就聽見了屋裡的電話鈴聲。衝進去接起來，是電訊公司接線生溫婉的聲音：

「請問你是喬琪娜宋小姐嗎？這裡有一通從中國打來的對方付款電話……」

接線生尚未報出名字，武生就已經猜到了是劉邑昌——這是這個月的第二次。

他只是遏制不住地想她。他的聲音從電話那頭流過來，她手裡捏著的那根電話線就會熱得燙手，她甚至覺得話筒隨時要在她耳邊炸出一個火球。其實她也想他，只是把念想和帳單放在天平上一稱，還沒比出孰重孰輕，念想就已經蔫了一半。

「托福沒過，只考了四百五十分。」電話那頭傳來的聲音很沮喪。

這對他來說是新聞，對她卻不是——她早就預料到了這個結果，只是成績比她想像得還要糟糕。劉邑昌語言能力極差，到北京上了七八年的學，至今普通話裡還帶著家鄉方言的生硬烙印。把他的耳朵眼睛嘴巴鑿磨成可以讓英文通行的道路，將會是一個移山填海的碩大工程。

「我又報了一期培訓班，這次是在外院，聽說那裡的通過率比北大高。」他說。

她知道托福班的現價是一百元——這幾乎是他一整個月的工資，剩下的那幾個小錢，甚至不夠他在食堂裡吃一份哪怕最簡單的伙食。他母親還苟延殘喘地活著，可是她不敢問她的病情。這個話題太沉重，她知道她挑不動。臨行前她把剩下的幾百塊人民幣全都留給了他，他家是個無底洞，那幾張鈔票走不了多遠的路。

「你說有什麼辦法，可以快速提高英文水平？」他焦急地問。

她看了一眼手錶，他們在這個話題上已經耽擱了五六分鐘。這個月的帳單已經來了，上一通電話花了她二十一美金，這一通即便立刻掛斷也至少耗費了十美金。除去勻給寒暑假三個月的費用，再除去房租和伙食，這個月的獎學金大概還剩下三四十美金。在離開家的這些日子裡，武生已經把心算的本事演繹得爐火純青。

她歎了一口氣，說要不我給你寫信吧，這個話題三言兩語講不清楚。她知道他還有話要說，她感覺得到他沒說出來的話正在他舌尖上蠢蠢欲動，她卻顧不得了，逕自掛斷了電話。

剛放下電話，鈴聲又響了，她以為沒掛斷，心裡有一股怨氣騰地竄了上來，勁道太猛，嘴唇想擋卻沒擋住，衝出來的時候撞得她腮幫子生疼：

「劉邑昌你知不知道，這是一塊七毛五美金一分鐘，你這樣打下去，我這個月別吃飯了。」

那頭是一陣死一般的沉寂。半晌，才傳過來一個陌生的聲音。

「喬琪娜，是我，杜克，我在你樓下。」

武生猛然醒悟過來，原來這是連在電話線上的門鈴。

她只是在剛到辛辛那提的那個星期給杜克寫過一封信，後來就一直沒有和他聯繫，她完全沒想到他竟然會來看她。她按了一下開門的鍵鈕，衝進廁所胡亂梳了梳頭，還沒來得及把口紅抹勻，杜克就已經到了門口。

「對不起，我沒事先告訴你，是想給你一個意外。是不是太晚了？」杜克拿著一個大紙箱，猶猶豫豫地站在半開的門外。

「你是怎麼來的，開車嗎？」武生驚訝地問。

杜克點了點頭。

「那要，開多久啊？」武生問。

「早上五點半出發的，沒想到長週末路上有這麼多的人，出了紐約就堵車，一路堵到這裡。」

武生看到杜克眼白裡那一根根細細的血絲，暗暗在心裡喊了一聲皇天，就趕緊讓他進屋。他放下紙箱，說了聲車裡還有東西，便又下了樓，再上來時手裡提了兩個飽脹得要開裂的黑塑料袋。

「我剛剛買了房子，在曼哈頓。原先公寓裡的東西都用不上了，你或許還能派點用場。」杜克說。

武生瞟了一眼杜克放在地板上的東西，塑料袋繫著口，看不出裡邊裝的是什麼。紙箱子倒是大大敞開著，裡頭都是些鍋碗瓢盆之類的廚房用品。一支炒鍋的手柄上，還貼著一張沒撕乾淨的價格標籤。武生便知道這是他專門給她買的，不是舊貨。她的眼睛再往箱子深處探了一探，發現鍋和碗中間的那一小塊空地裡，居然還塞了幾塊洗碗用的絲瓜筋。

武生很是感動，想說謝，又覺得那一個謝字反而有些輕薄，搜了半天腸子，最後只說了一句沒想到你這麼細心。

杜克哼了一聲，說那當然，我可不像有些人，到了紐約也沒想起給老朋友打個電話。

武生無話可回。她在紐約機場轉機到辛辛那提，中間其實有半天的空檔，她竟然一點也沒有想起來要聯繫杜克。

她問他吃飯了嗎？他說吃了，不過那是中飯，我帶你出去一起吃個消夜吧。她搖頭，說辛辛那提這個鬼地方，哪能跟紐約比？這個時候哪還有什麼消夜？算了，不如先喝杯茶，我給你煮碗麵。

武生進了廚房打開冰箱，才發現裡面幾乎空空如也，只剩了一棵白菜和半盒雞蛋。話已經出了口，也翻悔不得，只好硬著頭皮下了一碗掛麵，扔了幾片菜葉子和兩個水煮蛋。端出來一看，杜克已經斜靠在沙發上睡著了。一年多沒見，杜克還是那副老樣子，只是走近些，就看見了他鬢邊有幾絲變了顏色的頭髮——那是從黑到白的過渡層。垂在沙發扶手上的那隻手依舊五指空空，沒有戒指。

武生放下碗，從床上揭下一條毛毯蓋在杜克身上。誰知輕輕一碰，他就醒了，揉揉眼，一臉歉意。

「怎麼話還沒說上一句，就睡著了？」

她把筷子塞進他的手裡，說你開了一天的車，不睏才怪。趕緊把麵吃了吧。

他端起碗來，挑了幾挑，就猶猶豫豫地停住了。

「我從小就吃食堂，真的不會做飯，是不是很難吃？」她忐忑地看著他說。

他沒繃住，終於噗嗤一聲笑了，說鹹得可以醃鴨蛋。

她趕緊把麵端到廚房，倒了些開水進去，把湯沖淡了又端回來，手忙腳亂狼狽不堪。

「看起來你離賢妻良母的目標，還有很長的路要走。」他說。

「誰稀罕做賢妻良母？」她說。

「不做賢妻良母，那你要做母夜叉，就像剛才電話裡那樣？」他看著她，依舊一臉壞笑。

她的臉唰的一下子紅了，如同是竊賊在鉤取錢包的那一刻被人正正地擒住了手。

「有事沒事，就打對方付款電話，煩……」她期期艾艾沒頭沒腦地解釋著，說了一半就覺得有些後悔——這是一個她並沒有準備和他分享的話題。

他沒有說話，只是默默地吃著麵，最後呼嚕呼嚕地喝完了碗底剩下的那點湯——她知道他是為了不讓她難堪。空氣突然厚重了起來，呼吸撞上去，彷彿撞上了一堵堅硬的牆，滿屋都是回聲。

「你是不是覺得我，有點太小氣？」她把髒碗收拾進了廚房，又從廚房裡探出頭來，嚅嚅地問。

他沒回答，只是站起身來，尾隨著她進了廚房。他撐著門站著，看著她嘩嘩地開著龍頭洗鍋洗碗。廚房很小，她不用回頭也知道他就站在她的身後。距離雖近，卻仍在安全的範圍之內。可是不知為什麼，她的動作突然僵硬了起來，一不小心，刷鍋的鐵刷子扎著了她的手。她殺豬也似的叫了一聲，緊緊捏住了食指。杜克嚇了一大跳，掰開她的手一看，不過是條細細的劃痕。便從兜裡掏出一個創可貼，纏上了，她卻依舊還在嘶嘶地喊痛。

杜克忍不住笑了，說宋武生你是我見過的最最怕疼的一個人，吃奶的孩子都比你能忍。武生說沒有辦法啊，誰叫我命裡欠了人？杜克說不過是疼痛閾值低一點而已，談得上命不命嗎？別嚇唬人。武生說我出生的時候真的押上了別人的一條命，所以這輩子，連風吹過都會覺得疼——這是我外婆說的。杜克睜大了眼睛，說你殺過人？武生說這是一個很長很複雜的故事，等你睡足了再講給你聽。

杜克就推開武生，說我來洗吧，你別沾水了。武生側過臉看他，說杜克你是我見過的唯一一個隨身帶著創可貼的人。杜克說我還有許多其他的好處，在等著你一一發掘。武生哼了一聲，說我說了這是好處嗎？杜克說你說不說不要緊，我覺得它是就行。

那一晚，武生留了杜克在家裡住。武生的公寓只有一間房，沒有廳，武生睡床，杜克睡沙發，中間隔了一扇屏風。屏風是武生花了幾塊錢在舊貨攤上買的，是三屏的日本山水圖。月光從窗簾的縫隙裡鑽進來，把屏風上的絲綢照得薄如蟬翼，圖上的樹枝被扯得細細長長的，形同鬼魅。

武生聽見杜克在沙發上翻來覆去，像是沒睡，就問你們公司的同事都還好吧？

杜克的公司到頭來也沒得著那個合作項目的合同。武生想起來，總覺得有那麼微微一絲的愧疚，彷彿是她在某一個環節上玩忽了職守。

杜克說我年初就離開了那家公司，現在在華爾街供職。武生就笑，說難怪，要不怎麼會買房子呢，一定是大大地加了薪水。杜克說不加我跳什麼槽啊？人為財死鳥為食亡。武生問是什麼樣的豪宅啊，你買的？杜克歎氣，說你沒聽說過曼哈頓的房價？不過是比鳥籠略大一些的一房一廳公寓。

杜克就問武生書讀得怎麼樣？武生說辛苦啊，英文跟不上，幸虧導師不錯，從不為難人。杜克頓了一頓，才說碩士學位兩年就讀完了，將來有什麼打算？武生沉默了。杜克忍不住又問你想沒想過留在美國？武生無精打采地說我現在愁的是能不能順利畢業，哪有精力考慮去留這樣大的事情？

兩人便都安靜了下來，武生在等著杜克的鼾聲響起。在武生的記憶裡，所有的男人——她爸，劉邑昌，還有去年跟她一起來美國出差的同事們——睡覺都無一例外地打呼嚕。可是杜克那裡卻遲遲沒有響動。她不知道是他沒睡著，還是他壓根就不打呼嚕。她等著等著，就把自己等得醒醒的，睡意全無。

杜克果然還醒著，正沉沉地想著心事。杜克的心事在這個過於靜謐的夜晚裡滿屋爬行，他幾乎害怕那嘈雜的聲響會驚動了武生。他在思忖著是否要告訴她他跳槽的真正原因。其實去年武生剛離開紐約回國，他就動了離職的心思。公司裡有個不成文的規定：項目的工作人員不能和合作方成員發生感情糾葛。他的公司和武生的設計院商談的是一個巨額合作項目，假若事成，收入可以維持一整個公司好幾年的運營。他不想帶著鐐銬去找武生，於是他最終決定離開公司。只是在兩份工作的間隙裡發生了一件意料之外的事情：就在他悄悄地計畫著動身去北京看武生的時候，武生卻先他一步來到了美國。

儘管他知道她不是為他來的美國，她甚至對他的心思一無所知，他還是忍不住暗自歡喜——她總算把腳跨過了太平洋，現在她離他畢竟只有一州之隔。真正讓他看到希望的不是她，而是那個不停地給她打對方付款電話的男人。他不知道他是誰，他也不需要知道，因為他已經憑直覺猜到了那個男人的年輕和愚蠢。感情的繩子最初的時候也許是粗壯的，可是卻禁不起時間和距離的拉扯，漸漸地，它終將被扯得稀薄而露出破綻。那個男人太懶也太自信，過早地把自己的重量掛在了那根靠不住的繩索上。和那個男人相比，他有一樣他沒有的好處：他就在武生觸手可及的地方。他在年華上輸了的東西，興許能在距離上贏回來。

「假若我是他，真想你了，砸鍋賣鐵，哪怕賣血，也會自己花錢給你打電話。」

杜克突然在靜默中聽見了自己的聲音。他嚇了一跳——他沒想到他的心事竟然自行其是地爬出了他的嘴唇。

武生愣了一愣，半晌才醒悟過來他說的是什麼。

他的話在她的心尖上戳了一個洞，她身子疼得抽了一抽。

不，洞不是他戳的。洞其實一直就在，他不過是提醒了她而已。武生想。

武生拿著那份史密斯教授批改過的文章站在布夏教授跟前時，神情萬分沮喪。

武生這個學期選修的五門課，成績都在B^+和B中間徘徊，而手中這門歐洲藝術史課，期末文章的批分是C^+。這篇文章占學期總成績的百分之三十，也就是說，這門課的最後分數將會是B^-。她知道學校的規定，如果研究生有一門課程成績低於B，將會被取消獎學金資格。獎學金是她在美國唯一的一條繩子，那上面吊著的不僅是她的臉面，還有全部生計。

布夏教授正趴在辦公桌上看學生的考卷。這是一年裡最忙的時節，大考剛過，寒假即將開始，除了改卷批分之外，家裡通常還有一個龐大的聖誕度假計畫在等候著執行。布夏教授今年要帶全家人去巴黎和岳父岳母一起過聖誕，節後再和孩子們去奧地利的因斯布魯克滑雪。他現在正努力地在堆積如山的考卷裡鑽出一條通道，好儘快回家打點行裝準備旅途中所需要的種種繁瑣。

這會兒不是系裡規定的問答時間，武生也沒有事先預約，可是她手裡的事實在十萬火急，她等不起。她推開辦公室的門，期期艾艾地問了一聲可以嗎？就不知所措地愣在了那裡。

布夏教授抬頭看了她一眼，這一眼看得很慢很恍惚，彷彿過了一會兒他才看清楚了她到底是誰，臉上方漸漸綻開一絲裂紋。

「什麼事，請說。」他說。

布夏教授今天看上去和平常有些不同。今天他似乎起了床就直接跑到學校來了，一綹額髮耷拉在兩條眉毛之間，襯衫的領子鬆鬆地咧著口，顴骨上有一片沒洗乾淨的墨汁似的陰影。布夏教授今天從神色到衣裝到聲音看起來都像是一個被老婆趕出家門的倒楣男人。

在美國，每一塊錢都不是好掙的。武生突然想起了杜克說過的一句話。

武生結結巴巴地把事情說了一遍。她知道這事的權利在任課老師手裡，導師未必使得上勁，可是她沒有辦法——除了導師，她再沒有任何可以商量的人。

布夏教授慢慢地看完了武生手裡的那篇文章，沉吟半晌，才說其實文章論點挺好，只是沒有表述清楚，還是你的英文不夠。你下學期去英文系選一門寫作課程，保證達到B以上的成績。以這個為前提去和史密斯教授談一談，看他能不能答應給你一個「未完成」的評分，待到下學期再重修一遍這門課程。這樣，你的成績單上就不會出現B以下的成績。

武生覺得她那個硬木箍成的腦袋瓜子突然鬆了一條縫，她看見了一絲光。棋，這整個學術機制不過是一盤棋，而布夏教授熟知每一只棋子的位置。他巧手輕輕一撥，一盤頂得死死的棋一下子就走活了。武生匆匆說了一句謝謝，拔腿就往外走——她得趕在史密斯教授回家之前談妥這事，一旦總成績定下來，就再也沒有通融的餘地了。

「不用著急，下午系裡有教務會議，四點以前他不會走的。」布夏教授說。

武生聽出了導師語氣裡的挽留，就轉回來，用眼睛問了一句有事嗎？

他沒有說話，可是她知道他有話。他的話在他身子裡匍匐掙扎著，爬到哪裡，哪裡就鼓出一個小包。

天，別再節外生枝。武生暗想。

武生的肌肉開始緊張地收縮。

「你耶誕節怎麼過？」半晌，他才問。

武生沒想到是這個話題，便一下子放了心。

「中國學生會有個聚餐。」她說。

他的目光像一把刷子，一遍一遍地在她身上刷著關切。她感覺呼吸有些不暢。

「這個耶誕節，我們很早就計畫了。希望明年聖誕，你們幾個無家可歸的國際學生，能在我們家裡過節。」他說。

「這麼多人？」武生想起了哥倫比亞紀念日那天的燒烤。

他寬容地看了她一眼，彷彿在說你這個傻孩子。

「我家不夠大嗎？難道容不下你們？」他問。

「不是的，我只是想，為什麼？」

這句話武生只說出了一半，後面的一半溜到喉嚨口時，被武生吞嚥了下去。她知道質疑在這個時候是一種粗魯。明年還是很遙遠的事，還要走過三百六十五個日日夜夜，她用不著在今天就預先押上她的態度。於是她笑了一笑，含含混混地說了一聲謝謝。

「我這裡，有一張去紐約的灰狗套票，長途汽車外加三天的旅館住宿。原本是我兒子要去看他表哥的，現在我們改了行程。如果你沒有別的計畫，可以拿去用。」布夏教授遞給武生一個信封。

他看出了她的猶豫，就說期限是今年年底，如果你不用，就浪費了。

武生這才接過了信封。

「你在紐約有朋友嗎？」他問。

武生一下子想起了杜克，就點點頭，說算是吧。

布夏教授說那就好，叫你朋友帶你去時代廣場聽新年鐘聲，那是紐約人的傳統。

武生把信封放進書包，正要走，卻被布夏教授叫住了。

「喬琪娜，我注意到了，你手上戴了一支很有意思的手錶。」他說。

武生哦了一聲，說那是支老掉牙的錶，是我媽給我的，難看死了。我自己的錶電池沒了還沒來得及換，就拿這支先用幾天。

布夏教授說你能拿下來，讓我看一眼嗎？

武生把錶取下來，他戴上老花鏡，把它放到台燈跟前，翻來覆去地仔仔細細地看了幾遍。

「這是一九五七年版的歐米茄海馬系列表中的一支。當時全世界已經有了多種名貴手錶，只是還沒有幾只能禁得起水的考驗。一九三二年，歐米茄推出全球首枚為潛水夫而設的腕錶，這個品牌就成了專業潛水錶的代表。早期的海洋探險活動中，許多冒險家就是戴著歐米茄錶潛入深海的。你這支『難看死了』的手錶，在當時是西方每一個愛探險的男孩子的夢想。」

武生忍不住笑了，說教授沒想到你對鐘錶這麼在行。布夏教授說我外公的家族有人在巴黎開鐘錶店，我從小聽說過很多關於名錶的故事。武生拿過錶，小心翼翼地放進了口袋，說聽你這麼一講，我倒捨不得隨便戴這支錶了。

布夏教授說這款錶當時發行得就不多，你手頭怎麼會有？武生說我也不太清楚，好像是我媽的一個朋友送給她的禮物。

布夏教授把頭重新埋進了考卷裡，武生不知道她到底該走還是該留。布夏教授今天舉止有些古怪，彷彿用一隻眼睛挽留她，又用另一隻眼睛暗示她走。

「喬琪娜，你還從來沒有告訴過我，你的家庭背景，比如你媽媽，是個什麼樣的人？」他突然抬頭問她。

她有些驚訝，又漸漸覺得坦然。他和學生們在一起時，經常談起他的妻子兒女，而他們也時時提及自己的家庭，只是她還沒有融入他們的隨意之中。

「我媽媽是個服裝設計師，更確切地說，是個面料設計師。」她說。

「還有呢？」他似乎不過癮。

「跟別人的媽媽也沒什麼區別，愛嘮叨，管得很緊。」

武生後來還用了一個形容詞，是「猶太式母親」。這是她剛剛學會的新詞，她為自己的活學活用暗自得意。

布夏教授笑了，說其實世界上所有的母親，在兒女心目中多少都有一點像猶太母親，你煩的是這個，愛的也是這個。那麼你父親呢？

武生突然就想起了出國後第一回給家裡打電話時的情形。她到美國三個星期之後，才給家裡打了第一個電話，是父親接的。他剛喂了一聲，她就哭了。她其實是想告訴父親她在美國過得很好，現在她住的公寓樓道裡，再也不會有人盯著她，看她早上出門穿的是什麼衣服，晚上回家帶進了什麼人；她的生活環境很安靜，週一到週四四天上課，接著就是三天的自由安排。這三天如果她不出門，基本不會有找她的電話鈴聲——刨去杜克時不時的問候。週一再出門時，她說話會有些艱難，因為她已經三天不曾開過口；她也想告訴父親：她現在終於可以天天洗熱水澡了，想什麼時候洗頭就什麼時候洗頭。只是洗完澡洗完頭，再也不會有同事陪著她，蓬頭散髮地去街角的副食店買一罐酸奶，或是去單位邊上的那家小放映廳，看一場從情節到對話都十分拙劣的電影，一邊放肆地嘲笑著影片裡漏洞百出的橋段，一邊嗶嗶駁駁的滿地吐瓜子皮。她原本是想好好和父親說一說美國的新鮮事的，可是不知為什麼每一句話每一個字湧到喉嚨口，都化成了滔滔的淚水。也不知哭了多久，才聽見父親在那頭說：「寶貝，快別哭了，電話費太貴。」

那天放下電話，她還哭了很久很久。

他叫她寶貝，那是小時候他扛著她去動物園看猴子老虎時的稱呼。這麼些年了，他突然把這個稱呼從塵埃裡翻出來，她聽了，突然就軟成了一灘水。

武生從書包裡撚出一張面巾紙，擦了擦眼角。

「對不起，教授，我只是有點想家。」武生說。

「你似乎，和父親很親近，是嗎？」他問。

她想說是的，可是她不敢開口，喉嚨口哽咽著一團溫軟，她怕她一開口嗓音就會露出破綻。

「慢慢的，就好了。」布夏教授說。「從前我在國外讀書，也是一樣。」

「你是說，在美國嗎？」武生問。

布夏教授沒回答，只是疲憊地攤開了一份新的考卷。

武生知道這一回她真是該走了。

走到了樓道裡，她突然聽見他又喊了她一聲。

「喬琪娜，等我度假回來，再找個時間，和你認真談談，有些事。」他欲言又止。

武生的心倏地緊了一緊：「是關於獎學金的事嗎？」

他愣然地看了她一眼，半晌，才明白了她的心思。

「你放心吧，獎學金不會有問題。」他說。

武生如釋重負。雖然她還不知道和史密斯教授談話的最終結果，但從導師的語氣裡她聽出了勝算的機率。和剛才進門時的心情相比，現在簡直可以說是雨過天晴。

今天還有很多事要辦。她想。和史密斯教授談完之後，她要立即趕回家，因為她有三封信要寫，而且必須在四點之前投進郵筒。這個時節郵局很是繁忙，她要保證她的信能趕在元旦之前抵達目的地。

第一封信是給家裡的，算是新年祝福。

第二封信是給劉邑昌的，也是新年祝福，但不只是新年祝福。她還要告訴他，不要在單位裡等她的電話了——她原先和他約好在元旦那天通話。

第三封信是給杜克的，她要問他有沒有空陪她去時代廣場辭歲。

五，四，三，二，一。

一顆碩大而璀璨的水晶球緩緩落地，嘩啦一聲將舊歲碾成齏粉，碎裂處將長出些新枝新葉來——那就是新年。

音樂聲，歌聲，歡呼聲……這些聲響漸漸的失去了各自的邊界，混成一團像雲也像氣的東西，把武生緊緊裹住，武生的雙腳不知什麼時候就離了地。她站在半空往下看，看見了一地的色彩和光亮。人群分流成一個一個小方塊，方塊的邊界在隨時變更合併著，每一個人都在和身邊的人握手，擁抱，親吻。她恍恍看見杜克拉著一個身穿藍色羽絨服的女孩子，在人群中間的狹小空隙裡魚一樣地游動。其實杜克是想擁抱那個女孩的，可是女孩的嘴角上吊著一絲看不出是邀請還是拒絕的微笑，一下子攔住了他的膽氣。天很冷，兩人的鼻尖上都有一塊紅斑，呼吸在冒著火車頭一樣的白氣。杜克摘下自己的羊絨圍巾，圍在女孩的脖子和下頜處，女孩一下子就丟失了半張臉，只露出兩隻點漆似的明眸。

武生這時才醒悟過來，被杜克牽著的那個女孩原來是自己。

這是一個獨屬於紐約的火樹銀花不眠之夜。這是人生不可沒有也不可多有的記憶：沒有是缺憾，多有是畫蛇添足——任何的疊加和重複只能使最初的印跡變得模糊。

親愛的快來乾一杯，
爲過去的好時光；
來爲那友誼乾一杯，
爲過去的好時光……

廣場上的人震耳欲聾地唱起了羅伯特·彭斯的老歌。武生還不到二十六歲，遠未到懷舊傷感的時節，老去是個陌生的怪獸，此刻還匍匐在她視野不及的遠處。然而，今夜的紐約，突然讓她聽見了時光的腳步。

「你許個什麼樣的願，今夜？」杜克趴在她的耳邊，大聲問道。

她咚的一聲落到了地上，感到了腳趾頭的僵冷。

她很貪婪，她有太多的願望。她希望父母外婆長生不老，她希望她每一科成績都能保持在B以上，她希望劉邑昌能考過托福……想到這裡她吃了一驚——這個夜晚直到這一刻她才想起了劉邑昌。在美國的這些日子，她有太多的事等不及要講給他聽。電話太貴，信又太慢，片刻不停一去一回也要一個月，收到回信時早已時過境遷，當時熾烈的情緒已經成為恍若隔世的惘然。她需要他的時候，他遙不可及。他需要她的時候，她也一樣。才幾個月的時光，他們就已經不再是彼此生命中那份隨時存取的依賴。寫出「天涯若比鄰」詩句的人，不是沒有經歷過天涯之別，就是從未真正有過知己。

「我的願望是，世界和平。」武生趴在杜克的耳邊，大聲嚷了一句。他知道她說的不是實話，可是在這樣一個夜晚裡沒有人需要實話。兩人不約而同哈哈大笑起來。

「你呢，你的新年願望？」武生問。

「要聽實話嗎？」他反問。

「千萬不要。」她說。

他深深地看了她一眼，說我希望我的小屋裡，能有一個同住的人。

她知道這是一句實話。實話在這樣一個喧囂的夜晚很不合時宜，太一本正經也太沉重，她知道她不能接應，一接就是錯。於是她一笑了之。

但是她不知道這就是杜克曲折委婉的求婚。

杜克至今無法理清他對武生是一種什麼樣的感情。在他三十八年的生命歷程中，他並不是沒有遇見過心儀的女子，可是幾乎每一次都是在即將進入正題的時候節外生枝。上大學，服兵役，出國，搬到紐約就業……每一次感情的枝條剛抽出第一片芽葉，就會因異地分離而猝然夭折，生活似乎進入了一個被施了莫名詛咒的怪圈。父親雖然沒有責怪過他，但他知道父親對自己的遲遲未婚深感失望。他是父親最鍾愛的兒子，臨終前父親瘦骨嶙峋的手緊緊抓住他，直至僵冷依舊不肯放開。父親死後他才知曉家裡為籌集他出國所需的款項借了這麼多的債，至今他還在用薪水填補著這個天一樣大的空缺。夜深人靜的時刻他深深自責，他覺得自己是隻肥碩的蛀蟲，不僅蛀空了家裡的基業，也蛀空了父親對他的期望。

其實他很清楚父親未了的遺願。父親希望他能娶一個外省女子，最好老家在江南那一帶的，將來好和他一同回鄉祭祖。父親雖然在台灣生活了幾十年，但卻對故土念念不忘——父親在老兵回鄉還未成為一聲口號一個運動時就已經偷偷溜到大陸探親。

可是他愛上武生卻不是因為父親的心願。事實上他在第一眼見到江南女子宋武生的時候，心裡想都不曾想過父親，他只是腦子一片空白地栽進了眼目挖掘的深坑之中。剛開始他只是看見了她的美——她的美如利刃一下子刺瞎了他的眼睛，其他的感官也緊跟著一一失靈。後來它們漸漸復甦，他才在她身上發現了一些其他的東西，比如任性，比如刁蠻，比如嬌氣。這些東西如荷葉上的青蟲玫瑰上的刺，把飄在半空的美落在了實處，叫他知道了她的真。這一次他是真真切切地動了心的，他若再錯過她就可能永遠錯過了生命之樹開花結果的季節。他遙遙地憂心忡忡地望著她，只覺得她是一件技藝超群的工匠手裡生成的名瓷，一樣純青的爐火裡燒就的玻璃珍品，他略出一口大氣就會把她變成一地永遠無法修復的碎片。熱切的欲念在恐懼的高壓裡行走過後，只剩下了顫顫巍巍小心謹慎的言行。

廣場上的人漸漸散去。不，不是散去，而是離開——這個夜晚沒有人願意那麼早散去。人群只是從廣場流入了大街小巷的每一家酒吧，他們將在那裡喝完窖藏的每一瓶酒，在收音機播放的每一首樂曲的間隙裡，無傷大雅地發一發對舊年的種種牢騷，然後在酩酊大醉中慢慢滋生出對新年的星星點點期望。

武生坐在地鐵裡，聽著車輪在鐵軌上擦出咣噹咣噹的聲響，看著滿是塗鴉的牆壁被車速拉成一塊塊色帶和光斑在她眼前飛閃而過，身子慢慢地暖和了上來，凍僵的手腳開始在手套和鞋子裡熱燒火燎地復甦。肚子嗷的叫了一聲，她感到了餓。

「別去旅館了，到我家來吧，我給你煮全台灣最好的牛肉麵。肉燉了一天了，爛得像糊糊，保證沾到舌頭就化。」杜克說。

武生沒有答應也沒有拒絕，她只是閉上了眼睛靠在椅背上養神。

「杜克你不可以對我太好，我給不起，你要的東西。」半晌，她才說。

他沒回答。她感到了她的腳在動，睜開眼睛，才發現他正俯著身子，用手套擦她靴子上的泥。一下，一下，又一下。

「你並不知道我要的是什麼，所以你也不知道，你給不給得起。」

他終於把她的靴子擦乾淨了，抬起頭來，臉上是一片半睡半醒的的朦朧笑意。

武生在學校的教工俱樂部等了布夏教授一下午，也沒等到人。

兩天前，她在學校的郵箱裡收到布夏教授留下的一個便條，約她這天在教工俱樂部見面。收到條子時武生覺得有些奇怪：她這學期選了導師的一門課，幾乎隔天就能在課堂裡見到他的面，見面時他什麼也沒說，卻偏偏要留張條子約她。耶誕節前導師就說過有些事要找機會和她談一談，一句話折騰得她心裡一直忐忑不安。一整個寒假她把各式各樣的可能性都在腦子裡羅列了無數遍，開學的時候她藏了一肚子的問號想問他，可是一待見了面，卻發現他彷彿已經忘記了他說過的話。武生剛把這事放下了，卻又收到了他約見的便條。

武生沮喪地回了家，心想上課見到他一定得問問到底是怎麼回事，誰知第二天布夏教授並沒有來上課。學生們等了他半個小時，系祕書凱西才進了教室，告訴大家剛收到布夏夫人的電話，說布夏教授這天清晨突發大面積中風，正在醫院搶救，課程臨時取消。

幾天後，武生正在家裡做晚飯，就聽見有人敲門——是房東。這才猛然醒悟，開學後學校裡的事情太多太亂，她竟忘了交房租，而且已經晚了十餘天。就趕緊進屋取出支票本，寫了一張一百七十美金的支票。可是房東拿了支票，卻不肯走。

「你還欠我一百三十塊錢，喬琪娜。」房東說。

「不會的，我每個月寫的都是這個數目。」武生說。

「不錯，那是因為月月都有人替你另付一百三十塊錢。這個月我聯繫不上那個人了，沒辦法了才來找你。」

武生吃了一驚，說怎麼可能？

房東急了，說你這樣一個單間，怎麼可能才一百七十塊錢的租金？你走大街上問問去，別說辛辛那提，就是全世界也不會有這個價錢。你要是不信，我給你拿租約來看，白紙黑字是三百塊錢。

武生一下子傻了眼——合同是導師替她簽的，她從未見過租約。

「那個替我付錢的人，是誰？」武生問。

房東支支吾吾的，面有難色。「我答應了人家，不能披露他的身分。」

「我要是不明就裡，怎麼能胡亂付你這筆錢？」武生嚷道。

房東無奈，只好百般不情願地說是一個叫克勞德•布夏的先生，他不讓我告訴你。

武生雖然心裡已經有了一個大致的譜，可等到房東真的說出這個名字時，她還是愣住了。

「這會兒時機不錯，他午睡剛醒，精神還好，沒發脾氣。」

一位黑人女護士把武生領進了康復病房。

「他常發脾氣嗎？」武生忍不住問。

護士呵呵地笑了，臉頰上的贅肉水波紋似地顫動起來：「相信我，待不了多久，他就能教會你怎麼寫脾氣這個詞。」

護士又指了指牆上一個形跡可疑的紅色鍵鈕，說有情況馬上按鈴。她說這話時的神情，彷彿是在談論一場戰役中絕不容掉以輕心的敵情。

護士帶上了門，把武生獨自留給了病人。武生第一眼差點沒認出他來——他的身子似乎一下子縮了水，小小的鬆鬆垮垮的陷在一張氣勢龐大的輪椅中，藍色條紋的病員服底下隱隱爬著一條枯瘦無力的蛇——那是他還能稍稍動彈的一隻胳膊。

「布夏教授，你好嗎？」

武生蹲下來，把自己安置在一個可以和他平視的位置，然後輕輕地捏住了他的手，神情自然熟稔，彷彿她一輩子從來就沒有以別的姿勢和他對話過。疾病的巴掌輕輕一動，就徹底地抹去了隔在她和他中間的一切障礙，現在她可以眼睛也不眨地一腳跨進他的領地。此刻在她眼中他既不是教授也不是男人，他只不過是一個被疾病狠狠地狙擊過一回的老人。

他的手指在她的掌心動了一動——他想握得更緊，可是他沒有力氣，醒著的腦子指揮不動睡著的軀體。他含混不清地唔嚕了一聲，她聽不清楚他到底想說 yes 還是 no，一條細細的閃閃發光的口涎從他闔不攏的嘴角裡慢慢地流了下來。她從櫃子上扯下一張紙巾，他側過了臉想躲避她的觸碰——那是他的自尊。可是虛弱的肉體扛不住沉重的自尊，自尊落在地上，玻璃杯似地摔得粉碎。武生突然有點想哭，她沒料到從欽佩到憐憫的路途竟然這樣短促，中間的分水嶺僅僅只是一場中風。

她把她帶來的那盆花放到了窗台上。陽光正好，把花尖子上的水滴映照得猶如閃閃發光的金珠。窗台和床頭櫃上擺滿了各式各樣的鮮花，看得出在她之前這裡已經來過了許多探望他的人。她那盆小小的粉紅色的米花在那些嬌豔欲滴的玫瑰康乃馨鬱金香堆裡顯得有些寒酸，可是這已經是她能買得起的最好的花了。這個月突然多出的那一百三十塊錢的房租，一下子打破了她的收支平衡，她意想不到地陷入了一道幾乎無法翻越的赤字鴻溝。

等到那些花都謝了的時候，我的米花還能在泥土裡活得很久很久。武生暗想——這是她唯一可以聊以自慰的地方。

「你為什麼，要替我付房租？」她問他。

問完了她就感覺滑稽——他不可能回答她的問題，至少現在不能，興許永遠不能。醫生說這次中風對他大腦的語言處理中心造成了大面積的傷害，能否康復，康復到什麼程度，只能指望上帝的心情了。

他又含混不清地唔嚕了幾聲，臉漲得緋紅。武生猜出他有話要說。他的話如同一條餓了很久的蚯蚓，孱弱無力地想穿越腦子裡那片塞滿了淤血的泥濘之地。後來他知道了自己的無望，便選擇了放棄。他只是用眼神示意著武生，食指微微地翹了一翹。順著他指的那個方向，武生看見了牆角衣架上掛著的那件格子呢西裝。

武生取下西裝，放到他膝蓋上。他又翹了翹食指，武生以為他要穿，就把西裝披到他的肩膀上。他遲緩地搖了搖頭，她把衣服取下來，茫然地看著他，不知所措。他盯著她的手，下頷動了一動。電閃雷鳴之間，她猛然明白了他要她去掏衣服的兜。她翻了翻西服上的兩個口袋，一個是空的，另一個裝了一塊摺疊得整整齊齊的手帕。她把手帕拿出來遞給他，他突然嗷的一聲獅子似地嘶吼了起來，臉皮紫漲成了兩片豬肝，眼裡露出刀子般的凶光——那是被囚禁在肉體裡的腦子發出的憤怒吶喊。腦子還不習慣失去自由的囚徒生涯，它急待越獄。還要過很久，它才能慢慢地意識到高牆四壁將會是它的永久居所，到那時它才會把自己和它們磨合成一種木知木覺的相安。

武生嚇了一大跳，正想按牆上那個紅色鍵鈕，門被推開了，進來的不是護士，而是西琳娜。

「噓，克勞德，可憐的孩子，乖乖，安靜。」西琳娜把他摟進她的懷裡，貼著他的耳朵輕輕地說。西琳娜的懷抱像一張無比溫軟的眠床，武生看見他的怒氣正在一絲一絲地消散，終於他成了一塊洩完了氣的皮子，服服貼貼地黏在了她身上。

「喬琪娜，你先離開，克勞德需要休息。」西琳娜對武生說。

武生一輩子也不會知道，那天布夏教授如此著急地讓她做的事，其實就是從西服的暗兜裡拿一樣東西。那樣東西是一個被歲月侵蝕得鏽跡斑斑的萬金油盒子，裡邊裝了一小撮看上去像乾草一樣的東西——那是很多年前一個中國女孩剪下來的青絲。

那天武生在布夏教授的心思裡走了九十九步路，卻還是沒走到那最後的一步。

「他出生時的名字叫黃文燦，克勞德・布夏是他到法國之後才改的名字，布夏是他母親的姓。」西琳娜坐在一只高腳凳上，一邊抽菸，一邊對武生說。

「布夏教授不是法國人？」武生驚愕地睜大了眼睛。

「那得看你怎麼理解，他母親是法國人，而他父親是道道地地的越南人。」

武生終於明白了：布夏教授臉上一些無法解釋的特徵，原來是兩股血液激烈廝殺之後的妥協結果。

看得出來西琳娜是這家咖啡館的常客，她和武生的對話不停地被熟人的招呼所打斷。

「是的，辛蒂，克勞德現在穩定一些了，已經轉到康復治療中心了。」

「謝謝你惦著他，萊瑞。下一步我們還沒想好到底是回家還是找家療養院。克勞德當然願意回家，誰吃得慣醫院的那些豬食呢？天天如此，比婚姻還叫人乏味。可是，我家裡已經有兩個孩子需要照顧，這第三個會比那兩個事兒更多。」

「請個菲傭？這個主意我倒從來沒想過。我回去跟孩子們商量商量——你知道孩子們不習慣家裡有個陌生人。」

西琳娜說起丈夫的病情來，神情平靜得如同在談論家裡一隻不小心摔斷了腿的狗，或是一頭剛做完閹割手術的貓。可是她的平靜是一只在箱子裡壓了很久的中國瓷盤，仔細一看就能看出底下頭髮絲一樣的裂紋。

「克勞德一直都是個不折不扣的理想主義者。我說的一直，是指南北越統一之前。可是越南成為一體之後，他沒想到這麼快就看到了他不想看到的一面。他的理想剛剛實現就破碎了，彷彿是一夜之間。」

西琳娜在說「一夜之間」的時候，打了個響指，像是狠狠彈出了兩指之間的一隻蒼蠅。

「於是他就離開了越南，來到他母親的祖國法蘭西。」

武生默默地坐在西琳娜對面，小口小口地啜著西琳娜給她要的墨西哥咖啡。她平日極少喝咖啡，她的舌頭還沒學會品嘗那股深藏在苦澀之後的香味——她只覺得苦。她已經隱隱感到西琳娜的話語裡有一股暗流正朝她湧過來，雖然她還不能判斷這場對話會把她帶到哪裡，她卻非常清楚西琳娜今天約她出來，絕對不僅僅是想請她喝一杯咖啡，或是談一談她丈夫早已煙消雲散的社會理想。

「克勞德來到法國的時候，已經心灰意懶，但是他沒有忘記他在上海留學時愛上的那個中國姑娘。他一直在試圖聯繫她，可是那時候你們國家正在進行一場瘋狂的文化革命，所有與外界的聯絡都已經中斷。直到一九七九年，他的信才最終抵達她手中，那時她已經結婚十二年，而我們的女兒也剛剛學會走路。」

天！武生暗暗地喊了一聲。西琳娜的話裡有一隻手，像章魚的爪子，正緩緩地伸向她的生活軌跡。她還看不清那隻手，可是她已經覺出了它漸漸逼近的熱氣。

「這些事，和我有關係嗎，西琳娜？」武生問。

西琳娜沒有回答，只是打開了手提包，開始摸摸索索地翻找東西。西琳娜的手提包很大，也藏了很多東西，她把它們一一地倒在咖啡桌上，有唇膏，粉餅，梳子，鋼筆，各式各樣的鑰匙，開車庫門的遙控器，裝著零散硬幣的小錢包，支票本，還有一本厚厚的通訊錄，上面潦草地記著獸醫診所的地址、孩子學校老師的電話號碼、兒科專家，還有牙醫生的聯繫方式等等。

一個徹頭徹尾的家庭婦女。武生想。西琳娜和她的丈夫一樣，具有索邦大學的博士學位，只是她把她學來的全部知識，都用在了管理她的丈夫和兒女上。

西琳娜終於在一個角落裡找到了一面化妝用的小鏡子。她用袖子擦了擦鏡面，把鏡子舉到武生面前，說照一照你的臉，喬琪娜。武生偏過了頭。她知道她的眼角剛剛生出了第一絲皺紋，眼窩底下有兩塊青斑。她缺錢，缺覺，也缺愛。她此刻看上去像一個怨婦一樣地乾澀呆滯，心情萎靡得如同一件被雨水淋濕的舊衣服。早上西琳娜約她出來喝咖啡的時候，她剛剛收到了劉邑昌寄來的兩封信。信是一先一後隔著兩天寫的，卻在同一天送到她手裡。第一封是噩耗，第二封在某種程度上也是。第一封告知托福再次失利，第二封要她十萬火急地寄一張美金匯票，用來支付第三次托福考試的費用。第二封信的信封上畫了三根雞毛，信裡的內容原本是想在電話上說的，可是武生最近已經拒絕了他兩次對方付款的通話要求。武生看完後把兩封信都撕了，可是她撕的只是信肉，信的幽靈卻依舊活著，時不時地跑出來在她心裡咬上一口。

「你覺得，你長得像一個血統純正的普通中國人嗎？」西琳娜依舊耐心地舉著鏡子。

武生搖了搖頭。從小到大，她和母親一樣，都有一個影子般無法擺脫的綽號。母親是老虎灶西施，她是洋囡囡。

「你覺得，你是從哪裡，繼承了這樣的眼窩和捲髮？」西琳娜意味深長地看了她一眼。「顯然不是從你母親那裡。」

武生的心停跳了一拍，世界猝然間變成了一部沒有色彩的黑白電影。

「從你上大學開始，你母親就頻繁地來信，和克勞德商量你出國留學的事情。」

「你是說，我出國的事是我媽媽安排的？」武生的眉毛高高地跳了一跳。

「當然。只是她沒想告訴克勞德關於你身世的真相——她是想對他永遠隱瞞下去的，為了那個一直扮演著你父親角色的男人。可是克勞德看到你入學申請表上的出生日期，就起了疑心。而當你真正站在他面前的時候，他所有的懷疑立刻煙消雲散，他準確無誤地知道了，你就是他的女兒。」

西琳娜的嘴唇一張一闔，從那裡爬出來的聲音突然變得邊緣模糊難以辨認，如蠅子似地在武生的耳膜上撞來撞去，撞出轟轟的噪音。

「你知道你的那份獎學金是怎麼來的？你研究過評審標準嗎？『給一位來自亞洲，專業背景在文史哲方面的女性申請人；她必須掌握三門以上的語言，其中一門必須是英文或法文，另外兩門中有一門必須是東方語種（比如中文或日文）；具有一年以上相應工作經驗者予以優先考慮。』你不覺得這個標準有些令人可疑地與你相符，只要簽上你的名字，立刻就能成為你的衣服嗎？」

「你是說，我不是通過正規管道申請到獎學金的？」武生喃喃地問。

「那得看你怎麼理解『正規』。你的那份獎學金，是克勞德動用了他的私人積蓄，用匿名的方式向學校捐款建立的。這是短期的獎學金，為期五年，目的很明確，就是為了幫助一名學生完成博士學位。當然，甄選的管道都很正規，因為沒有人會比你更貼近這個為你量身定制的標準。無論是學校裡還是系裡都沒有人對此產生過任何質疑——克勞德把這件事做得天衣無縫。」

西琳娜仰頭輕輕地吐了幾口煙。一個個圓圈從她的嘴唇裡擠出來，小小的，緊緊的，慢慢地升騰到半空，就肥了，鬆了，渙散成一團慵懶的霧氣，最後撞碎在天花板上。

「可是自從見到你之後，他就再也管不住自己——他只想和你相認，他一度甚至想把你接到家裡和我的孩子們一起生活。這不僅違背你母親的意願，也違背了他當初對我的承諾。我沒有反對他資助你讀書，因為我理解他想報答那個在最艱難的日子裡從自己的牙縫裡省出食物來幫助他的中國女孩。可是我不同意他出面認你——你能想像我的兩個孩子的反應嗎？他們正處在人生最脆弱尷尬的成長階段。」

「後來我知道他約了你見面，鐵了心要跟你道出真相，不顧我的堅決反對。我們發生了激烈的爭執，我提出如果他一意孤行，我將帶著孩子離開家。那晚的爭吵之後他沒有回到臥室，而是在客廳的沙發上睡了一夜。早上我起來上廁所時，發現他躺在過道的地板上。」

西琳娜說這話的時候身子顫了一顫，眼中飛過一隻黑色的蛾子，蛾子的翅膀一撲一扇，遮暗了瞳仁裡的一切光亮。武生知道那隻蛾子的名字叫負疚。

「我知道，我要為那個晚上發生的事情付上一輩子的代價，這是命。可是你不同。」西琳娜說。「雖然這件事的源頭是你，可是你並不知情——至少在那個時候。而且，你並未要求過以那樣的方式出生。」

武生漸漸從震驚的瓦礫中把自己一點一滴地刨掘出來，她終於清醒地明白了自己的處境。

「你要我怎麼做，布夏夫人？」武生突然發現她已經改變了對西琳娜的稱謂。

「克勞德不能再見到你了。上次你走後，他鬧了很久，病情越發嚴重了，醫生說他不能再經受任何刺激。況且，克勞德已經不能回到講台了。他現在不拿薪水，只拿病休保險金，我可能得出去找一份工作來補貼家用——我們家畢竟還有兩個在幾年之內就要上大學的孩子。我想你應該明白，我們不可能再資助你的生活費用了。」西琳娜說。

武生站起來，搖搖晃晃地朝屋外走去。她曾多次嘲笑過那些俗不可耐的電影橋段，遭受了重創的男女主人公總會在一場大雨中躑躅街頭，沒想到今天她竟然也遇上了這樣落俗的一場雨。走出咖啡館時壓在她頭頂的一片肥雲，就在她走到街角的時候化成了滂沱大雨。那雨不是點，也不是絲，而是一根根鑲著鐵釘的鞭子，一下一下地抽得她身上滿是窟窿。可是此刻她的神經彷彿蒙上了一層岩石般粗糙厚實的繭皮，她竟然不知冷也不知疼。早上出門時雖然也累，也有一萬件煩心的事，腳卻還是實實地踩在地上的。可是這會兒往家走的時候，她突然丟了腳，只剩下身子被雨推搡著鬼魂似地漂浮在空寂無人的街路。

原來她的生命從出娘胎那一刻起就是一個遮天蔽日的謊言。她的母親，她的外婆，還有那個她一直以為是父親的人，在這二十六年裡，都在合著夥兒蒙住她的眼睛，叫她看不見那些有關她身世的蛛絲馬跡。她生命的基石是個大虛妄，所有後來發生的事，都不過是從那個大虛妄裡長出來的小虛妄，她現在再也不知道那裡頭到底有沒有一樣是真實發生過的。謊言沒有腳，謊言站不住，一陣風來雨去，她的人生就坍塌成了一堆亂石。

武生恍恍惚惚地走回了家，呆呆地站在屋子中間，竟不知脫下濕透了的大衣，任憑衣服上的雨水在地板上淌成一個汙濁的圓圈。她覺得出奇的熱，又出奇的冷。心裡有一股烈焰，沿著血管筋絡嗤嗤地燃燒著，彷彿要把她燒成焦炭。而身子裡又有一股寒氣，順著她的毛孔噝噝地滲出，要把她的血肉凍成冰坨。她在冰和火的夾擊中瑟瑟地發起抖來，但她還不知道這是高燒的前兆。

就在癱倒在床上的前一刻，她撥通了一個電話。她聽著自己的聲音走出嘴唇，鑽進話筒，明明是經過了腦袋的，腦袋卻不認得——那是一種奇怪的陌生。

「杜克，你能帶我，離開，辛辛那提嗎？」她結結巴巴地說。

她沒有哭。也許以往她已經為比這小得多的事情流過太多的眼淚了，在這件本該流淚的事情上，她竟然沒有眼淚。

武生走出地鐵的時候，看了一下腕上的錶，是五點二十四分。從地鐵站到家，如果從從容容地散步，大概是十五分鐘；如果疾走幾步，七八分鐘就夠了；如果慢跑，那就只需要五分鐘。

今天散步和疾走都不行，今天她需要跑步。出門之前杜克從單位打過電話來，說今天不加班，可以準時回家吃晚飯。杜克的準時，大概是指六點十五分到六點半之間的那個地帶。換句話說，她只有四十五分的時間可以準備晚餐。杜克在華爾街供職，華爾街一年三百六十五天連睡覺都睜著眼睛，華爾街只有一個項目和另一個項目之間的短暫歇息，華爾街從不下班，所以杜克一週裡很少能準時回家吃飯。輪到他早回來的那一天，武生不知怎的反而有些提心吊膽，她總要先偷偷瞟一眼他的臉色，以判斷他是否被公司解雇。現在他是她的糧票飯袋旅館，她不能不操他的心。

武生來紐約已經兩個多月了，一直住在杜克的公寓裡，晚上睡在客廳的沙發上——儘管杜克一再堅持讓她睡臥室。這兩個月裡她已經把蜘蛛網般遍布這個城市的地鐵線路研究得無比透徹，每個星期她都會到哥倫比亞大學和紐約大學轉一圈，了解校園環境並詢問她的入學錄取進展狀況。她的轉學理由非常充足，辛辛那提大學已經為她提供了導師因病離職的有力證明。只是從一所二流大學轉入一所一流大學，錄取的標杆自然提高了許多，獎學金的機會一下子縮了水，況且她再也沒有一個像布夏教授那樣的人，可以替她在錄取審核時大聲地說上幾句好話。

四月的曼哈頓已經暖了，日頭照在身上有些隱隱的酥癢，鞋尖踢起的是一團又一團的粉紅——那是凋零的櫻花。櫻花從街角路口和樓之間的空隙裡隨意率性地鑽出來，東一叢，西一簇，像是街市面頰上的胭紅，擦暖了鋼筋混凝土的冷硬線條，叫都市突然有了一絲喜出望外的羞澀和嬌嗔。

武生彎下腰來，捧起一把落紅放在衣兜裡，繼續跑步。她想起了杜克櫃子裡的一個水晶雕花糖果盤子。她可以在那個盤子裡倒上清水，然後在清水上撒下這些花瓣。燈影裡浮游的紅會是怎麼樣的一種紅？武生問著自己，忍不住嘴角一吊，吊出了一絲淺淺的微笑。她已經很久沒有這樣的心情了，笑容爬過臉頰的時候，嘴唇和肌膚都感覺陌生。她知道杜克看見餐桌上的這盤落花，會笑一笑，說你們學文科的女生啊，就是匠子（這樣子）複雜。在杜克的台灣腔國語裡，所有的女人都是女生。武生糾正過他許多回，說只有在校讀書的女人才可以被稱作女生。杜克不跟她爭辯，可是杜克依舊還會一成不變地使用女生這個稱謂，直到武生再也沒有力氣繼續更正。

今天的晚餐其實很簡單，涼菜是直接從超市的真空包裝袋裡拿出來的雜拌蔬菜沙拉，熱菜只有兩道，一道是肉絲炒豆腐乾芹菜，另外一道是清蒸鱸魚。魚是昨天杜克從超市裡買來的，已經刮完鱗清洗現成，她只需澆上湯汁在爐子上蒸十分鐘即可。這兩樣熱菜在外婆手裡根本構不成一件正事，這樣的小事是外婆在各樣別的事情的空隙裡插花似地順手完成的。可是她不行。菜刀案板煤氣灶，鍋碗瓢盆油鹽醬醋，廚房裡所有的東西都在合著夥兒地欺生。她不能和它們硬頂，她只能忍聲吞氣地和它們軟磨，直到把它們的敵意和警惕磨出窟窿。她現在交不起房租也交不起伙食費，從辛辛那提帶過來的那幾個積攢，只夠她買幾張地鐵票和交轉學的申請費用。杜克說她想在這裡住多久就住多久，她給他隨便煮什麼飯食，只要往裡多放一口就是她的份。她知道杜克說的是真心話，但她也知道世上所有的真心話和食品一樣都有保鮮期，真心話存久了就會變質，她得小心翼翼地在真心話變餿之前找到出路。況且，她也聽出了杜克在善心的裂縫裡不小心顯露出來的期待，她明白她得努力學會照顧杜克的飲食起居，和杜克家裡的每一樣東西磨出某種程度的默契，包括客廳裡冷硬的沙發，也包括廚房裡桀驁不羈的菜刀。

杜克回到家的時候，正是六點半，桌子上的飯菜已經擺置停當。杜克放下公事包，坐下來，看見那盤清水裡盛著的櫻花瓣，只說了半句你們學文科的女生，卻突然停住了，狐疑地瞟了一眼武生，問喬琪娜你有什麼好消息要告訴我嗎？武生夾了一盤沙拉遞給他，說我這樣的倒楣蛋，喝涼水都塞牙，能有什麼好消息呢？兩人便開始吃晚飯。武生到現在還吃不慣生菜，只覺得那東西嚼起來咔嚓咔嚓的像牛吃草，刀叉用起來依舊拗手。

「喬琪娜，謝謝你。」杜克突然說。

「你是在笑話我嗎？菜燒得那麼蹩腳，有什麼好謝的？」武生說。

「不是這個。」杜克說。杜克嘴角上的肌肉彷彿受了腦子的逼迫，微微地抖顫起來。武生看到這個神情，就知道杜克有緊要的話要說。

「謝謝你，那天，打電話找我。」杜克嚅嚅地說。

「你沒後悔我給你帶來這麼多麻煩？」武生問。

杜克舉在半空的刀叉突然停了下來。「有難處的時候，你第一個想到了我。」

武生有些好笑，也有些感動，她知道馬上會有一絲譏誚要溜到嘴角，她清了一下嗓子，狠狠地把它扼殺在了萌芽狀態。她想說我沒有別人可以想，可是她清楚這句話的尖刻和殘酷，她最終選擇了沉默。

兩人終於把涼菜吃完了，杜克搛了一塊魚肚腹上的肉，放到武生碗裡，說一盤魚，其實真正可吃的，不過那一兩寸地方。武生說一聽這話就知道你是個公子哥兒們。杜克呵呵地笑，說我吃苦的時候，你還沒出生。武生哼了一聲，說你大概都不知道苦這個字是怎麼寫的。

兩人逗了會兒嘴，武生才從口袋裡掏出一封信，遞給杜克。

「我被哥大錄取了，是教育學院。」她說。

轉學教育是杜克的建議。杜克說這個專業適宜女生，畢業了容易找工作，而且每年都有寒暑假，拿十二個月的工資，幹九個月的活。

杜克把那封信上上下下看了幾遍，才說怎麼沒提獎學金？

杜克的話啪的一下把武生的快樂踩扁了，她感到了疼。

「我今天去見了導師，導師說只要我第一個學期的平均成績達到B，他下學期就會雇我做助研，可以維持生活。」她說。

「學費呢，有減免嗎？」他問。

武生望著水晶盤子裡那些櫻花的屍骸在燈影裡黑幽幽地睜著哀怨的眼睛，突然覺得自己的快樂如櫻花，從出生到銷隕，中間只經過了一陣輕風。

「導師說，第二個學期再看情況。」武生有氣無力地說。

晚飯後，武生在廚房裡洗碗，杜克鑽進了自己的房間。杜克不上班的時候其實也在上班，只不過把辦公室搬到了臥室而已。

杜克只在屋裡待了一小會兒就出來了，手裡拿著一張簽了字的支票。

「喬琪娜，你自己把數字填上，先把第一個學期的學費交了。」他說。

「怎麼，可以？」她的手猶猶豫豫地停在了半空。

話剛一出口她就憎恨了自己的虛偽。和導師討論學費問題的時候，她第一個就想到了杜克。不，這句話不夠確切，事實上杜克不僅是她第一個想到的，而且是她唯一可能想到的人。

「杜克，這個錢等到畢業以後，我才可以還你。」武生低頭歎了一口氣。

「其實，還有一種方法，你可以替我省下一半的錢。」杜克說。杜克說這話的時候，也低了頭。兩個人的話在屋裡東一下西一下地相撞著，眼睛卻到處躲閃。「比方說，你嫁給我，就成了紐約州的居民，不需要交外國學生的高昂學費。」

武生久久無語。她吃驚的不是這句話，而是這句話的時機——她沒想到他竟然有耐心等到今天。

「當然，這只是我的一個建議。」他終於抬頭看了她一眼，可是他沒有遇到她的眼睛。「你是知道的，這張支票不是我的條件。」

杜克逃也似地鑽回了自己的房間——他可以艱難地接受她的拒絕，卻無法從容地面對她的沉默。

這晚的月光很是強悍，蠻不講理地將窗簾撕開一條大縫，照得屋裡的實木地板紋理明晰。武生睜著眼睛躺在沙發上，幾乎可以讀得出對過書架上那些書脊上的字。武生不是在試自己的眼力，她只是在看書架上的一件擺設。假若此刻她收拾起隨身帶的那只箱子走出杜克的家門，這件擺設在書架上留下的那塊橢圓型壓痕，可能就是她在這個公寓裡生活過的唯一印記。這樣東西跟著她走了很遠的路，鏤花的凹陷處積攢了許多沿途的灰塵和濕氣，顏色已經老舊了，再也不是當初的明豔。

武生光腳下了地，走到書架前取下那樣東西，撩起睡裙的下襬，擦拭著上面的積塵。嗞的一聲，那東西上邊的把手把她的睡裙鉤出長長一條絲。她打開那樣東西，從裡邊掏出一個景泰藍戒指往手指上一套，鬆得厲害，便知道這一年裡她又消瘦了許多。

梨盒，這樣禮物還是送錯了。武生暗暗地歎了一口氣。合是希望，離是現實，希望是棉，現實是石頭，再厚實的希望也磨不穿一片稀薄的現實。武生把戒指擺回去，把盒子塞到了箱子的最底層。她知道，在以後很長的日子裡，她不會再有心情去看這件東西了。

武生躡手躡腳地走到杜克的臥室前，猶猶豫豫地推開了門。杜克的門果真沒有上鎖，也許他夜夜都在期待著她會推開他的房門。其實她也設想過，他會在某一個夜深人靜無法入眠的時刻摸到她的沙發上來。他給她的地界是四面敞開無法設防的，從投奔他的第一天起，她就準備好了他一旦索求，她便棄甲歸從。可是她一直沒有準備好在他沒有索求的時候主動給予——直到今夜。

「武生？」有人輕輕叫了她一聲，是杜克——他果真還醒著。

武生魚兒似地滑進了他的被窩，赤裸的雙足帶著春夜的寒氣碰觸到他溫熱的腿，她感到他輕輕地顫了一顫。她知道他有話要問，她急切地想把這些問話堵在奔往出口的途中。她摸摸索索地解開了他睡衣的扣子，把臉埋在了他的胸口。她的肌膚一貼上他的肌膚，就知道了他身體的歲數。三十八歲的軀體不再具有二十八歲時的能量，三十八歲的身體已經有了破綻，攻克這樣的城堡只需要一絲良心，半點熱情。

很快就完了事，她像終於完成了一樣驚天動地的使命似地筋疲力盡，眼皮立刻有了重量。他卻依舊清醒。他用肘子支撐起身子，輕輕地撫摩著她的額髮，俯下臉來吻她。他的舌頭比他的身體有力，固執地撬著她的嘴唇，試圖尋找她的舌頭。她卻偏過了頭。她可以為他打開身體的任何一個通道，可是她就是不能讓他找到通往她舌頭的路——她已經退到了再也無可退讓的境地了，這是她現在唯一一樣可以堅守的東西。

「這個週六，我們去市政廳登記吧。」她說。說完了她才意識到，她省略了「結婚」兩個字。他吃了一驚，說這麼快？不需要通知一下你的父母親？武生笑了一笑，說他們懷我的時候，也沒問過我願不願意出生。他拍了拍她的臉頰，說學文科的女生就是心思複雜，怎麼會這樣想問題？她哼了一聲，說你一生什麼也沒經歷過，自然頭腦簡單。他說好了好了，我不想和你爭。明天我爭取早點下班，我們去找件像樣的衣服。

武生坐起來，定定地看了他一眼，說衣服不用買了，這個錢可以省。不過我還有一個條件，你能不能答應我，而且不問原因？

杜克說你最好不要讓我有太大的驚訝，我的心臟怕是不行。

武生說一張五千美金的支票，在你心臟承受得了的範疇嗎？

杜克做出一副如釋重負的表情，說還好，暫時還不必持刀搶劫銀行。

兩人相擁著，開始努力適應一張床被兩個身子分享的睡眠方式。呼吸慢慢均勻起來，她以為他睡著了，誰知他突然又睜開了眼睛。

「喬琪娜，你就是為了學費而選擇我，也沒有關係。日子還長，你總能慢慢地學會喜歡我，哪怕一點點。」他說。

武生的眼睛熱了一熱。可是她並不知道，二十六年前的一個冬天，有一個叫宋志成的男人，對一個叫孫小陶的女人，也說過這樣的話。還要過很多年，等她走到了可以回首往事的年齡，她才會意識到：她這個家族的女人，血脈裡似乎都有一樣說不清道不明的東西，叫她們忍不住要為一個血氣方剛的青壯男人情迷意亂，而最終卻都嫁了一個四平八穩的老男人。

第二天早上，武生送走杜克上班後，就去郵局給劉邑昌寄了一封信。信裡夾了一張五千美金的匯票，卻只有寥寥數語。

我知道五千美金不夠贖回一段丢失了的感情，可是它卻能讓你考許多次托福，交許多所學校的申請費，買一張來美國的機票。剩下的，興許還能勉強支付頭半年的房租。

武生被尖銳的電話鈴聲驚醒，看了一眼牆上的螢光電子掛鐘，是一點四十五分。在這個連上帝都睡著了的時刻打電話來的人，只有兩種可能性，要麼是傳遞一個刻不容緩的噩耗，要麼是壓根就沒弄清楚國際時區為何物——這兩種可能都讓武生心悸。

電話在杜克那頭的櫃子上。他拿起話筒說了一聲哈囉，那頭是一陣死一樣的沉寂，半晌，才傳出一個顫顫巍巍的聲音：「請問宋武生住這兒嗎？」隔著杜克的身體，武生也聽出了那是母親。母親在上海住了二三十年，可是鄉音總要在她的普通話裡鑽出這樣那樣的絨頭。

武生已經四個月不曾給家裡寫信打電話了。最初是因為氣惱，後來氣惱漸漸淡化成了怨意，再後來怨意又漸漸演變成了慣性。這四個月裡發生了太多的事情，比照她先前的生活，這四個月的日子錯綜複雜得像過了整整三輩子。這些日子是一團亂線，一旦錯過了一個頭，便很難再整理出頭序。武生正思忖著到底該如何找那根線頭，杜克已經把話筒塞到了她的手裡。

「武生，是你嗎？我找你，都找瘋了。要不是王阿姨的兒子幫忙，我怎麼也找不到，你的行蹤。」母親焦急地說。母親一著急，普通話就碎得像一塊破布。

王阿姨是母親單位的同事，武生當年申請辛辛那提大學，母親就是通過王阿姨的兒子找來的申請資料。當然現在武生已經明白了，這不過是母親諸多謊言中的一個——母親真正的消息來源是在別處。

「你還想騙我多久？王阿姨的兒子，根本就不知道我的新地址。」武生覺得她突然找到了一根線頭，猛力一扯，線團山崩水洩，痛快，利索，解氣。「你到底轉了多少個圈，才打聽到我的電話號碼的？」

「是黃文燦的老婆告訴我的。」母親低聲下氣地承認了。

這個名字很耳生，過了一會兒武生才明白了它和自己的關係。黃文燦是克勞德的前生，克勞德是黃文燦的後世。母親不認識克勞德，西琳娜也不認識黃文燦，兩個女人本來可以守著各自認識的那個男人互不相干地活到老死，可是中間偏偏橫插出一個宋武生。宋武生是前生後世中間的那個結子，把黃文燦牢牢地拴在了克勞德身上，叫克勞德永無可能從黃文燦那裡逃遁。

「他老婆有沒有告訴你，我是被她掃出辛辛那提的？你現在也只能指望他老婆了，他就是有一肚子話，也說不出半個字，連拉屎都得她替他擦屁股。」

她聽見電話那頭母親嗷地嚎叫了一聲，便知道她踩到了她的最疼處。她想像著她如一團濕麵粉似地癱軟在凳子上的情形。

「武生，你，你怎麼能這樣殘酷？他到底，到底是，你，你的……」母親語無倫次。

「他到底是誰？你說，你說啊？」

武生的語氣像刀，電話線被她嗖嗖地削成土豆皮似的碎屑。母親沒有說話，後來，武生聽見了一陣濃重的鼻息聲，她知道母親哭了。母親今天的眼淚很貴，二十二塊人民幣一分鐘。母親從開老虎灶的外婆那裡繼承了節省的習慣，母親在大暑天裡走一天的路也不會捨得在路邊的小攤上買一瓶汽水。父親，或是那個她以為是父親的人，曾經戲謔地說過我老婆的籍貫是天下第一省。不過武生知道，無論多貴，今天母親都不會掛斷這個電話，因為母親明白，這根電話線是此刻她們之間的唯一牽連。

「武生，當年我選擇生下你，我不指望你感謝我，我只是希望你懂得那個年代的難處。」母親終於停止了哭泣。「若不是你爸，今天不會有你，興許也不會有我。」

「哪一個爸？」武生尖利地截斷了母親的話。

「武生，就算我對不起你，宋志成可沒有任何虧待你的地方。」母親哭過了，聲音裡開始有了幾分平靜和鎮定。「為了你，他同意不生自己的孩子。從小到大，別的孩子有的，你一樣都不差。別的孩子沒有的，你照樣都有。從幼兒園到小學畢業，每一天，都是他接你送你。你七八歲了，他還是肩上扛著你，一直到扛不動了，才改用腳踏車馱你。」

「我沒有求你生我，也沒有求他養我。」武生原本是想嚷的，話在肚腹裡的時候，很厚實很硬，走出舌尖時，卻莫名其妙地失去了勁道。不知從哪一刻開始，母親占了上風。

「你真是個寵壞了的孩子。」母親歎息著。「就算你有委屈，你怎麼能忍心，讓你爸躺在病床上，天天夢裡喊你的名字？」

「他，病了？」武生驚問。

「四個月沒你的信，也沒你的電話。我們找遍了所有的關係，也找不到你的聯繫方式。你爸心臟病發作，住了兩次醫院。剛開始的時候，他天天問你，到後來，他不敢問了，怕問出壞消息。可是他每天見到我時的眼神，那眼神……」母親又泣不成聲。

母親的話像一根棍子，猛地捅了一下武生的心尖子，她疼得身子抽了一抽。她麻木地接過杜克遞過來的紙巾，才醒悟過來原來自己也哭了——是那種有淚無聲的哭法。

「你告訴他，我，結婚了。」武生終於低聲說。

放下電話，武生再也睡不著了，靠在床頭愣愣地坐著，身子拱成一個滿是骨節的圓圈，雙手怕冷似地抱著雙肩。杜克過來摟她，她肩膀一聳，抖落了他的手。

「喬琪娜，你是不是，對你媽有點太狠了？」杜克小心翼翼地問道。

「對於你不了解的事，最好不要隨便開口。」武生冷冷地說。

杜克躺了回去，卻窸窸窣窣地翻著身。

「其實，我也是在讀中學的時候，才知道我爸在大陸還有個家，我有兩個同父異母的哥哥。可是我們幾個孩子都沒有因為這事生過爸爸的氣，大家都知道那是歷史，他做不了主。」杜克說。

武生把頭埋進膝蓋裡，默不作聲。牆上的石英鐘划拉划拉地走著，聲響駭人。

武生戴了一副隔音耳機，坐在房間裡備課。屋外的噪音長著尖尖的嘴，從耳機的海綿裡鑽進來，一下一下地啄著她耳膜上的肉。小孩興奮的尖叫，大人嚴厲的喝斥，還有狗滿心委屈忍氣吞聲的嗚咽。不用探出頭來，武生也知道這是杜克在客廳裡看馴狗的節目。杜克愛狗，愛到癡迷的程度，街上任何一條名狗野狗都可以讓他駐足不前。而武生卻害怕一切身上長毛的動物，她的臥室裡從來沒有出現過女孩子標誌性的絨毛玩具。武生令杜克的養狗計畫永久地停留在了口頭階段。杜克曾經開玩笑地說過，他後悔沒在娶武生之前領養一隻狗，把牠作為婚前財產的一部分帶進他和武生的共同生活。無法實現養狗計畫的杜克，便把所有的癡迷轉移到了電視上。只要在家，他絕對不會錯過任何一檔與狗相關的節目，甚至連有狗出現的廣告片，他也能一次又一次不厭其煩地重複觀看。

「有必要開得這麼響嗎？有些人休息的時候，另外一些人還在工作。」武生衝著客廳大嚷。

幸好還有一個自己的房間。武生暗歎。武生已經從哥大畢業，並且通過了教師資格考試，現在在一所中學教法語和中文。半年前她和杜克買下了皇后區一處價格相對便宜的三室一廳小洋房，搬離了那個地處曼哈頓的昂貴斗室。現在的三個房間，一間做臥室，一間是客房，還有一間是書房——她常在這裡備課。

屋外的分貝明顯地弱了下來，不再刮耳，卻依舊分心。武生起身關門，看見了手持遙控器仰面橫躺在沙發上的杜克。杜克還沒換掉上班穿的衣服，上身是一件黃底藍道的短袖高爾夫球衫，下身是一條水磨石牛仔褲——週五是公司的「隨意著裝日」，員工可以選擇不穿西服。杜克躺得太隨意，球衫的下襬歪了，露出一截肚皮。杜克已經明顯有了肚子，年初買的那張健身卡，至今還躺在某個抽屜的角落裡積攢著灰塵。這幾年杜克在工作上的境遇可以毫不誇張地用順風順水來形容，連跳幾級已經成為一個大部門的經理。四十是一條線，婚姻也是一條線，同時跨越了兩條線的男人，身心開始鬆懈，懶得再用繩索束縛彎曲自己，哪怕是為了逢迎一個上司，一個女人。武生曾經有過逼促杜克健身的衝動，但在第一回合就遭遇了她的滑鐵盧。他只是慵懶，並不是成心忤逆她的意願，那天也如此。只是那天他的回答表面平滑無懈可擊，底下卻藏著玄機，她知道如果她再往深處輕輕一摳，就會摳出一根骨頭。那天他打了一個呵欠，說喬琪娜你給我一個充足的健身理由。她立刻就住了嘴，因為她明白他指的是什麼。

從結婚的第一天起，杜克就期待著她為他生一個孩子。她一再拖延，最初的藉口是讀書，後來的藉口是考執照，再後來的藉口是試用期。她的藉口是一條原本就不夠粗壯的線，被她拉扯了這麼多年，已經扯得稀薄綿長。她現在已經過了試用期，成為紐約州浩浩蕩蕩的教師工會的一員，下一步面臨的是晉級加薪，幾乎沒有任何裁員失業的可能。今年她三十一歲，在這個歲數上她的外婆已經有了一個十幾歲的女兒，而她母親生下的孩子也已經上小學。總有一天她會把所有的藉口用盡，她提心吊膽地等候著那根線終於在她手裡扯斷的那一刻。等她被逼到那個絕境時，她就不得不告訴他實情：她對生育有一種無法揮斥的恐懼。當然，如果她嫁的是一個她真愛的男人，她興許可以為他赴湯蹈火粉身碎骨一回，可惜他不是。這個真相是一把匕首，能輕而易舉地剜出杜克的心。她縱然不愛他，卻從未想過如此地傷害他。他若死於傷心，她也活不長久——即便她的良心蒙滿了塵垢，她一輩子也逃不過它昏聵雙眼的追究。現在她只能在他的死和她的死來臨之前得過且過拖一天是一天地熬著日子。

她關了門，去書架找一本法國近代大事年譜——下週她的法語課程將要進入法國大革命的話題。書架是搬家時添置的多件新家具中的一件，比原先的大了許多，藏書卻寥寥無幾——她還沒有來得及充填那裡的碩大空間。現有的書大多是她的，屬於杜克的那兩三個格子裡，幾乎全部是電腦和財經方面的書籍。勉強與閒讀沾得上邊的只有兩本，一本是《艾科卡自傳》，另一本是《狗類智商》——這大致框定了杜克的興趣邊界。杜克的神經系統網眼粗大，很難過濾生命中諸如色彩情趣之類的纖細絨毛。他用他短短的觸鬚在他的四周畫了一個幾公尺的圓，他的妻子和工作合占了這個圓的一半，還有一半是為將來的孩子準備的——他堅定不移地相信那是遲早的事。他的圓之外雖然也還有天地，但那是別人的圓，不牽著他的心。可是他卻不知道，她生存在他觸鬚畫出的圓裡，像兩隻渴望走遍世界的大腳穿在一雙袖珍小鞋裡一樣地痛楚窒息。

武生坐回到辦公桌，重新打開那本厚厚的課程大綱，書頁裡露出來的一張紅紙片火一樣地灼痛了她的眼睛——她知道這才是她心神不寧的真正原因。一整個晚上她都試圖迴避這張紅紙片的窺視，可是現在她終於知道那是徒勞。她把紙片從書裡抽出來，又從頭到尾地看了一遍。那是一則學術講座的預告，是她幾天前去法拉盛公共圖書館收集中文資料時偶然看到的——法拉盛圖書館每週都有這樣那樣的演講。這個講座的題目是「中國現代藝術」，演講者是幾個出訪美國的中國藝術家。這樣的題目包羅萬象卻又無比空泛，可以是珍珠也可以是垃圾，武生本來並無多大興趣，可是她在演講者名單裡找到了一個熟悉的名字。

那個名字是劉邑昌。

武生拿著那張紙愣了許久，最後終於把它揉成一團扔進了垃圾桶。

這天夜裡杜克起身上廁所的時候，被眼前兩粒熒熒的亮光嚇了一跳，半晌才回過神來那是他的妻子武生——她正目光炯炯地坐在床頭。他問她怎麼還沒睡？她說屋裡有點悶，他拍了拍她說心靜一靜就涼快了。他很快就重新入睡，卻又被她搖醒。

「我想起來週六下午有個講座，可以拿進修教育的學分。早上起來你記得取消醫生的預約。」武生說。

那個週六杜克約了醫院門診，醫生是一位全美聞名的妊育專家。

武生走進大廳時，演講已經開場。她從後門溜進來，在最後一排悄悄地坐下。她有意選擇了遲到，就是為了避開演講前的接待會——她還沒有做好端著飲料和點心盤子與他猝然相對的準備。她需要距離和人群的屏障，來慢慢消化六年的分離。六年是個尷尬的時段，已經久得讓人忘掉了許多臉酣耳熱的細節，卻又沒有久到塵埃落定心如止水的地步。分手後她就再也沒有和他聯繫過，甚至兩次回國探親都沒有想過聯繫他，也許那時傷痕還嫩，她向來怕疼。她從京城的一些舊友那裡輾轉得知，他後來並沒有出國，研究生畢業後留校當了老師，並私下辦了個美術班，給學齡兒童教授美術基礎課程，據說小小地掙了幾筆錢。聽到這個消息時武生忍不住想：她寄給他的那五千美金在他的生活變遷中是否起了一些作用。

其實她是真正愛過他的，他是唯一一個可以攪動她一身的血，讓她感悟到生命熱度的男人，只是她在美國的那個艱難開頭毀掉了他們之間的一切可能。她最需要他的時候，他卻在向她呼救。她筋疲力竭的時候，他卻還渾然不覺地從她那裡支取能量。兩個低谷相疊在一起，並沒有疊出一個高潮來。其實他們兩人都具備施以援手的能力——在另外一個時機，另外一種環境。他們在不該相遇的時候相遇了，又在不該分離的時候分離，那是命運的錯位。假若他們的相遇始於今天，那將是一個什麼樣的結局？

武生不敢想下去。

臨出門的時候，武生認真地妝扮了一下自己。打開那個裝著化妝品的抽屜，她的指尖覺出了瓶蓋上的塵粒，這才知道她已經很久沒用過它們了。梳理完畢，她從衣櫃裡挑了一件白底紅花的連衣裙——那是頭天夜裡就想好的。衣服剪裁得很合身，無論是遮蓋的還是裸露的部分都恰到好處。她看著鏡子裡的那個人不禁有幾分恍惚：她幾乎有些認不得自己了。猶豫了片刻之後，她還是在連衣裙外頭罩了一件舊外套，所有的張狂瞬間被壓住了頭角——她只是不想讓他看出時隔多年她依舊還為他上心。

武生在靠門的一個位置上坐定了，把手提包隨意擱置在大腿上，卻突然覺出了重量。不是那個裝零散硬幣的小皮口袋，也不是那串形狀各異的鑰匙，更不是那個塞了幾張信用卡銀行卡的皮夾子，而是那個做成梨子形狀的景泰藍盒子。她不知道自己為什麼會把它帶到這裡——是含蓄的暗示？還是直裸的提醒？哪一樣都充滿了萬劫不復的誘惑和危險。景泰藍上的鏤花紋理隔著薄薄一層皮革在癢癢地蹭著她的腿，她感到耳垂子微微發燙。

前面兩個人的演講味同嚼蠟，她昏昏欲睡地等到了他上場。看到他時，她的心跳得如同招了魔障的鑼鼓，想捂，卻捂不住，響得一個屋子都聽得見。六年的歲月徹底磨去了一個男人的青澀，他不再生楞，卻依舊英俊，明顯地懂得了著裝——看得出錢在這裡派上了用場。他說了一兩句應景的開場白，便立刻進入了主題。他講的是自己在雲南少數民族地區的寫生經歷，普通話裡仍然夾帶著口音，卻不刺耳。他和那名女翻譯似乎磨合過很久，彼此有了時間鑄就的默契。她看他時眼神有些撲朔迷離，而他則時不時地調侃她幾句，偶爾糾正一下她的專業術語詞選。已經在沉悶而空泛的話題裡熬了一個小時的聽眾，像吸進了一口清冽的空氣，突然眼中有了活意。他知道了自己的魅力，便越發揮灑自如起來。

接著他開始放映一系列名為「風」的雲南畫作幻燈片。風撩起竹樓窗口的布簾子，風把新竹壓彎貼到地面，風在女人的筒裙上留下一道道深淺不一的褶皺，風在溪水上舔出光影迷幻的漣漪。

這是武生熟悉的畫面，是根據當年他為她採集的素描所作的水粉。最後幾張幻燈片是人物肖像——是一個穿著傣族服飾的少女，正面的，側面的，低頭沉吟的，仰臉淺笑的。武生的心咯噔一聲停跳了一個節拍，眼中突然充滿了熱淚，因為她猝不及防地看見了自己──只不過那是一個年輕的版本。那張臉肌膚光潤，所有的皺紋都還遙遙地潛伏在不可知的未來，眼神裡沒有一絲畏懼的陰影，只是充溢著初見世面的無知和好奇。這張臉像鏡子，清晰地折射出時光的質地和紋理。

「你為什麼選擇風的主題？是受了某種啟發嗎？」

情緒的飛塵漸漸落下，武生聽見人群裡有人向他發問。

「藝術家每天都會遭遇各式各樣的靈感衝擊，啟發肯定有，只是記不得細節了。」他說。

「你的幾張人物特寫似乎格外出彩。是有固定的模特，還是純粹的自由創作？」又有人問。

這個問題像一根魚骨頭，猛然噎了他一下。他沒有立刻回答，彷彿在小心翼翼地挑選著合宜的詞句。

「我有很多模特兒，但我不依賴他們。」他終於開了口。「這個人物沒有具體的藍本，只是一個整體印象，她的鼻子，你的眼睛，東一鱗西一爪的，我追求的是神韻，就像我的風。」

人群報以熱烈的掌聲。他站起來，對台下深深地鞠了一躬。就在那一刻，他神采飛溢的眼波停滯了，像是遇到了一塊不可踰越的石頭。那隻揮在半空的手，突兀地定格在一個滑稽的弧度。

他看見了人群中的武生。

武生抓起手提包，飛也似地逃離了大廳。

幸好，我沒有讓他看見，這個梨盒。

武生站在大街上，緊緊地捂住胸口，暗自慶幸。

她從皮包裡找出幾枚硬幣，在街邊的電話亭給杜克打了一個電話。

「開車出來吧，我請你吃晚飯。」

杜克說烘乾機正烤著衣服呢，再說法拉盛這幾家中餐館，哪家都吃膩了。武生說我今天是想請你吃一頓法國大餐，有鵝肝。衣服可以等。

杜克頓了一頓，問出什麼事了，喬琪娜？武生忍不住笑，說非得有事才吃飯嗎？典型的島民思維模式。

島民是武生給杜克起的外號，指的是他的台灣背景。杜克不甘示弱，也給武生回贈過一個別名，叫陸眾。

武生不記得是在哪一站下的車，直到看見街口那個懸在高樓上的巨幅電視螢幕，才醒悟過來她已經走到了時代廣場。她走了很久的路，卻還沒有把身子走暖。天已經全黑了，不知什麼時候落起了雪。雪很乾澀，飄在空中像麵粉，打在臉上像沙子。雖然離午夜還有三四個小時，人流已經開始濃稠起來，擦肩而過的呼吸裡，已經隱隱聞到了第一絲香檳的氣味。

這是二〇〇〇年的最後一天。世紀原本是一道幾乎不可踰越的鴻溝，媒體鋪天蓋地談虎色變地討論了整整十年的「世紀蟲」。去年的今日，世紀突然變成了一條細線，一記鐘聲輕輕一推，人們就毫髮無損地跨越了邊界，「世紀蟲」竟然有驚無險地成為歷史名詞。安然越過了世紀線的人們驚魂初定，回頭一望覺得上了當，像是滿心歡喜地捧著糖塊的孩子突然發現被小販短找了零頭。本該完美的狂歡裡有了瑕疵，就想從頭再過一次。這次的理由是：二〇〇一年才是真正的世紀分界線。

武生找了一個路邊的石階坐下，看著霓虹燈張大了嘴巴，在夜空中呼出一口口色彩斑斕的霧氣，只覺得所有的聲響和色彩都離她非常遙遠。八年前的今天杜克帶著她來到這裡，讓她第一次見識了水晶球落地的新年狂歡。那時候她對這個叫紐約的城市還抱著滿滿一懷由無知而萌生的冥想，她急切地渴望在這裡擁有一塊落腳之地。八年之後她擁有的已經遠遠不止一尺落腳之地，可是她卻漸漸對這個城市產生了一種無法言述的陌生和厭倦——她感覺在這裡她貧瘠得一無所有。

這個冬季格外的陰鬱，幾乎沒有見過一個正正經經的豔陽天。她的心情也和天氣一樣鬱鬱寡歡。三週前她失去了父親。儘管宋志成還不到七十歲，他的死對她來說其實並不完全是意外——她暑假回家探親時，醫生就已經跟她詳細解釋過了他的心臟病情。她在家裡待了三個星期，足不出戶地陪著他。冥冥之中他大概也意識到了這是父女的最後一次相聚，他依舊寡言，可是他落在她身上的目光裡卻有了一種從前不曾有過的重量和黏度。有一天全家坐在客廳裡看一個動物節目，講的是一黑一白兩隻母雞，牠們誤孵了彼此的蛋，結果那隻白雞孵出了一窩小黑雞，而那隻黑雞卻孵出了一窩小白雞。那兩窩幼雞跟著各自的假媽媽長大，主人試了幾次互換著養，可是一放出籠子小雞們馬上就回到了養母身邊。外婆罵了一句沒良心的不認娘，武生隨口接應說生的哪有養的親？她一扭頭，突然發現父親眼裡晶瑩的淚花。後來回想起來她深感慶幸：她終於在他活著的日子裡，說了一句可以讓他安然離去的話。

父親送到醫院的時候，已經沒有了呼吸。經過全力搶救，才能依賴呼吸機勉強支撐——父親在最後的日子裡已經淪為純粹的植物人。即使這樣也沒能持久，但是母親無論醫生怎麼勸說也不肯撒手。母親趴在父親的耳邊，緊緊地攥著拳頭，一遍又一遍地唱著〈國際歌〉。當然，母親唱的不是整首歌曲，而是其中的兩句：「這是最後的鬥爭，團結起來到明天。」母親像陳年失修的唱機一樣，無休無止地重複著同一個旋律。這是父親年輕時最愛唱的一首歌，母親期待著喚醒父親生命的激情。可是沒用，歐仁・鮑迪埃也許拯救了全世界的工人運動，卻沒有能夠拯救父親。父親敗在了最後的鬥爭上，父親沒有熬到明天。

父親的死雖然讓武生難受，卻不是她情緒低沉的唯一原因。這些日子裡，她覺得她丟失了一根貫穿全身的筋骨，身子像一團散肉慵懶地陷落在軀殼裡，再也沒有一樣東西可以推著她讓她站起來朝前行走。不上課也不備課的時候，她不是賴在床上昏睡，就是趴在沙發上，茫然地看著杜克走馬燈似地轉換著電視頻道。有一次她起床時發現自己已經整整兩天穿著同一套睡衣睡褲，沒有說過話也沒有出過門了。她開始驚惶起來，私下去看了家庭醫生。醫生說她可能得了冬季綜合症，一種缺乏日照的都市通病。於是她只能萎靡地等待著冬季的結束和一個或許有陽光的春季的來臨。直到今天，她才知道她的生命裡也許只有永恆的冬日而不會有春天了，因為她的婚姻已經走進了死胡同。很久以來，婚姻對她來說就是一種進退維谷的僵持——進是殺了自己，退是殺了杜克。她不能殺他也不想殺自己，她就只能在不進也不退的窄小空間裡，過著一種不僅缺乏陽光而且缺乏氧氣的低迷日子，直到杜克把她逼上絕路。她知道這一天是遲遲早早要來的，只是沒想到來得這麼突兀。

今天武生睡到中午才起床，懶懶散散地吃過午飯，終於決定開車出門。她要去超市轉一圈——家裡的冰箱早已空空如也，她和杜克已經吃了好幾頓外賣。節日購物的人流很厚膩，車在路上堵了一陣子，回到家時天已經傍黑，可是屋裡卻沒有點燈。她以為家裡沒人，正往冰箱裡裝東西，突然聽見有人在客廳裡喊了她一聲。那聲叫喚有一個長長的拖腔，像墜著一個沉重的問號，或是一個猶疑不決的省略號。武生開了燈，驚異地發現杜克坐在沙發上，神情蒼老得如同一粒在鹽水裡泡過幾日全身起了皺皮的花生。他定定地望著她，目光很直，卻沒有力氣，她聽見它們如紙摺的箭似地落到她身上又噗噗墜地。

武生吃了一驚，問你病了？杜克沒說話，卻攤開了手掌，在他手心躺著一個藍色的小塑膠瓶子。武生醒悟過來那是她的避孕藥。平日她都很小心地藏在存放貼身內衣的抽屜裡，昨晚她服完了忘了放回原處。
「什麼時候，開始用這個？」他面無表情地問。
武生頓了一頓，才說：「一直。」
她在謊言裡囚禁得太久了，真話叫她得著了自由。可是自由來得太猝然，她一時不知如何和它相處。
「你是說，在我們去看醫生的同時，你一直在吃這個藥？」
武生看見杜克兩條眉毛之間的距離漸漸縮緊，眉心蹙成一個粗大的結子。過了一會兒她才明白這個陌生的表情叫憤怒。
這幾年裡杜克帶著武生看過了好幾個著名的不孕專家，兩人做過了無數次名目繁多的檢查，都沒有查出個所以然。醫生的唯一解釋是壓力——這是現代醫學給所有莫名病症的全能詮釋。
武生沉默了。沉默本身就是一種回答。
「為什麼？」杜克問。
武生再次沉默，她在小心翼翼選擇著說辭。傷害是不可避免的，她只是想把它降到最輕。
「我一直，很怕疼。」她結結巴巴地說。「杜克你活在好日子裡，你永遠不會理解，我們家的經歷，我有，陰影……」
嘩的一聲，是藥瓶子砸在牆上碎裂了的聲響。藥丸如爆了皮的珍珠，灰澀黯淡地滾落在半明不暗的燈影中。
「你永遠責備別人不理解你，你什麼時候理解過別人？」杜克凶狠地打斷了武生的話。「你憑什麼認為天底下只有你吃過苦？你聽過什麼叫『眷村』？你穿過米袋縫的褲子，上面寫著『中美合作，十公斤』？你知道一個十五歲的少年被媽媽逼著扮成女孩，給客人洗頭是什麼樣的感受？喬琪娜，天底下你不是唯一一個有陰影的人，每個人都得帶著過去繼續生存！」

武生覺得杜克很陌生——神情陌生，話語陌生，聲音也很陌生。杜克的聲音是一種動物被踩痛了忍了很久終於忍無可忍時發出的咆哮。牆壁和地板都被他的聲音震得吵吵地顫抖，抖得她渾身發癢，起了一層雞皮疙瘩。

「我一直想告訴你，我外婆生我媽的時候，是在山洞裡，她用石頭砍斷了臍帶。我媽媽生我的時候，是在槍聲裡，沒有麻藥沒有縫傷口的線。她們的經歷，讓我對生孩子，充滿了恐懼。」

武生試圖解釋。武生講的是實話，不過這只是實話的表層。表層疙疙瘩瘩，長滿乾得翹起了角的瘢痕。可是她還是小心翼翼地迴避了比表層醜陋十倍百倍的內核部分。她的掩飾最終成為徒勞，因為杜克已經一指頭捅進了內芯。

「我想，如果你真愛一個男人，你是沒有任何理由不為他生一個孩子的。你只是不夠愛我，即使是在這麼多年以後，其他的都是藉口，對嗎？」杜克頹喪地問。

武生沒有回答，武生只是默默地走出了家門。

廣場上的音樂會已經開始，有人在吹奏薩克斯風。迎新是一種狂歡，和狂歡氛圍相宜的應該是鋼琴，或許還有節奏快如旋風的提琴。薩克斯風太憂傷，尤其是在寒風和雪花之中，讓人聽了忍不住有流淚的衝動。或許辭舊本來就是一件憂傷的事，告別一年，告別一個世紀，順便也告別舊的自己？

武生突然就想好了她要做的事。

元旦過後，她馬上就要去找一個價格不是太貴，離學校也不是太遠的單身公寓——她相信今天之後的杜克，已經沒有和她分享同一張床同一個屋頂的興致。

還有，上班後她會立刻給學校遞交一份書面申請，要求停薪休假一個學期。她已經在學校工作滿五年，她有權利享受這項福利。

武生坐在先賢祠的台階上，感覺拂面的風裡已經有了隱約的暖意。三月是個靠譜的月份，至少在巴黎。她不知道世上還有比這更藍的天空，雲被那些積滿了歲月塵垢的房頂鉤扯著，天穹布滿了細碎的棉絲。她並不是真要進先賢祠，那種地方看過一次就夠了。伏爾泰，盧梭，居禮夫人，都不過是一尊冰涼的看不出性情的石槨，她寧願在書或者電影的片段裡尋找他們還是血肉之軀時的印記。她只想坐在先賢祠的台階上，像小時候騎在爸爸的肩膀上那樣，借著那些偉人的身高，來窺視這個都市在低處時看不清楚的私密。

索邦大學靜靜地，安全地躺在相鄰的一條街上。這個距離很合宜，近得能隱隱聞得到那些門把手上的銅鏽，可是又沒有近到壓在心頭叫人不能喘息的地步。她知道從索邦大學到索邦廣場到先賢祠的路徑上，已經很難找到二十多年前一個叫克勞德・布夏，或者是黃文燦的男人留下的足跡。不完全是紅塵的堆積，也不完全是時空的距離，最緊要的是她已經失去了心無旁騖的清澈眼力。

她到巴黎已經兩個星期了。學校裡有一位去年就申請了停薪假期的同事因臨時有事，和她對換了時段，她得以提前啟程。出發前她在網上找到了一個想到紐約體驗生活的巴黎畫家，他們互換了自己的單身公寓，因此得以在彼此的城市裡免費居住七個月。當她搬進他位於第五區的公寓，打開百葉窗，看見黑色鏤花窗台上從殘雪中鑽出來的第一芽鬱金香時，她立刻知道從前關於環球旅行的設想純屬多餘。巴黎已經是她的世界，這個城市的線條和質地恰到好處地盛住了她的靈魂和身體。她聽見了她身上那四分之一的法蘭西血統在沉默了三十多年之後，發出了第一聲愜意的歎息。

午後的陽光依舊強烈，武生的目光往右斜了一斜，就看見了法學院的大樓。「自由，平等，博愛」，石牆上的題詞在斑駁的光影裡顯得凹凸分明。那個由黃文燦改名為克勞德‧布夏的男人，在第一次看到這幾個石刻字時，應該是她現在的年齡，可是他的眼中不再有激動的光彩，手心也不再有熱血沸騰的汗，因為他已經被理想燒傷。他不僅被理想燒傷，他也被愛情燒傷。這個身子的一部分已經成為灰燼的男人，就是在那時才終於能夠靜下心來做學問的。西琳娜大概就是在那個空檔裡走進他的心思的。有一天武生坐在索邦廣場的菸鋪酒吧裡喝咖啡，看著年輕的男女學生坐在初春的豔陽裡喧譁地抽菸喝啤酒，手裡的杯子突然燙著了她的手。二十多年前，那個叫克勞德的已經不再年輕的男人，和那個叫西琳娜的純潔得像一張白紙的年輕女人，一定也曾經坐過這些椅子，她手裡的那個杯子，說不定還沾過他的指紋和她的唇印。

在剛離開辛辛那提的那段日子裡，武生曾經強烈地憎恨過西琳娜，因為她是死死地蹲踞在克勞德腦子之外的那個唯一的守門人。武生堅定不移地相信，她生父困在一團爛肉裡的那副頭腦依舊清晰犀利，只是西琳娜徹底地關閉了自己通往那裡的狹窄路徑。後來她就漸漸的不那麼恨她了，因為畢竟是西琳娜告知了他的死訊——她讓他們在他身後有了一次近距離的接觸。

布夏教授是在三年前辭世的，死於再次大面積中風。武生的兩位父親都不夠長命，生父只活了五十七歲，養父只活了六十九歲。武生總覺得她在他倆的死裡邊多多少少承擔著責任。到了人生這一程，她才恍然大悟：原來愛和負疚都是對生命的耗損。她趕到辛辛那提時，布夏教授已經下葬。西琳娜帶她去拜謁他的墓地，他的墓碑除了姓名和生卒日期之外沒有任何其他銘文，可是這兩行簡單的文字卻重複了四種語言：英文，法文，越南文，中文——生命軌跡的錯綜複雜可見一斑。

在他的墓前，西琳娜交給了武生那個裝有她母親頭髮的萬金油盒子。三十年的時光已經在那個廉價的金屬盒子上染上了斑駁鏽跡，失去了生命滋養的頭髮乾澀如草。武生知道這是西琳娜而不是克勞德的心願——他一定更願意隨身帶著這個盒子行走在一個再也不會有戰爭和分離的世界裡。西琳娜知道無論這一輩子她付出了多少努力，她都無法取代那個被時空定格為永恆的中國女孩子，因為青春的熱戀一生只能有一次。即使當他的生命已經完結，她也不敢拿她丈夫的心冒一次風險——這個風險的期限是永遠。

武生離開先賢祠的時候，陽光已經萌生了退意，天和雲的色彩開始濃膩起來。遊人漸漸稀少了，鴿子卻有了膽氣，在人腳邊肆無忌憚地穿行乞食。武生的口袋裡還有最後一團麵包屑，她蹲下來餵鴿子，卻劇烈地咳嗽了起來。她已經咳嗽了好幾天，嗓子裡彷彿蹲著一個魔鬼，夜裡的睡眠被齧咬得千瘡百孔——她還沒有足夠的經驗來對付巴黎一早一晚的寒意。終於響雷似地咳過了，她站起身來，只覺得天旋地轉，路邊的樓房裂成無數塊碎石頭，劈頭蓋腦地朝她砸來。她扶著一棵樹想躲，身子一斜，便哇哇地吐了一地。

吐完了，安靜了一會兒，她走進路邊的一家小藥房，想買一盒化痰止咳的藥。她看了半天標籤，終於挑了一瓶水劑，正要付錢，藥劑師突然問你是孕婦嗎？武生忍不住笑了，說你怎麼想起這個問題？藥劑師看了她一眼，神情嚴肅地說這藥效力很強，孕婦絕對禁用。武生愣了一愣，突然想起她已經有一陣子沒來例假了——這幾個月她經歷了太多的事，包括搬家，包括離職，包括旅行，她生活的一切週期都已經被打亂。

怎麼可能？和杜克在一起的時候，她一直都在服用避孕藥。

哦，不。她突然想起了聖誕夜，她認為是絕對安全的那一次。

「假如你不能百分之百的確定，你總是可以花幾個很小的錢，買一個測試儀的。」藥劑師善意地推薦道。

「不用了。」武生喃喃地說，卻已經惶惶惑惑地接過了遞在她手裡的那個盒子，走進了廁所。

回家後武生撥了一個長途電話。鈴聲響了很久，才傳來一聲睡眼惺忪的哈囉。武生這才想起今天是週末，紐約此時正是中午，杜克在週末總是要補一補一個星期欠下的覺。

「杜克，是我，喬琪娜。我要送你一件，你想了很久的禮物……」

到巴黎之後，武生只給杜克打過一個報平安的電話，除此之外兩人再無聯繫。

電話那頭是一陣長久的沉默，接著，她聽見了一聲歎息。

「喬琪娜，拜託你，不要再在我的生活裡進進出出。我實在，沒力氣了。」

杜克掛斷了電話。

阿娜依絲・寧（1903-1977）
美國小說家
於1931-1935間在這裡居住過

武生在一條幾乎沒有任何景色可言的小巷裡漫無目的地行走時，猛一抬頭，突然在一家院門外發現了這個銘牌，便像在一地的泥塵裡突然踢到了一顆珍珠一樣地興奮起來。

這裡原來是那個攪得左岸所有的文人——包括男人也包括女人——魂不守舍的精靈居住過的地方。院門緊閉，兩扇對開的鐵門鎖住了兩棟房子，一棟紅，一棟黃，紅不是鮮紅，黃也不是明黃——都沾染了歲月的灰垢。當然這層漆早已不是當年的漆，這層灰也不是當年的灰了。現在居住在裡邊的人恐怕不會知道，那個叫阿娜依絲的女人，曾經說過「堅守在花蕾之中的風險，比綻放更疼」（the risk to remain tight in a bud was more painfull than the risk it took to blossom）的話。不知為什麼，武生總覺得那棟紅房子二層面街的那個窗口，就是阿娜依絲和亨利・米勒在翻雲覆雨地用身體實驗過欲望之後，再用眼睛實驗感知的地方。

在巴黎她幾乎天天可以遇上這樣的驚訝。

轉眼間武生就在這裡待了六個月了。巴黎的夏天毫無血性，幾乎完全沒有抵抗就將自己軟綿綿地交給了秋天。秋天的風長著毛刺，舔過樹木，樹木知道疼，就變了顏色。武生喜歡秋的蕭瑟，這正符合她對巴黎的認知階段：她已經從好奇的初識進入了熟稔的深知。她幾乎把整個巴黎都逛遍了，對那些地標性的建築物，她已經失卻了興趣，反倒是地鐵圖上的那些小站點和街邊的特色小吃，在她腦海裡漸漸清晰起來。她就知道她已經不再僅僅是過客了。現在她每天起來，就會拿著一個長麵包和一瓶水，像一頭尖嘴的蟲子深深地啃入巴黎的腹地，在那些沒有箭頭標誌也沒有遊客的小巷裡鑽來鑽去。她明白這樣的日子不會很久了，因為她已經有了將近九個月的身孕。兩個月前她就已經訂了機票，準備下週飛回上海，在母親身邊待產。

過去的八九年裡，她每天都在提心吊膽地怕不小心懷上身孕，可是自從她知道懷孕的那一刻起，她就毫不猶豫地決定生下這個孩子。她固執地認定這是一個女孩，後來的檢查結果也證實了她最初的猜測。超音波圖像裡的那個圓球毫無預兆地喚醒了在她靈魂裡冬眠了三十多年的一樣東西——那就是母性。

自從懷孕之後，她和母親之間的聯繫就突然密切了起來。她肚腹裡的那團肉像一張最精良的砂紙，一下子磨平了她和母親之間的所有疙瘩和劃痕，至此她才明白，原來世上所有的叛逆，轉捩點都在孩子，而歸宿總是母親。

這天武生正在阿娜依絲的舊居前呆立的時候，口袋裡的手機突然響了。她看了一眼來電顯示，竟是杜克。她已經很久沒和他通過話了，他聽起來遙遠而陌生。

「喬琪娜……」杜克的聲音斷斷續續，夾雜在一些怪異的噪音裡。那些噪音很渾濁，像颶風，像紛亂的腳步，也像是鋼筋被強力扯斷之前發出的淒厲呻吟。

「你在哪裡？我聽不清。」武生說。

杜克大聲喊叫了起來，雜音依舊很響，可是武生終於吃力地過濾出了杜克的話。

「喬琪娜，我這一輩子，都愛你……只愛過你一……」

杜克的話還沒說完，線路突然斷了。武生再撥回去，卻再也撥不通了。

武生站在阿娜依絲住所的銘牌前，看見一片秋葉蜷成一隻疲憊的拳頭從樹上滾落到路邊，覺得臉上有些涼——那是眼淚。她知道她就是撥通了電話也無濟於事。她不愛他，一天也沒愛過。但這不妨礙他成為她歇息時的枕頭，揩眼淚的帕子，躲風避雨的屋簷。他是一根紉在她心頭的線，她這一輩子注定了無法把他從她的生命中剔除。

這天晚上她回到住所，一邊煮義大利麵條，一邊打開電視看晚間新聞。突然，她看見了電視螢幕上已經來來回回地播放了一個下午的畫面：兩架飛機一頭扎進了紐約的世貿大樓，烈火和濃煙遮暗了曼哈頓的天空。

記者正在播報一系列來自紐約的數字，可是武生已經完全聽不清楚了。她只覺得天花板傾斜過來，滿屋飛著色彩怪異的星星。她的眼睛被割瞎了，世界陷入一片沒有一絲裂縫的黑暗之中。她撕心裂肺地喊了一聲杜克，膝蓋一軟，頭重腳輕地昏倒在地板上。

後來她終於醒了——是被疼醒的。一股巨疼像一條鋼絲，把她的肚腹扭紮成一根瓣數很多的麻花繩。她想撐起身子，突然發現地是濕黏的，一團汗水在她身下淌成了一條骯髒的小徑。

她掙扎著爬到屋裡，扯下床單裹在自己身上，踉踉蹌蹌地跑到了街上。夜已經爛熟了，她沒想到她已經在地板上躺了這麼久。路上的行人和車輛都很稀少，她有氣無力地揮舞著床單，幾輛汽車從她身邊經過，猶豫了一下，卻又呼嘯而去。她猜想她的樣子實在太怕人。

終於有一輛出租車停了下來，司機搖下窗口，她嚷了一聲我要生了，求求你……話一出口，她就醒悟過來她說的是溫州方言。鎮靜碎裂了的時候，從缺口裡湧出來的是壓在記憶最底層的童年印記。

她又用法語說了一遍，司機聽懂了，狐疑地看了她一眼，她一下子就讀懂了他目光裡的疑問：她雖然已近臨盆的月份，卻依舊消瘦，裹在秋衣和被單裡的身子，幾乎還可以用苗條來形容。但是司機最終還是給她開了門。

她想鑽進去，身子卻不肯。司機半推半抱地把她弄上了車，問她去哪家醫院？她完全沒有準備，隨口報了一個曾經做過一次檢查的院名。又一潮陣疼襲來，她狠狠地咬住了嘴唇——她不想嚇住那個唯一肯為她停車的好心人。

她一輩子都怕疼，可是此刻的疼和以往所有她經歷過或想像過的疼都不一樣。這疼是一把砍柴的斧子，一下子斬斷了她的腿。她覺得她的身子從椅座上彈起來，虛虛地浮到了半空。她不僅沒了腿，她也沒了五臟六腑，她的腔子空了，只剩下那團死也不肯撒手的肉。

迷迷糊糊之中，有一股輕風如天鵝絨將她整個裹挾著捲進了一條狹窄的隧道。隧道起初很暗，後來漸漸的有了光。是白光，卻不是她見過的那種白。這白沒有線條沒有稜角也沒有重量，溫軟地撫在她的眼簾上，勾引著她只想沉沉地睡去。就在她即將闔上眼睛的那一刻，她倏然驚醒了，她明白過來那隧道的盡頭是通往另一個去處的門。她若聽憑了睡意的誘惑，她就會被那股風那道光帶入那扇永無歸路的門。這一輩子她欠了太多條人命，比如仇阿寶——那是快刀殺的；再比如她的兩個父親——那是慢刀剮的；甚至還有杜克。杜克早就說過要離開競爭激烈的華爾街，去佛羅里達開一個小會計事務所，卻因為她的工作之故，他遲遲沒能把計畫付諸行動。她雖然沒有親手殺過他們，可他們的死裡卻到處找得見她的指痕。也許此刻他們合著夥兒地來了，要向她一一討索那一段段打了折的生命。可是她還不想跟他們走，至少不想在這一刻，因為她得先撂下她肚腹裡的那團肉——那也是一條命。今生她欠下的債太多了，她不能再欠下一條新命。

她努力地睜大眼睛盯著窗外街角的路牌——那是她保持清醒的唯一方法。將近午夜的紅燈依然盡忠職守，司機在每一個路口都得停車。她的肚子又狠狠地抽了一抽，她突然極想上廁所，但她知道她來不及了，沒有時間，也沒有力氣，疼痛已經吸乾了她的意志和體能。她試了幾次才終於扯過半張床單，在身下疊了幾疊——她不想弄髒他的車。身子還來不及在這個新的姿勢裡安定下來，一股溫熱已經從她的兩腿之間奔湧而出。她拿手一探，摸著了一團濕黏的頭髮。

天哪，我把你生在路上了。

這是武生昏迷過去之前的最後一個清醒想法。

論產篇

杜路得（二〇〇八）

上海市區一家國際學校的一年級新生班裡，這天早上的課程是即興演講，題目是「我長大了做什麼」。這個題目在平民百姓的學校裡會被叫做「我的理想」，而在這個以外交官和外商子女為主要成員的學校裡，這樣的題目會不可避免地沾上洗腦的嫌疑，於是老師就別出心裁地改了一個換湯不換藥的新標題。

孩子們來自世界各地，沒有受過約束，想法如行雲流水般自由。有的說要做超市的小工，因為能抓住順手牽羊的小偷；有的說要開運貨大卡車，因為每停一站都有上來搭訕的姑娘；有的剛剛看過音樂劇《獅子王》，異想天開要在動物園裡給獅子餵肉，因為獅子自己找食太辛苦。有一個男孩說要在月球上搭一個帳篷睡覺，老師和藹地提醒他，這不是職業，而只是一種愛好。那孩子梗著脖子說我爸爸跟我講過，所有的職業都應該由愛好開始。老師無語。

老師注意到坐在後排的一個高瘦的亞裔女孩，從進課堂起就一直很沉默。老師微笑著鼓勵她發言，說杜路得，你呢？你想挑選什麼職業，等你長大了？

女孩沉吟半晌，才說醫生。

老師心想終於有一個靠譜的了，就問你想當哪個專業的醫生呢？

女孩這回沒有遲疑，開口就說接生。

老師吃了一驚：很少有七歲的孩子會說出接生這個詞。就問你是不是昨天看了企鵝爸爸陪企鵝媽媽生孩子的動畫片，才有這個想法的？

女孩深深地看了老師一眼，眸子裡的憂鬱刺得老師退後了一步。

「那部電影在撒謊。」女孩嚴肅地說。「我外婆和我媽媽都說，女人生孩子不需要丈夫。」

天哪，這是什麼樣的一個孩子啊？
老師暗歎。

隱忍和匍匐的力量

——《陣痛》創作手記

我外婆一生有過十一次孕育經歷，最後存活的子女有十人——這在那個兒童存活率極低的年代裡幾乎可以視爲奇蹟。作爲老大的母親和作爲老么的小姨之間年齡相差將近二十歲。也就是說，在外婆作爲女人的整個生育期裡，她的子宮和乳房幾乎沒有過閒置的時候。外婆的身體在過度的使用中迅速折舊，從我記事起，她就已經是一個常年臥床極少出門的病人了，儘管那時她才五十出頭。易於消化的米糊，從不離身的胃托（一種抵抗胃下垂的布帶式裝置）和劣質香菸（通常是小姨一支兩支的從街頭小店買的），成爲了外婆在我童年記憶中留下的最深刻烙印。

外婆生養兒女的過程裡，經歷了許多戰亂災荒，還有與此相伴而來的多次舉家搬遷。外公常年在外，即使在家，也大多專注於自己的工作，家事幾乎全然落在了外婆和一位長住家中的表姑婆身上。作爲她的外孫女和作爲一名小說家，我隔著幾十年的時空距離回望外婆的一生，我隱隱看見一個柔弱的婦人，日復一日年復一年地用匍匐爬行的姿勢，在天塌地陷的亂世裡默默爬出一條路。

也許這幾年甚爲時髦的基因記憶一說的確有一些依據，我外婆的六個女兒似乎多多少少秉承了她們母親身上的堅忍。她們生於亂世，也長於亂世——當然，她們出生和成長的亂世是不同的亂世。她們被命運之手霸道地從故土推搡到他鄉，在難以想像的困境裡孕育她們的兒女。其中最驚險的一個生育故事，發生在一九六七年的夏天。那一年北方的政治風雲已經遍及了全國的每一個角落，連向來對風勢缺乏敏銳嗅覺的溫州小城，也捲入了一場史無前例的瘋狂。兩派群眾組織之間的武鬥，幾乎持續了一整個夏天，小城每天都瀰漫在戰火的硝煙之中。就在這樣的一個夏季，我的一位姨媽大腹便便地從外地來到了娘家待產。她的陣痛發作在一個槍戰格外激烈的日子裡，醫院關門，也沒有助產士肯冒著這樣的槍林彈雨上門接生。於是，這位在當時已算是高齡的產婦，只好把自己和肚子裡的孩子的性命，交給了母親、小妹，以及一位因逃難暫避在家中的親戚。她肚腹裡的那個孩子，彷彿知道了自己的性命牽於一線之間，竟然很是乖巧毫無反抗地配合了大人的一舉一動，有驚無險地爬到了這個滿目瘡痍的世界裡。

母親家族的那些堅忍而勇敢的女性們，充盈著我一生寫作靈感的源流。在我那些江南題材的小說裡，她們如一顆顆生命力無比旺盛的種子，在一些土壤不那麼厚實的地方，不可抑制地冒出星星點點的芽葉。她們無所不在，然而她們卻從未在我的小說裡占據過一整個人物。我把她們的精神氣血，東一鱗西一爪地揑合在我的虛構人物裡。《陣痛》裡當然也有她們的影子，然而那些發生在女主人公身上的故事，大多並未眞正發生在她們身上。她們是催促我出發的最初感動，然而我一旦上了路，腳就自行選擇了適宜自己的節奏和方向。走到目的地回首一望，我才知道我已經走了一條並不是她們送我時走的路，因爲我的視野在沿途已經承受了許多別的女人的引領。上官吟春、孫小桃、月桂嬸、趙夢痕，她們是我認識的和見聞過的女人們的綜合體，她們都是眞實的，而她們也都是虛構的。這些女人生活在各樣的亂世裡，亂世的天很矮，把她們的生存空間壓得很低很窄，她們只能用一種姿勢來維持她們賴以存活的呼吸，那就是匍匐，而她們唯一熟稔的一種反抗形式是隱忍。在亂世中死了很容易，活著卻很艱難。亂世裡的男人是鐵，女人卻是水。男人繞不過亂世的溝溝坎坎，女人卻能把身子擠成一絲細流，穿過最狹窄的縫隙。所以男人都死了，活下來的是女人。

在《陣痛》裡，前兩代的女人身上有一個驚人的相似之處——她們生來就是母親。她們只會用一種方式來表達她們對男人的愛，那就是哺乳。上官吟春只懂得用裸露的胸脯撫慰被愛和恨撕扯成碎片的大先生，孫小桃只知道用牙縫裡省下的錢來餵養被理想燒成了灰燼的黃文燦。然而故事延續到第三代的時候，卻突然出現了一些意外的轉折。在我的最初構思裡，宋武生應該是與外婆母親同類的女人，她依舊會沿襲基因記憶，掏空自己的青春熱情來供養她的藝術家男友。可是筆寫到了這一程，卻死活不肯聽從我的指點，它自行其是地將武生引領到了一個全然不同的方向。武生摒棄了那條已經被她的外婆和母親踩得熟實的路，拒絕成爲任何人的母親——那個任何人裡也包括她自己的孩子。這個顛覆多少有點私心的嫌疑，因爲我已經被上官吟春和孫小桃的沉重命運箝制得幾近窒息，而宋武生終於在壓得低低的天空上劃開了一條縫，於是才有了一絲風。當然，宋武生沒能走得很遠，最終把她拉扯回我的敘事框架的，依舊還是母性——只是她和我都沒有意識到它的存在而已。

動筆寫《陣痛》的時候，我當然最先想到的是女人。但我不僅僅只想到了女人。女人的痛不見得是世道的痛，而世道的痛卻一定是女人的痛。世道是手，女人是手裡的線。女人掌控不了世道，而世道卻掌控得了女人。我無法僅僅去描述線的走向而不涉及那隻捏著線的手，於是就有了那些天塌地陷的事件。女人在災難的廢墟上，從昨日走到今日，從故土走到他鄉，卻始終沒能走出世道這隻手的掌控。

書寫《陣痛》時最大的難題是男人——這是一個讓我忐忑不安缺乏自信的領域。他們給我的最初靈感是模糊而缺乏形狀的，我想把他們寫成一團團顏色不清邊緣模糊的浮雲，環繞著女人的身體穿行，卻極少能穿入女人的靈魂。從動筆到完工他們始終保持著這個狀態，而我的女主人公在從孕育到誕生的過程中，形象和姿勢已經有過了多次反覆。在《陣痛》裡，幾乎所有的男人都心懷著不同程度的社會正義感，期待著介入世界並影響世界，有的是用他們的社會理想，比如大先生、宋志成和黃文燦；有的是用他的專業知識，比如杜克。他們看女人的同時也在看著世界，結果他們看哪樣都心不在焉。女人在危急之中伸手去抓男人，卻發覺男人只有一隻手——男人的另外一隻手正陷在世界的泥淖中。一隻手的力量遠遠不夠，女人在一次又一次的重複經驗中體會到了她們靠不上男人，她們只能依靠自己，於是男人的缺席就成了危難時刻的常態。唯一的例外是那個沒讀過多少書的供銷員仇阿寶。這個離我的認知經驗很遙遠的男人，不知爲何卻離我的靈感很近，我一伸手就抓住了，形象清晰至鬍鬚和毛孔的細節。他也介入世界，可是他介入世界的動機是渺小的，搬不上台面的——他僅僅只是爲了洩私憤。他本該是個無知自私猥瑣的市井之輩，可是他的眞實卻成就了他的救贖。這樣一個渾身都是毛病的男人卻在女人伸出手來的那一刻，毫不猶豫地搭上了自己的性命。與他相比，那些飽讀詩書的男人們突然顯得如此蒼白無力。在《陣痛》裡出現過的所有男人中，仇阿寶是唯一一個讓我產生痛快淋漓感覺的人。對於不太擅長描述男性的我來說，這種感覺從前不太多，將來也不一定還會重複。

《陣痛》裡的三代女人，生在三個亂世，又在三個亂世裡生下她們的女兒。男人是她們的痛，世道也是她們的痛，可是她們一生所有的疼痛疊加起來，也抵不過在天塌地陷的災禍中孤獨臨產的疼痛。男人想管，卻管不了；世道想管，也管不了。不是男人和世道無情，只是他們都有各自的痛。女人不僅獨自孕育孩子，女人也獨自孕育著希望，她們總是希冀她們的孩子會生活在太平盛世，又在太平盛世裡生下她們自己的孩子。可是女人的希望一次又一次地落了空，因爲每一個時代都有自己的亂世，每一個亂世裡總有不顧一切要出生的孩子，正應了英國十八世紀著名的英雄體詩人亞歷山大．蒲柏（Alexander Pope）的名言：「希望在心頭永恆悸動：人類從來不曾，卻始終希冀蒙福*（Hope springs eternal in the human breast: Man never is, but always to be blessed.）。」（*中文翻譯爲作者本人所爲。）

《陣痛》是一本寫得很艱難的書，不是因爲靈感，而是因爲時間和地點上的散碎。這是一本在三大洲的四個城市裡零零碎碎地完成的書稿，如今回想起來，我覺得這個輾轉的寫作過程興許是上帝賜予我的一段特殊生命歷程，讓我有機會結識了一些平素也許視而不見的朋友。他們憑著單純的對文學的尊重和熱愛，在安排住宿和考察地點以及許多生活瑣碎上給予了我具體而溫馨的關照。在此感謝我的朋友季衛娟，你的友情使我堅信陽光的眞正顏色，即使在陰雨連綿的日子裡。感謝溫州的白衣天使全小珍女士，由於你，我才得以有機會觀察嬰孩誕生的複雜而奇妙的過程，你豐富的接生經驗使我的敘述有了筋骨。感謝居住在多倫多的藝術家趙大鵬先生，你對六〇年代藝術院校生活的詳細描述，極大地充實了我認知經驗裡的空白區。感謝我的表妹洪愷，這些年裡無論是在陰霾還是陽光燦爛的日子裡，你一直用那兩隻片刻不停地操勞的手和那雙帶著永恆的月牙狀微笑的眼睛，照拂著我的身體和心靈的種種需要，在遙遠的地方爲我點亮一盞親情的燈。尤其感謝我的家人，你永不疲倦地做著我的肩膀我的手帕，儘管我可以給你的總是那樣的少。你從未在我的書裡出現過，可是每個字裡卻似乎都留有你的指紋。

謹將此書獻給我的母親，我母親的故鄉蒼南藻溪，還有我的故鄉溫州——我指的是在高速公路和摩天大樓尚未蓋過青石板路面時的那個溫州，你們是我靈感的源頭和驛站。

二〇一四・二・八

於多倫多的冰雪嚴寒之中

文學叢書 399

陣痛

作　　者　張　翎
總 編 輯　初安民
責任編輯　宋敏菁
美術編輯　林麗華
校　　對　吳美滿　宋敏菁

發 行 人　張書銘
出　　版　INK 印刻文學生活雜誌出版有限公司
新北市中和區建一路249號8樓
電話：02-22281626
傳眞：02-22281598
e-mail：ink.book@msa.hinet.net
網　　址　舒讀網http：//www.sudu.cc

法律顧問　漢廷法律事務所
劉大正律師
總 代 理　成陽出版股份有限公司
電話：03-3589000（代表號）
傳眞：03-3556521
郵政劃撥　19000691 成陽出版股份有限公司
印　　刷　海王印刷事業股份有限公司

港澳總經銷　泛華發行代理有限公司
地　　址　香港筲箕灣東旺道3號星島新聞集團大廈3樓
電　　話　(852) 2798 2220
傳　　眞　(852) 2796 5471
網　　址　www.gccd.com.hk

出版日期　2014年5月　初版
ISBN　978-986-5823-73-3

定　價　399元

國家圖書館出版品預行編目資料

陣痛／張翎 著；
--初版, --新北市中和區：INK印刻文學，
2014.05　面；14.8 × 21公分.（文學叢書；399）
ISBN　978-986-5823-73-3（平裝）
857.7　　103005638